Daag me uit

Van Lee Child zijn verschenen:

DE JACK REACHER THRILLERS:

1 Jachtveld ◈
2 Lokaas ◈
3 Tegendraads ◈
4 De bezoeker ◈
5 Brandpunt ◈
6 Buitenwacht ◈
7 Spervuur ◈
8 De vijand ◈
9 Voltreffer ◈
10 Bloedgeld ◈
11 De rekening ◈
12 Niets te verliezen ◈
13 De sluipschutter ◈
14 61 uur ◈
15 Tegenspel ◈
16 De affaire ◈
17 Achtervolging ◈
18 Ga nooit terug ◈
19 Persoonlijk ◈
20 Daag me uit ◈

DE VERHALEN

4 x 4 ◈

◈ Ook als e-book verschenen

Lee Child

Daag me uit

UITGEVERIJ LUITINGH-SIJTHOFF

MIX
Papier van verantwoorde herkomst
FSC® C004472

Uitgeverij Luitingh-Sijthoff en Bariet printing & binding vinden
het belangrijk om op milieuvriendelijke en verantwoorde wijze
met natuurlijke bronnen om te gaan.

Eerste druk 2015
Tweede druk 2015
Derde druk 2015

Oorspronkelijke titel: *Make Me*
Vertaling: Jan Pott
Omslagontwerp: DPS Design & Prepress Studio, Davy van der Elsken
Omslagbeeld: © Jonathan Ring & Corbis

ISBN 978 90 245 6886 4
NUR 332

www.leechild.com
www.lsamsterdam.nl
www.boekenwereld.com

Voor Darley Anderson, al twintig jaar mijn agent, met dank.

1

Een kerel verplaatsen met het postuur van Keever was niet makkelijk. Het was alsof je probeerde een kingsize waterbed van zijn plaats te krijgen. Dus begroeven ze hem dicht bij het huis. Dat had hoe dan ook wel iets logisch. Over een maand werd er pas geoogst en een verstoring van de grond op de akkers zou vanuit de lucht zeker opvallen. En om iemand als Keever op te sporen zouden ze ook gebruikmaken van het luchtruim. Met vliegtuigen, helikopters en misschien zelfs wel met drones.

Ze begonnen om middernacht, dat leek hun veilig genoeg. Rondom lag tienduizend hectare met niets. Het enige wat hier aan deze kant van de horizon door mensenhanden aan was toegevoegd, was het spoor verderop naar het oosten, maar middernacht was vijf uur na het passeren van de avondtrein en zeven uur voor het passeren van de ochtendtrein. Dus geen pottenkijkers. Op hun graafmachine was boven de cabine een balk gemonteerd met vier schijnwerpers, op dezelfde manier waarop jongelui hun pick-up pimpen, en met hun halogeenlampen zorgden die vier schijnwerpers voor een zee van licht. Zicht was dus evenmin een probleem. Ze begonnen met graven in de varkensloop, uit de aard der zaak een en al omgewoelde grond. Elke zeug woog honderd kilo en elke zeug had vier poten. De grond werd voortdurend omgewoeld. Daar viel niets te zien vanuit de lucht, zelfs niet met infraroodcamera's. Het beeld zou onmiddellijk volledig wit uitslaan, vanwege de dampende beesten zelf, en vanwege de dampende hopen en poelen met afval.

Veilig genoeg.

Varkens wroeten de grond om, dus groeven ze een diep gat. Dat was ook geen probleem. De arm van de graafmachine was lang en hapte ritmisch de grond weg, met vloeiende, scheppende halen. De hydraulische zuigerstangen glommen in het elektrische licht, de motor zwoegde en brulde op het ritme. De cabine rees en daalde met elke lading die opzij werd gedumpt. Toen het gat klaar was, reden ze de machine achteruit. Ze keerden hem om en duwden met de bak aan de achterkant Keever zijn graf in, schuivend over de grond, hem omrollend, waarbij er steeds meer drek aan zijn lichaam bleef hangen, tot hij uiteindelijk over de rand tuimelde en met een doffe plof in het schaduwgebied buiten het bereik van het elektrische licht viel.

Er ging maar één ding mis.

De avondtrein was vijf uur te laat. De volgende dag hoorden ze op de middengolfradio dat een locomotief met motorpech honderdvijftig kilometer verderop een opstopping had veroorzaakt. Maar dat wisten ze op dat moment niet. Het enige wat ze hoorden, was het klagelijke fluiten bij een overweg in de verte, en op dat moment konden ze zich alleen nog maar omdraaien en staren naar de eindeloze rij verlichte wagons die op niet al te grote afstand langsdenderden, de een na de ander, als een droombeeld. Het leek nooit meer op te houden. Toch was de trein uiteindelijk voorbij, de rails zongen nog een minuut na, toen slokte de middernachtelijke duisternis ook het achterlicht van de trein op en gingen ze weer aan het werk.

Dertig kilometer verder naar het noorden minderde de trein geleidelijk aan vaart om ten slotte sissend tot stilstand te komen. De deuren gingen met een zuigend geluid open en Jack Reacher stapte uit op een betonnen perron voor een graansilo zo groot als een flatgebouw. Links stonden nog vier silo's, stuk voor stuk groter dan die eerste, rechts was een enorme metalen loods, zo groot als een vliegtuighangar. Er stonden palen met natriumlampen op regelmatige afstand van elkaar, die kegels van geel licht uit de duisternis sneden. Er hing nevel in de lucht, als een opmerking op een kalender. Het einde van de zomer was in zicht. De herfst was in aantocht.

Reacher stond stil, achter hem vertrok de trein zonder hem, zwoegend, kreunend, met een langzaam versnellend ritme van over naden in de rails ratelende wielen, een kielzog opbouwend dat steeds harder aan zijn kleren trok. Hij was de enige passagier die was uitgestapt. Dat was niet zo verwonderlijk, want het was niet bepaald een verzamelplaats voor forensen. Het was een en al landbouw. Om de schijn op te houden waren wat faciliteiten tussen de eerste silo en de metalen loods ondergebracht in een compact gebouwtje met zowel een loket voor kaartverkoop als banken om te wachten. Het was gebouwd in de traditionele stijl van de spoorwegen en zag eruit als kinderspeelgoed dat tussen een paar grote olievaten was gezet.

Maar op een bord dat zich uitstrekte over de volle breedte van de gevel stond waarom Reacher daar was: MOTHER'S REST. Hij had het op een kaart zien staan en hij had het een prachtige naam gevonden voor een spoorwegstation. Hij had zich voorgesteld dat de spoorlijn er een oud wagenspoor kruiste, en dat er lang geleden op die plek iets was gebeurd. Misschien waren de weeën begonnen van een jonge, zwangere vrouw. Het heen en weer schudden in de huifkar zou haar geen goed hebben gedaan. Misschien was de karavaan een paar weken blijven staan. Of een maand. Misschien herinnerde iemand zich jaren later de plek. Misschien een nazaat. Misschien was het een familielegende geworden. Misschien stond er wel een minimuseum met één zaaltje.

Misschien was er ook wel een veel triestere verklaring. Misschien hadden ze er een vrouw begraven. Te oud om het einde van de reis te halen. Dan zou er een gedenksteen zijn.

Wat het dan ook was, Reacher had besloten om het uit te zoeken. Hij hoefde nergens heen en had alle tijd van de wereld om daar te komen, dus een omweg maakte hem niet uit. Daarom was hij uit de trein gestapt. En aanvankelijk lichtelijk teleurgesteld. Het beeld dat hij zich had gevormd klopte voor geen meter. Hij had gedacht een paar stoffige huizen aan te treffen en een kraal met ruimte voor één paard, eenzaam en verlaten. En het museum met één zaaltje, zo nu en dan geopend, gerund door een ouwe vent uit een van de huizen. Of de gedenksteen, misschien van marmer, met een vierkant, smeedijzeren hek eromheen.

Hij had de immense agrarische infrastructuur niet verwacht. Hij had het kunnen weten, bedacht hij. Als je graan zegt, zeg je spoorweg. Het moest ergens geladen worden. Miljoenen tonnen per jaar en ontelbare balen stro. Hij stapte naar links en keek tussen twee gebouwen door. Het was donker, maar hij werd min of meer een halfronde cirkel van bebouwing gewaar. Huizen natuurlijk, voor de arbeiders op het depot. Hij zag lichten en hoopte dat het een motel zou zijn, of een *diner*, of beide.

Hij liep naar de uitgang van het stationnetje en ontweek puur uit gewoonte het felle schijnsel van de natriumlampen, maar hij zag dat het onvermijdelijk was dat hij door het licht van de laatste lamp zou lopen, omdat die pal boven de uitgang hing. Dus bespaarde hij zich een omweg en liep hij ook door het licht van de voorlaatste lamp.

Op dat moment stapte een vrouw uit de donkere schaduwen.

Ze kwam energiek op hem af, twee snelle stappen, gretig, alsof ze blij was hem te zien. Haar lichaamstaal straalde een en al opluchting uit.

En toen niet meer. Toen was het een en al teleurstelling. Ze bleef stokstijf staan en zei: 'O.'

Ze was Aziatisch, maar niet klein. Een meter vijfenzeventig, misschien een meter zevenenzeventig. En ze had een bouw die bij haar lengte paste. Geen bot te zien. Geen slank kindvrouwtje. Ze was een jaar of veertig, dacht Reacher. Ze had lang, zwart haar. Ze droeg jeans en een T-shirt onder een kort katoenen jasje en liep op veterschoenen.

Hij zei: 'Goedenavond, mevrouw.'

Ze wierp een blik over zijn schouder.

'Ik ben de enige passagier.'

Ze keek hem aan.

'Er is niemand anders uitgestapt, dus ik vermoed dat uw vriend niet komt.'

'Mijn vriend?' Ze had geen specifiek accent. Doorsnee Amerikaans. Zoals je het overal kon horen.

Reacher zei: 'Waarom zou u hier zijn, als het niet is om iemand af te halen van de trein? Er is geen enkele andere reden om hier te zijn. Ik neem aan dat hier normaal niets te zien is rond middernacht.'

Ze gaf geen antwoord.

Hij zei: 'U gaat me toch niet vertellen dat u hier al sinds zeven uur vanavond staat te wachten?'

'Ik wist niet dat de trein vertraging had,' zei ze. 'Mobiele telefoons doen het hier niet. En er is niemand van de spoorwegen die je iets kan vertellen. En ik vermoed dat de Pony Express vandaag niet reed.'

'Hij zat niet bij mij in de wagon. En ook niet in de volgende twee.'

'Wie niet?'

'Uw vriend.'

'U weet niet eens hoe hij eruitziet.'

'Hij is groot,' zei Reacher. 'Want daarom sprong u zo snel tevoorschijn toen u mij zag. U dacht dat ik hem was. Heel even, in ieder geval. En in mijn wagon zaten geen andere grote kerels. Ook niet in de twee volgende wagons.'

'Wanneer komt de volgende trein?'

'Om zeven uur morgenochtend.'

'Wie bent u en waarom bent u hier?' vroeg ze.

'Ik ben gewoon iemand die op doorreis is.'

'De trein is doorgereden. U niet. U bent uitgestapt.'

'Weet u iets van de plek hier?'

'Helemaal niets.'

'Hebt u een museum gezien, of een grafsteen?'

'Waarom bent u hier?'

'En wie wil dat weten?'

Ze aarzelde even en zei toen: 'Niemand.'

'Is er een motel hier?' vroeg Reacher.

'Daar heb ik een kamer.'

'Hoe is het?'

'Het is een motel.'

'Prima,' zei Reacher. 'Zijn er nog kamers vrij?'

'Het zou me verbazen als dat niet zo was.'

'Oké. Dan mag u me de weg wijzen. U moet hier niet de hele nacht blijven wachten. Ik sta op als het licht wordt. Dan klop ik op uw deur als ik vertrek. Ik hoop voor u dat uw vriend er morgen is.'

De vrouw zei niets. Ze wierp een laatste blik op de stille rails, keerde zich om en liep voor hem uit door de uitgang.

2

Het motel was groter dan Reacher had verwacht. Het was hoefijzervormig en had één verdieping, in totaal dertig kamers en meer dan genoeg parkeerruimte. Maar er waren niet veel parkeerplaatsen bezet. Het terrein was voor meer dan de helft leeg. Het was eenvoudig gebouwd, van gepleisterde gasbetonblokken, beige geverfd, met ijzeren trappen en relingen die bruin geverfd waren. Niets bijzonders. Maar het zag er schoon en goed onderhouden uit. Alle lampen deden het. Het was niet het slechtste motel dat Reacher ooit had gezien.

Het kantoor was de eerste deur links op de begane grond. Er zat iemand achter de balie. Een klein oud mannetje met een dikke buik en iets wat eruitzag als een glazen oog. Hij gaf de vrouw de sleutel voor kamer 214 en ze liep weer naar buiten zonder nog een woord te zeggen. Reacher vroeg naar het tarief en de man zei: 'Zestig dollar.'

'Per week?' vroeg Reacher.

'Per nacht.'

'Ik heb zo het een en ander gezien.'

'Wat bedoel je?'

'Ik ben in veel motels geweest.'

'Nou en?'

'Ik zie hier niets wat zestig dollar waard is. Hoogstens twintig.'

'Twintig gaat niet. Die kamers zijn duur.'

'Welke kamers?'

'Boven.'

'Beneden is voor mij goed genoeg.'

'Moet je niet bij haar in de buurt zijn?'

'Bij wie?'

'Je vriendin.'

'Nee,' zei Reacher. 'Ik hoef niet bij haar in de buurt te zijn.'

'Beneden veertig dollar.'

'Twintig. Je bent voor minder dan de helft bezet. Er is praktisch niets te doen. Twintig dollar is beter dan niets.'

'Dertig.'

'Twintig.'

'Vijfentwintig.'

'Deal,' zei Reacher. Hij haalde de rol bankbiljetten uit zijn zak en pelde er een briefje van tien, twee briefjes van vijf en vijf van één af. Hij legde ze op de balie en de eenogige man ruilde ze voor een sleutel met een houten hanger waar 106 op stond, die hij met een triomfantelijk gebaar uit een la haalde.

'Achter in de hoek,' zei de man. 'Bij de trap.'

Die was van ijzer en als mensen de trap op- of afliepen zou dat lawaai maken. Hij had niet echt de beste kamer gekregen. Kinderachtige manier van wraak nemen, maar het kon Reacher niet schelen. Hij ging ervan uit dat hij vannacht als laatste zijn hoofd op het kussen zou leggen. Hij verwachtte niet dat er nog andere gasten zouden komen op dit uur. Hij verwachtte een ongestoorde, stille nacht op het Amerikaanse platteland.

'Dank u,' zei hij en hij liep naar buiten, de sleutel in zijn hand.

De eenogige man wachtte dertig seconden en koos een nummer op de telefoon op de balie. Toen er werd opgenomen, zei hij: 'Ze heeft iemand ontmoet die uit de trein is gestapt. Het was al laat. Ze heeft vijf uur staan wachten. Ze heeft hem meegebracht hiernaartoe en hij heeft een kamer genomen.'

Er klonk een krakend, plastic geluid als antwoord, en toen zei de man: 'Ook een grote kerel. Een sluwe rotzak. Hij deed moeilijk over het tarief voor de kamer. Ik heb hem 106 gegeven, achter in de hoek.'

Weer een krakende, plastic vraag, gevolgd door een antwoord: 'Niet van hieruit. Ik zit in het kantoor.'

Opnieuw gekraak, maar dit keer op een andere toon en met een ander ritme. Een opdracht, geen vraag.

'Oké,' zei de eenogige man.

Hij legde de hoorn neer en kwam moeizaam overeind. Hij liep het kantoor uit en pakte de tuinstoel die voor 102 stond, een lege kamer, en sleepte die naar een plek op het asfalt waar hij zowel de deur van zijn kantoor als die van 106 kon zien. *Kun je vandaar zijn kamer zien?* was de vraag geweest, en *Ga met je luie reet ergens zitten waar je hem de hele nacht in de gaten kunt houden* was de opdracht geweest. De eenogige man gehoorzaamde altijd, ook al was het soms met enige tegenzin. Hij zette de stoel nog iets anders neer en liet zich met zijn volle gewicht vallen op het oncomfortabele plastic. Buiten, in de kille nachtlucht. Niet bepaald datgene wat hij het liefste deed.

Vanuit zijn kamer hoorde Reacher de tuinstoel schrapen over het asfalt, maar hij besteedde er geen aandacht aan. Gewoon een willekeurig geluid 's nachts, niets gevaarlijks, geen shotgun die schietklaar werd gemaakt, niet het slijpende geluid van een lemmet dat uit een schede wordt getrokken, niets waar zijn reptielenbrein zich zorgen over zou maken. En de enige andere mogelijkheid waren de voetstappen van veterschoenen op het plaveisel, en een klop op de deur, want de vrouw van het station leek iemand die veel vragen had en op de een of andere manier ook antwoorden verwachtte. *Wie bent u en waarom bent u hier?*

Maar het was een schrapend geluid, geen voetstappen, geen klop op de deur, dus besteedde Reacher er geen aandacht aan. Hij vouwde zijn broek op en legde hem onder zijn matras, spoelde toen onder de douche het vuil van de dag van zijn lichaam en kroop onder het dekbed. Hij zette de wekker in zijn hoofd op zes uur, rekte zich uit, gaapte een keer en viel in slaap.

De dageraad was puur goud, geen vleugje roze of paars. De lucht had de bleekblauwe kleur van een oud shirt dat eindeloos gewassen is. Reacher nam weer een douche, kleedde zich aan en stapte de deur uit, een nieuwe dag tegemoet. Hij zag de tuinstoel, leeg, misplaatst midden op het asfalt, maar stond er niet bij stil. Hij liep zo zacht als hij kon de ijzeren trap op, de galm van het metaal reducerend tot een dof bonken door zijn voeten zo voorzichtig mogelijk neer te zetten. Hij vond 214 en klopte op de deur, resoluut maar bescheiden, zoals hij zich voorstelde dat een piccolo dat zou doen in een duur hotel. *Tijd om op te staan, mevrouw.* Ze had zo'n veertig minuten. Tien om op gang te komen, tien om te douchen en tien minuten om naar het stationnetje te wandelen. Ze zou er ruim op tijd zijn voor de ochtendtrein.

Reacher sloop de trap weer af en liep naar de straat, die op die plek zo breed was dat je rustig kon spreken van een plein. Voor vrachtwagens, vermoedde hij, traag en onhandelbaar, die met keren en manoeuvreren een plek moesten zoeken in de rij voor de weegbruggen en ontvangstkantoren en de graansilo's zelf. In het asfalt lagen spoorstaven. Het was een kolossale onderneming. Waarschijnlijk een centraal punt voor de hele regio, wat in dat deel van Amerika neerkwam op een gebied met een straal van meer dan driehonderd kilometer. Dat verklaarde ook waarom het motel zo groot was. De boeren kwamen natuurlijk van heinde en verre en overnachtten er voor of na een treinreis naar een stad ver weg. Misschien kwamen ze allemaal op hetzelfde moment, bij bepaalde gelegenheden tijdens het jaar. Als er termijncontracten gesloten moesten worden misschien, in het verre Chicago. Vandaar de dertig kamers.

De brede straat, of het plein, of wat het dan ook was, liep in principe van noord naar zuid, aan de oostkant, rechts, begrensd door de spoorweg en de glanzende bouwsels, en aan de westkant, links, door iets wat je een soort hoofdstraat zou kunnen noemen. Daar was het motel, en een diner en iets wat je een warenhuis zou kunnen noemen, waar ze alles verkochten wat je maar nodig kon hebben. Achter die drie zaken lag het stadje in een onduidelijke halve cirkel naar het westen. Lage bevolkingsdichtheid. Grote kavels, de stijl van het platteland. Misschien duizend inwoners, misschien wel minder.

Reacher liep naar het noorden over de hoofdstraat, op zoek naar het wagenspoor. Hij dacht dat hij het zou moeten kruisen, dat het van oost naar west zou lopen, want in die richting gingen de huifkarren. *Go west, young man.* Opwindende tijden. Vijftig meter verderop zag hij een kruispunt, voorbij de laatste graansilo. Een weg, loodrecht op de hoofdweg, van oost naar west. Rechts schitterde hij in het vroege zonlicht, links lagen er lange schaduwen op.

Waar de dwarsweg de spoorweg kruiste, waren geen spoorbomen. Alleen rode lichten. Reacher ging op het spoor staan en tuurde naar het zuiden, waar hij vandaan was gekomen. De eerste anderhalve kilometer waren er geen andere overwegen. Verder kon hij niet kijken in het bleke ochtendlicht. Naar het noorden was de eerste anderhalve kilometer evenmin een overweg te zien. Dat betekende dat als Mother's Rest aanspraak kon maken op een eigen overweg, hij er nu op stond.

De weg was redelijk breed, een beetje bol, opgehoogd met grond die uit ondiepe greppels aan weerszijden was gehaald. Er lag een dikke laag asfalt op, grijs van ouderdom, hier en daar gebarsten onder invloed van het weer en rafelig als gestolde lava langs de randen. Hij liep kaarsrecht van de ene horizon naar de andere.

Dat was niet onlogisch. Huifkarren reden rechtdoor als het maar even kon. Waarom zouden ze ook niet? Niemand zou puur voor de lol extra kilometers maken. De voorste wagenvoerder zou zich oriënteren op een punt in de verte en de rest zou erachteraan rijden. Een jaar later zou een tweede karavaan de sporen zien en volgen, en nog een jaar later zou iemand iets op een kaart krabbelen. En honderd jaar later stuurde een of andere afdeling voor wegenbouw van de staat er vrachtwagens vol asfalt naartoe.

In het oosten was niets te zien. Geen minimuseum, geen marmeren gedenksteen. Alleen de weg, geflankeerd door eindeloze akkers met bijna rijpe tarwe. Maar de andere kant op, aan de westkant van het spoor, liep de weg door het stadje, min of meer dwars door het midden, met aan weerszijden zes blokken lage bebouwing. De kavel op de hoek rechts strekte zich zo'n honderd meter naar het noorden uit. Als een voetbalveld. Er was een dealer van landbouwmachines gevestigd. Vreemde tractoren en gigantische machines, allemaal splinternieuw en glanzend. Links was een handel in agrarische producten, in een klein pand dat ooit een gewoon woonhuis moest zijn geweest.

Reacher keerde om en liep over het oude wagenspoor terug naar het stadje, de ochtendzon aangenaam warm op zijn rug.

In het kantoor van het motel pakte de eenogige man de telefoon en koos een nummer. Toen er werd opgenomen, zei hij: 'Ze is weer naar het spoor gegaan. Ze wacht nu ook op de ochtendtrein. Hoeveel mensen sturen die lui?'

Het antwoord was een lang plastic kraken, geen vraag, maar ook geen opdracht. Zachter van toon. Misschien bemoedigend. Of geruststellend. De eenogige man zei: 'Oké, zeker,' en verbrak de verbinding.

Reacher liep langs de zes blokken huizen heen, en weer terug. Hij zag van alles. Hij zag huizen waarin nog mensen woonden, en huizen die waren verbouwd tot kantoorruimte voor handelaars in zaden en kunstmest, en de praktijk van een veearts voor grote dieren. Hij zag een eenmansadvocatenkantoortje. Hij zag voorbij het eerste blok aan de noordkant een tankstation, en een poolhal, en een winkel waar ze bier en ijs verkochten, en een andere winkel waar ze niets anders verkochten dan rubberlaarzen en rubberschorten. Hij zag een wasserette, en een autobandenzaak en een winkel met plakzolen voor schoenen.

Hij zag geen museum en geen gedenksteen.

Dat hoefde niets te betekenen. Die zouden geen van beide pal aan de weg zijn neergezet, maar achter de huizen, een eindje van de weg af, als teken van respect, en om ongelukken te voorkomen.

Hij liep van het wagenspoor een zijstraat in. Het stadje was oorspronkelijk aangelegd in een rechthoekig patroon, en had zich daarna in de vorm van een halve cirkel ontwikkeld. Sommige kavels waren aantrekkelijker dan andere. Alsof de grote silo's een heel eigen aantrekkingskracht hadden. De kavels die het verst weg lagen, waren niet bebouwd. In de buurt van het centrum stonden de gebouwen dicht bij elkaar. Het blok achter het wagenspoor bestond uit eenkamerappartementen die misschien ooit schuren of garages waren geweest, en een soort marktstalletjes, voor mensen die wat fruit en groenten verbouwden op een stukje grond dat ze overhadden. Er was een winkel met Western Union en MoneyGram, een faxservice, een fotokopieerapparaat en service voor FedEx, UPS en DHL. Ernaast lag het kantoor van een accountant, maar dat stond zo te zien leeg.

Geen museum. Geen gedenksteen.

Hij liep rond alle blokken, langs lage schuurtjes, voorbij een reparatieservice voor dieselmotoren, langs braakliggende kavels vol met een soort fijndradig onkruid. Uiteindelijk kwam hij bij het einde van het stadje weer uit op het wagenspoor. Hij had het halve stadje afgelopen. Geen museum, geen gedenksteen.

Hij zag de ochtendtrein aankomen, die er verhit en geërgerd uitzag, alsof hij geen zin had om te stoppen. Het was niet te zien of er iemand in- of uitstapte.

Hij had honger.

Hij liep in één ruk door naar het plein, bijna het hele eind terug naar waar hij was begonnen, voorbij het warenhuis, de diner in.

Op datzelfde moment dook de twaalfjarige zoon van de eenogige man van het motel het warenhuis in, naar de munttelefoon aan de muur net naast de ingang. Hij gooide munten in de sleuf en draaide een nummer. Toen er werd opgenomen, zei hij: 'Hij doorzoekt de stad. Ik heb hem overal gevolgd. Hij zoekt overal. Alle straten door, stuk voor stuk.'

3

De diner was schoon, aangenaam en aantrekkelijk ingericht, maar het was bovenal een zaak waar werd gewerkt, ingericht om in een zo hoog mogelijk tempo geld in te wisselen voor calorieën. Reacher ging zitten aan een tafeltje voor twee, rechts achter in de hoek, met zijn rug naar de muur zodat hij de hele ruimte kon overzien. Ongeveer de helft van de tafels was bezet, vooral door mensen die zich van brandstof leken te voorzien voor een lange dag van fysieke arbeid. Er kwam een serveerster langs, bedrijvig maar professioneel geduldig. Reacher bestelde zijn standaardontbijt: pannenkoeken, eieren en bacon, maar vooral koffie, altijd en overal koffie.

De serveerster zei dat ze een 'bodemloze kop koffie' schonken in het etablissement, dat de koffie na de eerste beker gratis was.

Het klonk Reacher als muziek in de oren.

Hij was met zijn tweede beker koffie bezig toen de vrouw van het spoor binnenkwam, alleen. Ze bleef even staan, alsof ze zich onzeker voelde, keek om zich heen, zag hem en stevende recht op hem af. Ze nam plaats op de stoel tegenover hem. Van dichtbij en bij daglicht zag ze er beter uit dan de vorige avond. Donkere, levendige ogen en een uitstraling van doelgerichtheid en intelligentie op haar gezicht. Maar ook bezorgdheid.

'Bedankt voor de klop op de deur,' zei ze.

'Graag gedaan.'
'Mijn vriend zat ook niet in de ochtendtrein.'
'Waarom vertel je mij dat?' vroeg Reacher.
'Omdat jij iets weet.'
'Is dat zo?'
'Waarom zou je hier anders uitgestapt zijn?'
'Misschien woon ik hier wel.'
'Nee.'
'Misschien ben ik een boer.'
'Nee.'
'Het zou wel kunnen.'
'Ik denk het niet.'
'Waarom niet?'
'Je had geen tas bij je toen je uitstapte. Dat valt op geen enkele manier te rijmen met iemand die al generaties lang op hetzelfde stuk grond woont.'
Na een korte stilte vroeg Reacher: 'Wie ben jij precies?'
'Het maakt niet uit wie ik ben. Wat belangrijk is, is de vraag wie jij bent.'
'Ik ben gewoon iemand op doorreis.'
'Ik wil meer weten.'
'En ik wil weten wie dat wil weten.'
De vrouw gaf geen antwoord. De serveerster kwam langs met zijn ontbijt. Pannenkoeken, eieren en bacon. Stroop stond op de tafel. De serveerster vulde zijn koffiebeker bij. Reacher pakte zijn bestek.
De vrouw van het spoor legde een visitekaartje op tafel. Ze schoof het over het plakkerige hout. Er stond een wapenschild op het kaartje. Blauw en goudkleurig.
Federal Bureau of Investigation.
Special Agent Michelle Chang.
'Ben jij dat?' vroeg Reacher.
'Ja,' zei ze.
'Aangenaam.'
'Hetzelfde,' zei ze, 'hoop ik.'
'Waarom stelt de FBI mij vragen?'
'Niet langer in dienst,' zei ze.

'Wie?'

'Ik. Ik ben niet langer een FBI-agent. Dat kaartje is oud. Ik heb een stelletje meegenomen toen ik vertrok.'

'Mag dat?'

'Waarschijnlijk niet.'

'En toch laat je het mij zien.'

'Om je aandacht te trekken. En voor de geloofwaardigheid. Ik ben nu privédetective. Alleen niet van het soort dat stiekem foto's maakt in hotels. Ik wil dat je dat begrijpt.'

'Waarom?'

'Omdat ik moet weten waarom jij hiernaartoe bent gekomen.'

'Je verspilt je tijd. Wat je problemen ook mogen zijn, ik ben gewoon een toevalligheid.'

'Ik moet weten of jij hier bent voor je werk. Misschien staan we aan dezelfde kant. Misschien verspillen we allebei tijd.'

'Ik ben hier niet aan het werk. En ik sta aan geen enkele kant, ik ben gewoon een voorbijganger.'

'Zeker weten?'

'Honderd procent.'

'Waarom zou ik je moeten geloven?'

'Het interesseert me niet of je me gelooft.'

'Bekijk het eens vanuit mijn standpunt.'

'Wat heb je gedaan voordat je bij het Bureau ging werken?' vroeg Reacher.

'Toen zat ik bij de politie in Connecticut. Surveillance,' antwoordde Chang.

'Goed. Want ik heb bij de militaire politie gezeten. Toevallig. Dat betekent dat we iets gemeen hebben. Vertrouw mij maar op mijn woord. Ik ben een toevalligheid.'

'Wat voor soort MP?'

'Landmacht,' zei Reacher.

'Wat voor werk deed je?'

'Meestal wat me werd opgedragen. Van alles wat. Meestal recherche. Fraude, diefstal, moord en landverraad. Alles wat mensen doen als je ze de kans geeft.'

'Hoe heet je?'

'Jack Reacher. Met ontslag als majoor. Daarvoor in het 110th

MP. Ik ben mijn baan kwijtgeraakt.'

Chang knikte een keer met haar hoofd, traag, en leek te ontspannen. Maar niet helemaal. Ze vroeg, maar nu zachter: 'Weet je zeker dat je hier niet aan het werk bent?'

'Absoluut,' zei Reacher.

'Wat doe je nu?'

'Niets.'

'Hoe bedoel je?'

'Precies wat ik zeg. Ik reis. Ik ga van de ene plaats naar de andere. Ik bekijk dingen. Ik ga overal naartoe waar ik zin in heb.'

'De hele tijd?'

'Dat bevalt me prima.'

'Waar woon je?'

'Nergens. Op de wereld. Vandaag toevallig hier.'

'Heb je geen huis?'

'Dat heeft geen zin. Ik zou nooit thuis zijn.'

'Ben je al eerder in Mother's Rest geweest?'

'Nog nooit.'

'Waarom nu dan wel, als je niet aan het werk bent?'

'Ik was op doorreis. Het was een opwelling, vanwege de naam.'

Chang dacht even na. Toen glimlachte ze, plotseling, en een beetje weemoedig.

'Ja...' zei ze. 'Ik zie de film voor me. Het laatste shot is een close-up van een scheefgezakt kruis, twee op elkaar gespijkerde planken met een grafschrift dat erin is gebrand met een gloeiende pook van het kampvuur, en op de achtergrond hoor je de huifkarren ratelend wegrijden, en je ziet ze kleiner worden in de verte. En dan de titelrol.'

'Jij denkt dat hier een oude vrouw gestorven is?'

'Zo heb ik het begrepen.'

'Interessant,' zei Reacher.

'Hoe had jij het begrepen?'

'Ik wist het niet precies. Misschien was er een jongere vrouw, dacht ik, die hier een kind kreeg, zodat ze hier een maand bleef om bij te komen voordat ze verder trokken. Misschien is dat kind later senator geworden of zo.'

'Interessant,' zei Chang.

Reacher doorboorde een dooier en nam een druipende hap van zijn ontbijt.

Tien meter verderop belde de man achter de toonbank met de telefoon aan de muur en zei: 'Ze is alleen teruggekomen van het spoor en liep regelrecht naar die vent van gisteravond. Ze zitten nu te praten en plannen te smeden en van alles uit te broeden, let maar op.'

4

Het werd minder druk in de diner. De ontbijtspits was duidelijk iets van de heel vroege ochtend. Het boerenleven. Even erg als het leger. De serveerster kwam langs en Chang bestelde koffie en een zoet broodje. Reacher nam de laatste happen van zijn ontbijt. Hij zei: 'Dus wat doet een privédetective om de tijd door te komen als je geen foto's maakt in hotels?'

'Wij willen een aantal gespecialiseerde diensten aanbieden,' zei Chang. 'Bedrijfsinspecties, en tegenwoordig natuurlijk veel online beveiliging, maar ook persoonsbeveiliging. Persoonlijke beveiliging op maat. De rijken worden rijker en de armen worden armer, en dat is goed nieuws voor de beveiligingssector. En we doen bewaking van gebouwen. We geven advies, doen antecedentenonderzoek en bedreigingsevaluaties. En daarnaast nog een beetje algemeen speurwerk.'

'En waarom ben je hier?'

'We hebben een project in dit gebied.'

'Wat voor project?'

'Daar kan ik niets over zeggen.'

'Hoe groot is de operatie?'

'We hebben een man ter plaatse. Tenminste, dat dacht ik. Ik ben hiernaartoe gestuurd als back-up.'

'Wanneer?'

'Ik ben gisteren aangekomen. Ik heb mijn basis nu in Seattle. Zo ver als maar kon ben ik met het vliegtuig gekomen en daarna heb ik een auto gehuurd. Het was een kloterit. Die wegen zijn eindeloos.'

'Maar jullie man was er niet.'

'Nee,' zei Chang. 'Hij was er niet.'

'Denk je dat hij even weg is en weer terugkomt met de trein?'

'Ik hoop dat het dat is.'

'Wat zou het anders kunnen zijn? Dit is het Wilde Westen niet meer.'

'Ik weet het. Waarschijnlijk is alles in orde. Hij heeft zijn basis in Oklahoma City. Het is heel goed mogelijk dat hij voor een andere zaak terug moest. Dan zal hij met de trein zijn gegaan, vanwege de wegen. En dus komt hij ook met de trein terug. Dat moet wel, want hij zei dat hij hier geen auto had.'

'Heb je hem gebeld?'

Ze knikte. 'Ze hebben een vaste lijn in het warenhuis. Maar bij hem thuis wordt niet opgenomen en zijn mobiel staat uit.'

'Of hij heeft geen bereik. En in dat geval is hij niet in Oklahoma City.'

'Kan hij ook elders hier in de buurt zijn?'

'Zeg jij het maar,' zei Reacher. 'Het is jouw zaak, niet de mijne.'

Chang gaf geen antwoord. De serveerster kwam opnieuw langs en Reacher nam een voorschot op de lunch; hij bestelde een stuk perziktaart. Met nog meer koffie. De serveerster keek berustend. De winst verdampte met elke slok koffie.

Chang zei: 'Het was de bedoeling dat hij mij zou briefen.'

'Wie?' vroeg Reacher. 'De man die er niet is?'

'Vanzelfsprekend.'

'Briefen in de zin van jou bijpraten over de zaak?'

'Meer dan dat.'

'Dus wat weet je allemaal niet dan?'

'Hij heet Keever. Hij werkt vanuit het kantoor in Oklahoma City. Maar we zitten allemaal op hetzelfde netwerk. Ik kan zien wat hij doet. Hij is bezig met een paar grote zaken, maar niet hier. In ieder geval niets op zijn computer.'

'Waarom werd jij als zijn back-up toegewezen?'

'Ik was beschikbaar. Hij heeft me zelf gevraagd.'

'Van hieruit?'

'Zeker. Hij vertelde me precies hoe ik hier moest komen. Hij praatte erover als de plek waar hij op dat moment was.'

'Had je het idee dat het een standaardverzoek was?'

'Eigenlijk wel. Het voldeed aan het protocol.'

'Dus het is volgens de regels gegaan, maar het is niet terug te vinden op zijn computer?'

'Klopt.'

'En wat betekent dat?'

'Het moet een klein zaakje zijn. Misschien een gunst voor een vriend, of iets anders wat te veel aanschurkt tegen een gratis vriendendienst om te worden goedgekeurd door de baas. Iets waar op geen enkele manier iets aan te verdienen viel. En dus bleef het onder de radar. Maar ik vermoed dat het daarna groter is geworden. Groot genoeg om versterking op te trommelen.'

'Dus het is een klein zaakje dat groter is geworden? En waar ging het dan om?'

'Ik heb geen idee. Keever zou me briefen.'

'Geen enkel idee?'

'Wat begrijp je niet? Hij werkte privé aan een zaakje, in zijn vrije tijd, stiekem, en hij zou mij er alles over vertellen zodra ik hier aankwam.'

'Hoe klonk hij over de telefoon?'

'Ontspannen. Min of meer. Ik geloof niet dat hij het hier erg leuk vond.'

'Zei hij dat?'

'Dat was mijn indruk. Toen hij uitlegde hoe ik hier moest komen, klonk het bijna verontschuldigend, alsof hij me naar een sinistere, enge plek stuurde.'

Reacher zei niets.

Chang zei: 'Militairen zoals jij zijn waarschijnlijk te nuchter op data gericht om die manier van denken te volgen.'

'Nee, absoluut niet,' zei Reacher. 'Ik wilde net zeggen dat ik het daarmee eens ben. Ik vond die winkel met rubberschorten bijvoorbeeld niet echt leuk, en er was een vreemd jochie dat me vanochtend overal volgde. Een jaar of tien, twaalf. Een beetje een traag jongetje, dat gefascineerd werd door een vreemdeling, maar vreselijk verlegen. Hij kroop steeds weg achter een muurtje als ik in zijn richting keek.'

'Ik weet niet of dat vreemd of triest is.'

'Je hebt echt geen enkele informatie?'

'Ik wacht op Keever, die zou me bijpraten.'

'En dat betekent wachten op de trein.'

'Twee keer per dag.'

'Wanneer kap je ermee?'

'Dat is nogal grof.'

'Ik maakte een grapje. Dit is namelijk een van de ergste dingen die mij in het verleden zijn overkomen, jou ook waarschijnlijk: zitten wachten in je patrouillewagen. Volgens mij gaat het hier om verbroken communicatielijnen. Een boodschap die niet is doorgekomen. Zoiets, denk ik. Waarschijnlijk omdat mobiele telefoons hier geen bereik hebben. Dan raken mensen onthand.'

Chang zei: 'Ik geef hem nog vierentwintig uur.'

'Dan ben ik weg,' zei Reacher. 'Ik denk dat ik vanavond met de trein vertrek.'

Reacher liet Chang achter in de diner en liep terug naar het oude wagenspoor om de rest van het stadje te bekijken. Hij zag het vreemde jochie niet meer. Hij sloeg af bij de praktijk van de veearts en liep nog een keer alle straten aan de noordkant door, maar zag niets belangwekkends. Hij liep door, het stadje uit, honderd meter, tweehonderd, voor het geval het middelpunt van het plaatsje zich vanwege de spoorweg naar het oosten had verplaatst en alleen dit soort gedenktekens nog steeds op de oorspronkelijke plaats stond. Als Chang gelijk had, en er was een oude dame gestorven, hoefde haar grafsteen niet per se van een afstand zichtbaar te zijn. Misschien stond de steen niet rechtop, maar lag hij plat, met rondom een gietijzeren hekje, niet meer dan een halve meter hoog, in een zee van tarwe, met misschien een gemaaid paadje vanaf de berm.

Maar hij zag geen paadje en geen steen en geen ceremonieel hekje. Ook geen grotere objecten. Geen museum. Geen plaquette waarop het historisch belang van een plek stond aangegeven. Hij keerde zich om, liep terug en begon aan de inspectie van het zuidelijke kwart, de ene straat na de andere, om te beginnen de straat die vlak achter de bebouwing langs het oude wagenspoor van oost naar west liep. Dit deel leek als twee druppels water op zijn tegenhanger aan de noordkant, zij het dat er meer schuren en garages tot appartement waren verbouwd en er minder fruitstalletjes waren. Maar ook hier geen gedenksteen en geen museum. Terwijl je hier zoiets toch zou verwachten. Mother's Rest was niet altijd een kruispunt geweest. Pas vanaf het moment dat de spoorweg was aangelegd. Voor die tijd was het een willekeurige plek geweest langs een eindeloos recht wagenspoor over de prairie. De steen of de legende had het stadje doen ontstaan. Het stadje was eromheen gegroeid, als een parel om een zandkorrel.

Maar hij vond niets. Geen steen, geen museum. Niet waar hij iets zou moeten vinden, op een respectabele afstand van de oorspronkelijke berm. Ver genoeg ervanaf om het gevoel van een excursie of een soort pelgrimstocht te voeden. En dat zou ongeveer de diepte van een modern huizenblok zijn vanaf de oorspronkelijke berm van het wagenspoor. Maar er was niets.

Hij liep verder, straat in, straat uit, net als eerder. Hij zag hetzelfde soort dingen en kreeg steeds meer een beeld van hoe het plaatsje in elkaar stak. Het was een handelspost voor een agrarische gemeenschap die een breed terrein bestreek. Allerlei technische dingen werden aangevoerd en producten werden in grote hoeveelheden afgevoerd. Vooral graan. Maar er moest ook weidegrond zijn. Dat was duidelijk. Vanwege de zaken met spullen voor veeboeren en de veearts. En waarschijnlijk ook de rubberschorten. Het ging sommige mensen voor de wind. Die kochten glanzende nieuwe tractors. Anderen hadden het niet zo breed en moesten hun diesels laten repareren en nieuwe zolen onder hun schoenen plakken.

Gewoon een stadje, net als elke andere stad.

Het liep tegen het einde van de zomer, een gouden dag, de zon was warm, maar niet heet, dus wandelde hij voort, in een goed humeur omdat hij in de buitenlucht was, totdat hij het idee had dat hij het hele stadje had gezien.

Geen gedenksteen en geen museum.

Geen eigenaardig jochie.

Maar er was wel een man die vreemd naar hem keek.

5

Het was twee straten verwijderd van het oude wagenspoor, in een straat die er parallel aan liep, van oost naar west, met aan de ene kant vijf huizenblokken, aan de andere kant vier. De halve-cirkelvorm deed zijn invloed gelden. Er was een bankfiliaal en een coöperatieve leenbank. Er waren kleine werkplaatsen, stuk voor stuk eenmansbedrijfjes. Een messenslijper, een reparatieservice voor versnellingsbakken en zelfs een kapper met een verlichte kapperspaal. Maar er was in het bijzonder een zaak waar reserveonderdelen werden verkocht voor verschillende merken irrigatiesystemen. Het was een volgepakte winkel en de eigenaar, geen klein mannetje, stond min of meer ingeklemd achter zijn kassa. Hij stond naar buiten te kijken en toen Reacher voorbijkwam, verscheen er een soort flikkering in zijn ogen en reikte hij naar iets achter zijn schouder. Reacher kon niet zien wat het was. Hij was al doorgelopen en besteedde er niet veel aandacht aan, maar in zijn achterhoofd bleef het knagen. *Waarom had de man gereageerd?*

Makkelijk zat. Hij had een gezicht gezien dat hij niet kende. Een vreemdeling. Iemand die hij niet kon thuisbrengen.

Wat probeerde hij te pakken? Een wapen?

Waarschijnlijk niet. Een willekeurige voorbijganger was niet meteen een bedreiging. Bovendien had niemand een honkbalknuppel of een oude .45 achter zich aan de muur hangen. Niet open en bloot. Onder de toonbank werkte veel beter. Nou ja, en hoe gevaarlijk was de handel in reserveonderdelen nou eigenlijk? Knuppels en pistolen waren zaken voor kroegen en bodega's, en misschien voor drogisterijen en apotheken.

Dus wat probeerde die man te pakken?

Waarschijnlijk de telefoon. Een ouderwetse aan de muur gemonteerde telefoon. Op schouderhoogte voor de meeste mensen, dat maakte het draaien van nummers gemakkelijker. De man probeerde hem achter zijn rug te pakken, omdat hij aan alle kanten werd ingeklemd door spullen en hij zich onmogelijk helemaal kon omdraaien.

Waarom zou hij bellen? Was het zien van een vreemdeling zoiets opzienbarends dat anderen er onmiddellijk van op de hoogte gebracht moesten worden?

Misschien herinnerde hij zich plotseling iets. Misschien moest hij nog iemand bellen over een deal. Misschien moest hij een pakje versturen.

Of misschien hadden ze hem gezegd dat hij moest bellen als hij iets zag.

Als hij wat zag?

Vreemdelingen.

Wie hadden dat gezegd?

Misschien dat eigenaardige jochie ook wel. Misschien was het wel een bewuste poging geweest hem te volgen. De scheidslijn tussen opvallende verlegenheid en pure incompetentie is maar al te dun.

Reacher bleef op het plein staan en maakte een draai van driehonderdzestig graden om zijn as.

Niemand te zien.

Toen bedacht hij dat een kop koffie een goed idee was, dus liep hij terug naar de diner. Chang zat er nog steeds, aan hetzelfde tafeltje. Eind van de ochtend. Ze was van plaats gewisseld en zat nu met haar rug naar de muur. Waar hij had gezeten. Hij slalomde door de ruimte en ging aan het tafeltje ernaast zitten, naast haar, zodat zijn rug ook naar de muur was gekeerd. Vooral een kwestie van gewoonte.

'Genoten van de ochtend?' vroeg hij.

Ze zei: 'Het doet me denken aan de zondagochtenden van mijn eerste jaar in *college*. Geen mobiele telefoon en niets te beleven.'

'Neemt die man van jullie niet op zijn minst contact op met het kantoor?'

Ze opende haar mond om iets te zeggen, maar hield zich in. Ze keek de hele ruimte door, naar de mensen die er nog zaten, alsof ze het aantal potentiële getuigen telde van iets wat een pijnlijke bekentenis zou kunnen zijn. Toen toverde ze een ingewikkelde, veelzeggende glimlach op haar gezicht, deels strijdbaar, deels meelijwekkend, misschien zelfs wel een beetje samenzweerderig, en zei: 'Misschien heb ik onze situatie wel een beetje te mooi voorgesteld.'

'Hoezo?'

'Ons kantoor in Oklahoma City is de logeerkamer van Keever. Net zo goed als ons kantoor in Seattle mijn logeerkamer is. Op onze website staat dat we overal kantoren hebben. En dat klopt. Overal zijn ex-FBI-agenten met een logeerkamer en een stapel onbetaalde rekeningen. We zijn een onderneming met een platte structuur. Met andere woorden, we hebben geen ondersteunend personeel. Keever kan zich bij niemand melden.'

'Maar hij is wel bezig met grote zaken.'

Chang knikte. 'We zijn serieus en leveren goed werk. Maar we zijn ook een bedrijf en weinig overhead is de sleutel tot succesvol ondernemen. Samen met een goede website. Niemand weet precies wat je bent.'

'Wat voor soort klus zou hij aannemen als een vriendendienst?'

'Daar heb ik natuurlijk ook over na zitten denken. Niet iets met een bedrijf. Er zijn geen kleine klusjes als het om bedrijven gaat. Sommige van die zaken lijken wel een vrijbrief om bankbiljetten te drukken. Die gaan rechtstreeks de computer in. Dat mag je van mij aannemen. Alsof je jezelf een gouden ster uitdeelt. Dit moet een particulier zijn, die contant betaalt of met de hand cheques uitschrijft. Dat hoeft niet per se iets schimmigs te zijn, maar waarschijnlijk wel iets saais en misschien wel iets idioots.'

'Maar nu heeft Keever ondersteuning nodig.'

'Zoals ik al zei, het is klein begonnen en groter geworden.'

'Of het idiote was ineens niet idioot meer.'

'Of het is nog veel idioter geworden.'

De serveerster kwam langs en maakte een begin met Reachers tweede bodemloze kop koffie van de dag. Hij betaalde meteen, ongeveer vier keer zoveel als nodig was. Hij hield van koffie en hij hield van serveersters.

Chang vroeg: 'Hoe was jouw ochtend?'

Hij zei: 'Ik kon het graf van de oude vrouw niet vinden en ook geen informatie over de baby.'

'Denk je dat er van een van beiden nog iets te vinden zal zijn?'

'Ik weet het wel bijna zeker. Er is hier ruimte genoeg. Ze storten geen asfalt over een graf. En er is altijd wel een plekje waar je een gedenkplaat kwijt kunt. Die zie je overal. Iets van gietijzer, bruin geverfd. Ik heb geen idee wie ze maakt. Het ministerie van Binnenlandse Zaken, denk ik. Maar ik heb niets gezien.'

'Heb je met de mensen hier gepraat?'

'Dat is de volgende stap.'

'Je zou kunnen beginnen met de serveerster.'

'Die is beroepsmatig verplicht me de zaken mooi voor te spiegelen. Zodat er een geruchtenstroom op gang kan komen en haar diner plotseling een trekpleister voor toeristen wordt.'

'Dat is tot nu toe niet gelukt.'

'Zouden veel mensen de vraag stellen?'

'Waarschijnlijk vijf van de tien,' zei ze. 'Maar dat is dan ook tegelijk het totale aantal bezoekers van de afgelopen tien jaar. Het is dus een kwestie van een hoog percentage, maar een lage frequentie. Het hangt er maar van af wat je "veel" noemt.'

Op dat moment kwam de serveerster naar hen toe met de thermoskan om Reachers beker bij te vullen. Chang vroeg haar: 'Waarom heet het hier Mother's Rest?'

De serveerster deed een stap achteruit, leunde met haar hand op haar heup zoals vermoeide mensen dat doen, de thermoskan half geheven. Haar haar had dezelfde kleur als de tarwe buiten. Haar gezicht was rood. Misschien was ze vijfendertig, maar misschien ook wel vijftig, van nature een slanke vrouw die met de jaren molliger was geworden, of van nature een gezette vrouw die met hard werken vet verbrandde. Het viel niet te zeggen. Ze leek blij even een minuutje rust te krijgen, want Reacher had zich al ontpopt als haar beste vriend ooit, vanwege de fooi, en nu werd haar een vraag gesteld die niet beledigend en ook niet afgezaagd was.

Ze zei: 'Ik stel me altijd voor dat een dankbare zoon uit een grote stad hier een klein huisje voor zijn moeder heeft laten bouwen, voor haar oude dag, als tegenprestatie voor al haar goede zorgen, en dat er toen winkels zijn gekomen waar ze de spullen kon kopen die ze nodig had, en nog een paar huizen, en zo werd het al snel een stadje.'

'Is dat de officiële versie?' vroeg Reacher.

'Schat,' zei de serveerster, 'ik weet het niet. Ik kom uit Mississippi. Ik heb geen idee hoe ik hier terecht ben gekomen. Vraag het maar aan de man achter de toonbank. Ik geloof dat hij in ieder geval hier in de staat is geboren.'

Toen haastte ze zich weer weg, zoals serveersters dat gewoon zijn.

Chang vroeg: 'Was dat het mooie verhaal?'

Reacher knikte. 'Maar dan wel weer de creatieve versie, niet de versie zoals die door de jongens van marketing is bedacht. Ze moet haar verhaal aanpassen. Of voor de film gaan schrijven. Ik heb dat verhaal al eens gezien. Op tv in een motelkamer. Overdag.'

'Moeten we het de man achter de toonbank vragen?'

Reacher keek die kant op. De man was druk bezig. Reacher zei: 'Ik ga eerst een paar echte mensen opzoeken. Toen ik hier rondwandelde heb ik wel een paar goede kandidaten gezien. En daarna ga ik een plekje zoeken om een dutje te doen. Of misschien ga ik naar de kapper. Misschien zie ik je wel weer bij het spoor om zeven uur. Dan stapt jullie man Keever uit en klim ik aan boord.'

'Zelfs als je het verhaal achter de naam nog niet weet?'

'Dat is niet belangrijk. Niet de moeite waard om te blijven hangen. Ik geloof in mijn eigen versie. Of in die van jou. Dat hangt van mijn stemming af.'

Chang reageerde niet, dus dronk Reacher zijn beker leeg, schoof achter zijn tafeltje vandaan en liep naar buiten. De zon was nog steeds warm. *Dat is de volgende stap. Echte mensen.* Om te beginnen met de man van de reserveonderdelen voor irrigatiesystemen.

6

De man stond nog steeds ingeklemd achter zijn kassa. Hij had niet meer dan ongeveer een halve meter ruimte en dat was te weinig. Hij was bijna even groot als Reacher en bijna even zwaar, maar pafferig en vormeloos. Hij droeg een shirt als een circustent boven een broeksriem die onwaarschijnlijk diep doorboog onder een buik zo groot als een pauk. Hij had een bleek gezicht en kleurloos haar.

Aan de muur, achter zijn rechterschouder, hing een telefoon.

Geen ouderwets geval met een kiesschijf en een gekruld snoer, maar een moderne draadloze telefoon die rechtop in het basisstation stak dat aan de muur was geschroefd. Geen probleem voor de man om blindelings achter zich te graaien tot hij beet had, en dan had hij de toetsen pal voor zich in de palm van zijn hand, zodat hij snel een nummer kon kiezen. Of een voorgeprogrammeerd nummer. Op het basisstation zat een transparant plastic plaatje met ruimte voor tien nummers. Op vijf plekken zat een labeltje, vijf andere waren leeg. Op de labeltjes stonden logo's van merken waarvoor de man reserveonderdelen verkocht. Waarschijnlijk hulplijnen voor technische vragen, of nummers van verkoop- en serviceafdelingen.

De man zei: 'Kan ik iets voor u doen?'

'Hebben wij elkaar eerder ontmoet?' vroeg Reacher.

'Ik denk het niet. Ik weet bijna zeker dat ik me dat zou herinneren.'

'En toch schrok je toen ik hier eerder voorbijkwam. Je stootte bijna je hoofd tegen het plafond. Waarom was dat?'

'Ik herkende u van oude plaatjes.'

'Welke oude plaatjes?'

'Penn State, in '86.'

'Ik was niet slim genoeg voor Penn State.'

'U speelde football. U was die linebacker over wie iedereen het had. U stond in alle kranten. In die tijd was ik heel druk bezig met al dat gedoe. Nog steeds eigenlijk. U ziet er nu natuurlijk ouder uit. Als u het niet erg vindt dat ik dat zeg.'

'Heb je gebeld?'

'Wanneer?'

'Toen je me langs zag lopen.'

'Waarom zou ik dat gedaan hebben?'

'Ik zag je hand naar de telefoon gaan.'

'Misschien ging hij over. Dat stomme ding gaat de hele tijd over. De ene keer willen ze dit, en dan weer dat.'

Reacher knikte. Zou hij het gehoord hebben als de telefoon overging? Waarschijnlijk niet. De deur was dicht geweest en het was een moderne elektronische telefoon, waarvan je het volume kon aanpassen, en misschien was hij wel ingesteld op heel zacht rinkelen in zo'n kleine, benauwde ruimte. Helemaal als er voortdurend werd gebeld, zou het niet te harden zijn als het ding keihard zou rinkelen in het oor van de man.

Reacher vroeg: 'Wat is jouw theorie over de naam van deze stad?'

'Mijn wat?'

'Waarom heet het hier Mother's Rest?'

'Ik heb geen flauw idee. In het hele land heb je gekke namen. Niet alleen hier.'

'Ik neem je niks kwalijk. Ik ben alleen geïnteresseerd in de achtergrond.'

'Ik heb er nog nooit iets over gehoord.'

Reacher knikte opnieuw.

Hij zei: 'Een plezierige dag verder.'

'Insgelijks. En gefeliciteerd met de promotie. Als u het niet erg vindt dat ik dat zeg.'

Reacher zocht zich een weg terug naar buiten en bleef even in de zon staan.

Hij bezocht nog twaalf winkeliers, zodat hij in totaal veertien meningen verzamelde, inclusief die van de serveerster. Er was geen eenduidig verhaal. Acht meningen waren eigenlijk helemaal geen meningen, niet meer dan niet-begrijpende blikken en schouderophalen, steeds vergezeld van een en dezelfde defensieve houding: *in het hele land heb je gekke namen*. Waarom zou je vallen over Mother's Rest in een land met plaatsnamen als Why en Whynot, en Accident en Peculiar en Santa Claus en No Name, en Boring en Cheesequake en Truth or Consequences, en Monkeys Eyebrow, en Okay en Ordinary, en Pie Town en Toad Suck en Sweet Lips?

De andere zes meningen waren variaties op de fantasie van de serveerster. En die van hemzelf, dacht Reacher. En die van Chang. Iedereen redeneerde terug vanuit de naam en bedacht er schilderachtige scenario's bij. Er was geen hard bewijs. Niemand wist iets over een gedenksteen of een museum, of een plaquette, of zelfs maar een oud volksverhaal.

Reacher wandelde terug door de brede straat en vroeg zich af: een dutje of naar de kapper?

De man van de reserveonderdelen was de eerste die rapporteerde.

Hij zei dat hij zeker wist dat hij het goed had afgehandeld, met de oude truc over football. Dat was een techniek die hij jaren geleden had geleerd. Neem een team van een college dat in een bepaald jaar goed had gepresteerd, en de meeste mensen voelden zich zo gevleid dat alle achterdocht als sneeuw voor de zon verdween. Binnen een uur rapporteerden nog drie winkeliers hetzelfde. Afgezien van het football. Maar het beeld was duidelijk. De eenogige man van het motel nam alle telefoontjes aan, zette alles in gedachten op een rijtje en koos toen zelf een nummer. Toen er werd opgenomen, zei hij: 'Ze pakken het aan via de naam. De grote kerel stelt overal in de stad vragen.'

Hij kreeg een langdurig plastic gekraak als antwoord, kalm, zoetgevooisd en geruststellend. Hij zei: 'Oké, natuurlijk,' maar het klonk niet overtuigd. Toen verbrak hij de verbinding.

De kapperszaak had twee stoelen en één kapper. Hij was oud, maar zijn handen trilden niet zichtbaar, dus liet Reacher zich scheren en knippen, achter en aan de zijkanten opgeschoren, en wat langer bovenop. Zijn haar had nog altijd zijn oorspronkelijke kleur. Het was een beetje dunner geworden, maar het was er nog. De oude man leverde goed werk. Reacher keek in de spiegel en zag zichzelf terugkijken, fris en opgeknapt. Hij moest elf dollar betalen, wat hem een redelijk bedrag leek.

Vervolgens wandelde hij terug over het brede plein. Bij het motel zag hij de tuinstoel die hij al eerder had gezien, verlaten op het asfalt staan. Wit plastic. Hij pakte hem op en droeg hem over de stoeprand, naar een strookje gras bij een schutting. Onopvallend, waar hij niemand in de weg zou zitten. Hij draaide hem met zijn voet bij zodat de stoel naar de zon gericht stond. Toen ging hij zitten. Hij zakte onderuit en sloot zijn ogen. Hij zoog de warmte op. En na verloop van tijd viel hij in slaap, in de buitenlucht in de zomer, de op een na beste manier om in slaap te vallen.

7

Die avond liep Reacher een uur te vroeg naar het spoor, om zes uur, deels omdat de zon laag boven de horizon stond en er nergens meer een plek was om er lekker van te genieten, en deels omdat hij graag aan de vroege kant was. Hij wilde graag voldoende tijd hebben om de zaak te verkennen. Zelfs bij zoiets eenvoudigs als op de trein stappen.

De silo's stonden er stil en zwijgend bij, naar je mocht aannemen leeg, in afwachting van de oogst. Het enorme pakhuis was gesloten. De rails lagen er roerloos bij. De natriumlampen waren al aan, nog voor het zou gaan schemeren. De lucht was in het westen nog goudkleurig, maar voor het overige al donker. Nog even, dacht Reacher, dan zou de avond vallen.

Het stationsgebouwtje was open, maar leeg. Reacher stapte naar binnen. Het interieur was van hout met allerhande snijwerk, veelvuldig geverfd met een soort projectverf, crèmekleurig. Het rook er zoals altijd in houten gebouwen aan het einde van een lange, warme dag. Dode, stoffige, warme lucht.

Het loket was boogvormig, maar klein en bood dus veel privacy. In het glas was een rond gat aangebracht om te communiceren. Achter het glas was een vouwgordijn omlaag getrokken. Het was bruin, gemaakt van een ouderwets soort vinyl. Er stond GESLOTEN op, aangebracht met verf die veel weg had van bladgoud.

Er was een gangetje met toiletten. Er stond een tafel waarop een zes dagen oude krant lag. Aan het plafond hingen lampen, melkwitte gloeilampen in glazen bollen, maar er was geen schakelaar. Bij de deur, waar je de schakelaar zou verwachten, was een plaatje geschroefd waarop een briefje was geplakt: *Voor het licht vragen bij het loket.*

De banken waren schitterend. Misschien waren ze wel honderd jaar oud. Ze waren gemaakt van massief mahonie, recht en streng, slechts heel flauwtjes gevormd naar het menselijk lichaam en glanzend gepolijst door jarenlang gebruik. Reacher koos een plek en ging zitten. Het zat beter dan hij had verwacht. De vorm mocht dan streng en puriteins zijn, de bank zat comfortabel. De meubelmaker had goed werk geleverd. Of misschien had het hout zelf de strijd opgegeven, en niet langer tegengestribbeld, maar meegegeven en zich laten vormen en had het geleerd om te omhelzen. Geleerd van alle vormen en formaten, met alle bijbehorende verschillende massa en temperaturen. Letterlijk gestoomd en geperst, alsof het een industrieel proces was, eindeloos traag uitgevoerd. Kon dat, met hout zo hard als mahonie? Reacher had geen idee.

Hij zat stil.

Buiten werd het donker. Dus werd het binnen ook donker. *Voor het licht vragen bij het loket.* Reacher zat in de duisternis en keek uit het raam. Chang moest daarbuiten ook ergens zijn. In de schaduw. Zo was het eerder ook gegaan. Hij zou natuurlijk naar haar op zoek kunnen gaan. Maar waarom? Hij was niet van plan om een toespraak te houden. Vijf minuten over koetjes en kalfjes praten maakte geen verschil. Hij was op reis. Hij trok verder. Hij was eraan gewend. Niets bijzonders. Even vriendelijk zwaaien als hij zou instappen was goed genoeg. Tegen die tijd had zij misschien wel heel iets anders aan haar hoofd, was ze in gesprek met Keever, luisterde ze naar zijn verhaal, kwam ze erachter waar hij in hemelsnaam was geweest.

Als Keever in de trein zat.

Reacher wachtte.

Meer dan een minuut voordat de trein zou arriveren, hoorde Reacher kiezelstenen tussen de spoorrails tegen elkaar klikken en fluisteren. Daarna begonnen de spoorstaven zelf te zingen, een laag stalen murmelen, dat aanzwol tot een licht gieren. Hij voelde de druk in de lucht en zag de koplamp aankomen. Daarna kwam het lawaai, sissend en kletterend en zoemend. Toen kwam de trein, heet en bruut, maar oneindig traag, met knarsende remmen. Toen hij eindelijk stilstond, met de passagierswagons langs het perron, was de locomotief al bijna weer uit het zicht verdwenen.

De deuren schoven met een zuigend geluid open.

Links van zich zag Reacher Chang naar voren stappen uit de schaduw. Als in een reflex, vanwege de trein. Een stap naar voren en weer terug, als de flits van een camera.

Er stapte een man uit de trein.

Rechts van zich zag Reacher de man van de reserveonderdelen. Hij stapte uit de schaduw, deed nog een stap naar voren en wachtte.

De man die was uitgestapt, bleef staan in een poel van licht.

Hij was niet groot. Het was niet de man die Chang verwachtte. Niet Keever. Deze man was iets langer dan gemiddeld, maar ook minder zwaar dan gemiddeld. Misschien was hij vijftig en zou je hem in zijn jeugd slank hebben genoemd, maar nu was hij mager. Hij had donker haar, waarschijnlijk geverfd. Hij droeg een pak en een overhemd met een boord, maar geen stropdas. Hij droeg een weekendtas van bruin leer, iets groter dan een doktersvalies, maar niet echt groot.

Verder stapte er niemand uit de trein.

De deuren stonden nog steeds open.

Rechts van zich zag Reacher de man van de reserveonderdelen een tweede stap naar voren doen. De man die was uitgestapt, kreeg hem in de gaten. De man van de reserveonderdelen noemde een naam en stak zijn hand uit. Beleefd, eerbiedig, verwelkomend en bescheiden.

De man die was uitgestapt schudde hem de hand.

De deuren stonden nog steeds open.

Reacher bleef zitten waar hij in het duister zat.

De man van de reserveonderdelen pakte de leren tas over en leidde de man in het pak naar de uitgang. De deuren van de trein schoven luid sissend dicht. De wagons maakten een jankend geluid en trilden en de trein reed weg, langzaam, langzaam, de ene wagon na de andere.

De man van de reserveonderdelen verdween met de man in het pak uit het zicht.

Reacher stapte naar buiten, het perron op en keek het dansende achterlicht van de trein na.

Vanuit de schaduw zei Chang: 'Ze gaan naar het motel.'

'Wie?' vroeg Reacher.

'De man die uitstapte en zijn nieuwe vriend.'

Ze liep naar het licht.

'Je bent niet vertrokken,' zei ze.

'Nee, ik ben er nog.'

'Ik dacht dat je zou vertrekken.'

'Ik ook.'

'Ik denk dat ik best aardig ben, maar ik weet dat ik niet de reden ben.'

Reacher zei niets.

Chang zei: 'Zo bedoelde ik het niet. Het spijt me. Niet dat soort reden. Dat is sowieso aanmatigend. Ik bedoel, dat soort reden zou ik nooit mogen zijn. En nu maak ik het nog veel erger. Ik bedoel dat je niet bent gebleven om mij te helpen. Toch?'

'Heb je gezien hoe ze elkaar de hand schudden?'

'Natuurlijk.'

'Daarom ben ik gebleven.'

8

Reacher liep voor Chang uit naar de stille wachtkamer en ze gingen op een bank zitten, naast elkaar in het duister. Reacher zei: 'Hoe zou je die handdruk omschrijven?'

'Hoe bedoel je?' vroeg Chang.

'Wat daarmee werd uitgedrukt. De lichaamstaal.'

'Het zag eruit alsof een assistent-manager van een bedrijf eropuit was gestuurd om een belangrijke klant op te vangen.'

'Hadden ze elkaar eerder ontmoet?'

'Ik denk het niet.'

'Precies. En de man van hier deed het heel netjes, toch? Heel subtiel. Respectvol, maar niet kruiperig. Anders dan wanneer hij een vriend de hand schudt, wil ik wedden. Of zijn schoonvader. Of de kredietmedewerker van de bank. Of een oude vriend van de middelbare school die hij twintig jaar niet heeft gezien.'

'En?'

'De man van hier is iemand met een heel arsenaal aan manieren om mensen de hand te schudden, en je kunt ervan uitgaan dat ze hem allemaal even gemakkelijk afgaan. Het is een deel van zijn act.'

'En wat heb je aan die kennis?'

‘Ik heb de man vanochtend gesproken. Hij heeft een winkel voor reserveonderdelen voor irrigatiesystemen. Ik liep langs zijn etalage en toen schrok hij en greep hij naar de telefoon.’

‘Waarom zou hij?’

‘Dat mag jij me vertellen.’

‘Hoe paranoïde moet ik zijn?’

‘Ergens tussen gezond verstand en een beetje paranoïde in.’

Ze zei: ‘Ik zou er geen moment bij stilstaan, als er niet iets met Keever aan de hand was.’

‘Maar?’

‘Jij lijkt een beetje op Keever. Heel globaal. Misschien was Keever aan het rondneuzen en hebben mensen de opdracht gekregen om hem in de gaten te houden, of mensen die er net zo uitzien als hij.’

Reacher zei: ‘Dat heb ik me ook afgevraagd. Het leek me niet erg waarschijnlijk, maar onwaarschijnlijke dingen gebeuren nu eenmaal. Dus ben ik er later weer heen gegaan, om het te controleren. Ik vroeg de man waarom hij reageerde. Hij zei dat hij me herkende van college-football in 1986. Op Penn State. Er zouden foto’s van me in tijdschriften hebben gestaan. Hij zei dat hij niet had gebeld, maar dat hij misschien wel de telefoon had gepakt omdat hij werd gebeld. Die telefoon stond volgens hem de hele dag te rinkelen.’

‘Rinkelde de telefoon echt?’

‘Dat kon ik niet horen.’

‘Heb jij football gespeeld op Penn State?’

‘Nee, ik heb op West Point gezeten en heb ooit één keer football gespeeld. Niet erg best, ben ik bang. Ik weet behoorlijk zeker dat ik nooit in een tijdschrift heb gestaan.’

‘Die man kan zich gewoon vergissen. 1986 is lang geleden. Je zou ondertussen behoorlijk veranderd zijn. En je ziet eruit alsof je voor Penn State gespeeld zou kunnen hebben.’

‘Zo dacht ik ook. Op dat moment.’

‘Maar nu?’

‘Nu denk ik dat hij zich indekte. Dat hij zich verstopte achter een lulverhaal. Misschien is het een trucje dat hij ooit heeft geleerd. Geen tijd verknoeien met onhandige ontkenningen, maar meteen erbovenop springen met een geloofwaardige verklaring. Er zijn vast mannen die zich gevleid zouden voelen. Die ooit zelf een beroemde football-speler hadden willen worden. Wie niet? Misschien kon hij ze zo afleiden, en dan was het probleem opgelost. Bovendien deed hij alsof ik jonger was dan ik ben. Dat is ook vleiend, denk ik. Ik zat in 1986 al in het leger. Ik ben in '83 van West Point gekomen. De man heeft er echt een topshow van gemaakt.'

'Maar dat bewijst allemaal niets.'

'Toen ik binnenkwam, vroeg ik meteen: "Hebben wij elkaar eerder ontmoet?" Hij zei nee.'

'En dat klopt toch?'

'Maar zo iemand, een supporter die zich nog college-spelers kan herinneren van dertig jaar geleden, zou anders hebben gereageerd. Hij zou hebben gezegd: "Nee, maar ik zou u graag de hand schudden. Of bij het vertrek. Op enig moment hadden er handen geschud moeten worden. We hebben het over de man die handen schudt. Sommige mensen vinden dat belangrijk. Dat heb ik wel vaker gezien. Maakt meer indruk dan een handtekening of een foto. Omdat het persoonlijk is. Fysiek contact. Ik wil wedden dat die man een heel lange lijst heeft waarop mensen staan die hij maar op tv hoeft te zien, om te denken: die heb ik ooit een hand gegeven.'

'Maar hij gaf jou geen hand.'

'Dat was een foutje boven op een eerste foutje. Hij wist dat ik nooit een beroemde football-speler ben geweest. Dus nu kom ik weer terug bij jouw versie. De mensen hebben opdracht gekregen om nieuwsgierige vreemdelingen in de gaten te houden. Misschien zelfs dat eigenaardige jochie van vanochtend. Bovendien geen Keever in de trein. Waar is die man? Daarom ben ik nog steeds hier. In ieder geval tot morgen. Gewoon, voor de lol.'

'Wie was die man in dat pak die uitstapte?'

'Ik weet het niet. Iemand van buiten, denk ik, die hier iets van zaken komt doen. Hij blijft niet lang, want hij had maar een klein tasje bij zich. Waarschijnlijk is hij rijk. Mensen die zo mager zijn, zijn meestal rijk. Het zijn rare tijden. Arme mensen zijn dik, rijke mensen zijn mager. Dat is nog nooit eerder gebeurd.'

'Goede zaken of kwade zaken? Is het toevallig dat hij werd opgepikt door de man van Penn State, of houdt het verband met waar Keever naar op zoek is? Wat dat dan ook mag zijn.'

'Kan allebei.'

'Misschien is het gewoon een fabrikant van irrigatiesystemen. De CEO van een groot bedrijf.'

'In dat geval zou de man van hier naar een beurs zijn gegaan of zo. Misschien zou hij daar de grote baas ergens bij een borrel hebben ontmoet. Een halve minuut, misschien nog wel korter. En dan zou hij de man de hand hebben geschud. Dat is een ding dat zeker is.'

'Ik maak me zorgen over Keever.'

'En terecht, denk ik. Maar je moet niet overdrijven. Want hoe erg kan het zijn? Met alle respect, maar het gaat om een privédetective die contant wordt betaald of met beduimelde cheques door een particulier. Die al dan niet een idioot is. Je eigen woorden. En zo iemand gaat altijd eerst naar de politie. Nadat hij iedereen heeft lastiggevallen, te beginnen bij het Witte Huis. Maar kennelijk waren ze in het Witte Huis en bij de politie niet geïnteresseerd. Dus hoe erg kan het zijn?'

'Jij denkt dat de politie het altijd bij het rechte eind heeft?'

'Ik denk dat ze een drempel hebben om wel of niet te gaan kijken. Als de man ze had verteld dat het pakhuis vol kunstmestbommen lag, waren ze meteen komen kijken, denk ik. Maar als hij ze had verteld dat hij met de vullingen in zijn kiezen kankerverwekkende straling uit die silo's opving, waren ze misschien minder happig geweest om te reageren.'

'Maar het punt is, eerst leek het iets onbelangrijks en nu is het anders. Daarom het telefoontje voor back-up. Misschien is het nu over de drempel.'

'In dat geval kan Keever net als iedereen 911 bellen. Of hij kan de FBI rechtstreeks bellen. Ik wil wedden dat hij het nummer nog uit zijn hoofd kent.'

'Maar wat doen we nu dan?'

'We gaan nu terug naar het motel. Los van alles heb ik een kamer nodig voor vannacht.'

De eenogige man draaide zijn dienst in het kantoor van het motel. Chang kreeg de sleutel van 214, net als eerder, en wachtte. Reacher werkte dezelfde moeizame onderhandelingen af. Zestig dollar, veertig, dertig, vijfentwintig, maar niet voor kamer 106. Hij kon de man niet iedere keer laten winnen. Hij kreeg kamer 113, in het midden van de andere vleugel, ver weg van de ijzeren trap, op de begane grond, precies naast de kamer recht onder die van Chang.

Hij vroeg: 'Wat is de kamer van meneer Keever?'

'Wie?'

'Keever. De grote man uit Oklahoma City. Heeft een dag of twee, drie geleden ingecheckt. Heeft waarschijnlijk een week vooruitbetaald.'

'Dat mag ik niet zeggen. Dat is een kwestie van privacy. Voor onze gasten. Dat begrijpt u vast wel. En ik weet zeker dat u het ook op prijs zou stellen als de rollen omgedraaid waren.'

'Zeker,' zei Reacher. 'Dat is logisch.'

Hij pakte zijn sleutel en liep met Chang naar buiten. 'Je moet me niet verkeerd begrijpen,' zei hij, 'maar ik wil met je mee naar jouw kamer.'

9

Ze namen de trap aan de rechterpunt van de hoefijzervorm en kwamen meteen bij Changs kamer uit, 214, de tweede kamer op de galerij, naast 215, de eerste kamer. Chang maakte met haar sleutel de deur open en ze liepen naar binnen. De kamer verschilde niet van alle andere kamers, maar Reacher zag meteen dat er een vrouw in huisde. De kamer was opgeruimd en het rook er aangenaam. Er stond een rolkoffertje, waarin alles keurig was opgevouwen.

Reacher zei: 'Wat voor soort aantekeningen zou Keever bij zich hebben?'

'Goede vraag,' zei Chang. 'Normaal gesproken hebben we een laptop en een smartphone bij ons. Dan voeren we alle aantekeningen in met het toetsenbord. Dat is soms nogal omslachtig, maar je moet het toch doen, want uiteindelijk moet alles worden geregistreerd. Maar het punt van een zaak onder de radar is nu juist dat je niets wilt registreren, dus waarom zou je al die aantekeningen typen? Waarschijnlijk heeft hij ergens met de hand volgeschreven vellen papier.'

'Waar?'

'Waarschijnlijk heeft hij die in zijn zak.'

'Of in zijn kamer. Hangt ervan af hoeveel het is. We zouden moeten gaan kijken.'

'We weten niet waar zijn kamer is. En we hebben geen sleutel. En die krijgen we ook niet, omdat dit vijfsterrenmotel kennelijk een privacybeleid heeft.'

'Volgens mij is het 212, 213 of 215.'

'Waarom?'

'Ik neem aan dat Keever voor jou heeft gereserveerd, klopt dat? Hij heeft waarschijnlijk bij de balie verteld dat er een collega van hem onderweg was. En de man daar schijnt te denken dat je kamers dicht bij elkaar moet hebben als je iets met elkaar te maken hebt. Jij zit in 214, omdat Keever al in 213 of 215 zat, of misschien in 212.'

'Waarom vroeg je dat aan die man, als je het toch al wist?'

'Hij had de mogelijkheden nog een beetje kunnen beperken. Maar ik deed het vooral omdat ik de naam Keever in het openbaar wilde gebruiken. Meer niet eigenlijk. Als mensen de ogen openhouden, hebben ze misschien ook wel de oren gespitst. En als dat het geval is, wil ik dat ze het me horen zeggen.'

'Waarom?'

'Om ze te waarschuwen en een eerlijke kans te geven.'

Reacher en Chang liepen over de galerij naar 212. Geen probleem om die kamer door te strepen. De gordijnen waren dicht en de tv stond zacht aan. Niet de kamer van Keever. Zowel 213 als 215 was onbezet. Bij beide waren de gordijnen open, maar het was er ook pikdonker binnen. Waarschijnlijk die ochtend schoongemaakt, dacht Reacher, en daarna was er niemand meer geweest. Logisch gesproken moest de ene kamer leeg zijn en de andere de kamer van Keever, betaald maar op dat moment niet bezet, als gevolg van uitzonderlijke omstandigheden. In de lege kamer zou niets bijzonders te zien zijn, maar Keevers kamer zou op de een of andere manier tekenen van bewoning vertonen, ook al waren die nog zo onbeduidend, bijvoorbeeld een pyjama die onder een kussen uitstak, of een boek op een nachtkastje, of een hoek van een koffer die uit het zicht was gezet achter een stoel.

Maar het was te donker om zoiets te zien.

Reacher zei: 'Kop of munt, of wachten we tot morgenochtend?'

Chang zei: 'En wat dan? De deur intrappen? Ze kunnen ons hier vanuit het kantoor prachtig zien.'

Reacher keek naar beneden en zag de eenogige man een tuinstoel over het asfalt slepen. Het was de stoel waarin Reacher had zitten slapen bij de schutting. De eenogige man zette de stoel op de stoep onder het raam van zijn kantoor en ging zitten, als een ouderwetse sheriff op de veranda, voor zich uit starend. In dit geval niet helemaal naar kamer 214. Iets lager en een beetje naar rechts, dus ook niet helemaal naar kamer 213.

Naar beide kamers.

Interessant.

Toen herinnerde Reacher zich dat diezelfde stoel die ochtend verlaten midden op het asfalt had gestaan. Hij keek naar kamer 106 en probeerde de zichtlijnen te bepalen.

Interessant.

Hij legde zijn ellebogen op de reling.

Hij zei: 'Ik denk dat het intrappen van de deur afhangt van hoe urgent we de situatie vinden.'

'Dat is altijd een kwestie van inschatten. Soms zit je ernaast.'

'Maar niet altijd, toch?'

'Ik denk het.'

'Dus wat is het deze keer?'

'Wat vind jij?'

'Ik ben niet bij je in dienst. Mijn mening zou niet moeten tellen.'

'Maar wat vind je ervan?' vroeg ze.

'Ieder geval is anders.'

'Onzin. Alle zaken komen altijd op hetzelfde neer. Dat weet jij ook.'

'Zaken als deze komen de helft van de tijd op hetzelfde neer,' zei Reacher. 'Je kunt ze in twee groepen verdelen. Soms duikt de man weken later weer op, ongedeerd, geen problemen, en soms ben je hem al kwijt voordat het zelfs maar duidelijk werd dat er een probleem was. Daar zit weinig tussenin. Een grafiek als een smiley. Ironisch genoeg.'

'Dan moeten we afwachten, want óf we hebben de zaak al verloren óf we hebben nog zeeën van tijd.'

Reacher knikte. 'Dat gebiedt de logica.'

'Maar het gezonde verstand?'

'Als we in actie komen, storten we ons onvoorwaardelijk in een onbekende situatie met tegenkrachten die we op geen enkele manier kunnen inschatten. Misschien wel vijf man met een overtuigende handdruk. Of vijfhonderd gasten met automatische wapens en kogels met holle punt. Die iets verdedigen waarvan wij zelfs nog nooit gehoord hebben.'

'En wat zou dat kunnen zijn? Puur hypothetisch?'

'Zoals ik al zei, geen kunstmestbommen in het pakhuis. Iets anders. Iets wat als iets raars is begonnen en toen ineens niet meer iets raars was. Misschien gaat het echt om straling die we met de vullingen in onze kiezen opvangen.'

Chang knikte naar de eenogige man die een eindje verderop op zijn witte plastic stoel zat en zei: 'Je hebt in ieder geval op de juiste plaats Keevers naam laten vallen. Die man zit er tot aan zijn nek in.'

Reacher knikte. 'Het is altijd handig om de receptionist van een motel tot je beschikking te hebben, bij elke onderneming. Maar de man staat niet hoog op de ladder in de organisatie. Hij voelt zich ongemakkelijk. Hij heeft hier geen zin in. Hij denkt dat hij te goed is om de hele nacht op wacht te zitten. Maar zijn bazen denken er kennelijk anders over.'

'En dat zijn de mensen die we moeten hebben,' zei Chang.

'Wij?'

'Bij wijze van spreken. Een gewoonte uit mijn vorige leven. Toen was het altijd een kwestie van teamwork.'

Reacher zei niets.

Chang zei: 'Je bent gebleven. En ik heb niet gezien dat iemand een pistool tegen je hoofd drukte.'

'Dat ik hier nog ben heeft niets te maken met hoe urgent jij die hele toestand met Keever vindt. Dat is een andere zaak, en dat is jouw zaak.'

'Ik wacht tot morgenvroeg.'

'Zeker weten?'

'De logica gebiedt het.'

'Kun je wel slapen, met die kerel die daar zit te loeren?'

'Wat moet ik anders?'

'We kunnen hem vragen ermee op te houden.'

'Dat zou toch hetzelfde zijn als je onvoorwaardelijk in een onbekende situatie storten?' zei Chang.

'Dat hangt van zijn antwoord af.'

'Ik slaap wel. Maar ik draai de deur twee keer op slot en hang de ketting ervoor. We hebben geen flauw idee wat hier allemaal gebeurt.'

'Nee,' zei Reacher. 'Geen flauw idee.'

'Je hebt je haar trouwens leuk laten knippen.'

'Dank je.'

'Wat was de echte reden?'

'Om mijn haar te laten knippen?'

'Om te blijven.'

'Vooral nieuwsgierigheid.'

'Waarnaar?'

'Dat gedoe met Penn State in 1986. Die kerel deed het heel goed. Het was knap acteerwerk. Hij heeft het vast eerder gedaan en veel geoefend, met de nodige zelfkritiek en er met plezier aan teruggedacht als het goed ging, en daarom kan ik me werkelijk niet voorstellen dat hij niet weet dat er ergens een handdruk bij hoort. Ik wil wedden dat hij er al die andere keren wel een handdruk aan heeft toegevoegd. Maar niet bij mij. Waarom niet?'

'Dat was een foutje.'

'Nee, mijn indruk was dat hij zich er niet toe kon zetten om het te doen. Ook al ging het ten koste van zijn acteerprestatie. Hij is ergens bij betrokken, en dat wordt bedreigd, en hij heeft het gevoel dat de mensen die dat bedreigen letterlijk te weerzinwekkend zijn om aan te raken.'

'Misschien slaap ik nu toch iets minder lekker.'

'Ze komen eerst naar mij,' zei Reacher. 'Ik zit op de begane grond. Ik zal wel een boel lawaai maken. Dan ben je erop voorbereid.'

10

Reacher zat op een stoel in zijn kamer, in het donker, twee meter van het raam, onzichtbaar vanbuiten. Hij keek alleen maar. Een kwartier, toen twintig minuten, vijfentwintig minuten. Zo lang als nodig was. De eenogige man op zijn plastic stoel was zo'n dertig meter verderop een bleke vlek in het duister. Hij had het zich gemakkelijk gemaakt. De stoel iets achterovergewipt. Misschien doezelde hij een beetje. Geluiden of bewegingen zouden hem waarschijnlijk wekken. Niet de beste wachtpost die Reacher ooit aan het werk had gezien, maar ook niet de slechtste.

Boven de man, iets meer naar rechts, op de verdieping, lag een rand licht om de gordijnen van de middelste kamer. Kamer 203. Waarschijnlijk de man die was uitgestapt. Net aangekomen, pakte waarschijnlijk zijn kleine leren tas uit en zette alles op zijn plek. Zalfjes en watertjes in de badkamer, sommige dingen in de kast, andere in de laden. Al gaf de grootte van de tas Reacher stof tot nadenken. Het leek een kwaliteitsproduct, veelgebruikt, maar niet versleten of kapot. Zwaar gegranuleerd leer, bruin, met messing beslag. Een klassiek ontwerp, waarschijnlijk in vorm gehouden door de scharnieren en een soort raamwerk binnenin. Maar niet groot. Terwijl de man hier toch voor minimaal vierentwintig uur was. Misschien wel langer. Met een tas die te klein was voor een extra pak of een reserve paar schoenen.

Dat was ongebruikelijk. De meeste burgers hadden van alles in reserve bij zich, voor het geval ze zouden knoeien of als het weer zou omslaan, of voor onverwachte uitnodigingen.

Tien minuten later verdween de rand van licht en werd het helemaal donker in kamer 203. De eenogige man bleef zitten waar hij zat, achterovergeleund, misschien hield hij alles in de gaten, misschien niet. Reacher staarde terug vanuit het donker, nog eens een kwartier, zo lang als nodig was, tot hij zeker wist dat er niets meer gebeurde. Toen kleedde hij zich uit en vouwde hij zijn kleren op zoals hij altijd deed, legde dezelfde broek onder een nieuwe matras, nam snel een douche en ging naar bed. Hij liet de gordijnen open en zette de wekker in zijn hoofd op zes uur de volgende ochtend.

Tenzij hij eerder wakker zou worden van een geluid of iets anders wat de rust zou verstoren.

De dag brak geruisloos aan, opnieuw goudgekleurd maar oneindig bleek. De silo's wierpen zwakke, lange schaduwen over het motel. Reacher ging rechtop in bed zitten en keek naar buiten. De plastic stoel stond er nog steeds, op de stoep onder het raam van het kantoor, dertig meter verderop, maar de eenogige man was verdwenen. Om vier uur 's ochtends, vermoedde Reacher. In het holst van de nacht. Ongetwijfeld om ergens achter zijn kantoor op een bank te kruipen.

De gordijnen van kamer 203 waren nog gesloten. De man die was uitgestapt. Waarschijnlijk sliep hij nog. Reacher stond op en kwam terug uit de badkamer met een handdoek om zijn middel geslagen. Hij deed het raam open voor wat frisse lucht. En voor geluid. Hij hoorde voertuigen op de brede straat. Doorsnee V-8 motoren die liepen op benzine, zware banden die over de spoorstaven in het asfalt kletterden. Pick-ups waarschijnlijk. Op weg naar een ontbijt in de diner. De mensen stonden op bij zonsopgang.

Hij ging zitten en keek, zonder koffie. Hij stoeide met een plezierige fantasie dat hij de diner zou bellen en een pot koffie zou bestellen bij de serveerster, zijn nieuwe beste vriendin, en dat zij er een paar minuten later mee zou aankomen. Ware het niet dat hij het nummer van de diner niet wist en hij geen telefoon op zijn kamer had. En hij had zich nog niet aangekleed. Dertig meter verder over de hoefijzervormige binnenplaats brandde licht in het kantoor. Maar er bewoog niets. Het was gewoon een motel in verschoten kleuren, voor twee derde leeg, net na het begin van de dag.

Hij bleef zitten en verwachtte dat zijn geduld uiteindelijk beloond zou worden, tot het moment dat dat ook werkelijk gebeurde, bijna een uur later. Eerst kwam de eenogige man uit zijn kantoor. Hij bleef staan en snoof de lucht op, zoals mensen dat 's ochtends doen. Hij keek om zich heen, zijn hoefijzervormige domein rond, en naar de parkeerplaatsen. Toen keek hij naar de stoep die voor de kamers op de begane grond lag, en naar de galerij die voor de kamers op de verdieping liep. Het was een in alle rust uitgevoerde visuele inspectie, uit plichtsbesef, dacht Reacher, maar toch ook met iets van trots. Toen herinnerde de man zich het niet-geïnspecteerde deel vlak achter zich en draaide zich om. Toen hij de eenzame tuinstoel zag, sleepte hij hem terug naar kamer 102 en zette hem daar neer, keurig in het gelid met de andere plastic tuinstoelen voor de kamers op de begane grond, die net zo'n keurige rij vormden als de stoelen op de galerij daarboven.

Uit deze handeling sprak eerder plichtsbesef dan trots. Omdat hij er zich de dag ervoor niet druk om had gemaakt. Toen had hij de stoel domweg laten staan waar hij stond. Maar deze nieuwe dag was het op de een of andere manier anders. De man gedroeg zich als een nerveuze bataljonscommandant die bezoek van een brigadegeneraal verwacht.

Reacher wachtte. De schaduwen werden korter, meter na meter, naarmate de zon hoger aan de hemel kwam te staan. Hij hoorde de trein van zeven uur. Die kwam aanrijden, trilde, en vertrok weer.

Hij wachtte.

De gordijnen gingen open in kamer 203. Het raam stond schuin op de zon en er lag een waas van stof over, net als over alles, maar desondanks kon Reacher de man duidelijk zien, in zijn pak, de armen wijd gespreid, zijn handen nog aan de gordijnen, terwijl hij naar buiten staarde, naar de nieuwe dag, alsof hij zich verbaasde, alsof het een verrassing was dat hij opnieuw de zon had zien opkomen. Alsof de kans daarop hoogstens vijftig procent was geweest. De man bleef een volle minuut zo staan, toen draaide hij zich om en verdween hij uit het zicht.

Een witte personenauto reed het terrein op. Een Cadillac, dacht Reacher. Maar niet nieuw. Eentje van een vorige generatie. Hij was lang en laag als een limousine, een auto om over boulevards te rijden. Daarom was het een kleur die opviel buiten Florida en Arizona. Sowieso een opvallende verschijning in dit boerenland. Het was de eerste personenauto die Reacher zag in een straal van vijfhonderd kilometer. Hij was behoorlijk schoon. Pas schoon gespoten, als hij niet nog onlangs echt was gewassen. Reacher kon de chauffeur niet zien. Het glas van de ramen was te donker.

De auto zwenkte naar rechts en reed achteruit de parkeerplaats onder kamer 203 op. Op de voorbumper zat geen kentekenplaat.

De chauffeur stapte niet uit. Op de galerij ging de deur van kamer 203 open en de man in het pak stapte naar buiten. Hij had de bruine leren tas in zijn hand. Hij bleef even stilstaan en snoof de ochtendlucht op. Alsof hij zich verwonderde. Toen kwam hij weer tot zichzelf en liep naar de trap. Hij was mager maar wel lichtvoetig, iemand die soepel bewoog, niet met strak gespannen spieren als een atleet, maar gracieus als een danser, een toneelspeler. Hij liep de trap af en de chauffeur stapte uit de Cadillac om hem te begroeten.

De chauffeur was iemand die Reacher nog niet eerder had gezien. Hij was een jaar of veertig, lang en goedgebouwd, niet vadsig, maar zeker stevig, en hij had een volle kop haar en een argeloos gezicht. Misschien ook een assistent-manager. De man in het pak schudde hem de hand en stapte achter in de auto. De chauffeur droeg de leren tas naar de kofferbak en zette hem erin, een beetje ceremonieel. Toen ging hij weer achter het stuur zitten en reed weg.

Achterop evenmin een kentekenplaat.

Reacher liep naar de douche.

Chang zat al in de diner, aan het tafeltje voor twee achter in de hoek, waaraan ze eerder hadden gezeten. Ze zat met haar rug naar de muur. Ze had de tafel naast zich geannexeerd door haar jasje over de rugleuning van de stoel te hangen. Reacher gaf haar het jasje terug en ging op de stoel naast haar zitten, ook met zijn rug naar de muur. In tactisch opzicht heel verstandig, maar vanuit elk ander standpunt bezien heel jammer. Chang zag er prima uit in een T-shirt. Haar haar was nog vochtig en dat gaf het een glans als van inkt. Haar armen waren lang en licht gespierd, haar huid was glad en gaaf.

Ze zei: 'De man in het pak is al vertrokken. Hij heeft zijn tas meegenomen, dus hij komt niet terug. De bofkont.'

'Ik heb het gezien,' zei Reacher. 'Vanuit mijn kamer.'

'Ik was op weg terug van het spoor. Keever zat ook niet in de ochtendtrein.'

'Vervelend voor je.'

'Dus nu ga ik niet langer op hem wachten. Ik moet hem gaan

zoeken. Hij heeft kamer 215. Ik heb door het raam naar binnen gegluurd. Er hangt een groot shirt aan een kastdeur. Kamer 213 is onbezet.'

'Oké, we vinden wel een manier om binnen te komen.'

'We?'

'Bij wijze van spreken,' zei Reacher. 'Ik heb niets beters te doen vandaag.'

'Moeten we het nu doen?'

'Laten we eerst wat eten. Je moet eten als je de kans krijgt. Een gouden regel.'

'Eigenlijk zou het wel goed zijn om het nu te doen.'

'Misschien wel, maar later is beter. Als de schoonmaakster aan het werk is. Misschien wil zij de deur voor ons opendoen.'

De serveerster kwam langs met koffie.

11

Na het ontbijt zagen ze dat het kamermeisje inderdaad was begonnen met schoonmaken, maar niet in de buurt van Keevers kamer. Ze was druk in de weer op de galerij van de andere vleugel en maakte kamer 203 weer klaar voor verhuur na het vertrek van de man in het pak. Buiten de kamer stond haar volgestouwde karretje, de deur naar de kamer stond open. Je kon haar binnen bezig zien met het afhalen van het bed.

Zij had ongetwijfeld een passe-partout. Aan haar riem, of in haar zak, of aan een ketting aan haar kar.

'Ik denk dat ik daar maar eens naartoe loop om haar goedendag te zeggen,' zei Reacher.

Hij sloeg links af bij 211, en daarna opnieuw bij 206, bleef staan bij de kar en keek naar binnen, kamer 203 in.

De schoonmaakster huilde.

Maar ze werkte wel door. Het was een blanke vrouw, zo mager als een lat en niet jong meer. Ze sleepte een zak met handdoeken uit de badkamer. Ze snotterde en huilde met lange uithalen en de tranen stroomden over haar wangen.

Vanaf de galerij vroeg Reacher: ‘Mevrouw, gaat het?’

De vrouw hield op met huilen, liet de zak uit haar handen glippen en ging rechtop staan. Ze snoof en snotterde nog wat, haalde diep adem en keek Reacher met holle ogen aan, toen draaide ze zich om en keek met holle ogen in de spiegel. Daarna keerde ze zich weer terug zonder te reageren, alsof haar uiterlijk al te ver heen was om er zich nog zorgen over te maken.

Ze begon te glimlachen.

‘Ik ben heel blij,’ zei ze.

‘Goed zo.’

‘Nee, echt. Het spijt me. Die meneer die net is vertrokken, heeft een fooi voor me achtergelaten.’

‘U meent het. Voor het eerst in uw leven?’

‘Nee, maar wel de beste die ik ooit heb gehad.’

Ze droeg een schort met een grote zak langs de zoom. Ze groef voorzichtig met beide handen in die zak en haalde een envelop tevoorschijn. Iets kleiner dan gewoon briefformaat. Meer het soort envelop waarin je een briefje verstuurt om iemand te bedanken voor een uitnodiging. Het woord *Bedankt* was er met de hand met een vulpen op geschreven.

Ze wipte de flap omhoog met haar duim en haalde er een biljet van vijftig dollar uit. Het portret van Ulysses S. Grant op de voorkant.

‘Vijftig dollar,’ zei ze. ‘Het meeste wat ik ooit heb gehad, was twee dollar.’

‘Fantastisch,’ zei Reacher.

‘Dit maakt een wereld van verschil voor mij. Dat kunt u zich niet voorstellen.’

‘Ik ben blij voor u,’ zei Reacher.

‘Dank u. De wonderen zijn de wereld nog niet uit, denk ik.’

‘Weet u waarom het hier Mother’s Rest heet?’

De vrouw reageerde niet meteen.

Ze vroeg: ‘Is dat een vraag of gaat u het me vertellen?’

‘Het is een vraag.’

‘Ik weet het niet.’

‘U hebt nooit verhalen gehoord?’

'Waarover?'

'Over moeders,' zei Reacher. 'Rustende moeders, letterlijk of figuurlijk.'

'Nee,' zei ze. 'Daar heb ik nooit iets over gehoord.'

'Kunt u mij in kamer 215 laten?'

De vrouw aarzelde en vroeg toen: 'Heeft u kamer 113? En had u eergisteren kamer 106?'

'Ja.'

'Het spijt me, ik mag een kamer alleen openmaken voor de geregistreerde gast.'

'De kamer was gereserveerd door ons bedrijf. We werken allemaal samen. We moeten er even naar binnen. Het is belangrijk voor het team.'

'Ik kan het even aan de manager gaan vragen.'

'Laat u maar,' zei Reacher. 'Ik vraag het hem zelf wel.'

Maar de eenogige man was niet in zijn kantoor. Plotseling weggeroepen, dat was duidelijk, want de spullen op de balie lagen erbij alsof hij snel even weg moest. Dossiers en registers lagen open, pennen lagen op notitieboekjes, en er stond een kartonnen beker afhaalkoffie die nog redelijk warm aanvoelde.

Maar de man zelf was er niet.

Achter de balie was een deur. Naar een privéruimte, vermoedde Reacher. De slaapbank natuurlijk, en misschien een kitchenette, en vast en zeker een kleine wc. Misschien was de man daar wel op dat moment. Sommige dingen kunnen niet wachten.

Reacher luisterde ingespannen, maar hoorde niets.

Hij liep om de balie heen.

Hij keek naar de registers. En de dossiers. En de notitieboekjes. Allemaal standaardspul voor een motel. Rekeningen, bestellingen, kluslijsten, percentages.

Hij luisterde opnieuw. Hoorde niets.

Hij trok een la open. De la waarin de man de kamersleutels bewaarde. Hij legde 113 in de la en pakte 215.

Hij schoof de la weer dicht.

Hij stapte weer om de balie heen.

Hij liet de lucht uit zijn longen ontsnappen.

De eenogige man kwam niet terug. Misschien had hij iets verkeerds gegeten. Reacher keerde zich om en wandelde op zijn gemak het kantoor uit. Hij stak de hoefijzervormige binnenplaats over en liep de trap op naar de kamer van Chang. Hij liet haar de sleutel zien. Ze vroeg: 'Hoeveel tijd hebben we?'

Hij zei: 'Hangt ervan af tot wanneer Keever heeft betaald. Waarschijnlijk voor de hele week. Ik neem de kamer van hem over. De man van het motel heeft geen enkele reden om te klagen. Hij heeft zijn geld gehad. En Keever is er niet om zijn mening te geven.'

'Gaat dat lukken?'

'Misschien. Tenzij ze hulptroepen optrommelen.'

'In dat geval bellen we 911. Wat Keever had moeten doen.'

'De man in het pak heeft een fooi van vijftig dollar achtergelaten voor de schoonmaakster.'

'Dat is een boel geld. Dat geef je als je een week op een cruiseschip hebt gezeten.'

'Ze was er heel blij mee.'

'En terecht. Alsof ze een week extra loon krijgt.'

'Het geeft mij een rotgevoel. Ik geef nooit meer dan vijf dollar.'

'Hij was rijk. Dat zei je zelf.'

Reacher zei niets. Hij liep naar de deur van Keevers kamer. Hij stak de sleutel in het slot en draaide hem om. Hij deed de deur open, stapte achteruit en zei: 'Na jou.'

Chang liep naar binnen. Reacher liep achter haar aan. Overal in de kamer waren stille getuigen van Keevers aanwezigheid. Het shirt aan een deurkruk, een keurig reissetje in de badkamer, een linnen jasje in de kast, een versleten koffer tegen de wand, vol kleren. Alles was netjes gerangschikt door de schoonmaakster. De kamer was opgeruimd en schoon.

Geen aktetas. Geen computertas, geen dikke aantekenboeken, geen met de hand beschreven vellen papier.

Niet zomaar in het zicht in ieder geval.

Reacher keerde zich om en deed de deur dicht. In zijn lange, weinig glorieuze carrière had hij misschien wel honderd motelkamers doorzocht. Hij was er goed in. Hij had van alles gevonden, op de meest uiteenlopende plaatsen.

Hij vroeg: 'Wat deed Keever voordat hij bij de FBI kwam?'

'Hij was rechercheur bij de politie, hij had in de avonduren rechten gestudeerd,' zei Chang.

Dat betekende dat hij ook motelkamers had doorzocht. Dat betekende dat hij geen voor de hand liggende bergplaats zou hebben gebruikt. Hij kende de trucjes. Al bood de kamer weinig mogelijkheden. Architectonisch was de kamer weinig uitdagend.

'We houden onszelf voor de gek,' zei Chang. 'De receptionist kan hier al wel vijf keer zijn geweest. Of iemand anders hebben binnengelaten. We moeten ervan uitgaan dat deze kamer allang is doorzocht.'

Reacher knikte. 'Maar hoe goed? Dat is de vraag. Want we weten één ding zeker: Keever is in deze kamer geweest, en vervolgens is hij vertrokken. Dat kan op drie manieren zijn gebeurd. Eén, hij is vertrokken om iets onbeduidends te doen, wat helemaal uit de hand is gelopen. Twee, hij is hier schreeuwend en krijsend uit gesleept door onbekenden. En drie, hij zat hier op de rand van zijn bed na te denken en plotseling vielen er dingen op hun plaats. Een 'o-shit'-moment, waarop hij in de benen kwam en als een haas op weg ging naar de telefoon in het warenhuis om meteen 911 te bellen. Alleen heeft hij dat nooit gehaald.'

'Dat heeft hij niet gehaald? Wat bedoel je?'

'Ik bedoel dat hij verdwenen is. Als je me vertelt waar en wanneer dat is gebeurd, laat ik die andere theorieën vallen.'

'Geen van de drie manieren waarop hij weg kan zijn gegaan, betekent dat we kunnen verwachten dat we iets vinden in deze kamer. Iets wat iedereen over het hoofd heeft gezien.'

'Jawel. Die laatste optie, denk ik. Misschien. Stel je het moment voor. O, shit! Je bent verbijsterd. En vanaf dat moment ben je in gevaar. Dat gevaar is zo groot dat je direct naar de telefoon rent. Maar dat betekent dat je je blootgeeft. Het is iets anders dan bellen in een cel, achter een gesloten deur. Je moet naar buiten. En dat is gevaarlijk. Dus je bent misschien geneigd een boodschap achter te laten. Je krabbelt een boodschap op een briefje, en dat verstop je. En dan ga je als een haas op weg naar de telefoon.'

'Maar daar kom je niet.'

'Zo gaat dat. Soms.'

'Maar dat briefje is zo goed verstopt dat niemand het heeft gevonden. Maar ook weer niet zo goed dat wij het ook niet vinden. Als er tenminste een briefje is. Als het de derde manier was waarop hij is vertrokken. Als er niet gewoon iets heel anders is gebeurd.'

'Het is een opeenvolging van gebeurtenissen geweest,' zei Reacher. 'Dat moet wel, toch? Er is twee keer een 'o-shit'-moment geweest. Misschien eerst vanwege iets kleins, een dag eerder, en toen heeft hij jou gebeld voor ondersteuning, en toen een echt o-shit-moment, waarna hij de politie wilde bellen.'

'Nadat hij een briefje had verstopt.'

'Ik denk dat het de moeite waard is om rekening mee te houden.'

Als Reacher een kamer doorzocht, begon hij met de kamer zelf, niet met wat erin stond. Mensen die iets wilden verbergen, en dus ook mensen die ernaar zochten, hadden de neiging de aspecten van de kamer zelf te negeren, terwijl die meestal tal van mogelijkheden boden. Vooral voor een vel papier. Je kon een airconditioningunit die in het raam was gemonteerd, openmaken. Negen van de tien keer zat er een plastic map in geplakt voor papieren, een gebruiksaanwijzing of een garantiekaart. Een ondernemend persoon kon daar heel veel eigen papier in kwijt.

In een kamer met een centraal systeem voor verwarming en koeling zou je de roosters voor de luchtkanalen open kunnen schroeven. Bij schuifdeuren die in de wand schuiven, kon je goed papier verbergen. In plafonds zaten losse panelen voor onderhoudswerk. Niemand zag ooit de binnenkant van een vouwdeur voor een kast. Enzovoort.

Pas daarna was het meubilair aan de beurt. In dit geval het bed, twee nachtkastjes, een stoel met bekleding, een rechte stoel bij het bureautje, het bureautje zelf en een klein ladekastje.

Ze zochten overal, maar vonden niets.

Chang zei: 'Het was de moeite van het proberen waard, denk ik. Eigenlijk ben ik blij dat we niets hebben gevonden. Dat maakt het minder definitief. Ik wil dat alles goed met hem is.'

Reacher zei: 'Ik wil dat hij in Las Vegas zit met een jonge meid van negentien. Maar tot we een ansichtkaart van hem krijgen, moeten we ervan uitgaan dat het niet zo is. Om scherp te blijven.'

'Hij is rechercheur geweest bij de politie en special agent bij de FBI. Hoe ver is het van hier naar het warenhuis? Wat kan er eigenlijk zijn gebeurd?'

'Het is een meter of zestig. Voorbij de diner. Er kan heel veel zijn gebeurd.'

Chang reageerde niet. Reacher had vieze handen. Van het verplaatsen van meubilair en het aanraken van oppervlakken die niet regelmatig werden schoongemaakt. Hij stapte de badkamer in en draaide de kraan open om zijn handen te wassen. Er lag een nieuw stuk zeep, nog ingepakt in vloeipapier. Lichtblauw, keurig dichtgevouwen en dichtgeplakt met een goudkleurig etiket. Niet het minste motel waar Reacher ooit was geweest. Hij trok het papier van de zeep en verfrommelde het. De prullenbak stond ver onder het wastafelmeubel. Het vereiste een speciaal soort onderhandse worp. Linkshandig bovendien. Die voerde hij uit. Toen waste hij zijn handen, eerst met nog harde zeep, daarna voelde de zeep beter aan. Hij droogde zijn handen af aan een schone handdoek. Zijn geweten begon op te spelen en hij bukte zich om te kijken of hij had gescoord met zijn vloeipapieren basketbal.

Niet dus.

De prullenbak was rond, een korte cilindervorm, maar hij stond links in een hoek, zodat er een beetje ruimte achter was. Het soort ruimte waar niemand oog voor had, zeker een schoonmaakster niet die bezig was met een zwabber. Niet voor een fooi van twee dollar. Het was het soort ruimte waar mislukte worpen roemloos in vergetelheid raakten.

Drie stuks.

De eerste was zijn eigen vloeipapieren bal. Dat voelde hij aan het vocht. De tweede was een oudere versie van hetzelfde. Kurkdroog. Een vorig stuk zeep.

De derde was een stukje beduimeld papier, iets wat lang in een broekzak had gezeten.

12

Het was een vierkant velletje vrij stijf wit papier, negen bij negen centimeter, met één gegomde rand. Een velletje van een memoblok. Reacher had die dingen wel eerder gezien. Het was in vieren gevouwen en het had zeker een maand in een broekzak gezeten. De vouwen waren versleten en de hoeken gerafeld, het oppervlak gehavend. Waarschijnlijk was het in de richting van de prullenbak geschoten, misschien zoals bij een trucje met een speelkaart, met twee vingers, maar het was te ver door gezeild en in niemandsland geland.

Hij vouwde het open en streek het vlak. Wat je de buitenkant zou kunnen noemen, was onbeschreven. Er zat een veeg op en het was een beetje indigoblauw gevlekt, spijkerstof zou je zeggen. Waarschijnlijk uit de achterzak van een spijkerbroek.

Hij keerde het papiertje om.

Op wat je de binnenkant zou kunnen noemen, was iets geschreven. Met een balpen, haastig. Niet meer dan een krabbel eigenlijk. Behalve een telefoonnummer stond er *200 doden*.

'Is dit het handschrift van Keever?' vroeg Reacher.

'Ik weet het niet,' zei Chang. 'Ik heb Keevers handschrift nooit gezien. En het is niet bepaald een prachtig voorbeeld. Dus het valt niet te zeggen. Je moet denken als een strafpleiter. Zo'n papiertje hier zegt niets. Iedereen kan het wel hebben achtergelaten. Wanneer dan ook.'

'Tuurlijk,' zei Reacher. 'Maar veronderstel eens dat het van Keever is. Wat zou het dan betekenen?'

'Betekenen? Een aantekening, misschien tijdens een telefoongesprek. In zijn kantoor, ik bedoel zijn logeerkamer. Misschien tijdens het eerste contact. Of tijdens een vervolggesprek. Een flinke inzet, met tweehonderd doden, en een telefoonnummer. Dat kan het nummer van de cliënt zijn, maar ook een onafhankelijke bron die het verhaal kan bevestigen. Of een bron voor meer informatie.'

'Waarom zou hij het weggooien?'

'Omdat hij het later in uitgebreide vorm heeft opgeschreven en het dus niet meer nodig had. Misschien stond hij hier voor de spiegel om zijn uiterlijk te inspecteren, zoals mensen dat nu eenmaal doen. Misschien had hij net papieren zakdoekjes weggegooid en pakte hij nieuwe, en misschien inspecteerde hij toen ook wel zijn zakken. Misschien had hij die broek al een tijdje niet meer aangehad.'

Het kengetal van het telefoonnummer was 323. 'Dat is toch Los Angeles?' vroeg Reacher.

Chang knikte en zei: 'Mobiel of een vaste lijn.'

'Tweehonderd doden. Dat mag je een serieus gevaar noemen.'

'Als het van Keever is. Als het met deze zaak te maken heeft. Het kan wel van iedereen geweest zijn en over van alles en nog wat gaan.'

'Wie zou hier nog meer zijn geweest met tweehonderd doden in gedachten?'

'Wie zegt dat hij tweehonderd doden in gedachten had? Zelfs als het een briefje van Keever is, kan het wel van een oude zaak zijn geweest. Of een andere zaak. Maar het kan net zo goed van een letselschadeadvocaat zijn geweest, van een jaar geleden, eentje die achter ambulances aan jaagt. Hoe stel je je dat hier voor, tweehonderd doden? Dat is twintig procent van de hele bevolking. Dat was vast iemand opgevallen. Daar heb je geen privédetective voor nodig.'

'We moeten dat nummer bellen,' zei Reacher. 'Kijken wie er opneemt.'

Reacher sloot de kamer af. Ze liepen de ijzeren trap af naar de begane grond. Dertig meter verder kwam de eenogige man zijn kantoor uit. Hij haastte zich met zijn armen zwaaiend en gebarend naar hen toe. Toen hij bij hen was, zei hij: 'Neemt u me niet kwalijk, meneer, maar 215 is niet op uw naam geregistreerd.'

'Pas dan je register maar aan,' zei Reacher. 'De kamer is betaald door een compagnon van ons, en ik ga hem gebruiken tot hij terugkomt.'

'Dat kan niet.'

'Dat woord ken ik niet.'

'Hoe komt u aan de sleutel?'

'Die heb ik in de bosjes gevonden. Pure mazzel, zou ik zeggen.'

'Dit mag niet.'

'Dan moet je de politie bellen,' zei Reacher.

De man zei niets. Hij stond nog even te puffen en te blazen, toen draaide hij zich om en liep zonder nog een woord te zeggen terug naar zijn kantoor.

'Stel dat hij echt de politie belt?' vroeg Chang.

'Dat doet hij niet,' zei Reacher. 'Dan zou hij er een punt van hebben gemaakt, met veel bombarie, ja zeker, meneer, dat doe ik, nu meteen. Bovendien zit de politie waarschijnlijk honderd kilometer verderop. Die komen niet voor een kamer waarvoor al is betaald. Bovendien, als de mensen hier iets te verbergen hebben, is het laatste wat ze zullen doen, de politie bellen.'

'Wat gaat hij dan wel doen?'

'Daar komen we vast nog achter.'

Ze liepen de brede straat in, langs de diner, naar het warenhuis. De zon scheen en het was stil in het stadje. Geen activiteit, geen mensenmassa's. Vijftig meter verderop draaide een pick-up een zijstraat in. Een jochie gooide een tennisbal tegen een muur en sloeg de terugkaatsende bal weg met een stok. Hij was er behoorlijk goed in. Misschien moest zijn foto maar in een tijdschrift. Een vrachtwagen van FedEx kwam over het oude wagenspoor aanrijden, kruiste de spoorweg, en reed het stadje in.

Het warenhuis was een klassiek plattelandspand, een onopgesmukte rechthoekige doos met een plat dak. De korte kant naar de straat was bekleed met gepotdekselde planken, een matrood geverfde gevel. Er hing een bord met goudkleurige gekrulde letters: MOTHER'S REST DRY GOODS. Er was een enkele deur in de gevel, en één raam, een klein raam, alleen bedoeld om wat licht toe te laten, niet voor het uitstallen van verleidelijke goederen. Het raam zat vol stickers, waarop namen stonden die Reacher niets zeiden. Merknamen waarschijnlijk, van mysterieuze maar onmisbare plattelandsspullen.

Binnen, meteen achter de deur, was een tochthal. Daar was een munttelefoon aan de wand opgehangen. Geen kap van plexiglas. Alleen het apparaat zelf, helemaal van metaal, ook het snoer. Chang gooide munten in de sleuf en draaide het nummer. Ze luisterde even en hing toen op zonder iets te zeggen.

'Voicemail,' zei ze. 'Een standaardboodschap van het telecombedrijf. Niet persoonlijk ingesproken. Geen naam. Het klonk alsof het een mobiel nummer moet zijn.'

'Je had een bericht achter moeten laten,' zei Reacher.

'Heeft geen zin. Ik ben hier niet bereikbaar.'

'Probeer Keever nog eens. Voor het geval dat.'

'Dat wil ik niet. Ik wil niet horen dat hij niet opneemt.'

'Alles is oké, of het is niet oké. Of je hem wel of niet belt, maakt geen verschil.'

Ze zocht op haar eigen mobiele telefoon het nummer, maar belde met de munttelefoon. Net als even daarvoor luisterde ze een ogenblik. Toen hing ze op zonder iets te zeggen. Ze probeerde een tweede nummer, met hetzelfde resultaat.

Ze schudde haar hoofd.

Ze zei: 'Geen antwoord.'

Reacher zei: 'We moeten naar Oklahoma City.'

13

Met de trein zou het sneller gaan, maar het duurde nog acht uur voordat die zou komen, dus namen ze Changs auto. Het was een kleine, groene SUV, een Ford. Het interieur was kaal en neutraal. Er hing een sterke geur van bekledingreiniger. Ze hadden nog geen minuut nodig om het stadje uit te komen over het oude wagenspoor. Ze sloegen een keer af naar het zuiden, een keer naar het westen en nog een keer naar het zuiden, dwars door het enorme schaakbord van goudkleurige akkers, tot ze een regionale weg opreden met het vooruitzicht van een oprit van de snelweg driehonderd kilometer verder.

Chang reed, in haar T-shirt. Reacher had de passagiersstoel zo ver mogelijk achteruitgeschoven en keek naar haar. Ze hield een hand laag aan het stuur, de andere rustte in haar schoot. Haar ogen waren voortdurend in beweging, ze keek op de weg voor zich, in de spiegels en weer op de weg voor zich. Soms lag er een flauw glimlachje om haar lippen, dan weer een flauwe grimas, een afspiegeling van haar gedachten. Ze had haar schouders iets naar voren getrokken, een klein beetje een ronde rug, wat Reacher interpreteerde als de wens om kleiner te lijken dan ze was. Al kon hij het daarmee niet eens zijn. Voor hem had ze precies het juiste postuur. Ze had lange benen en een stevig lichaam, behalve waar dat niet zou moeten.

Ik denk dat ik best aardig ben, maar ik weet dat ik niet de reden ben.

Hij zei niets.

Ze keek opnieuw in de spiegel en zei: 'Er rijdt een pick-up achter ons.'

'Hoe ver?'

'Ongeveer honderd meter.'

'Hoelang rijdt hij daar al?'

'Twee kilometer of zo.'

'Het is een openbare weg.'

'Hij kwam heel hard aanrijden, maar nu blijft hij op afstand. Alsof hij op zoek was naar ons en ons nu heeft gevonden.'

'Niet meer dan één?'

'Dat is het enige wat ik kan zien.'

'Een beetje armzalige hulptroepen.'

'Twee mannen, denk ik. Een chauffeur en een passagier.'

Reacher wilde zich niet omdraaien om te kijken. Hij wilde niet dat die beide mannen daarachter de bleke vlek van een bezorgd gezicht door de achterruit zouden zien. Dus zakte hij iets onderuit en schoof een beetje opzij tot hij in de buitenspiegel van Chang kon kijken. Een pick-up, honderd meter achter hen. Een Ford, dacht hij. Een serieus gevaarte, groot en onmiskenbaar aanwezig op de weg, dat net zo hard reed als zij. Hij was matrood, net als het warenhuis. Er zaten twee mannen in, naast elkaar, maar een heel eind bij elkaar vandaan omdat de pick-up zo belachelijk breed was.

Reacher ging weer rechtop zitten en keek door de voorruit. Tarwe rechts, tarwe links, en een weg die kaarsrecht voor hen lag tot hij in de verte achter de horizon verdween. Er lag gravel in de bermen voor afwatering, maar er waren geen greppels. Ook geen bochten. Eindeloze akkers. Bijna letterlijk. Misschien liepen ze wel door tot aan de oprit van de snelweg. Driehonderd kilometer. Het leek niet onmogelijk.

Geen enkele andere auto te zien.

Hij vroeg: 'Hebben ze je in Quantico voor dit soort dingen getraind?'

'Tot op zekere hoogte,' zei ze. 'Maar dat is lang geleden. En in een andere omgeving. Vooral in de stad. Met verkeerslichten en kruispunten met stopborden en straten met eenrichtingsverkeer. We hebben hier niet zoveel mogelijkheden. Hebben ze jou hiervoor getraind?'

'Nee, ik ben nooit goed geweest in autorijden.'

'Moeten we afwachten tot ze wat doen?'

'We moeten eerst uitzoeken wat hun opdracht is. Als het puur om surveillance gaat, kunnen we ze helemaal naar Oklahoma City meeslepen en daar zien kwijt te raken. De enige gevechten die je echt wint, zijn de gevechten waar je nooit aan begint.'

'En als het niet alleen maar surveillance is?'

'Dan doen ze het net zo als in de film. Dan knallen ze van achteren tegen onze bumper.'

'Om ons bang te maken? Of erger?'

'Dat zou wel meteen heel erg ver gaan.'

'Ze zullen het op een ongeluk laten lijken. Mevrouw de toerist valt in slaap op een lange rechte weg en verongelukt. Dat gebeurt vast aan de lopende band.'

Reacher zei niets.

'We kunnen ze niet van ons afschudden,' zei Chang. 'Niet met dit geval.'

'Laat ze dan maar dichtbij komen en ga dan naar de andere rijbaan en trap op de rem. Dan kunnen ze voor ons gaan rijden.'

'Wanneer?'

'Dat moet je mij niet vragen,' zei Reacher. 'Ik ben gezakt voor defensief rijden. Ik heb het geen dag volgehouden. Ze hebben me weggestuurd om te kijken of ik voor iets anders geschikt was. Als ze groter worden in de spiegel, denk ik.'

Chang reed verder. Nu met twee handen aan het stuur. Een minuut lang. Twee. Toen zei ze: 'Ik wil zien wat ze doen. Ik wil ze uit de tent lokken.'

'Zeker weten?'

'Zij spelen een thuiswedstrijd. We moeten het ze lastig maken.'

'Oké. Ga maar wat harder rijden.'

Chang trapte het gaspedaal dieper in. Reacher draaide zich om en keek door de achterruit. De bleke vlek van een bezorgd gezicht. Hij zei: 'Harder.'

De kleine, groene Ford schoot vooruit, bijna tweehonderd meter, toen reageerde de pick-up. De grille kwam omhoog en hij daverde achter hen aan. 'Hou eens bij hoe ver ze achter ons zitten. Dat kan ik niet zien in de spiegels,' zei Chang.

'Ze zitten nu op tachtig meter,' zei Reacher. 'Dat is ongeveer acht seconden.'

'Minder, want ik ga afremmen. Dit ding slaat bijna om.'

'Zestig meter.'

'Oké, voor ons alles vrij.'

'Achter ons ook. Zij en wij zijn de enigen op de weg. Veertig meter.'

'Ik ga nog een beetje langzamer rijden. Het lukt niet als we harder rijden dan negentig.'

'Twintig meter.'

'Ik doe het als ze tien meter achter ons rijden.'

'Oké, nu. Doe het nu.'

Chang zwenkte naar links en remde hard. De pick-up ramde de Ford op een haar na rechtsachter, maar miste, schoot door en remde pas veel later. Ondertussen slingerde de kleine, groene Ford van links naar rechts, helde over naar weerszijden, maar stond even later stil, veilig, weer terug in de juiste rijbaan, honderd meter achter de pick-up, de posities ten opzichte van elkaar omgekeerd in een paar lawaaierige seconden.

Chang zei: 'Natuurlijk leidt dit tot de voor de hand liggende vraag: wat nu? Als wij omkeren, keren zij ook om. En dan begint de hele achtervolging opnieuw.'

'Rijd recht op ze af,' zei Reacher.

'En dan crashen?'

'Dat kan altijd nog.'

Maar de pick-up kwam als eerste in actie. Hij keerde op de weg en kwam recht op hen af, maar heel langzaam, stapvoets. Dat vatte

Reacher op als een boodschap. Als een witte vlag.

'Ze willen praten,' zei hij. 'Ze willen dit van man tot man doen.'

De pick-up bleef tien meter voor hen stilstaan. Beide portieren gingen open. Er stapten twee mannen uit. Stevige kerels, beiden een meter tachtig en negentig kilo, beiden ongeveer halverwege de dertig, beiden met een spiegelende zonnebril, beiden met een katoenen jasje over een T-shirt. Ze leken voorzichtig, maar vol zelfvertrouwen. Alsof ze wisten wat ze deden. Alsof ze een thuiswedstrijd speelden.

Chang zei: 'Ze zijn vast gewapend. Anders zouden ze dit niet doen.'

'Zou kunnen,' zei Reacher.

Beide mannen posteerden zich midden in het niemandsland tussen beide voertuigen. De een stond links van de as van de weg, de ander rechts. Ze stonden op hun gemak te wachten, de handen afhangend langs het lichaam.

'Rij maar over ze heen,' zei Reacher.

'Dat kan ik niet.'

'Oké, dan zal ik eens gaan kijken wat ze willen. Als er problemen ontstaan, ga je zonder mij naar Oklahoma City, en dan wens ik je verder veel sterkte.'

'Nee, niet uitstappen. Dat is te gevaarlijk.'

'Voor mij of voor hen? Het zijn maar gewoon twee boerenkinkels.'

'We moeten ervan uitgaan dat ze wapens hebben.'

'Maar heel eventjes.'

'Jij bent gek.'

'Misschien,' zei Reacher. 'Maar je moet niet vergeten dat Uncle Sam me heeft gemaakt tot wat ik ben. Ik heb behalve die rijtest alle andere examens gehaald.'

Hij deed het portier open en stapte uit.

14

De scharnieren van de portieren van de kleine groene Ford zaten aan de voorkant, net als bij de meeste auto's, en als de portieren voor twee derde open waren, werden ze afgeremd, zodat je min of meer naar achteren toe moest uitstappen, wat in Reachers voordeel was. Op die manier bevond het motorblok zich tussen hem en de beide mannen. Als ze onmiddellijk wapens trokken en begonnen te schieten, kon hij zich laten vallen achter een kogelvrij schild. Als ze tenminste wapens hadden. Dat moest nog blijken.

Maar zelfs als ze wapens hadden, kon hij geen enkele reden bedenken waarom ze zonder meer zouden gaan schieten. Dat hadden ze bovendien allang kunnen doen. Ze hadden door de voorruit kunnen schieten. Dat was een uitgelezen moment geweest. Tenzij ze de auto wilden sparen om het op een ongeluk te laten lijken. Kogelgaten zouden moeilijk te verklaren zijn, als het de bedoeling was dat mevrouw de toerist achter het stuur in slaap was gevallen. Maar dan zouden ze natuurlijk ook een probleem hebben met de kogelgaten in de lichamen.

Bovendien zouden ze zijn lichaam weer terug moeten persen in de auto. Dat zou niet meevallen met zo'n hoop dood gewicht.

Het leek hem dat ze niet zouden schieten.

Als ze tenminste wapens hadden.

Hij zei: 'Jongens, jullie krijgen een halve minuut, dus toe maar, zeg maar wat je op je lever hebt.'

De man rechts sloeg zijn armen over elkaar, als een uitsmijter voor de deur van een nachtclub. Een gebaar, dacht Reacher, ter ondersteuning van de ander, die klaarblijkelijk de woordvoerder was.

'Het gaat om het motel,' zei de andere man.

Zijn handen hingen nog steeds langs zijn lichaam.

'Wat is daarmee?' vroeg Reacher.

'De man die dat runt, is een oom van ons. Het is een arme, oude gehandicapte man en jullie maken hem het leven zuur. Jullie overtreden allerlei regels.'

Zijn handen hingen nog steeds langs zijn lichaam. Reacher liep om het portier heen en posteerde zich naast de rechterkoplamp van de Ford. Hij voelde de hitte van de motor. Hij zei: 'Welke regels overtreed ik?'

'Je zit in de kamer van iemand anders.'

'Die hem op dit moment niet gebruikt.'

'Dat maakt niet uit.'

Zijn handen hingen nog steeds langs zijn lichaam. Reacher deed een stap schuin naar voren, en nog een stap, tot hij ter hoogte van de linkerkoplamp van de Ford stond, maar een eind ervoor, en een beetje diagonaal. Zodat hij op drie meter afstand van de beide mannen stond en ze met z'n drieën de punten vormden van een kleine driehoek met twee gelijke zijden in niemandsland, de man met de over elkaar geslagen armen op het ene punt van de basis, de woordvoerder op het tweede punt van de basis, en Reacher, helemaal alleen op de tophoek.

'Dus wij komen de sleutel ophalen,' zei de man links.

Reacher deed nog een stap naar voren. Hij stond nu op iets meer dan twee meter van hen af. Ze stonden nu min of meer in een klein groepje bij elkaar. Geen andere auto's in zicht. De tarwe bewoog traag, in golven, als een immense gouden zee.

Reacher zei: 'Ik geef de sleutel weer af als ik uitcheck.'

De man links zei: 'Je bent al uitgecheckt. Op dit moment. En je krijgt geen kamer meer als je weer terugkomt. Het management behoudt zich het recht voor gasten te weigeren.'

Reacher zei niets.

De man links zei: 'En verder kun je nergens terecht in Mother's Rest. Het motel van mijn oom is de enige accommodatie in de hele stad. Snap je de boodschap?'

'Waarom heet het Mother's Rest?' vroeg Reacher.

'Dat weet ik niet.'

'Van wie komt de boodschap? Alleen van jouw oom? Of heeft het met dat andere te maken?'

'Welk andere?'

'Iets waarover ik heb gehoord.'

'Er is niets anders.'

'Goed om te weten,' zei Reacher. 'Zeg maar tegen je oom dat er geen regels overtreden zijn. Zeg maar tegen hem dat er voor die kamer is betaald en dat ik later nog wel met hem kom praten.'

De man rechts deed zijn armen van elkaar.

De man links zei: 'Ga je problemen maken?'

'Ik ben al een probleem,' zei Reacher. 'De vraag is, wat jij daaraan gaat doen.'

Er gebeurde even niets in de hitte en de eenzaamheid van het niemandsland ver van de bewoonde wereld. Toen reageerden beide mannen door hun jasje opzij te schuiven, volstrekt synchroon, met de rechterhand, zodat op beide heupen een zwart semiautomatisch pistool zichtbaar werd, in een holster aan de riem.

Dat was een fout en Reacher had hun wel kunnen vertellen waarom. Hij had van wal kunnen steken met een lange, ongeduldige preek over het bezegelen van hun lot door zich te vroeg in een beslissende veldslag te storten, over het onderuithalen van een overkoepelende strategie door het eindspel naar het begin te verplaatsen. Dreigementen moesten worden beantwoord en dat betekende dat hij hun wapens zou moeten afpakken, want pionnen die eropuit worden gestuurd om het terrein te verkennen, moesten als geslagen honden teruggestuurd worden, en iedereen in Mother's Rest moest weten dat hij, Reacher, de eerstvolgende keer dat hij in Mother's Rest zou komen, gewapend zou zijn. Hij wilde hun vertellen dat het hun eigen schuld was. Hij wilde hun vertellen dat ze het over zichzelf hadden afgeroepen.

Maar hij vertelde hun niets. In plaats daarvan greep hij onder zijn eigen jack, naar niets, maar dat wisten de beide mannen niet en als goedgetrainde schutters graaiden ze dus naar hun wapens terwijl ze in één vloeiende beweging tegelijkertijd een schietpositie innamen, waarbij beide voeten stevig op het wegdek werden geplant, een eindje van elkaar voor stabiliteit, zodat Reacher een stap naar voren kon doen en de man links vol in zijn kruis kon trappen voordat hij zijn wapen ook maar half uit de holster had getrokken. Wat wel betekende dat de man rechts zijn wapen helemaal uit de holster kon trekken, zij het vergeefs, want het eerstvolgende wat er in zijn leven gebeurde, was de kennismaking met Reachers elleboog, die met een zoevende backhand zijn jukbeen verbrijzelde en voor hem het licht deed uitgaan.

Reacher deed een stap achteruit en inspecteerde de man die hij als eerste had geattaqueerd, maar die was er niet helemaal met zijn hoofd bij, zoals de meeste mannen die een trap in het kruis hebben gekregen. De pistolen waren Smith & Wesson Sigma .40's, moderne deels in polymeren uitgevoerde wapens, duur. Ze waren beide helemaal geladen. Beide mannen hadden een portemonnee in hun achterzak, waarin in totaal ongeveer honderd dollar zat, die Reacher als oorlogsbuit in beslag nam. Op beide rijbewijzen stond de naam Moynahan, wat betekende dat het inderdaad broers konden zijn, of neven met een gemeenschappelijke oom. De een heette John, de ander Steven.

Reacher nam de wapens mee naar de kleine groene Ford. Het raam aan Changs kant was open. Hij stopte een pistool in zijn zak en gaf het andere aan Chang. Ze pakte het aarzelend aan. Hij vroeg: 'Heb je gehoord wat ze zeiden?'

'Alles,' zei Chang.

'En?'

'Misschien is het waar wat ze zeiden en maakten ze zich alleen maar druk om het motel. Maar aan de andere kant misschien ook niet.'

'Ik denk van niet,' zei Reacher. 'De kamer was betaald. Waarom zouden ze daar zo moeilijk over doen?'

'Ze hadden je dood kunnen schieten.'

Reacher knikte.

'Heel vaak,' zei hij. 'Maar dat is lang geleden. Vandaag niet. Niet die jongens.'

'Jij bent gek.'

'Of bekwaam.'

'En wat nu?'

Reacher keek over zijn schouder. De man rechts bevond zich in een overgangsfase tussen bewusteloos en aangedaan door een zware hersenschudding. De man links kronkelde weinig enthousiast en graaide met zijn handen naar alles tussen zijn ribbenkast en zijn knieën.

Reacher zei: 'Schiet ze neer als ze in beweging komen.'

Hij liep de tien meter naar de pick-up en klom erin. In het dashboardkastje lagen een kentekenbewijs en verzekeringspapieren op naam van Steven Moynahan. Verder lag er niets interessants in de cabine. Hij ging recht achter het stuur zitten en zette de pick-up in zijn versnelling. Hij stuurde naar de berm en parkeerde op het gravel, de linkerwielen veilig van de rijbaan en de rechterwielen diep in de tarwe, de neus van de pick-up in de richting van Mother's Rest. Hij zette de motor uit en trok de sleutel uit het contact.

Hij sleepte de mannen een voor een naar de schaduw bij de voorbumper en liet ze rechtop tegen het chroom zitten. Beiden waren inmiddels weer bij hun positieven. Reacher zei: 'Let goed op,' en toen hij hun aandacht had, liet hij hun de sleutel zien op zijn handpalm. Daarna gooide hij hem met een onderhandse worp in de tarwe, een meter of vijftien, twintig. Het zou hun zeker een uur kosten om de sleutel terug te vinden, zelfs onder optimale omstandigheden, zelfs als ze weer handelingsbekwaam waren. Wat op zich nog wel een uur zou kunnen duren.

Toen liep hij terug en stapte in de Ford. Chang reed verder. Zo nu en dan keerde hij zich om en keek hij naar de weg achter hen. De geparkeerde pick-up bleef lang zichtbaar, slonk tot een doffe speldenprik in de verte en verdween uiteindelijk achter de noordelijke horizon.

Het kostte hun nog eens drie uur om de snelweg te bereiken, waar wegwijzers duidelijk maakten dat het vandaar twee uur rijden was naar Oklahoma City. Het eerste halfuur van de rit was rustig, toen klonken ineens allerlei klingelende en piepende geluiden uit de telefoon die Chang in haar zak had. Voicemail en sms'jes en e-mail, die geduldig waren opgeslagen en nu werden gedownload.

Haar mobiele telefoon had weer bereik.

15

Chang stuurde met één hand en prutste met de andere hand met de telefoon, maar Reacher zei: 'We moeten stoppen. Voordat mevrouw de toerist echt een ongeluk krijgt. We moeten een kop koffie gaan drinken.'

'Ik snap niet hoe jij zoveel koffie kunt drinken,' zei Chang.

'Zwaartekracht,' zei Reacher. 'Als je een kop een beetje kantelt,

komt de koffie er zomaar uit. Dan moet je het wel opdrinken.'
'Jouw hart moet de hele dag door bonken.'
'Beter dan het omgekeerde.'
Anderhalve kilometer verderop stond een bord langs de weg. Ze namen een afrit die hen naar een standaardverzameling faciliteiten voor een pauze onderweg leidde. Een tankstation, toiletten en een ouderwets, eenvoudig bakstenen gebouw, dat min of meer werd ontsierd door schreeuwerige neonreclame die koffie en eten van een fastfoodketen beloofde. Ze parkeerden, stapten uit en rekten zich uit. Het was halverwege de middag. Het was stil en warm. Ze gingen beiden naar het toilet en zagen elkaar weer in de koffiebar. Reacher bestelde zijn gebruikelijke medium kop zwarte koffie. Chang bestelde ijskoffie met melk. Ze gingen aan een tafeltje in een hoek zitten en Chang legde haar telefoon op tafel. Het was een toestel met een touchscreen, ongeveer zo groot als een pocketboek. Ze begon te vegen en te tikken en te bladeren, eerst door de telefonische oproepen, toen door de sms'jes en tot slot door de e-mails.
Ze zei: 'Niets van Keever.'
'Probeer hem nog eens te bellen.'
'We weten allebei dat hij niet opneemt.'
'Er zijn wel gekkere dingen gebeurd. Ik heb ooit eens drie politiekorpsen en de nationale garde op pad gestuurd om iemand te zoeken, en plotseling dook de man weer op, lekker uitgerust na een kleine vakantie.'
'We weten dat Keever niet even op vakantie is.'
'Probeer het toch maar.'
Ze probeerde het, na lang aarzelen, eerst het nummer van zijn vaste lijn, toen zijn mobiele nummer.
Ze kreeg op geen van beide nummers gehoor.
Reacher zei: 'Probeer het nummer in Los Angeles nog eens. Dat nummer dat op dat stuk papier met tweehonderd doden stond.'
Chang knikte, maar al te graag bereid iets anders te doen. Ze belde het nummer en hield de telefoon bij haar oor.
Dit keer werd er opgenomen.
Ze zei een beetje verbaasd: 'Goedemiddag, meneer. Mag ik vragen met wie ik spreek?'
Blijkbaar werd die vraag op de voor de hand liggende manier

beantwoord, op dezelfde manier waarop Reacher een eerdere vraag had beantwoord met *Wie wil dat weten?*

Ze zei: 'Mijn naam is Michelle Chang. Ik ben privédetective en werk vanuit Seattle. Ik heb vroeger bij de FBI gewerkt. Ik werk nu samen met een man die Keever heet. Ik denk dat hij u misschien heeft gebeld. We vonden uw nummer in zijn motelkamer.'

Reacher had geen idee wat er vervolgens werd gevraagd, helemaal daar in Los Angeles, maar het drong snel tot hem door dat de vraag was hoe je dat moest spellen, want Chang zei: 'K-e-e-v-e-r.'

Het bleef een hele tijd stil, toen kwam er een antwoord, bijna zeker negatief, want Chang vroeg: 'Weet u dat zeker?'

Daarna volgde een lang gesprek, vrijwel van één kant gevoerd. Omdat de man in Los Angeles aan het woord was, kon Reacher het niet volgen, en Changs gezichtsuitdrukkingen waren zo uiteenlopend dat Reacher er niets wijzer van werd. Hij kreeg de indruk dat de man heel hard aan het een of ander werkte, projectmatig. En heel intensief. Misschien was hij acteur. Of iemand bij de film. De context was onduidelijk. Na verloop van tijd gaf Reacher zijn pogingen op om er een samenhangend verhaal van te maken en hij wachtte af.

Uiteindelijk verbrak Chang na een laatste groet het gesprek. Ze haalde een keer diep adem, nam een slok van haar koffie en zei: 'Hij heet Westwood. Hij is journalist voor de *L.A. Times*. Wetenschapsredacteur in feite. Al is dat maar een kleine afdeling van de redactie, zei hij. Meestal schrijft hij achtergrondartikelen voor de zondagseditie. Hij zei dat Keever hem nooit heeft gebeld. Hij zei dat hij tijdens ieder telefoongesprek dat hij voert een aantekening maakt, rechtstreeks in een beveiligde database, omdat journalisten daar vandaag de dag toe worden gedwongen, zegt hij, voor het geval iemand de krant aanklaagt. Of voor het geval ze zelf hun krant willen aanklagen. Maar Keever zit niet in zijn database. Dus heeft hij niet gebeld.'

'Die Westwood is dus duidelijk niet zelf de cliënt?'

Chang schudde haar hoofd. 'Dan had hij dat wel gezegd. Ik heb hem verteld dat ik de partner van Keever ben.'

'Toen we dat briefje vonden, zei jij dat het telefoonnummer van de cliënt was of van een onafhankelijke bron die het verhaal zou kunnen bevestigen, of een bron voor meer informatie. Dus als die Westwood niet de cliënt is, zou hij het verhaal moeten kunnen bevestigen of meer informatie moeten hebben. Misschien was Keever van plan hem op te bellen. Nadat hij jou had gebeld. Of misschien was dat jouw rol geweest: contact leggen met Los Angeles. Waar dan ook over.'

'We moeten er rekening mee houden dat het nummer helemaal niets met Keever te maken heeft. Dat briefje kan wel maanden in die kamer hebben gelegen.'

'Waar werkt Westwood op het moment aan?'

'Een lang stuk over de oorsprong van tarwe. Over hoe het oorspronkelijke gewas werd gekruist en zich ontwikkelde tot het moderne tarwe. Het klonk als een advertorial, zoiets in de trant van: we hebben het toch al genetisch gemanipuleerd, dus niet zeuren, we gaan nog een stapje verder.'

'Is dat belangrijk? Want we hebben net een heleboel tarwe op de akkers zien staan.'

'Genoeg voor een heel leven. Maar ik kies de kant van de gemiddelde strafpleiter. Dat briefje kan wel een jaar in die kamer hebben gelegen. Of twee. Het kunnen wel vijftig gasten zijn geweest die het daar hebben weggegooid. Of honderd.'

Reacher zei: 'Hoe privé zou dat nummer van Westwood zijn?'

'Dat hangt ervan af hoelang hij dat nummer heeft. Als het een oud nummer is, dan kan iedereen het vinden. Zo werkt dat tegenwoordig. Zeker voor journalisten. Het staat ergens op internet, als je maar goed genoeg zoekt. En dat vinden veel journalisten prima, hebben wij ontdekt, want het geeft ze een netwerk.'

Reacher dronk zijn koffie op en zei niets.

'Waar denk je aan?' vroeg Chang.

'Ik zit te denken dat de strafpleiter in dit geval zijn zaak zou winnen. Maar er zouden toch een paar leden van de jury zijn die minder goed zouden slapen. Omdat er ook een alternatief verhaal is, even overtuigend, en dat zet ze aan het denken in het holst van de nacht, om vier uur. Dat verhaal begint met jouw eerste indruk, een of andere particulier met contant geld of met de hand geschreven cheques, met een krankzinnige missie omdat de tarwe tweehonderd mensen de dood in zal jagen. Of zoiets. En als je het niet wilt geloven, moet je maar met die journalist gaan praten, want die weet het ook. Hij spoort op internet het nummer op. Zo iemand is hij wel. Mijn intuïtie zegt me dat dat briefje ermee te maken heeft. Er zit samenhang in. Het was een volstrekt ongevaarlijke zaak van één man met een vreemde obsessie, tot het plotseling wel gevaarlijk wordt.'

'We moeten verder,' zei Chang.

16

In het dashboard van de kleine groene Ford was een navigatiesysteem ingebouwd waarmee ze zonder problemen het huis van Keever vonden, in een slaperig stedelijk uitbreidingsgebied van Oklahoma City zelf. Het was een vrijstaande bungalow in een doodlopende straat. In de voortuin stond een jong boompje dat het moeilijk had door gebrek aan water. Aan de rechterkant van de kavel was een oprit naar een garage voor één auto. Op het dak lagen bruine shingles. De gevels waren bekleed met geel vinyl. Geen architectonisch meesterwerk, maar in de late namiddagzon bood het, op geheel eigen wijze, een aangename aanblik. Reacher kon zich voorstellen hoe een forse kerel naar binnen zou lopen, zijn schoenen uit zou schoppen, zich in een oude leunstoel zou laten vallen en misschien wel de tv aan zou zetten om naar een sportwedstrijd te kijken.

Chang parkeerde op de oprit. Ze stapten uit en liepen naar de deur. Er was een bel en een bronzen klopper. Ze probeerden beide, maar geen van beide leverde iets op. De deur was op slot. Er was geen beweging in de kruk te krijgen. Door het raam was alleen een schemerig interieur te zien.

'Heeft hij een gezin?' vroeg Reacher.

'Gescheiden,' zei Chang. 'Zoals zoveel.'

'En niet het soort man dat de sleutel onder een bloempot legt.'

'En ik wil wedden dat hij een inbraakalarm heeft.'

'We hebben een heel eind gereden.'

'Ik weet het,' zei Chang. 'Laten we eens achter kijken. Met dit soort weer heeft hij misschien een raam open laten staan. Op zijn minst op een kiertje.'

Het was stil in de straat. Niet meer dan zeven identieke huizen, drie aan de ene kant, drie aan de andere, en één huis aan het doodlopende einde van de straat. Geen rijdende voertuigen, geen voetgangers. Geen spiedende ogen, geen interesse. Niet echt een straat waar de buren de deur bij elkaar platliepen. Het had iets tijdelijks, alsof al die zeven huizen werden bewoond door gescheiden mannen die een jaar of twee nodig hadden om weer vaste grond onder de voeten te krijgen.

De achtertuin van Keever was omheind met een manshoge schutting van planken die grijs van ouderdom waren. Er was een keurig onderhouden gazon en een terras met een rieten stoel. De achtergevel van het huis had dezelfde gele bekleding. Er waren vier ramen en een deur. Alle ramen waren gesloten. In de deur zaten negen kleine ruitjes aan de bovenkant. Dat moest het iets landelijks geven. Erachter lag een kleine bijkeuken die naar een keuken leidde.

De omgeving was vlak, de huizen waren laag en de schutting was hoog. Niemand zag hen.

Chang zei: 'Ik probeer in te schatten hoelang de politie er in een buurt als deze over doet om voor de deur te staan. Als hij een inbraakalarm heeft, bedoel ik.'

'Waarschijnlijk ergens tussen een minuut of twintig en helemaal nooit.'

'Dan hebben we dus tien minuten de tijd, toch? Naar binnen en weer naar buiten, snel en doelgericht. Ik bedoel, het is zelfs niet eens een inbraak. Hij en ik werken samen. Hij zou geen aangifte doen. Zeker niet onder deze omstandigheden.'

'We weten niet wat we zoeken.'

'Losse papieren, schrijfblokken, notitieboekjes, kladblokken, alles waarop hij aantekeningen kan hebben gemaakt. Gewoon alles meenemen, we kijken wel wat het is als we hier weer weg zijn.'

'Oké,' zei Reacher. 'Dan moeten we een raam inslaan.'

'Welk raam?'

'Wat mij betreft een ruitje van de deur. Het ruitje dat het dichtst bij de deurkruk zit, dan kunnen we gewoon naar binnen.'

‘Doe maar,’ zei Chang.

Het ruitje in kwestie was het ruitje linksonder van de negen, een beetje laag voor Reachers elleboog, maar het was te doen als hij een beetje door zijn knieën zou zakken bij het stoten. Daarna hoefde hij alleen de resterende scherven eruit te slaan, zijn arm naar binnen te steken tot aan de schouder, zijn elleboog te buigen, zodat hij met zijn hand terug kon naar de deurkruk. Hij frunnikte aan de kruk aan de buitenkant om een indruk te krijgen hoe zwaar het mechaniek zou zijn, om in te schatten hoeveel druk hij zou moeten uitoefenen.

De deur zat niet op slot.

Hij zwaaide netjes naar binnen toe open, over een kokosmat met WELKOM in de bijkeuken. Op het kozijn zat een contact van het inbraakalarm, een klein wit bolletje met een snoer waar overheen was geschilderd. Reacher luisterde of hij een geluidssignaal hoorde. Meestal een halve minuut lang een piepgeluid om de eigenaar in staat te stellen het bedieningspaneel te bereiken en het systeem uit te schakelen.

Er klonk geen enkel geluid.

Geen piepgeluid.

Chang zei: ‘Dit klopt niet.’

Reacher stak zijn hand in zijn zak en pakte de Smith & Wesson vast. Zelfspanners, geen veiligheidspal. Klaar voor gebruik. Richten en schieten. Hij liep door de bijkeuken naar de keuken. Die was leeg. Niets van zijn plaats. Geen enkel teken van geweld. Hij liep door naar de hal. De voordeur lag recht voor hem. De zon stond nu lager en verspreidde een gouden gloed door het hele huis.

Roerloze stilte.

Achter hem bewoog Chang naar links, dus bewoog hij naar rechts, een gang in met vier deuren, van een hoofdslaapkamer, een badkamer, een logeerkamer met bedden en een logeerkamer die dienstdeed als kantoor. Alle kamers waren verlaten, er was niets van zijn plaats en er was geen spoor van geweld te bekennen.

Hij kwam Chang weer tegen in de hal, bij de voordeur. Ze schudde haar hoofd en zei: ‘Het lijkt wel alsof hij even is weggegaan om een pizza te halen. Hij heeft zelfs de deur niet op slot gedaan.’

Het bedieningspaneel van het alarm hing aan de muur. Het was een nieuwe installatie. De tijd werd erop aangegeven en er brandde een groen lampje.

Het alarm was uitgeschakeld.

'Laten we maar meenemen wat we kwamen halen,' zei Reacher.

Hij liep voor haar uit naar de kleinste van de twee logeerkamers, die was ingericht met bij elkaar passend kantoormeubilair, legplanken boven, kasten onder, ladekasten en een bureau, allemaal uitgevoerd in licht esdoorn fineer. Er stonden een computer, een telefoon, een fax en een printer. Investeringen, dacht Reacher, in een nieuwe carrière. *We hebben overal kantoren.* Het Scandinavische interieur werkte rustgevend. De kamer was keurig op orde. Nergens rommel.

Er lag nergens papier.

Geen schrijfblokken, geen notitieboekjes, geen kladblokken, geen memoblokken, geen losse vellen papier.

Reacher bleef staan.

Hij zei: 'De man heeft bij de politie gezeten en bij de FBI. Hij heeft uren aan de telefoon gezeten. In de wacht, en nog eens wachtend, en pratend. Is er ooit iemand geweest die dat deed zonder een pen en een stuk papier binnen handbereik? Om aantekeningen te maken en krabbeltjes en de tijd te doden? Dat is een onuitroeibare gewoonte volgens mij.'

'Wat wil je daarmee zeggen?'

'Dat dit flauwekul is hier. Dat het niet deugt.' Hij bukte zich naar de kastjes onder de planken en opende het ene deurtje na het andere. Achter het eerste deurtje lag reservetoner voor de printer. Achter het tweede deurtje lag reservetoner voor de fax.

Achter het derde deurtje lag een stapel nieuwe schrijfblokken.

Meteen daarnaast lag een stapel spiraalblokken, in pakken van vijf in krimpfolie. Daarachter reservememoblokken, vierkante blokken vrij stijf wit papier, negen bij negen centimeter.

'Het spijt me,' zei Reacher.

'Wat?'

'Dit ziet er zo langzamerhand niet best uit. Keever is een man die veel papier gebruikt. Zoveel dat hij het in grote verpakkingen koopt. Ik wil wedden dat dat bureau vol papier heeft gelegen. We hadden de hele zaak als een puzzel in elkaar kunnen leggen. Maar iemand is ons voor geweest. Met dezelfde missie. En dus is alles nu weg.'

'Wie?'

'De manier waarop laat zien wie het gedaan heeft, ben ik bang. Keever is een gevangene. Dat is de enige manier waarop het kan zijn gebeurd. Ze hebben aantekeningen gevonden in zijn jaszak, misschien losse vellen van een schrijfblok, en in een van zijn broekzakken zat zijn portemonnee, met zijn rijbewijs, waarop zijn adres stond. Ze zijn ervan uitgegaan dat ze hier de rest van dat schrijfblok zouden vinden met misschien wel nog meer aantekeningen. In zijn andere broekzak vonden ze zijn huissleutel, zodat ze hier zo naar binnen konden lopen. Misschien had hij zelfs wel zo'n geval in zijn zak dat je voor het bedieningspaneel van het alarm heen en weer zwaait om het uit te schakelen. Een soort afstandsbediening aan zijn sleutelbos. Een transponder. Dat zou een troost zijn, denk ik, want dat zou betekenen dat ze hem niet in elkaar hebben geslagen om de code van het alarm te weten te komen.'

'Dat is wel erg hard,' zei Chang.

'Ik kan het niet anders verklaren.'

'Maar het maakt niet duidelijk wie het heeft gedaan.'

'Mother's Rest,' zei Reacher. 'Want dat is zijn laatst bekende verblijfplaats.'

Ze doorzochten alle kamers van Keevers huis, voor het geval ze iets over het hoofd hadden gezien. In de bijkeuken vonden ze niets van belang. De keuken was eenvoudig ingericht en weinig gebruikt. Er lag bestek dat niet bij elkaar paste en het een en ander aan ingeblikt eten, dat kennelijk ooit in een optimistische bui gekocht was, maar nooit was opgegeten. Er was niets verborgen, tenzij het was ingemetseld en daarna keurig was weggewerkt achter een laag verf met exact dezelfde tint en structuur als de twintig jaar oude laag latex, inclusief vettigheid en vegen.

Hetzelfde gold voor de woonkamer en de eethoek. Het was makkelijk zoeken. Het was niet zo erg dat Keever had gekampeerd in zijn eigen huis, maar het was duidelijk dat hij na de scheiding opnieuw was begonnen met weinig spullen en er daarna ook maar weinig aan toe had gevoegd. De logeerkamer met de bedden leek te zijn ingericht voor zijn kinderen. Een bezoekregeling. Misschien om het weekend. Wat de advocaten ook maar hadden besloten. Reacher kreeg het gevoel dat de kamer nooit was gebruikt.

In de hoofdslaapkamer rook het licht zurig. Er stond een bed met één enkel nachtkastje. Verder een ladekast en een houten ding met een knaapje voor een jasje en plateautjes waarop je horloges en muntgeld en portemonnees kon leggen. Als in een luxehotel. De badkamer was vochtig, met een rommeltje aan handdoeken.

Op het nachtkastje lag een klein stapeltje tijdschriften, met erbovenop een ingebonden boek als een soort presse-papier. Toen Reacher erlangs liep, wierp hij een blik op de omslag om de titel te lezen. Puur uit interesse.

Hij zag drie dingen.

Wat hem het eerste opviel, was dat het bovenste tijdschrift van de stapel de zondagseditie was van de *L.A. Times*.

Het tweede wat hij zag, was dat de krant maar gedeeltelijk gelezen was. Er stak een reepje van een bladwijzer boven de pagina's uit.

Het derde wat hij zag, was dat het boek ook maar gedeeltelijk gelezen was. Er stak ook een bladwijzer uit.

De bladwijzers waren oude, dubbelgevouwen blaadjes van een memoblok. Het was het eerste gebruikte papier dat Reacher zag in het hele huis.

17

Op het strookje papier in het boek stond alleen het cijfer 4 gekrabbeld. Dat was een technisch matig interessant cijfer, en misschien in algemene zin nog wel het opvallendst omdat 4 het enige getal is in het hele universum waarvan de waarde overeenkomt met het aantal letters waarmee het woord in het Engels wordt gevormd: *vier*. Verder leek het geen enkele betekenis te hebben. Niet in deze context.

Chang zei: 'Ik schaar me in dit geval in de rijen van de strafpleiters. Kan van alles zijn.'

Reacher knikte. Het tweede strookje leverde meer op. Heel veel meer zelfs. Puur in termen van functie in eerste instantie. De zondagseditie van de *L.A. Times* viel bij de bladwijzer open bij het begin van een lang artikel, geschreven door wetenschapsredacteur Ashley Westwood. Daarin stond dat we door de vooruitgang in de behandeling van hersenletsel steeds meer inzicht krijgen in de manier waarop het brein functioneert.

Het tijdschrift was nog geen twee weken oud.

Chang zei: 'Een goed strafpleiter zou beginnen met oplagecijfers van de zondagseditie van de *L.A. Times*.'

'En die zijn?' vroeg Reacher.

'Bijna een miljoen, geloof ik.'

'Zodat het een kans is van één op bijna een miljoen dat dit niet toevallig is?'

'Dat is wat een strafpleiter zou zeggen.'

'En wat zou een FBI-agent zeggen?'

'Wij hebben geleerd om vooruit te denken. Om te anticiperen op wat een strafpleiter zou zeggen.'

Reacher vouwde de bladwijzer open. Op de ene kant stond niets.

Op de andere kant stond wel iets.

Bovenaan stond hetzelfde telefoonnummer met kengetal 323. Wetenschapsredacteur Westwood in hoogsteigen persoon, in Los Angeles, Californië.

Onderaan stond geschreven: *Mother's Rest – Maloney.*

Reacher vroeg: 'Wat zou een FBI-agent nu zeggen?'

'Nu zou ze zeggen dat de strafpleiter de pot op kon,' zei Chang. 'Het lag in Keevers bedoeling om Westwood op te bellen om het verhaal bevestigd te krijgen, of om meer informatie in te winnen over iets wat zich afspeelt in het stadje waar wij net zijn geweest. Dat lijkt me duidelijk. En we hebben nu een naam. Daar kunnen best mensen wonen die Maloney heten. Per slot van rekening hebben we net de Moynahans ontmoet.'

'Maar waarom lag de bladwijzer bij het begin van het artikel?'

'Omdat hij het nog niet heeft gelezen.'

'En daarom heeft hij Westwood nog niet gebeld. We moeten onbevooroordeeld naar de cliënt kijken. Laten we zeggen dat hij gepassioneerd is. Zo iemand die voortdurend aan de telefoon hangt.

Die steeds hetzelfde verhaal vertelt aan iedereen die het maar wil horen. Mother's Rest, tweehonderd doden, en als je me niet gelooft, kun je een journalist in Los Angeles bellen. En dan geeft hij dat telefoonnummer waarvoor hij zoveel moeite heeft moeten doen, en iedere keer maakt Keever er een aantekening van, steeds maar weer, want zo zit hij in elkaar, en daarom hebben we dat nummer nu al twee keer gevonden zonder dat we er iets voor hoefden te doen. Dus in het begin is het een zeikerd van een cliënt. Die krijgen jullie vast ook wel.'

'Van tijd tot tijd.'

'Maar er is iets in wat de man vertelt, wat Keever aan het denken zet. Hij is nog steeds sceptisch, daarom doet hij een klein testje. En we zitten hier in Oklahoma City, dus moet hij waarschijnlijk naar het station om kranten te kopen uit andere steden. Toch doet hij dat. Hij koopt op een zondag de *L.A. Times*. Hij wil weten of die deskundige getuige geloofwaardig is. Of het een schrijver van serieuze artikelen is, of eentje die gratis huis-aan-huisbladen doet. Keever wil het zelf bekijken. Hoelang is het geleden dat ze voor het eerst tarwe verbouwden?'

'Hangt ervan af waar,' zei Chang. 'In ieder geval duizenden jaren.'

'Dan is die Westwood waarschijnlijk vrij goed. Hij heeft erover nagedacht en nu gaat hij duizenden jaren terug. Dit is een slimme jongen. Maar dat weet Keever nog niet. Omdat hij dat artikel nog niet heeft gelezen. En dat doet vermoeden dat wat de cliënt heeft gezegd, intrigerend was, maar ook weer niet heel urgent. Keever is er niet meteen bovenop gesprongen.'

'Ik heb het gevoel dat het zo langzamerhand behoorlijk urgent begint te worden.'

'Precies. We moeten achterhalen wat er is veranderd.'

Het was niet echt een straat waar de buren de deur bij elkaar platliepen, maar desondanks was er geen reden om lang te blijven plakken. Ze verlieten het huis door de bijkeuken en trokken de deur achter zich dicht. Ze liepen om het huis heen naar de oprit en stapten in de auto.

Reacher zei: 'We zouden nog eens met Westwood moeten gaan praten.'

'Keever heeft hem nog niet gebeld,' zei Chang. 'Hij kan ons niets vertellen.'

'Misschien heeft iemand anders hem gebeld. Dat kan hij ons vertellen.'

'Wie dan?'

'Dat weten we nog niet.'

Chang reageerde niet. Ze haalde haar telefoon tevoorschijn, koos het nummer, drukte op een extra knop en legde de telefoon op de armleuning tussen beide stoelen in.

'Ik heb hem op handsfree gezet,' zei ze.

Reacher hoorde de beltoon.

Hij hoorde dat er werd opgenomen.

'Hallo?' zei Westwood.

Reacher zei: 'Meneer, u spreekt met Jack Reacher, en ik werk op dit moment samen met mijn collega Michelle Chang, die u nog niet zo lang geleden heeft opgebeld.'

'Dat herinner ik me. We waren het erover eens dat haar andere collega mij nooit heeft opgebeld. Keever, toch? Ik dacht dat alles daarmee klaar was.'

'Ja, dat is zo. Maar we hebben nu een vrij duidelijke aanwijzing dat hij van plan was om u in de nabije toekomst te bellen. Misschien niet op stel en sprong, maar toch.'

Westwood bleef even stil. Toen zei hij: 'Waar is die man nu?'

'Hij is verdwenen,' zei Reacher.

'Hoe? Waar is hij?'

Reacher zei niets.

'Stomme vraag zeker,' zei Westwood.

'De vraag naar het hoe zou wel eens cruciaal kunnen zijn, maar de vraag naar het waar was inderdaad niet erg slim. Als we wisten waar hij was, zou hij niet worden vermist.'

'Je zou moeten kijken naar de gesprekken die hij wel heeft gevoerd, zou ik denken. Niet naar de gesprekken die hij wilde gaan voeren. In de nabije toekomst.'

'We hebben maar weinig informatie.'

'Waarover?'

'We moeten terugredeneren, meneer Westwood. We denken dat hij van plan was u te bellen als deskundige of om uw mening te vragen. We proberen erachter te komen wat het zou kunnen zijn, waarmee u hem had kunnen helpen.'

'Ik ben journalist. Ik ben op geen enkel vlak een deskundige.'

'Maar u bent goed op de hoogte van zaken.'

'Iedereen die mijn artikelen leest, is even goed op de hoogte als ik.'

'Ik denk dat de meeste lezers vermoeden dat er stukken tekst zijn die niet worden gepubliceerd. Ze gaan ervan uit dat u meer weet dan er wordt geplaatst. Misschien dingen die om juridische redenen niet kunnen worden geplaatst. Enzovoort. En ze gaan ervan uit dat u sowieso van dit soort dingen houdt. En ze respecteren u om uw belangrijke functie.'

'Misschien,' zei Westwood. 'Maar we praten over een gesprek dat nooit heeft plaatsgevonden.'

'Nee, wij denken nu aan de cliënt van Keever. Tot nu toe denken we dat het om een gepassioneerd iemand moet gaan die tijd genoeg heeft. We hebben bewijs dat hij Keever herhaaldelijk heeft gebeld. We denken dat het zo'n soort persoon is. En er is duidelijk een of ander onderwerp dat hem heel erg aanspreekt. Ik heb al eens gezegd dat hij waarschijnlijk de halve wereld gebeld heeft, te beginnen met het Witte Huis. En ik wil wedden dat dat zo is. Honderden mensen. U ook. Waarom niet? U bent de wetenschapsredacteur van een grote krant. Misschien hebt u iets geschreven wat te maken heeft met deze zaak. Misschien heeft hij uw nummer niet op internet gezocht om aan Keever door te geven, maar om u zelf te bellen. Ik denk dat hij een of andere idiote wetenschappelijke wantoestand vermoedt en dat hij dacht dat u hem zou begrijpen. Dus denk ik dat hij u misschien al heeft gebeld. Ik denk dat u misschien al met hem hebt gesproken.'

Het bleef een paar duizend kilometer verderop even stil, toen klonk Westwoods stem opnieuw, een beetje moeizaam, alsof hij probeerde een glimlach tegen te houden. 'Ik werk voor de *L.A. Times*. In Los Angeles. Dat is in Californië. Mijn telefoonnummer is te vinden op internet. Alles met elkaar is dat een goede zaak, maar het betekent wel dat ik voortdurend vreemde telefoontjes krijg. Dag en nacht. Ik heb elke idiote wetenschappelijke theorie aangehoord die er maar bestaat. Ze bellen me over buitenaardse wezens en vliegende schotels en geboorteafwijkingen en zelfmoorden en straling en hersenspoeling. En dan heb ik het alleen nog maar over de afgelopen maand.'

'Stopt u al die gesprekken in uw database?'

'Ze vormen het grootste deel van de database. Elke journalist kan dat bevestigen.'

'Kunt u op onderwerp zoeken in die database?'

'Je wordt gemakzuchtig als het om details gaat. Die lui ratelen maar door. De meesten van ons stoppen ze in categorieën. Soorten excentriekelingen. Op een gegeven moment blokkeer ik hun nummer. Als ik het niet langer kan aanhoren. Ik moet af en toe ook nog slapen.'

'Probeer Mother's Rest eens.'

'Wat is dat?'

'Dat is de naam van een plaats. Twee woorden. Als je moeder die in een stoel gaat zitten. Hoofdletters.'

'Waarom heet dat zo?'

'Dat weet ik niet,' zei Reacher.

Ze hoorden het klikken van de toetsen op zijn toetsenbord, luid en duidelijk door de telefoon. Het zoeken in de database, mocht je aannemen. Op onderwerp.

'Niets,' zei Westwood.

'Zeker weten?'

'Die naam is bijzonder genoeg.'

Reacher zei niets.

Westwood zei: 'Hé, ik beweer niet dat die cliënt van jullie man me niet heeft gebeld. Waarschijnlijk wel. We kennen allemaal dergelijke mensen. Maar wat ik bedoel is, hoe zou ik moeten wie van die lui het is?'

Ze reden de doodlopende straat van Keever uit, het stedelijke uitbreidingsgebied uit en langs een winkelcentrum met outletwinkels, naar de snelweg. Rechtsaf en vijf uur rijden over de snelweg lag Mother's Rest, linksaf, op nog geen tien minuten afstand, lag het centrum van Oklahoma City met steakhouses en barbecuetenten en fatsoenlijke hotels.

Maar Chang zei: 'Nee, we moeten terug.'

18

In plaats van in een steakhouse of barbecuetent aten ze onder kil tl-licht in een filiaal van een derderangs fastfoodketen langs de snelweg. Reacher kreeg zijn cheeseburger in een papieren zak en koffie in een polystyreen beker. Chang bestelde een salade, die werd geserveerd in een plastic verpakking zo groot als een basketbal, een doorzichtige deksel op een witte bak. Ze was gespannen en misschien ook een beetje moe van het rijden, maar desondanks goed gezelschap. Ze deed haar haar naar achteren over haar schouders en maakte van haar aanval op de salade een soort gezamenlijk, bij voorbaat mislukt avontuur, met opengesperde ogen en een stuk of wat verschillende flauwe glimlachjes, die van alles uitdrukten, van zelfmedelijden en berusting tot verwachtingsvolle geamuseerdheid, terwijl Reacher zijn burger ter hand nam en een hap probeerde te nemen.

Ze zei: 'Bedankt voor je hulp tot nu toe.'

'Graag gedaan.'

'We moeten eens nadenken over een meer duurzame regeling.'

'O ja?' Hij keek verbaasd.

'We moeten niet beginnen samen te werken als een team, als ik het uiteindelijk allemaal alleen moet doen.'

'Je zou 911 moeten bellen,' zei hij.

'Dat zou aangifte van vermissing worden. Meer is het niet op dit moment. Een volwassene die twee dagen weg is en die werkt in een bedrijfstak waarvoor je heel vaak plotseling de deur uit moet. Daar doen ze niets mee. We kunnen ze geen enkel bewijs laten zien dat er meer aan de hand is.'

'Zijn deur.'

'Niet beschadigd. Een deur die niet op slot zit, is een teken dat de eigenaar van het huis slordig is en geen aanwijzing dat er een misdrijf heeft plaatsgevonden.'

'Dus je wilt mij inhuren? Hoe moet dat dan, met dat idee van weinig overhead?'

'Ik wil graag dat je me vertelt wat je van plan bent.'

Hij zei niets.

Ze zei: 'Van hieruit zou je makkelijk een lift terug kunnen krijgen naar Oklahoma City. Ik zou het je niet kwalijk nemen.'

'Ik was op weg naar Chicago. Voordat het te koud wordt.'

'Zelfde antwoord. Lift terug naar Oklahoma City en neem de trein naar Chicago. Dezelfde trein waar je eerder in zat. Die zal vast niet opnieuw vertraging hebben, denk ik.'

Hij zei niets. Hij was haar veterschoenen heel aardig gaan vinden. Praktisch, maar ze zagen er ook mooi uit. Haar spijkerbroek was zacht en oud en lag laag om haar heupen. Haar T-shirt was zwart, niet te strak en niet te losjes. Haar ogen waren op hem gericht.

'Ik rij met jou mee, maar alleen als jij dat wilt. Dit is jouw zaak, niet de mijne,' zei hij.

'Ik vind het moeilijk om het te vragen.'

'Je vraagt het niet, ik bied het aan.'

'Ik kan je niets betalen.'

'Ik heb al alles wat ik nodig heb.'

'En wat is dat precies?'

'Een paar dollar in mijn zak en de vier streken van het kompas.'

'Want ik zou je beweegredenen moeten begrijpen.'

'Waarvoor?'

'Dat je mij wilt helpen.'

'Ik vind dat mensen elkaar altijd moeten helpen.'

'Dit zou wel eens iets heel ergs kunnen worden.'

'Ik wil wedden dat we allebei wel erger hebben meegemaakt.'

Ze bleef even stil.

'Laatste kans,' zei ze.

'Ik rij met jou mee,' zei hij.

Het was donker toen ze de snelweg verlieten. De regionale weg was een streep door het uitgestrekte landschap, alleen zichtbaar tot waar het schijnsel van de koplampen reikte, daarachter was alles gehuld in duisternis. De kleine Ford snorde voort en hobbelde zo nu en dan over een stuk slecht wegdek. Bleke graanstengels schoten aan weerszijden voorbij. Boven hun hoofd hingen dunne wolken en een nieuwe maan en een sluier van sterren, oneindig ver weg.

Het viel niet te zeggen op welk moment ze voorbij het punt kwamen waar ze de Moynahans hadden achtergelaten. De ene kilometer leek als twee druppels water op de andere. Maar de matrode pick-up was verdwenen. Ze zagen hem nergens, niet op de weg zelf, ook niet op de wegen die hen na het rechts, links en weer rechts afslaan, terugvoerden naar Mother's Rest. Ze zagen het stadje op anderhalve kilometer afstand liggen, vaag en spookachtig in de nacht, met de silo's die overal bovenuit staken. Ze kwamen binnen langs het oude wagenspoor, reden door het breedste deel van het stadje, zes blokken met lage huizen. Ze reden het plein op en draaiden naar het motel. Het licht in het kantoortje brandde.

Chang zei: 'Daar gaan we dan.'

Ze parkeerde op de plek onder haar kamer en zette de motor af. Ze bleven even zitten in de plotse stilte, toen stapten ze uit. Ze hielden hun hand om de kolf van de buitgemaakte pistolen in hun broekzak en bleven bij de auto staan, in het zwakke gele nachtlicht van de lampen die boven de deur van iedere kamer waren opgehangen en die het allemaal deden.

Geen beweging. Geen geluid.

Geen Moynahans, geen posse.

Niets.

Maar dertig meter verderop stapte de eenogige man uit zijn kantoor.

Hij haastte zich naar hen toe, net als eerder, met zijn armen zwaaiend en gebarend, en toen hij hen had bereikt, richtte hij zijn eenogige blik op de grond en haalde diep adem.

'Het spijt me,' zei hij. 'Er is een vergissing gemaakt. Het is een misverstand. U kunt kamer 215 gebruiken tot die andere meneer weer terugkomt.'

Chang zei niets.

Reacher zei: 'Begrepen.'

De eenogige man knikte alsof hij daarmee de zaak wilde beklinken. Toen draaide hij zich om en haastte hij zich weer terug. Chang keek hem na en zei: 'Het kan een valstrik zijn, of een hinderlaag.'

'Dat kan,' zei Reacher. 'Maar ik denk het niet. Hij zou niet willen dat er echt in de kamer zelf zou worden gevochten. Dan zou het meubilair eraan gaan en hij zou de hele winter bezig zijn om kogelgaten in de muren bij te pleisteren.'

'Wil je zeggen dat ze zich hebben overgegeven?'

'Het is een zet in het schaakspel.'

'En wat is de volgende zet?'

'Ik weet het niet.'

'En wanneer wordt de volgende zet gedaan?'

'Waarschijnlijk morgen,' zei Reacher. Hij keek om zich heen, in alle drie de richtingen over de hoefijzervormige binnenplaats, begane grond en langs de galerij. Er lag een dunne strook licht om de gordijnen in kamer 203. De kamer die eerder van de man in het pak was geweest. Er was een nieuwe gast.

'Niet voordat het licht wordt, volgens mij,' zei hij.

'Kun je slapen, denk je?'

'Ik denk het wel. En jij?'

'Als ik niet kan slapen, bonk ik wel op de muur.'

Ze liepen achter elkaar de ijzeren trap op, haalden hun sleutels tevoorschijn en staken die in het slot van hun deur, naast elkaar maar zes meter van elkaar af, als twee buren die thuiskomen van hun werk.

Dertig meter verderop pakte de eenogige man de tuinstoel van kamer 102, die niet bezet was, en droeg hem naar de plek waar hij eerder had gezeten, op de stoep onder het raam van zijn kantoor. Hij zette hem neer en liet zich erop vallen, in de nachtlucht, gereed om de volgende van de twee opdrachten van die nacht uit te voeren. De opdracht luidde *Houd hun kamers de hele nacht in het oog.*

De eerste opdracht was geweest *Houd het rustig, zelfs als ze vannacht terugkomen.* Een opdracht die hij naar behoren had uitgevoerd, vond hij.

19

Net als de vorige keer zat Reacher in het donker in zijn motelkamer, een eindje van het raam, onzichtbaar van buitenaf, en gaf zijn ogen de kost, maar nu vanaf de verdieping. Een kwartier, toen twintig minuten, een halfuur. Zo lang als nodig was om zeker te zijn. De eenogige man op zijn plastic stoel was zo'n dertig meter verderop nog steeds dezelfde bleke vlek in het duister. De strook licht om de gordijnen van kamer 203 was er nog steeds. Niets bewoog. Geen auto's, geen mensen. Geen gloeiende sigaretten in het donker.

Er gebeurde niets.

Veertig minuten. Het licht in kamer 203 ging uit. De eenogige man bleef op zijn post. Reacher bleef nog tien minuten zitten en ging toen naar bed.

De ochtend brak aan en leek even veelbelovend als die van de vorige dag. Bleekgouden licht en lange schaduwen. Als de ochtend van de eerste dag ooit misschien wel. Reacher zat op de rand van zijn bed met een omgeslagen handdoek, zonder koffie, en keek. De plastic stoel stond dertig meter verderop voor het kantoor, maar opnieuw verlaten. De gordijnen van kamer 203 waren nog dicht. Geen enkele beweging. Er klonk verkeer op de brede straat, maar je kon het alleen horen, niet zien. Eerst één vrachtwagen, toen nog een paar.

Daarna stilte.

Hij wachtte.

En weer gebeurden dezelfde dingen.

De schaduwen werden korter, meter na meter, naarmate de zon hoger aan de hemel kwam te staan. De trein van zeven uur kwam, bleef stilstaan en vertrok weer. De gordijnen gingen open in kamer 203.

Een vrouw. De zon scheen nog steeds op het raam, zodat haar beeld stoffiger was dan het zou moeten zijn, maar Reacher kon haar zien, bleek, in het wit gekleed. Ze stond net als de man een dag eerder, de armen wijd gespreid en de handen aan de gordijnen. Ze staarde naar buiten, naar de ochtend, net zoals hij had gedaan.

Toen kwam de witte Cadillac aanrijden. Hij maakte een draai naar rechts en reed achteruit naar links dezelfde parkeerplaats op. Nog steeds geen kentekenplaat op de voorbumper. Dit keer stapte de chauffeur meteen uit. Boven zijn hoofd ging de deur open en stapte de vrouw in het wit haar kamer uit. Het wit was een nauwsluitende jurk, tot op haar knieën. Witte schoenen. Ze was niet jong, maar ze zag er atletisch uit. Alsof ze daar haar best voor deed. Ze had asblond haar. Het was kortgeknipt.

Ze had meer bagage bij zich dan de man in het pak. Ze had een handig koffertje op wielen met een handgreep. Groter dan de leren tas. Maar niet uitzonderlijk groot. Sierlijk eigenlijk. Ze liep in de richting van de trap, en de chauffeur van de Cadillac anticipeerde op de problemen die de trap zou kunnen opleveren, maakte een gebaar dat ze moest wachten en liep de trap op. Hij schoof de handgreep van haar koffer terug naar binnen en droeg de koffer, voor haar uit lopend, de trap af, alsof hij haar de weg wees. Hij zette de koffer in de kofferbak. Zij stapte achterin, hij zette zich achter het stuur en de auto reed weg.

Nog steeds geen kentekenplaat achterop.

Reacher liep naar de badkamer en nam een douche. Hij hoorde Chang in de badkamer naast de zijne. De badkamers waren tegen elkaar aan gebouwd. Dat hij haar hoorde, betekende dat ze de ochtendtrein niet had opgewacht. Dat was een verstandig besluit. Het had haar de tocht heen en terug bespaard. Misschien had ze hetzelfde gedaan als hij en had ze gekeken. Misschien hadden ze beiden op de rand van hun bed gezeten met een omgeslagen handdoek, alleen van elkaar gescheiden door de muur. Al droeg zij waarschijnlijk een pyjama. Of een nachthemd. Waarschijnlijk niet iets volumineus. Gezien het weer en de noodzaak om met weinig bagage te reizen.

Hij was eerder dan zij buiten en ging op weg naar de diner. Hij hoopte dat hij aan hetzelfde stel tafeltjes achterin zou kunnen zitten, wat lukte. Hij hing zijn jasje over de rugleuning van haar stoel, waar het scheef naar één kant omlaag hing door het gewicht van de Smith & Wesson, en bestelde koffie. Chang kwam vijf minuten later binnen. Ze droeg dezelfde spijkerbroek, maar een schoon T-shirt. Over haar haar lag nog de inktkleurige glans van het douchen. Haar eigen jasje hing scheef vanwege haar Smith & Wesson. Net als iedere ex-agent keek ze het hele etablissement een keer rond, driehonderdzestig graden, een stuk of zes, zeven afzonderlijke snapshots. Toen liep ze energiek door de ruimte, gevoed door enthousiasme, leek het, of misschien iets euforisch omdat ze allebei de nacht hadden overleefd. Ze ging naast hem zitten.

Hij vroeg: 'Heb je geslapen?'

'Dat moet wel,' zei ze. 'Al had ik het gevoel dat ik nooit in slaap zou komen.'

'Je bent niet bij de trein wezen kijken.'

'Volgens jou houden ze hem gevangen. Als het meezit.'

'Ik gok alleen maar.'

'Het is een redelijke gok.'

'Heb je de vrouw gezien in kamer 203?'

'Ik vond haar moeilijk te plaatsen. Als ze in het zwart gekleed was geweest, had ze een investeerder kunnen zijn of de manager van een fonds, of iets anders wat recht geeft op een respectvol onthaal. Ze had er het gezicht en het haar voor. En ze heeft een sleutel van de fitnessruimte van het bedrijf. Dat is een ding dat zeker is. Maar in het wit? Ze zag eruit alsof ze naar een tuinfeest ging in Monte Carlo. Om zeven uur 's ochtends. Wie doet zoiets?'

'Is het mode of zo? Iemand die vindt dat je er zo in de zomer bij moet lopen?'

'Ik mag hopen van niet.'

'Wat zou zij dan kunnen zijn?'

'Ze zag eruit alsof ze op weg was naar het gemeentehuis om voor de vijfde keer te trouwen.'

De serveerster kwam langs. Chang vroeg: 'Ken jij iemand hier die Maloney heet?'

'Nee,' zei ze. 'Maar ik ken wel twee kerels die Moynahan heten.'

Toen knipoogde ze en liep weg.

Chang zei: 'Nu ben je echt haar allerbeste vriend. Ik geloof niet dat ze de Moynahans erg graag mag.'

'Ik kan me eigenlijk niemand voorstellen die hen wel zou mogen,' zei Reacher.

'Er moet wel iemand zijn. We moeten ervan uitgaan dat zij ook ergens een allerbeste vriend hebben. We moeten voorbereid zijn op een reactie.'

'Maar nu nog niet. Ze hebben alle twee klappen gehad. Die zullen nog wel een paar dagen een soort griep hebben. Anders dan op tv, waar ze na de reclame weer helemaal in orde zijn.'

'Maar uiteindelijk zijn ze weer oké. Dan zou het wel eens een toestand met een hele bende kunnen worden, met vrienden en medesamenzweerders.'

'Jij hebt bij de politie gezeten. Je hebt vast eerder mensen neergeschoten.'

'Ik heb zelfs nog nooit mijn wapen getrokken. Het was in Connecticut. Klein stadje.'

'En bij de FBI?'

'Daar was ik financieel analist. Kantoorbaan.'

'Maar je hebt wel je wapenvergunning gehaald, toch? Op de schietbaan?'

'Dat moest.'

'Was je er goed in?'

'Ik schiet alleen terug als zij beginnen.'

'Daar kan ik mee leven.'

'Dit is een krankzinnig gesprek. Dit is een spoorwegstationnetje. Het is het Wilde Westen niet.'

'In het Wilde Westen gebeurde het ook allemaal bij de stationnetjes. Het startpunt van de ellende. Daar stapte de schurk uit de trein. Of de nieuwe sheriff.'

'Hoe ernstig is dit hier, denk je?'

'Ergens op een schaal, net als alles. Aan het ene uiteinde van die schaal zit Keever ergens in Las Vegas met een jonge meid van negentien. Aan het andere uiteinde van de schaal is hij dood. Ik neig naar een klein eindje aan de dode kant van het midden, of misschien nog wel iets verder die kant op. Het spijt me. Waarschijnlijk is het een ongeluk geweest. Of min of meer een ongeluk. Of paniek. Zodat ze nu niet weten wat ze moeten doen.'

'Wij wel?'

'Op het moment hebben we een eenvoudige agenda met drie punten. Ontbijt, koffie en Maloney zoeken.'

'Dat kon wel eens moeilijk worden.'

'Welk punt?'

'Maloney.'

'We moeten beginnen bij het ontvangstkantoor. Bij de silo's. Ik wil wedden dat ze in een omtrek van driehonderd kilometer van iedereen de naam kennen. En misschien vangen we twee vliegen in één klap. Als er iets aan de hand is met de tarwe, hangt daar misschien wel iets in de lucht.'

Chang knikte en vroeg: 'Hoe heb je geslapen?'

'In het begin was het raar, met de spullen van Keever in de kamer. Zijn koffer tegen de muur. Ik had het gevoel alsof ik iemand anders was. Ik voelde me een normaal mens. Maar ik heb het overleefd.'

Het ontvangstkantoor was een eenvoudig houten gebouwtje naast de weegbrug. Het was louter functioneel. Het was wat het was. Er was geen enkele poging gedaan om het stijlvol of aantrekkelijk te maken. Dat was ook niet nodig. Het was de enige plek in het stadje waar boeren met hun spullen terechtkonden. Het was het ontvangstkantoor of verhongeren.

Binnen waren tafels voor het invullen van formulieren. De vloer was versleten waar boeren in de rij hadden gestaan. Er was een balie op stahoogte waar de leveringen werden geregistreerd. Achter die balie stond een man met wit haar in een tuinbroek, een stompje potlood achter zijn oor gestoken. Hij was in de weer met stapels papieren. Hij was waarschijnlijk bezig met de voorbereidingen van de oogst. Hij wekte de indruk dat hij volstrekt gelukkig was in zijn eigen kleine koninkrijk.

Hij vroeg: 'Kan ik u helpen?'

'Wij zoeken iemand die Maloney heet,' zei Reacher.

'Dat ben ik niet.'

'Ken je iemand hier in de buurt die zo heet?'

'Wie wil dat weten?'

'Wij zijn privédetectives uit New York. Er is iemand overleden die al zijn geld heeft nagelaten aan iemand anders. Maar het blijkt dat die andere man ook al overleden is, dus nu ligt het geld weer in de pot, te wachten op alle bloedverwanten die we kunnen vinden. Een van hen beweert dat hij een neef heeft die hier woont en Maloney heet. Dat is alles wat we weten.'

'Ik ben het niet,' zei de man opnieuw. 'Hoeveel geld?'

'Dat mogen we niet zeggen.'

'Veel?'

'Het is geen zakgeld.'

'En hoe kan ik u helpen?'

'We dachten dat jij misschien een heleboel mensen hier in de buurt zou kennen. Het lijkt me dat de meeste mensen op een gegeven moment hier wel door de deur naar binnen komen.'

De man knikte, alsof er ineens een cruciaal en onverwacht verband was gelegd. Hij drukte op de spatiebalk van een toetsenbord en een scherm lichtte op. Hij schoof met een muis en klikte ergens op en een lange lijst verscheen op het scherm, kleine lettertjes. Een hele reeks namen. Hij zei: 'Dit zijn de mensen die al geboekt staan voor de weegbrug. Op die manier gaat het sneller. En dat moet ook als het druk is. Ik denk zo dat iedereen uit de hele omtrek die in het graan zit, erin staat. Van de eigenaren tot de arbeiders. Mannen, vrouwen en kinderen. In deze wereld moet iedereen de mouwen opstropen als er gewerkt moet worden.'

Chang vroeg: 'Staat er ook een Maloney bij? Een voornaam en een adres zou heel fijn zijn.'

De man ging opnieuw aan de slag met de muis. De lijst schoof omhoog over het scherm. Alfabetische volgorde. Halverwege stopte hij en zei: 'Hier heb ik een Mahoney. Maar volgens mij is die overleden. Twee, drie jaar geleden, als ik het me goed herinner. Weggerukt door de kanker. Niemand weet welke soort.'

'Niemand die Maloney heet?' vroeg Chang.

'Niet op deze lijst.'

'Laten we zeggen dat hij niet in het graan werkt. Zou je hem dan toch kennen?'

'Misschien in de dagelijkse omgang. Maar ik ken niemand die zo heet, niemand die Maloney heet.'

'Is er iemand anders die we het zouden kunnen vragen?'

'Je kunt het proberen bij Western Union. Die met de franchise van FedEx. Dat is min of meer ons postkantoor.'

'Oké,' zei Reacher. 'Bedankt.'

De man knikte en keek weg en zei niets, alsof hij tegelijkertijd geboeid en geïrriteerd was door de onderbreking van zijn werkzaamheden.

Reacher herinnerde zich waar het kantoortje van Western Union was. Hij had het al twee keer gezien, toen hij alle straten van de stad had doorkruist. Een klein optrekje met een raam vol neonreclame, voor MoneyGram, en faxen, en fotokopiëren, en FedEx, en UPS, en DHL. Ze gingen naar binnen. De man achter de toonbank keek op. Hij was een jaar of veertig, lang en stevig gebouwd, maar zeker niet vadsig. Hij had een volle kop met haar en een uitdrukkingloos gezicht.

Het was de chauffeur van de Cadillac.

20

De winkel was even eenvoudig ingericht als het ontvangstkantoor. Overal stof en ongeverfd hout. Versleten beige faxen en fotokopieerapparaten, en slordige stapels met adresformulieren voor de pakketdiensten, wankele stapels pakjes, sommige binnenkomend, andere uitgaand. Sommige pakketjes waren klein, amper groter dan de adreslabels die erop waren geplakt, andere waren groot. Er stonden twee dozen die kennelijk rechtstreeks waren verstuurd door fabrieken in het buitenland. De ene doos kwam uit Duitsland. Er zat medische apparatuur in van steriel roestvrij staal, als Reacher tenminste kon vertrouwen op zijn kennis van het Duits. In de andere doos zat een HD-videocamera uit Japan. Er lagen pakken kopieerpapier op planken, er hingen balpennen aan een koord, en aan één wand hing een prikbord van kurk, waarop met punaises brochures waren geprikt voor van alles en nog wat in de omgeving, van gitaarlessen en garageverkopen tot kamers die te huur waren. *Dat is min of meer ons postkantoor*, had de man in het ontvangstkantoor gezegd. Het leek Reacher niet overdreven.

De chauffeur van de Cadillac vroeg: 'Kan ik iets voor jullie doen?'

Hij stond achter een toonbank van multiplex en telde dollarbiljetten.

Reacher zei: 'Ik herken jou ergens van.'

'O ja?'

'Jij hebt college-football gespeeld. Voor Miami. 1992, klopt dat?'

'Ik niet, vriend.'

'USC dan?'

'Je hebt de verkeerde voor je.'

Chang zei: 'Dan moet jij de taxichauffeur zijn. We hebben je vanochtend bij het motel gezien.'
De man gaf geen antwoord.
'En gisterochtend,' zei Chang.
Geen reactie.
Er stond een klein draadstalen kaartenbakje op de toonbank, met visitekaartjes van MoneyGram. Een extra bonus misschien, naast de gebruikelijke commissie. Reacher pakte een kaartje en las wat erop stond. De man heette niet Maloney. Reacher vroeg hem: 'Heb je een telefoonboek van de omgeving?'
'Waarvoor?'
'Ik wil het op mijn hoofd balanceren om mijn houding te verbeteren.'
'Huh?'
'Ik wil een nummer opzoeken. Wat moet je anders met een telefoonboek?'
De man bleef een tijdje zwijgend staan, alsof hij zocht naar een goede reden om het verzoek te weigeren, maar uiteindelijk kwam er blijkbaar niets bij hem op, dus bukte hij zich, pakte een dun telefoonboek van een plank onder de toonbank, draaide het honderdtachtig graden om en schoof het over het multiplex.
'Dank je,' zei Reacher. Met zijn duim bladerde hij naar waar de L plaatsmaakte voor de M.
Chang boog zich naar hem toe om mee te kijken.
Geen Maloney.
'Waarom heet het hier Mother's Rest?' vroeg Reacher.
'Dat weet ik niet,' zei de man achter de toonbank.
'Hoe oud is je Cadillac?' vroeg Chang.
'Wat heeft u daarmee te maken?'
'Niets eigenlijk. We zijn niet van de dienst voor wegverkeer. Kentekenplaten interesseren ons niet. Het is gewoon pure nieuwsgierigheid. Het lijkt me een fijne wagen.'
'Hij doet wat hij moet doen.'
'En dat is?'
De man zweeg even.
'Taxi,' zei hij. 'Zoals u al dacht.'
'Ken je iemand die Maloney heet?' vroeg Reacher.

'Zou ik die moeten kennen?'
'Het zou kunnen.'
'Nee,' zei de man met een zekere gedecideerdheid, alsof hij blij was dat hij weer vaste grond onder de voeten had. 'Er is hier niemand die Maloney heet.'

Reacher en Chang liepen naar de brede straat en bleven in de ochtendzon stilstaan. Chang zei: 'Hij loog over de Cadillac. Het is geen taxi. In zo'n stadje als dit hebben ze geen taxi nodig.'
'Wat is het dan wel?' vroeg Reacher.
'Het had iets weg van een haal- en brengservice van een club, vind je niet? Als een golfkarretje op een golfresort. Om gasten van de ene plek naar de andere te brengen. Van de receptie naar hun kamer. Of van hun kamer naar de spa. Haal- en brengservice. Helemaal zo zonder kentekenplaten.'
'Behalve dat dit geen golfresort is. Het is één grote graanakker.'
'Hoe dan ook, hij hoefde niet ver te rijden. Hij is weg geweest en teruggekomen in de tijd die wij nodig hadden om te douchen en te ontbijten. Misschien een uur. Een halfuur heen en een halfuur terug. Hooguit een straal van vijfendertig kilometer op die wegen hier.'
'Dat is nog steeds meer dan vijfentwintighonderd vierkante kilometer,' zei Reacher. 'Pi maal het kwadraat van de straal. In feite meer dan drieduizend vierkante kilometer. Heeft het iets met Keever te maken, of is het heel iets anders?'
'Het heeft ermee te maken, dat is duidelijk. Bij het motel gedroeg de man zich net zo als de man van de reserveonderdelen bij de trein. Als een lakei. En de man van de reserveonderdelen rapporteerde jou omdat je een beetje op Keever lijkt. Dus is er een verband.'
Reacher zei: 'We zouden een helikopter nodig hebben om drieduizend vierkante kilometer af te zoeken.'
'En geen Maloney,' zei Chang. Ze stak haar hand in haar achterzak en haalde er de bladwijzer van Keever uit. *Mother's Rest – Maloney*. 'Tenzij die kerel daar ook over liegt. Dat hij niet in het telefoonboek stond, zegt niet alles. Misschien heeft hij een geheim nummer. Of woont hij hier nog niet zo lang.'
'Zou de serveerster ook liegen?'

'We moeten het in het warenhuis proberen. Als hij bestaat, en als hij niet in de diner eet, dan koopt hij daar zijn eten. Hij moet op de een of andere manier aan eten komen.'

Ze begonnen te lopen, over de brede straat naar het zuiden.

Ondertussen was de man van de Cadillac druk doende te rapporteren wat er was gebeurd. Voor wat het waard was. Hij zei: 'Ze zijn helemaal nergens.'

In het kantoortje van het motel zei de eenogige man: 'Waarom denk je dat?'

'Heb jij ooit gehoord van iemand die Maloney heet?'

'Nee.'

'Daar zijn ze naar op zoek.'

'Iemand die Maloney heet?'

'Ze hebben in mijn telefoonboek gekeken.'

'Er is niemand die Maloney heet.'

'Precies,' zei de chauffeur van de Cadillac. 'Ze zijn helemaal nergens.'

Het warenhuis zag eruit alsof het in vijftig jaar geen spat was veranderd, op de merknamen en prijzen na. Achter de tochthal was het er donker en stoffig en het rook er naar vochtig canvas. Er waren vijf smalle gangpaden met aan weerszijden hoog opgestapelde goederen, variërend van gereedschap voor houtbewerking tot verpakte koekjes, en van kaarsen tot weckpotten, en van toiletpapier tot gloeilampen. Reachers oog viel op een rek met werkkleding. De spullen die hij aanhad, waren vier dagen oud en met Chang in zijn buurt werd hij zich daarvan bewust. Ze rook naar zeep en een schone huid en een vleugje parfum. Dat was hem opgevallen toen ze zich naar hem toeboog om mee te kijken in het telefoonboek, en hij vroeg zich af wat zij had ervaren. Hij zocht een broek en een shirt uit, en sokken, een onderbroek en een hemd op de plank ertegenover. Een dollar per stuk voor het kleine spul en nog geen veertig dollar voor het grote werk. Alles bij elkaar een investering die de moeite waard was, leek hem. Hij nam het allemaal mee naar de toonbank en liet het daarop vallen.

De winkelier wilde het hem niet verkopen.

Hij zei: 'Ik wil jou niets verkopen. Je bent hier niet welkom.'

Reacher zei niets. De winkelier was een pezige man van een jaar of zestig. Hij had ingevallen wangen met een witte stoppelbaard, dun grijs haar, ongewassen en lang, plukjes haar in zijn oren, een ongeschoren nek. Hij droeg twee shirts, het ene over het andere. Hij zei: 'Dus wegwezen, dit is privéterrein.'

Reacher vroeg: 'Heb jij een ziektekostenverzekering?'

Chang legde haar hand op zijn arm. De eerste keer dat ze hem aanraakte, realiseerde hij zich onwillekeurig.

'Is dat een bedreiging?' vroeg de man.

'Dat kun je wel zeggen, ja.'

'Dit is een vrij land. Ik kan zelf bepalen aan wie ik iets wil verkopen. Dat staat in de wet.'

'Hoe heet je?'

'Daar heb je niets mee te maken.'

'Misschien Maloney?'

'Nee.'

'Kun je een dollar voor me wisselen?'

'Waarom?'

'Ik wil bellen met je munttelefoon.'

'Die doet het niet vandaag.'

'Heb je achter een eigen telefoon?'

'Die mag je niet gebruiken. Je bent hier niet welkom.'

'Oké,' zei Reacher. 'De boodschap is overgekomen.' Hij keek op de labels aan de kleren voor zich. Een dollar voor de sokken, een dollar voor de onderbroek, een dollar voor het T-shirt, negentien dollar negenennegentig voor de broek en zeventien dollar negenennegentig voor het shirt. Subtotaal van veertig dollar en achtennegentig cent, plus waarschijnlijk nog eens zeven procent omzetbelasting. Totale schade drieënveertig dollar en vijfentachtig cent. Hij pelde twee briefjes van twintig en een van vijf van zijn rol met geld en vouwde ze in de lengte om de krul eruit te krijgen. Hij legde ze op de toonbank.

'Je mag kiezen, maat,' zei hij. 'Je kunt de politie bellen en ze vertellen dat er handel wordt gedreven in de stad of je kunt mijn geld aannemen. Je mag het wisselgeld houden. Misschien kun je gaan sparen om je haar te laten knippen en je te laten scheren.'

De man reageerde niet.

Reacher rolde zijn aankopen tot een bundel en stak die onder zijn arm. Hij liep achter Chang aan de winkel uit en bleef in de tochthal stilstaan om de telefoon te inspecteren. Geen kiestoon. Alleen een stilte met ademgeruis, als bij een directe verbinding met de kosmos, of het bloed dat in de aderen in zijn hoofd klopte.

'Toeval?' zei Chang.

'Dat betwijfel ik,' zei Reacher. 'De man heeft waarschijnlijk de stekker er uitgetrokken. Ze willen ons isoleren.'

'Wie wilde je bellen?'

'Westwood in Los Angeles. Ik had iets bedacht. En toen nog iets. Maar ik denk dat we beter eerst bij het motel kunnen gaan kijken.'

'De man van het motel vindt het vast niet goed dat we zijn telefoon gebruiken.'

'Nee,' zei Reacher. 'Daar kun je vergif op innemen.'

Ze liepen naar de hoefijzervormige binnenplaats van het motel vanuit het zuiden, dus het eerste wat ze zagen was de vleugel met het kantoortje. Op de stoep onder het raam van het kantoor stonden drie dingen. Het eerste was de plastic tuinstoel, niet bezet, maar nog steeds op de plek waar hij de hele nacht had gestaan.

Het tweede was het gehavende valies van Keever, voor het laatst waargenomen in kamer 215, nu gepakt en wachtend, bultig en eenzaam.

Het derde was de koffer van Chang, dichtgeritst, de handgreep uitgeschoven, ook gepakt en wachtend.

21

Chang bleef stilstaan, als in een reflex, en Reacher bleef naast haar staan. Hij zei: 'Er is geen plaats in de herberg.'

'Hun volgende zet,' zei Chang.

Ze liepen verder, kwamen dichterbij, zodat de hoek waaronder ze naar de hoefijzervorm keken, veranderde, zodat ze er verder in konden kijken en groepjes mannen zagen die niets stonden te doen, die stonden te wachten, op lege parkeerplaatsen, die tegen stoepranden stonden te schoppen, die midden op het asfalt stonden. Een man of dertig in totaal, inclusief die ene Moynahan die een schop tegen zijn ballen had gekregen. Hij oogde een beetje bleekjes, maar niet kleiner dan eerder. Zijn ongelukkige bloedverwant was er niet bij. Waarschijnlijk lag die nog in bed, met een lading pijnstillers achter zijn kiezen.

'We gaan rechtstreeks naar mijn kamer,' zei Reacher.

'Ben je gek?' zei Chang. 'We mogen blij zijn als we de auto halen.'

'Ik heb nieuwe kleren gekocht. Ik moet me omkleden.'

'Neem ze maar mee. Je kunt je later ook nog omkleden.'

'Ik heb al een concessie gedaan door ze niet meteen in de winkel aan te trekken. Ik hou er niet van om spullen mee te sjouwen.'

'Van dertig man winnen we niet.'

Ze liepen verder en bleven zes meter van de trap die ze op wilden lopen, staan. Er stonden drie mannen bij. Ze keken alle drie naar het kantoortje, waaruit de eenogige man zich naar buiten haastte, met zijn armen zwaaiend en gebarend. Toen hij hen bereikt had, zei hij: 'De reservering van meneer Keever is afgelopen. En ik ben bang dat verlenging niet mogelijk is. Rond deze tijd neem ik lege kamers een dag of twee uit de roulatie voor noodzakelijk onderhoud. Om ze klaar te hebben voor de oogst.'

Reacher zei niets. *Van dertig man winnen we niet.* Zijn natuurlijke reactie op zo'n opmerking was: *Waarom goddomme niet?* Het zat in zijn DNA. Net als ademhalen. Hij was een vechtjas. Zijn grootste kracht, en zijn zwakke plek. Daarvan was hij zich heel goed bewust, terwijl hij in gedachten de mechanische kant van het probleem doornam, één tegen dertig. De eerste twaalf was gemakkelijk. Hij had vijftien kogels in zijn Smith & Wesson, en meer dan drie keer zou hij niet missen. En als Chang de hint begreep, kon ze er ook zes voor haar rekening nemen. Of zo. Ze had dan wel een kantoorbaan gehad, maar die kerels stonden allemaal dichtbij en als je de een niet raakte, raakte je wel een ander.

Dan bleven er misschien nog een stuk of twaalf over als de pistolen klikten met een lege kamer. Voor zover hij zich kon herinneren had hij er nog nooit zoveel tegenover zich gehad, maar het leek niet onmogelijk. Veel zou afhangen van het schokeffect, leek hem, en je mocht aannemen dat het schokeffect aanzienlijk zou zijn. Het lawaai, het vuur uit de loop van de pistolen, de patronen die schitterend door de ochtendzon zouden vliegen, mannen die in elkaar zakten.

Het leek niet onmogelijk.

Maar dat was het wel. Hij kon niet tegen dertig man op. Niet op dat moment. Niet zonder meer informatie. Hij had geen duidelijke reden.

Hij vroeg: 'Hoe laat is uitchecken?'

De eenogige man zei: 'Elf uur,' en klapte toen zijn mond dicht, zichtbaar, alsof hij wenste dat hij nooit iets had gezegd.

'En hoe laat is het nu?' vroeg Reacher.

De eenogige man gaf geen antwoord.

'Het is drie minuten voor negen,' zei Reacher. 'We zijn ruim voor elf uur vertrokken. Dat beloof ik. Dus kan iedereen ontspannen. Er valt hier niets bijzonders te zien.'

De eenogige man dacht na. Uiteindelijk knikte hij. De drie mannen bij de trap weken, niet meer dan een halve stap, maar de bedoeling was duidelijk. Ze waren niet van plan te vertrekken, maar zouden ook niet ingrijpen. Voorlopig niet.

Reacher liep achter Chang de trap op, maakte de deur open en stapte zijn kamer binnen. Chang vroeg: 'Vertrekken we echt? Om elf uur?'

'Nog voor elf uur,' zei Reacher. 'Waarschijnlijk al over tien minuten. Het heeft geen zin om hier te blijven hangen. We weten niet genoeg.'

'We kunnen Keever niet zomaar in de steek laten.'

'We moeten ergens naartoe waar we in ieder geval een telefoon kunnen gebruiken.' Hij gooide zijn nieuwe kleren op het bed, maakte de plastic verpakking open en trok de labels van de kleren. 'Misschien moet ik maar even douchen,' zei hij.

'Je bent twee uur geleden nog onder de douche geweest. Ik hoorde je door de muur heen.'

'O ja?'

'Nergens voor nodig. Kleed je maar om.'

‘Zeker weten?’

Ze knikte, deed de deur van de kamer aan de binnenkant op slot en hing de ketting ervoor. Hij nam zijn spullen mee naar de badkamer, trok zijn oude kleren uit en de nieuwe aan. Hij stopte de Smith in zijn ene zak en zijn tandenborstel in zijn andere, samen met zijn geld, zijn pinpas en zijn paspoort. Hij rolde zijn oude kleren op en propte de bundel in de prullenbak. Hij wierp een blik in de spiegel. Streek zijn haar glad met zijn vingers. Klaar voor het vervolg.

Chang riep door de deur: ‘Reacher, ze komen de trap op.’

‘Wie?’ riep hij terug.

‘Een man of tien. Een soort delegatie.’

Hij hoorde haar achteruitstappen. Hij hoorde bonzen op de deur, nijdig en ongeduldig. Hij zag schaduwen door het raam, op de galerij, een groepje mannen, sommigen keken door het raam.

‘Wat gaan we doen?’ vroeg Chang.

‘Wat we al van plan waren,’ zei hij. ‘We vertrekken.’

Hij liep naar de deur en schoof de ketting ervoor weg. Hij legde zijn hand op de kruk.

‘Klaar?’ vroeg hij.

‘Min of meer,’ zei Chang.

Hij deed de deur open. Er was gedrang op de galerij en de man die vooraan stond, deed struikelend een stap naar voren. Reacher legde zijn hand plat op de borst van de man en duwde hem terug. Niet zachtzinnig.

‘Wat wil je?’ vroeg hij.

De man hervond zijn evenwicht en zei: ‘Tijdstip van uitchecken is net vervroegd.’

‘Naar hoe laat?’

‘Nu.’

Reacher had de man nog niet eerder gezien. Grote handen, brede schouders, een gegroefd gezicht, zijn kleren onder het vuil. Op de een of andere manier uitgekozen om voorop te lopen. Als woordvoerder. Het neusje van de plaatselijke zalm, mocht je aannemen.

‘Hoe heet je?’ vroeg Reacher.

De man gaf geen antwoord.

‘Het is een eenvoudige vraag,’ zei Reacher.

Geen reactie.
'Heet jij Maloney?'
'Nee,' zei de man, met een bepaalde toon in zijn stem. Alsof het een stomme vraag was.
'Waarom heet het hier Mother's Rest?' vroeg Reacher.
'Dat weet ik niet.'
'Wacht maar beneden. We vertrekken zodra we klaar zijn.'
De man zei: 'We wachten hier.'
'Beneden,' zei Reacher. 'En daar kun je op twee manieren komen. De andere manier is met je kop naar beneden over de reling. Jij mag kiezen. Het maakt mij niet uit.'
Vanaf de grond staarde de eenogige man omhoog. De bagage was dichter bij de auto gezet. De koffer en de tas stonden naast elkaar op het asfalt, naast de vijfde deur. De man met de grote handen en de vuile kleren deed iets wat het midden hield tussen een sneer, een hoofdknik en een schouderophalen en zei: 'Oké, je krijgt nog vijf minuten.'
'Tien,' zei Reacher. 'Ik denk dat we er tien van maken. Is dat oké? En niet opnieuw de trap opkomen.'
De man keek Reacher aan met een uitdagende blik.
Reacher vroeg: 'Wat doe jij voor de kost?'
'Varkensboer.'
'Je hele leven al?'
'Van jongs af aan.'
'Altijd op dezelfde plek?'
'Ongeveer.'
'Niet in dienst geweest?'
'Nee.'
'Dat dacht ik al,' zei Reacher. 'Je liet het hoge terrein aan ons. Dat was dom. Want dertig kerels betekent helemaal niets als ze met twee man tegelijk een trap op moeten. Je weet dat wij gewapend zijn. We hadden jullie stuk voor stuk de trap af kunnen schieten. Vanachter muren van gasbeton. En daar doe je niets tegen tenzij je granaatwerpers hebt, en ik denk niet dat jullie die hebben. Dus niet meer de trap opkomen. En zeker niet vooroplopen.'
De man reageerde daar niet op. Reacher deed een stap achteruit en sloot de deur in zijn gezicht.

Chang zei: 'Als het de bedoeling is dat we hier levend vandaan komen, moet je ze volgens mij niet tegen je in het harnas jagen.'

'Dat ben ik niet met je eens,' zei Reacher. 'Want zodra wij weg zijn, gaan ze twijfelen of we terugkomen. Als we gehoorzaam en gedwee waren vertrokken, hadden ze meteen door dat het nep was. We kunnen ze beter laten geloven dat hun pogingen ons te verjagen hebben gewerkt.'

'En dat is zo, want je zei het zelf al, we weten helemaal niets.'

'We weten wel iets. Ik zei dat we niet genoeg weten.'

'Wat weten we dan?'

'We weten dat de man in het kantoortje net telefonisch verslag heeft uitgebracht. Hij zei tegen zijn baas dat we om elf uur vertrokken zouden zijn, maar dat vond die niet goed genoeg. Het compromis was niet acceptabel. Hij wil dat we meteen vertrekken. Vandaar die tien kerels met een nieuwe boodschap. En dat was een andere boodschap dan gisteravond. Gisteravond werden we met open armen ontvangen. Dus de vraag is: wat is er veranderd?'

'De vrouw in het wit,' zei Chang.

'Precies. Dezelfde man die ons nu wil verjagen, wilde geen heibel toen zij nog hier was. Maar nu ze weg is, gaan ze over tot de orde van de dag.'

'Wie was die vrouw? En waar is ze gebleven?'

'Geen idee. Datzelfde geldt voor die man in het pak. We weten alleen dat ze op de een of andere manier belangrijk waren. In die zin dat iedereen zich keurig netjes moest gedragen zolang ze in de buurt waren. Ik zag die man van de receptie gisteren opruimen voordat die auto kwam om de man in het pak op te halen. Hij zette al die tuinstoelen recht. Voordat die man in het pak alles bij daglicht te zien kreeg.'

'Het waren geen investeerders. Niet van het soort dat daadwerkelijk zelf een investering inspecteert in ieder geval. Dat straalden ze niet uit. Ik heb veel met investeerders te maken gehad,' zei Chang.

'Wat zijn ze dan wel?'

'Ik heb geen idee. Belangrijke gasten van iemand. Of belangrijke klanten. Of zo. Hoe moeten wij dat nu weten? Misschien zijn ze wel op de vlucht voor justitie. Misschien is dit een ondergrondse vluchtroute. Maar dan alleen voor de elite. Inclusief een gegarandeerde kalme, vredige, goede nachtrust en vervoer per Cadillac. Voor witteboordencriminelen.'

'Zou die vrouw zich daarvoor zo in de kleren steken?'

'Waarschijnlijk niet,' zei Chang.

Reacher zei: 'Ik ben het met je eens dat het wel iets heeft van mensensmokkel. Ze stappen uit de trein, brengen de nacht door in het motel en vertrekken de volgende ochtend per auto. Het riekt naar transport. Maar het heeft ook iets van eenrichtingsverkeer. Alsof dit een halte is op een langere reis.'

'Vanwaar naar waar?'

Reacher zei niets.

'En wat nu?' vroeg Chang.

'We gaan naar het westen en we zien wel wat we doen als jouw telefoon het weer doet.'

Toen er precies tien minuten waren verstreken, deden ze de deur open en stapten ze de galerij op. De dertig mannen stonden nog steeds beneden, nog steeds in kleine groepjes bij elkaar, met z'n tweeën, drieën, vieren, allemaal in een soort halve cirkel op een afstandje rond de kleine groene Ford. De varkensboer stond er het dichtst bij, amper zes meter van de auto. Naast hem stond de geblesseerde Moynahan. Beiden oogden gespannen en ongeduldig.

Reacher stopte zijn hand in zijn broekzak, zijn handpalm en drie vingers ontspannen om de kolf van de Smith, en liep de trap af, Chang achter hem aan. Toen ze onderaan waren gekomen, drukte ze op de afstandsbediening en werden de portieren van de auto met een rauwe klik ontgrendeld, een geluid dat erg hard klonk in de doodse stilte.

Reacher liep om de motorkap, keek de varkensboer aan en zei: 'We vertrekken als je onze bagage in de kofferbak hebt gezet.'

'Doe het zelf,' zei de varkensboer.

Reacher leunde tegen de Ford met zijn handen in zijn zakken en zijn enkels gekruist. Gewoon een kerel die stond te wachten. Alle tijd van de wereld.

Hij zei: 'Blijkbaar hadden jullie er geen moeite mee om ze in te pakken en hiernaartoe te slepen. Dus het lijkt me dat je er in ieder geval geen principiële bezwaren tegen hebt om ze aan te raken. Of er allergisch voor bent. Of een andere aandoening die het je onmogelijk maakt. Dus nu is het tijd om de klus af te maken. Zet ze in de kofferbak, dan zijn wij vertrokken. Dat wil je toch?'

De man zei niets.

Reacher wachtte. De stilte werd drukkender. Reacher hoorde tarwe ritselen in de wind, honderd meter verderop. Niemand bewoog. Toen keek een van de kerels een ander aan. Die keek terug, en binnen de kortste keren keken ze elkaar allemaal aan, korte gejaagde blikken, een furieuze, woordeloze discussie over het al dan niet je trots opzijzetten voor het goede doel. *Zet ze in de kofferbak, dan zijn wij vertrokken. Dat wil je toch?*

Doe het zelf.

Uiteindelijk kwam een van de mannen achter de varkensboer in beweging. Hij stapte naar voren. Duidelijk een pragmaticus. Hij liep naar de auto, opende de vijfde deur en zette het valies en de koffer erin, een voor een, eerst het valies van Keever, toen de koffer van Chang.

Hij klapte de vijfde deur weer dicht en stapte achteruit.

'Bedankt,' zei Reacher. 'Ik wens jullie allemaal een fantastische dag.'

Hij deed het portier aan de passagierskant open en schoof op de stoel. Naast hem schoof Chang achter het stuur. Ze trokken in één gesynchroniseerde beweging hun portieren dicht en Chang startte de motor. Ze reed achteruit van haar parkeerplaats, draaide aan het stuur en begon te rijden, het plein op, en toen naar het noorden, langs de diner en het warenhuis, naar het oude wagenspoor, waar ze links afsloeg, naar het westen, de weg kaarsrecht voor haar, eindeloos, tot waar hij verdween in de goudkleurige nevel aan de horizon, op die plek zo smal als een naald.

'Komen we weer terug?' vroeg Chang.

Reacher haalde zijn hand van zijn pistool, voor het eerst sinds het moment dat ze de motelkamer uit waren gestapt.

'We zullen wel moeten, denk ik.'

22

Na drie uur rijden stopten ze om te tanken en te eten. Nog steeds had haar telefoon geen bereik. Ze verwachtten dat ook pas in de buurt van de I-25, een eind Colorado in. Misschien nog eens vier uur rijden. In dat geval konden ze net zo goed in één keer doorrijden naar Colorado Springs, waar Chang de Ford had gehuurd en waar op gezette tijden vliegtuigen vertrokken naar Los Angeles. Ze waren het erover eens dat Los Angeles hun volgende bestemming moest zijn. De telefoon was een prachtige uitvinding, maar soms niet toereikend. Het betekende wel dat ze te maken zouden krijgen met luchthavenbeveiliging, dus demonteerden ze de Smith & Wessons en dumpten de onderdelen in afvalbakken, verspreid over de parkeerplaats. Zo gewonnen, zo geronnen.

Reacher loste Chang af achter het stuur, zonder rijbewijs en daardoor in overtreding, maar in twee uur tijd zagen ze slechts twee auto's. Geen van beide was een patrouillewagen van de politie. Daarna nam Chang het weer over en reden ze verder tot de gouden horizon zijn kleur verloor en donkergrijs werd, wat betekende dat ze in de buurt kwamen van de bewoonde wereld. Ze overlegden wat ze met het valies van Keever moesten doen. Reacher, die niet gaf om materieel bezit, was ervoor om hem in een afvalbak te dumpen. Maar Chang zag het valies als een talisman. Als een baken van hoop. Ze wilde hem bij zich houden. Uiteindelijk kwamen ze tot een compromis. Ze stopten bij een kantoor van FedEx in een winkelcentrum aan de rand van Colorado Springs en stuurden het valies terug naar het gele huis in de doodlopende straat in de slaperige stedelijke nieuwbouw aan de noordkant van Oklahoma City. Chang vulde het formulier in met het adres en zette na lang aarzelen een kruisje bij de optie *Geen handtekening vereist*.

Die middag kwamen acht mannen bijeen bij de toonbank in het warenhuis in Mother's Rest. De winkelier met zijn twee shirts over elkaar en zijn onverzorgde haar was er al. De eerste die binnenkwam, was de man van de reserveonderdelen. Hij werd gevolgd door de chauffeur van de Cadillac, de eenogige man van het motel, de varkensboer, de man van de diner en de Moynahan die een schop tegen zijn ballen had gehad en zijn pistool onvrijwillig had moeten afstaan.

De achtste man die deelnam aan de vergadering kwam vijf minuten later binnen. Het was een stevig gebouwde man met een blozend gezicht, zo onder de douche vandaan, die een gestreken spijkerbroek droeg en een chic overhemd. Hij was ouder dan Moynahan en de man van de reserveonderdelen en de chauffeur van de Cadillac, maar jonger dan de eenogige man en de man van de diner. Zijn haar was in model geföhnd als dat van een nieuwslezer op tv. De andere zeven verstrakten en gingen rechter staan toen hij binnenkwam. Het gesprek verstomde en ze wachtten tot hij als eerste iets zou zeggen.

Hij kwam meteen ter zake.

Hij vroeg: 'Komen ze terug?'

Niemand gaf antwoord. Zeven lege, starende blikken.

De achtste man zei: 'Vertel eens waarom wel en waarom niet.'

Er werd gezwegen en geschuifeld. Toen zei de man van de reserveonderdelen: 'Ze komen niet terug omdat we ons werk hebben gedaan. Ze hebben helemaal niets. Geen bewijzen, geen getuigen. Waarom zouden ze terugkomen naar een plek waar niets te halen valt?'

De chauffeur van de Cadillac zei: 'Ze komen terug omdat Keever hier het laatste is geweest. Ze komen net zo vaak terug als nodig is. Wat moeten ze anders als alles op niets uitloopt?'

De achtste man zei: 'Weten we zeker dat ze hier niets hebben ontdekt?'

De man van de diner zei: 'Niemand heeft ze iets verteld. Geen woord.'

De winkelier zei: 'Ze hebben maar één keer gebeld met de munttelefoon. Ze hebben drie nummers geprobeerd, maar er werd nergens opgenomen en toen zijn ze weer vertrokken. Dat doen mensen niet als ze iets belangrijks te horen hebben gekregen.'

'Dus de consensus is dat ze niets te weten zijn gekomen?'

'De wat?'

'Dat we het erover eens zijn.'

De chauffeur van de Cadillac zei: 'Wij zijn het er allemaal over eens dat ze helemaal niks te weten zijn gekomen. Het laatste wat ze gedaan hebben, was bij mij in de winkel, toen ze vroegen naar iemand die niet bestaat, ene Maloney. Ze hebben geen idee. Maar ze komen wel terug. Ze weten dat Keever hier is geweest.'

'Dan zijn ze toch iets te weten gekomen.'

Het werd stil in de winkel.

De eenogige man zei: 'Dat hadden we zo afgesproken. Het moest eruitzien alsof hij vertrokken was met onbekende bestemming. We zouden niet ontkennen dat hij hier is geweest.'

'Hoe gedroegen ze zich toen ze vertrokken?' vroeg de achtste man.

De varkensboer zei: 'De man liet zijn spierballen zien. Om zich niet te laten kennen, denk ik. Om een goed gevoel over zichzelf te houden. Deed alsof hij heel wat voorstelde omdat hij wist dat hij had verloren. Volgens mij schaamde die vrouw zich een beetje.'

'Komen ze terug?'

'Ik zeg van niet.'

'Wie zegt van wel?'

Alleen de chauffeur van de Cadillac stak zijn hand op.

De achtste man zei: 'Zes tegen één. Dat is een duidelijk oordeel. Ik denk dat jullie het wel goed zien. En ik ben trots op jullie. Ze zijn niets meer te weten gekomen dan wat wij ze wilden laten weten, en ze zijn weer vertrokken. Met maar een heel kleine kans dat ze weer terugkomen.'

Iedereen ontspande en het geschuifel hield op. Borsten werden vooruitgestoken, mondhoeken vertrokken tot een grijns die bescheidenheid moest uitdrukken.

De achtste man zei: 'Maar alles op de wereld draait om kleine kansen.'

Grijnzende gezichten verstrakten weer, er werd plechtig geknikt. Zeven ernstige mannen betuigden hun instemming met deze parel van wijsheid.

De achtste man vroeg: 'Waar zijn ze naartoe gegaan?'

Zeven paar schouders werden opgehaald. Zeven lege, starende blikken.

De achtste man zei: 'Het maakt niet echt uit. Tenzij ze op weg zijn naar Los Angeles. Die journalist is onze enige kwetsbare plek. Alleen via hem kunnen ze erachter komen, afgaande op wat Keever ons heeft verteld.'

'Een kans van één op de miljoen,' zei Moynahan. 'Hoe zouden ze moeten weten waarnaar ze moeten zoeken? Hoe zou Westwood in vredesnaam moeten weten wat hij heeft?'

'Alles op de wereld draait om kansen van één op de miljoen.'

'We zijn volkomen onzichtbaar,' zei de eenogige man. 'Toch? Daar betalen we toch voor?'

'Jullie betalen er niet voor. Ik betaal ervoor.'

Het werd opnieuw stil in de winkel tot de man van de reserveonderdelen verzoenend zei: 'Oké, daar betaal jij toch voor?'

'Ja. En meer dan dat. Ik betaal ook voor assistentie wanneer ik die nodig heb. Net als de Wegenwacht. Allemaal onderdeel van de service.'

'Anderen inschakelen is een grote stap,' zei de varkensboer.

'Klopt,' zei de achtste man. 'Dat heeft veel nadelen. Maar ook voordelen. Daar moeten we over praten.'

'Wat voor soort assistentie?' vroeg Moynahan.

'Ze hebben een lijst. Ik krijg waarvoor ik betaal. Van een klein beetje tot heel veel.'

De winkelier zei: 'Ik denk dat we ze in ieder geval moeten volgen. Als ze in de buurt komen van Westwood bij de krant moeten we dat meteen weten. Zodat we maatregelen kunnen nemen wanneer die kans van één op de miljoen zich tegen ons keert.'

De andere zes keken naar de achtste man, naar zijn gezicht, of hij dat plan zou neersabelen, maar toen er niets gebeurde, begonnen ze instemmend te knikken, wijs en bedachtzaam.

De achtste man zei: 'Daar moeten we over stemmen. Is iedereen ervoor om ze te volgen?'

'Staat dat onder aan de lijst?' vroeg Moynahan.

De achtste man knikte. 'Telefoons, internet en surveillance in levenden lijve.'

'Wat staat bovenaan?'

'Iets wat zij een permanente oplossing noemen.'

'Daar kunnen wij zelf wel voor zorgen.'

'Hoe gaat het met je broer?'

'Ik bedoel, de volgende keer zijn we voorbereid.'

'Ben je van gedachten veranderd? Denk je nu wel dat er een volgende keer is?'

Het werd stil in de winkel.

De achtste man vroeg: 'Wie stemt er voor surveillance?'

Zeven handen gingen omhoog.

'Ik ben blij dat jullie het ermee eens zijn,' zei de achtste man. 'Want ik heb al gebeld. Ze zijn een uur geleden begonnen. Ze hebben er iemand op afgestuurd die Hackett heet. Een van de beste mensen die ze hebben, zeiden ze. Gekwalificeerd op een aantal verschillende terreinen.'

23

Vanaf de plek waar ze de auto moesten inleveren reed een busje van het autoverhuurbedrijf naar de terminals van de luchthaven. Dat was handig, maar tijdrovend. Het voegde nog eens een halfuur toe aan een toch al lange dag. Reacher en Chang stonden aan het begin van de avond voor de balie waar tickets werden verkocht. Er was nog één vlucht naar Los Angeles, maar die was volgeboekt. Geen enkele stoel meer en een lange rij wachtenden voor stand-by. Vanwege twee keer materiaalpech eerder op de dag was het een chaos.

De eerste beschikbare vlucht was om acht uur de volgende ochtend. Geen keuze. Ze boekten. Chang maakte gebruik van haar open retourticket en Reacher boekte voor zichzelf. De grondstewardess die hen hielp, vertelde dat het instappen veertig minuten voor vertrek zou plaatsvinden, om ongeveer twintig over zeven 's ochtends en dat er een luchthavenhotel was op vijf minuten rijden met de bus.

In plaats van de bus te nemen gingen ze lopen. Reacher ontfermde zich over Changs koffer en droeg hem omdat hij bang was dat het beton van het trottoir de wieltjes geen goed zou doen. Het hotel behoorde tot een keten, kraakhelder en wit aan de buitenkant, en met een warm, beige interieur. De naam stond met groene neonletters op de gevel. In de lobby bevond zich een groepje mensen. Een man of negen, die niet echt in de rij stonden te wachten voor de receptie, maar een beetje rondhingen en belden met mobiele telefoons of gefrustreerd keken, of beide. *Vanwege twee keer materiaalpech eerder op de dag was het een chaos*. Reacher was geen *frequent flyer*, maar hij herkende de signalen.

De receptioniste wenkte hen dichterbij. Het was een jonge vrouw die een strak sluitend jasje droeg met een sjaaltje om haar hals. Haar gebaar had iets stiekems en dringends.

'Mevrouw, meneer, ik heb nog één kamer. Als u een kamer nodig hebt, zou u nu moeten toehappen.'

Chang vroeg: 'Nog maar één kamer?'

'Ja mevrouw, want ze hebben vandaag problemen gehad op de luchthaven.'

'Is er nog een ander hotel?'

'Niet op de luchthaven.'

Reacher zei: 'We nemen de kamer.'

Chang keek hem aan en zei: 'We vinden wel een oplossing.'

Hij betaalde en kreeg in ruil daarvoor een sleutelkaart. Vijfde verdieping, kamer 501, liften links, roomservice tot elf uur, toeslag voor ontbijt, gratis wifi. Achter hen stonden twee stelletjes die zo teleurgesteld zouden worden. Reacher en Chang namen de lift naar de vijfde verdieping en liepen naar de kamer. Het interieur was beige en groen en alles was volkomen in orde. Maar Chang zei niets.

'Neem jij de kamer maar,' zei Reacher.

'En jij dan?'

'Ik bedenk wel iets.' Hij droeg haar koffer naar binnen en zette hem naast het bed. Hij gaf haar de sleutelkaart en zei: 'We zouden nu moeten gaan eten, voordat alle verdoolden en verschoppelingen alle tafeltjes hebben bezet.'

'Ik wil me even opfrissen. Ik zie je zo in het restaurant.'

'Oké.'

'Wil jij je nog opfrissen? Je mag de badkamer wel eerst even gebruiken.'

Reacher wierp een blik in de spiegel. Pas geknipt, pas geschoren, nog niet zo lang geleden gedoucht, nieuwe kleren. 'Veel beter dan dit zal het niet worden, ben ik bang.'

Het restaurant was op de begane grond, van de receptie gescheiden door de hal met de liften. Het was een plezierige ruimte, met gordijnen, tapijt en licht gekleurd hout. Het enige compromis was een vlekkenbestendige, krasbestendige vinylcoating op de tafels. Er was genoeg accommodatie, maar het was er bijna vol. Reacher wachtte bij de lessenaar van de hostess tot hij naar een tafel voor twee bij een raam werd gebracht. Het uitzicht was niet echt riant: geel lantaarnlicht en een parkeerplaats vol sneeuwschuivers, ingepakt omdat het zomer was.

Chang kwam acht minuten later, met een fris gewassen gezicht, geborsteld haar en een schoon T-shirt. Ze ging tegenover Reacher zitten en zag er goed uit, energiek, verkwikt door het eenvoudige comfort van stromend water. Maar toen betrok haar gezicht, alsof ze plotseling de keerzijde van de medaille zag: alles wat zij wel had en hij niet.

'Maak je geen zorgen,' zei hij.

Ze vroeg: 'Waar slaap jij?'

'Ik zou hier prima kunnen slapen.'

'Op zo'n eetkamerstoel?'

'Ik heb dertien jaar in het leger gezeten. Dan leer je onder ongeveer alle omstandigheden te slapen.'

Ze bleef even stil. Toen vroeg ze: 'Hoe was het in het leger?'

'Alles bij elkaar best goed. Ik bewaar er goede herinneringen aan en heb niets te klagen. Afgezien van het voor de hand liggende.'

'En dat was?'

'Net als bij jou, denk ik. De gigantische lading gelul die je over je heen krijgt van officieren boven je die niets beters te doen hebben.'

Ze glimlachte. 'Daar heb ik ook wel iets van meegekregen.'

'Ben je daarom weggegaan?'

Ze hield op met glimlachen.

'Nee, niet echt,' zei ze.

'Als jij het mij vertelt, vertel ik het jou.'

'Ik weet niet of ik dat wel wil.'

'Wat is het ergste wat je kan overkomen?'

Ze aarzelde even, haalde diep adem en zei toen: 'Jij eerst.'

'Ze moesten mensen kwijt en daarom maakten ze keuzes. Ik had een dossier met ups en downs, en juist op dat moment was er een klootzak die de pik op me had. Gezien die twee omstandigheden was het niet bepaald een verrassing dat mijn dossier op de stapel kwam van mensen die eruit vlogen.'

'Wat voor klootzak?'

'Een luitenant-kolonel. Een dikke vetzak met een bureaufunctie. Public relations in Mississippi. Ik was daar terwijl er van alles aan de hand was. Hij wond zich op over iets belachelijks en ik liet hem duidelijk merken dat ik daar geen geduld voor had, en daardoor voelde hij zich beledigd. Dat hij wraak kon nemen kwam alleen doordat de omstandigheden meezaten voor hem. Ik had wel veel ergere dingen gedaan, maar toen hoefde nog niemand weg.'

'Kon je het niet aanvechten?'

'Ik had wel een paar mensen kunnen inschakelen die bij me in het krijt stonden, maar het kwaad was al geschied. Het was eigenlijk een strijd die ik niet kon winnen. Als ik zou winnen, zou de kolonel verliezen, en dat zouden alle andere kolonels niet leuk vinden. Geen enkele kolonel zou mij nog in zijn omgeving willen hebben. Dan zou ik geëindigd zijn op een radarpost in het verre noorden van Alaska. Midden in de winter. Een strijd die ik niet kon winnen. Bovendien vielen mij de schellen van de ogen. Ze wilden mij daar niet echt. Dat kreeg ik eindelijk door. Dus heb ik het niet aangevochten. Ik heb me eervol laten ontslaan en ben weggewandeld.'

'Wanneer was dat?'

'Lang geleden.'

'En je wandelt nog steeds.'

'Dat is te diepzinnig.'

'Weet je dat zeker?'

'Diep van binnen ben ik heel oppervlakkig.'

Ze reageerde niet. Een serveerster meldde zich aan hun tafel en ze bestelden. Toen ze vertrokken was, zei Reacher: 'Jouw beurt.'

'Waarvoor?' vroeg Chang.

'Om je verhaal te vertellen.'

Ze bleef opnieuw even stil.

'In zekere zin was het net zoiets als bij jou,' zei ze. 'Een situatie zonder winnaars. Maar die heb ik zelf veroorzaakt. Ik heb mezelf in een hoek laten duwen. Ik zag het niet aankomen.'

'Wat zag je niet aankomen?'

'Er werd bij mij ingebroken. Ze namen niets mee, haalden niets overhoop, maakten niets kapot en lieten niets achter. Dat begreep ik op dat moment niet. Ik werkte aan een zaak met betrekking tot het witwassen van geld. Het ging om een heleboel contant geld en zoals gewoonlijk was er een doolhof aan lege bv's bij betrokken, maar ik had de man te pakken. Het was alleen heel moeilijk te bewijzen. Bijna onmogelijk eigenlijk. Ik neigde ertoe de hele zaak maar te laten rusten. Het heeft geen zin om het Openbaar Ministerie vervolging te laten instellen als er geen kans is dat je de zaak wint. En toen kwam de man langs. Ik stond echt op het punt om hem te vertellen dat ik het dossier wilde sluiten, maar hij was me voor en wist daardoor niet wat ik wilde zeggen. Hij zei dat ik de zaak onmiddellijk moest laten vallen, omdat hij anders zou beweren dat ik me had laten omkopen, helemaal in het begin, om de andere kant op te kijken, en dat ik me daarna had bedacht en hem een dolk in de rug had gestoken. Maar dat ik het geld wel had gehouden. Dat zou mijn opsporingswerk volgens hem verdacht maken en misschien wel niet ontvankelijk, zodat hij vrijuit zou gaan.'

'Iedereen kan wel van alles beweren. Hoe kon hij dat bewijzen?'

'Hij had een bankrekening geopend in de Caraïben, op mijn naam, en daar had hij het smeergeld op gestort. Het bewijs stond levensgroot op papier. Echt geld, een heleboel. Het zou alles bewijzen wat hij maar beweerde.'

'Behalve dat hij die rekening had geopend en niet jij. Dat moet ook op papier hebben gestaan.'

'Hij vertelde me dat die inbraak door een vrouw was gepleegd. Ze had niets meegenomen, niets overhoop gehaald, niets kapotgemaakt en niets achtergelaten. Maar ze had wel mijn telefoon gebruikt. Ze had die rekening voor me geopend, vanuit mijn eigen huis, en het stond allemaal op mijn telefoonrekening. Ik kon geen kant op. Hoe kon ik bewijzen dat ik niet zelf gebeld had? Misschien hadden ze bij die bank een opname, dacht ik, of bij de NSA, maar het zou waarschijnlijk niet meevallen om de stemmen van twee vrouwen over een internationale telefoonlijn uit elkaar te houden, helemaal als ze mijn stem zou hebben nagedaan, wat waarschijnlijk ook het geval was, want die man had zijn zaken goed voor elkaar. Hij wist bijvoorbeeld mijn social security-nummer, en de meisjesnaam van mijn moeder. Dat was blijkbaar mijn geheime veiligheidsvraag.'

'Wat heb je toen gedaan?'

'Ik heb gedaan wat hij zei. Ik heb de zaak laten vallen. Meteen. Het dossier gesloten. Terwijl ik dat toch al van plan was.'

'Waar zit die man nu?'

'Hij doet nog steeds zaken.'

'Wat is er met het smeergeld gebeurd?'

'Dat is verdwenen. Ik heb het spoor gevolgd. Hij wist natuurlijk dat ik dat zou doen. Het zat in een lege bv op de Nederlandse Antillen. Ik had kennelijk een aandeel gekocht in een financiële onderneming, als een investering op lange termijn. Hij had zelf het meerderheidsaandeel. We waren voor eeuwig met elkaar verbonden.'

'En toen?'

'Ik heb alles opgebiecht. Ik heb het allemaal voorgelegd aan mijn superieur. Ik zag dat hij me wel wilde geloven, maar de FBI werkt niet met geloof. Dus vanaf dat moment zou ik niet bruikbaar meer zijn als agent in actieve dienst. Al mijn getuigenverklaringen zouden bij voorbaat verdacht zijn, zelfs na jaren nog. Ik zou de natte droom zijn geweest van iedere strafpleiter. Zo in de trant van: special agent, vertel eens over dat smeergeld waarvan u niet kunt bewijzen dat u het niet hebt aangenomen. Dus ik zou samen met jou op die radarpost in Alaska terecht zijn gekomen. Midden in de winter. Het was een strijd die ik niet kon winnen. Dus heb ik mijn ontslag ingediend.'

'Dat is heftig.'

'Soms zit het mee, soms zit het tegen.'

'Nee, heel vaak zit het mee, en dan zit het één keer tegen. Je krijgt geen tweede kans.'

'Ik voel me niet ongelukkig met het werk dat ik nu doe.'

'Maar?'

'Ik weet niet hoelang ik dit volhoud. Het voelt niet als iets wat ik tot mijn dood zal blijven doen.'

'Misschien gold dat wel voor Keever.'

'Dat is behoorlijk grof.'

'Wat was zijn verhaal?'

'Was?'

'Oké, is.'

'Ik heb gehoord dat hij op het punt stond een derde berisping te krijgen. Het bureau werkt heel omzichtig en hij had de gewoonte hard van stapel te lopen. Zonder plan, zonder back-up. Ze zeiden dat hij daarmee zaken in gevaar bracht. En zichzelf, en collega's. Met een derde berisping zou hij ook in Alaska zijn beland. Het zou benauwd geworden zijn op die radarpost. Dus nam hij ontslag voordat de hoorzitting plaatsvond. Waarschijnlijk dacht hij dat dat het enige was wat hij kon doen om de eer aan zichzelf te houden. En – voordat jij het zegt – ik ben het helemaal met je eens dat hij in Mother's Rest waarschijnlijk weer precies hetzelfde heeft gedaan. Hij heeft zich er halsoverkop in gestort. Hij heeft niet op versterking gewacht.'

De serveerster bracht de bestelling en een tweede rondje drinken. Toen ze weer vertrokken was, zei Reacher: 'Maar Keever heeft wel gebeld voor versterking. Zover is hij wel gekomen. Dat weten we. Waarom wel bellen, maar niet wachten?'

'Uit ongeduld? Urgentie?' zei Chang.

'Misschien hebben ze hem te pakken gekregen terwijl hij wachtte. Misschien heeft hij zich er niet halsoverkop in gestort.'

'Dat klinkt als een goedbedoelde boodschap voor heethoofden waar ook ter wereld.'

'We weten gewoon niet wat er is gebeurd.'

'Ik zou willen dat hij zich halsoverkop uit de voeten had gemaakt.'

'Altijd een gezonde tactiek.'

'Ik wil wedden dat jij dat nooit hebt gedaan.'

'Vaker dan ik me kan herinneren. Daarom ben ik er nog steeds en zit ik hier met jou te eten. Het chaotische universum. Darwinisme in de praktijk.'

Ze bleef even stil en zei toen: 'Mag ik je iets vragen?'

'Natuurlijk.'

'Is dit een etentje?'

'Dacht ik wel. Het is in ieder geval geen werklunch of een gezamenlijk ontbijt.'

'Een etentje in plaats van een snelle hap onderweg?'

'In de zin van kaarslicht en pianomuziek?'

'Niet per se.'

'Violen en Roma die rozen verkopen?'

'Als die van pas komen.'

'Als bij een date?'

'In grote lijnen, denk ik,' zei ze.

'Eerlijk antwoord?'

'Altijd.'

'Stel dat we Keever gisteren hadden gevonden, misschien omdat hij uit de trein stapte, of ergens was gestruikeld op een graanakker of zo en zijn enkel had verstuikt, een beetje hongerig en dorstig, maar voor het overige ongedeerd, dan ja, dan had ik je zeker mee uiteten gevraagd en als je dat had geaccepteerd, hadden we nu samen genoten van een etentje, dus ik denk dat dit zo ongeveer in de buurt komt.'

'Niet meer dan ongeveer?' zei Chang.

'We hebben Keever niet gevonden. Dus is het nog steeds een snelle hap onderweg.'

'Maar zou je me mee uiteten hebben gevraagd?'

'Absoluut.'

'Waarom?'

'Omdat jij het soort persoon bent met wie ik graag uiteten ga.'

Ze zweeg een hele tijd, vijf, zes seconden, zo lang dat het bijna ongemakkelijk werd, en zei toen: 'Ik zou ja hebben gezegd, om dezelfde reden.'

'Fantastisch.'

'Dus vergis je niet. Dit is een etentje. Geen snelle hap onderweg. Dat is een feit. Geen vraag.'

'Waarom vroeg je het dan?'

'Om ervoor te zorgen dat jij het ook wist.'

Reacher hoefde die nacht niet op een paar eetkamerstoelen te slapen. Ze namen een dessert en dronken koffie, langzaam, op hun gemak, zonder zich te haasten, beiden bereid erop te vertrouwen dat het onvermijdelijke zou plaatsvinden. Daarna zette Chang haar handtekening op de rekening en stond op. Reacher stond ook op. Ze gaf hem een arm, alsof ze al jaren een stel waren, en ze liepen samen het restaurant uit, wachtten voor de lift, stapten op de vijfde verdieping uit de lift en gingen haar kamer binnen.

Daarna verliep het allemaal iets minder traag en iets minder ontspannen en kregen ze iets meer haast. Chang was warm en rook lekker. Ze voelde zacht aan, haar benen waren lang en slank, en ze was jong, maar geen meisje, en ze was sterk genoeg om tegenspel te bieden, en stevig genoeg zodat Reacher zich geen zorgen om haar hoefde te maken. Reacher vond haar geweldig en zij leek hem even geweldig te vinden. Naderhand praatten ze nog even. Toen viel ze in slaap en hij ook. Een betere manier om in slaap te vallen kende hij niet.

24

Met het instappen werd precies op tijd, om twintig over zeven, begonnen. Chang trok haar koffertje met zich mee door de slurf naar het vliegtuig. Reacher liep erachteraan, het hele eind naar de goedkope stoelen op ongeveer twee derde van het vliegtuig. Chang legde haar koffer in het bagagevak boven de stoelen en ging bij het raam zitten. Reacher nam de stoel bij het gangpad.

'Hoe goed ken jij Los Angeles?' vroeg hij.

'Goed genoeg om het gebouw van de krant te vinden.'

'Misschien werkt hij thuis.'

'Dan zal hij ons daar niet ontvangen. Hij heeft vast een geheim adres, en een geheim mobiel nummer. Hij zal wel een koffiebarretje in de buurt uitzoeken.'

'Vind ik prima. Maar welke buurt? Ken je die allemaal?'

'We zullen wel weer een auto moeten huren. Eentje met gps.'

'Tenzij hij op de redactie zit en ons daar wil ontvangen. Dan kunnen we een taxi nemen.'

'We komen te vroeg aan. Dan is hij er nog niet.'

'Oké. We bellen hem zodra we zijn geland en laten de beslissing aan hem over of we in een koffiebarretje afspreken of op de redactie. Een taxi nemen of een auto huren.'

'Als hij überhaupt met ons wil afspreken.'

'Tweehonderd doden. Dat is een verhaal.'

'Dat hij al heeft gehoord, volgens jou. Toen de cliënt van Keever hem belde. Die kennelijk niet veel indruk heeft gemaakt.'

'Iets aanhoren en ergens naar luisteren zijn twee verschillende dingen. En dat is ons probleem. Ik vraag me af of Westwood wel in de gaten heeft wat hij in handen heeft. Hij heeft niet geluisterd en zijn aantekeningen lijken weinig om het lijf te hebben. Alsof je een slot probeert open te peuteren met spaghetti.'

'En als het niet lukt?'

'Dat woord ken ik niet.'

'Je bent wel optimistisch vanochtend.'

'Dat is een onvermijdelijke consequentie. Ik heb een uiterst plezierige nacht achter de rug.'

'Ik ook.'

'Dat is goed om te weten.'

'Hoe noemen jouw vrienden je?'

'Reacher.'

'Niet Jack?'

Hij schudde zijn hoofd. 'Zelfs mijn moeder zei Reacher tegen me.'

'Heb je broers en zussen?'

'Ik had een broer die Joe heette.'

'Waar is die nu?'

'Nergens. Hij is overleden.'

'Sorry.'

'Het is niet jouw schuld.'

'Wat zei je moeder tegen hem?'

'Joe.'

'Terwijl ze tegen jou Reacher zei?'

'Dat is mijn naam, net zo goed als Jack. Wou je zeggen dat jouw vrienden jou niet Chang noemen?'

'Eerst was ik agent Chang, toen special agent Chang, maar dat was alleen op het werk.'

'Wat zeggen ze dan wel?'

'Michelle,' zei ze. 'Soms Shell, als een soort roepnaam. Dat vind ik wel leuk. Het is een leuk verkleinwoord. Maar niet samen met mijn achternaam. Shell Chang houdt een beetje het midden tussen een Koreaanse pornoster, een multinational die in de Zuid-Chinese Zee naar olie boort en een rolletje kwartjes dat in de la van de kassa wordt gestort.'

'Oké,' zei Reacher. 'Dan wordt het Michelle. Of Chang.'

Het vliegtuig steeg op en volgde het spoor van de dageraad naar het westen over de bergen.

Zeven uur rijden naar het oosten, in Mother's Rest, was de dag al aangebroken. De ochtendtrein was gekomen en weer vertrokken. Het spitsuur voor het ontbijt in de diner was zo ongeveer voorbij. De man met de twee shirts had zijn winkel opengedaan. Evenals de man van de reserveonderdelen, die ondertussen alweer ingeklemd achter zijn toonbank stond en facturen sorteerde op stapeltjes. De chauffeur van de Cadillac telde bonnetjes op van zijn zeven verschillende accounts: Western Union, MoneyGram, faxservice, fotokopieerservice, FedEx, UPS en DHL. De Moynahan die een schop tegen zijn ballen had gekregen en zijn pistool onvrijwillig had moeten afstaan, was nog thuis en verzorgde zijn broer, die nog steeds een beetje duizelig en suf was.

De eenogige man stapte het kantoortje van het motel uit en bleef op de stoep staan. Hij snoof de lucht op en keek rond, langs de hoefijzervormige binnenplaats, naar de parkeerplaatsen, naar de stoep die langs de kamers op de begane grond liep en de galerij voor de kamers op de verdieping. Op zijn dooie gemak liet hij zijn blik over alles gaan. De lampen, die het allemaal deden. De tuinstoelen, die keurig in het gelid op hun plaats stonden. Het was allemaal in orde. Alles was rustig. Sereen. 214 was leeg. 215 was leeg.

Ze zouden niet terugkomen, dacht hij.

Alles was goed.

In de aankomsthal van LAX was het vreselijk druk, zodat Reacher en Chang zich moeizaam een weg moesten banen naar een rustige plek waar ze konden bellen. Chang ging achter een pilaar staan en koos het nummer. En wekte Westwood. Geen ochtendmens. Ze verontschuldigde zich, betoonde zich daarna meelevend en kwam vervolgens ter zake. Ze stelde zichzelf opnieuw voor en zei dat ze met hem wilde afspreken omdat iets wat hun beiden aanvankelijk heel klein had geleken, plotseling niet zo klein meer was. Ze zei dat er een geloofwaardig aantal van tweehonderd doden mee gemoeid was. Ze zei dat ze het als ex-FBI-agent serieus nam. Ze zei dat haar collega een achtergrond in het leger had en dat hij het ook serieus nam. Ze zei dat de rechten voor het boek nog steeds vrij waren.

Ze luisterde toen er een adres werd genoemd, en hing vervolgens op.

'Koffiebarretje,' zei ze. 'In Inglewood.'

'Dat is dichtbij,' zei Reacher. 'Wanneer?'

'Over een halfuur.'

'Dan moeten we een taxi nemen. Er is niet genoeg tijd om een auto te huren.'

Dertig kilometer ten zuiden van Mother's Rest werd de man met de gestreken spijkerbroek en het geföhnde haar gebeld op zijn vaste lijn. Wegenwacht, maar dan iets anders. Hun man Hackett had een eerste telefoongesprek geregistreerd. Van mobiel naar mobiel, zes minuten lang, tussen Westwood, die waarschijnlijk thuis was, gezien zijn werktijden, en een vrouw die zich voorstelde als Chang. Te oordelen naar de geluiden op de achtergrond bevond zij zich op de luchthaven en was ze in gezelschap van een collega die ze beschreef als een ex-militair. Er waren doden genoemd en er was een afspraak gemaakt in een koffiebarretje in Inglewood. Hackett zou zorgen dat hij daar was.

Er stond een lange maar snel vlottende rij mensen te wachten voor een taxi, en Inglewood lag tegenover de luchthaven aan de andere kant van de 405, dus hadden ze nog tijd over toen ze bij het koffiebarretje arriveerden. Het was een van de vele tentjes in de straat. Bij de meeste stonden kleine tafeltjes buiten op de stoep, en schoolborden waarop met krijt Italiaanse teksten waren geschreven. Maar niet bij het tentje dat Westwood had uitgezocht. Het was een rechttoe rechtaan ouderwets koffiebarretje met vinyl en linoleum, dat in de loop der jaren tot een doffe geelbruine kleur was verschoten. Het was voor ongeveer een kwart bezet door mannen in hun eentje, die de krant lazen of voor zich uit zaten te staren. Geen van hen zag eruit als een wetenschapsredacteur.

'We zijn vroeg,' zei Chang. 'Hij komt vast te laat.'

Ze zochten een plaats en gingen naast elkaar zitten aan een gelamineerd tafeltje, op een bankje dat was bekleed met doorgestikt vinyl, dat misschien ooit dieprood en glanzend was geweest, maar nu even geelbruin was als al het andere. Ze bestelden een gewone koffie en een ijskoffie. Ze wachtten. Het was er stil. Het enige geluid was het geritsel van krantenpagina's die werden omgeslagen en het tikken van aardewerken koppen op aardewerken schotels.

Vijf minuten.

Uiteindelijk verscheen Westwood. Hij leek in geen enkel opzicht op het beeld dat Reacher zich van hem had gevormd, maar de werkelijkheid voldeed even goed aan alle eisen als het vooraf gevormde beeld. Hij was een buitenmens, geen studeerkamergeleerde, en niet iel maar stevig gebouwd. Hij zag eruit als een natuurvorser of een ontdekkingsreiziger. Hij had kortgeknipt, warrig haar, vroeger blond, maar inmiddels wat grijzer, en een even korte baard van dezelfde kleur. Zijn gezicht was rood verbrand door de zon en om zijn ogen zaten rimpeltjes van het met samengeknepen ogen turen. Hij was een jaar of vijfenveertig. De kleren die hij droeg waren gemaakt van hightech stoffen met veel ritsen, maar oud en gekreukeld. Hij liep op hoge wandelschoenen met gespikkelde veters, als een soort miniatuurklimtouwen. Hij sjouwde een canvastas met zich mee die zo groot was als die van een postbode.

Hij bleef op de drempel staan en zag meteen dat Chang degene was die hij zocht, omdat ze de enige vrouw was in de koffiebar. Hij schoof op het bankje tegenover hen, over het versleten vinyl, en sleepte zijn tas achter zich aan. Hij legde zijn onderarm op de tafel en zei: 'Ik neem aan dat jullie andere collega nog steeds zoek is. Meneer Keever was het toch?'

Chang knikte en zei: 'We lopen tegen een muur op, wat hem betreft. We zitten vast. We kunnen zijn spoor volgen tot een bepaald punt, maar niet verder.'

'Hebben jullie de politie gebeld?'

'Nee.'

'Dan is mijn eerste vraag: waarom niet?'

'Dat wordt niet meer dan een aangifte van vermissing. Meer hebben we niet op dit moment. Hij is volwassen, drie dagen zoek. Misschien zouden ze de aangifte accepteren, maar ze zouden er verder niets mee doen. Het zou meteen in de onderste la verdwijnen.'

'Tweehonderd doden zou ze misschien interesseren.'

'We kunnen niets bewijzen. We weten niet wie, waarom, wanneer, waar en hoe.'

'Dus ik betaal jullie ontbijt vanwege een man die jullie nog niet eens als vermist hebben opgegeven, en tweehonderd doden waarover jullie niets weten?'

'Je betaalt ons ontbijt omdat je de rechten op het boek krijgt. Kun je eindeloos ontbijten betalen.'

'Alleen is op dit punt dit ontbijt meer waard dan de rechten. Voorlopig kan ik van de rechten en vijftig cent erbij net een kop koffie kopen.'

'Je bent wetenschapper,' zei Reacher. 'Je moet het wetenschappelijk benaderen.'

'Op wat voor manier?'

'Statistisch misschien. En linguïstisch. Met een vleugje sociologie. En een grondig en aangeboren begrip van de menselijke natuur. Denk aan het getal tweehonderd. Dat klinkt als een mooi rond getal, maar dat is het niet echt. Niemand zegt zomaar tweehonderd. Je kunt honderd zeggen, of duizend. Of honderden of duizenden. Maar tweehonderd klinkt mij heel specifiek in de oren. Als een reëel aantal. Misschien naar boven afgerond van ver in de honderdtachtig, of in de honderdnegentig, maar het klinkt alsof er meer informatie achter zit. Voor mij is het in ieder geval genoeg om geïnteresseerd te blijven. Bijvoorbeeld. In de zin van speurwerk.'

Westwood zei niets.

Reacher zei: 'Bovendien nemen we aan dat de politie het verhaal al te horen heeft gekregen en heeft afgedaan als onzin.'

Westwood knikte. 'Omdat je ervan uitgaat dat de cliënt van meneer Keever iedereen heeft gebeld, te beginnen bij het Witte Huis. En mij ook.'

'En daar moeten we beginnen. Bij de cliënt. Die moeten we zien te vinden. We moeten het hele verhaal te horen krijgen, vanaf het begin, net als Keever. Misschien kunnen we dan voorspellen wat er nu gaat gebeuren.'

'Ik krijg honderden telefoontjes. Dat heb ik je verteld.'

'Hoeveel?'

'Hon... Ik snap het.'

'En van al die telefoontjes maak je een aantekening. Dat heb je ons ook verteld.'

'Niet heel erg gedetailleerd.'

'Misschien kunnen we het uitvogelen.'

'Dan zou je op zijn minst een naam nodig hebben.'

'Ik denk dat we een naam hebben.'

Chang keek Reacher aan.

'Misschien,' zei Reacher tegen haar. Hij keerde zich weer naar Westwood en zei: 'Het is waarschijnlijk geen echte naam, maar misschien is het een begin. Je zei dat je op een gegeven moment een nummer blokkeert als je het gezeur niet langer kunt aanhoren. Wat als een beller daardoor gefrustreerd raakt en het opnieuw probeert onder een andere naam en met een ander nummer?'

'Dat zou kunnen,' zei Westwood.

Reacher keerde zich naar Chang en zei: 'Laat hem die bladwijzer van Keever eens zien.'

Chang haalde het stuk papier uit haar zak en streek het glad op de tafel. Het telefoonnummer met het kengetal 323 en *Mother's Rest – Maloney.*

'Dat is mijn nummer. Geen twijfel mogelijk,' zei Westwood.

Reacher knikte. 'Wij dachten dat het betekende dat er iemand in Mother's Rest moest zijn die Maloney heette, die om de een of andere reden belangrijk was. Maar die is er niet. Dat weten we zeker. We hebben het nagevraagd en de antwoorden waren niet ontwijkend, maar duidelijk ontkennend. Het leek zelfs of de mensen een beetje in de war raakten van de vraag. Stel nou dat jij het gezeur van Keevers cliënt, hoe hij ook mag heten, zat was, zodat hij besloot het nog een keer te proberen, en jou opnieuw belde maar nu onder de naam Maloney? En dat hij daarna Keever weer belde en zoals gewoonlijk zei dat Keever het bij jou moest nachecken, maar dat hij hem waarschuwde dat het nu niet meer in een dossier onder zijn eigen naam stond, maar onder het pseudoniem Maloney? Misschien moet je dat briefje wel op die manier verklaren.'

'Misschien.'

'Weet jij nog een derde interpretatie?'

'Ik zou het kunnen uitzoeken,' zei Westwood.

'Dat zouden we op prijs stellen. We klampen ons vast aan een strohalm.'

'Dat kun je wel zeggen. De aantekeningen van Keever zijn net zo erg als de mijne.'

'Meer hebben we niet.'

'Maar zou je niet, ondanks alles, met iemand die zoek is en tweehonderd doden, de politie nog een keer moeten proberen?'

'Ik heb zelf bij de politie gewerkt,' zei Reacher. 'En ik heb een heleboel mensen bij de politie gekend. Ik ben er nog nooit een tegengekomen die op zoek was naar extra werk. Dus die luisteren voorlopig niet. Nog niet. Dat kan ik je op een briefje geven. Net zo goed als jij eerst ook niet luisterde.'

'Ik zou het kunnen uitzoeken,' herhaalde Westwood. 'Ik snap alleen niet wat een valse naam voor bijdrage kan leveren.'

'Omdat die naar de echte naam kan leiden.'

'Hoe dan? De echte naam blijft juist verborgen door dat pseudoniem.'

'Zoek uit wie je hebt geblokkeerd pal voordat Maloney begon te bellen. Dat is de cliënt.'

'Dan vinden we wel meer dan één kandidaat. Ik blokkeer een heleboel mensen.'

'We komen er wel achter. Locaties zouden belangrijk kunnen zijn. We weten dat hij een privédetective heeft ingehuurd in Oklahoma City, en hij leest de *L.A. Times*. Misschien perkt dat de mogelijkheden een beetje in.'

Westwood schudde zijn hoofd. 'Mijn telefoonnummer is niet echt gemakkelijk te vinden. Ik betaal Google niet om het bovenaan op de eerste pagina met zoekresultaten te zetten. Als die man goed genoeg kan omgaan met computers om mijn telefoonnummer op internet te vinden, dan leest hij de krant online. Vast en zeker. Dat soort mensen heeft al in geen tien jaar meer een papieren krant gekocht. Hij kan wel overal wonen.'

'Dat is goed om te weten,' zei Reacher.

'Kom me over een uur maar opzoeken op mijn kantoor. In het gebouw van de *L.A. Times*.'

Chang knikte en zei: 'Ik weet waar het is.'

Toen kwam de serveerster langs. Westwood bestelde ontbijt en Chang en Reacher vertrokken zodat hij in alle rust kon eten.

Nog geen tien minuten later werd de man met de gestreken spijkerbroek en het geföhnde haar dertig kilometer ten zuiden van Mother's Rest een tweede keer gebeld op zijn vaste lijn. Zijn contactpersoon vertelde hem dat Hackett de ontmoeting in de koffiebar in Inglewood had geobserveerd. Hij had er niet dicht genoeg bij gezeten om veel van het gesprek te kunnen horen, maar hij had de naam Keever opgevangen, en al liplezend begrepen dat Chang zei dat ze tegen een muur waren opgelopen wat betreft Keever. Tegen het einde van het gesprek had hij begrepen dat er een afspraak werd gemaakt voor een tweede gesprek. Hij had niet opgevangen waar, maar hij had Chang horen zeggen dat ze wist waar het was. Hij zou voorlopig bij Westwood blijven, omdat die hem ongetwijfeld naar de juiste plek zou leiden.

25

De *L.A. Times* huisde in een fraai gebouw in art-decostijl op de hoek van West 1st en Spring in downtown Los Angeles. De beveiliging kon gemakkelijk wedijveren met die van een overheidsgebouw. Ze hadden er een lopende band met een röntgenapparaat en een metaaldetector. Het was Reacher niet helemaal duidelijk waarom. Misschien een overdreven gevoel van importantie. Hij betwijfelde of de *Times* zou voorkomen op de lijst van enige terrorist. Waarschijnlijk zelfs niet op pagina vier of vijf. Maar er viel niets te kiezen. Hij dumpte zijn muntgeld in een bakje en stapte door de detectiepoort. Bij Chang duurde het langer. Zij had nog steeds haar koffer bij zich, en haar jas.

Uiteindelijk stonden ze aan de andere kant. Ze kregen pasjes bij een balie en namen de lift. Het kantoor van Westwood bleek een vierkante, crèmekleurige ruimte met boeken en stapels kranten op planken. Onder het raam stond een mooi oud bureau, waarop twee computerschermen prijkten. Westwood zat op een stoel aan het bureau en las e-mailberichten. Zijn enorme canvastas lag op de vloer, opengeritst, met nog meer boeken en kranten en een laptop met een metalen behuizing. Aan de andere kant van de deur van zijn kantoor was het een drukte vanjewelste, allerlei mensen die van alles deden. Buiten het raam was een wolkeloze hemel met de eeuwige zonneschijn van Zuid-Californië.

Westwood zei: 'Momentje. Ga zitten.'

Er klonk iets door in zijn stem.

Gaan zitten ging niet vanzelf. Reacher en Chang verwijderden stapels tijdschriften en kranten van twee stoelen. Westwood sloot het e-mailprogramma af en draaide zich om. Hij zei: 'De juridische afdeling van de krant is niet blij. Het heeft te maken met vertrouwelijkheid. Onze database is privé.'

'Waar zijn ze bang voor?' vroeg Chang.

'Niets specifieks. Het zijn juristen. Ze zijn overal bang voor.'

'Het gaat om een belangrijk onderzoek.'

'Zij zeggen dat belangrijke onderzoeken vergezeld gaan van dagvaardingen en bevelen tot huiszoeking. Of op zijn minst een aangifte dat er iemand wordt vermist.'

'Waarom heb je met je juristen gepraat?' vroeg Reacher.

'Omdat ik dat verplicht ben,' antwoordde Westwood.

'Heb je met je hoofdredacteur gepraat?'

'Die ziet er geen verhaal in. We hebben de antecedenten van Keever opgezocht. Die is ergens aan de rol. Hij is gewoon een aan lager wal geraakte privéspeurder.'

Chang zei niets.

'Ik heb hem nooit ontmoet,' zei Reacher. 'Maar ik mag hem wel. In alle opzichten beter dan gemiddeld, hij is alleen een beetje impulsief. Maar allemaal wel met de beste bedoelingen. En hoe erg hij dan ook aan lager wal geraakt mag zijn, vergeleken met de bevolking van Mother's Rest is hij een James Bond. Toch hebben ze hem te pakken gekregen.'

'Dat weet je niet.'

'Maar stel nou dat het wel zo is. Stel dat er iets geks gaande is daar, met tweehonderd doden. Dat is toch een verhaal? Dat is iets wat de *L.A. Times* met smaak op zou peuzelen. Materiaal voor weken. Goed genoeg voor een Pulitzer. Daar haal je de tv mee. Een contract voor een film.'

'Kom maar terug als je iets hebt wat hout snijdt.'

'Hoe groot acht je de kans dat dat gebeurt?' vroeg Reacher.

'Eén op honderd.'

'Niet tweehonderd?'

'Jullie theorieën bewijzen niets,' zei Westwood.

'Ik heb nog een theorie. Wij lopen het gebouw uit en de mogelijkheid van één op honderd voor een mooi verhaal gaat de prullenbak in, want als wij vertrokken zijn, is het niet langer een exclusief verhaal voor de *L.A. Times*, en dat betekent dat als die kans van één op honderd toevallig toch uitbetaalt, en het wordt echt een megaverhaal, de kranten over elkaar heen zullen tuimelen om op de eerste rang te mogen zitten. Dus als jij een slimme wetenschapsredacteur bent, snap je dat het in je voordeel is om, ook al is het maar een kans van één op honderd, dat kleine beetje dat je nu weet, te gebruiken ter voorbereiding. Ik vermoed zo dat jij, op het moment dat wij in de lift stappen, in je database duikt om te zoeken naar telefoontjes van iemand die Maloney heet. Gewoon om je geweten te sussen.'

Westwood zei niets.

Reacher zei: 'Dus wat maakt het uit of wij nog steeds hier zitten?'

Het bleef lange tijd stil. Toen draaide Westwood zich op zijn stoel om naar zijn schermen. Hij begon te klikken met zijn muis en typte een paar letters in twee verschillende vakken. Gebruikersnaam en wachtwoord, dacht Reacher. Hopelijk de database. Chang boog zich naar voren. Op het scherm stond een zoekpagina. Een of ander eigen zoekprogramma van de krant, ongetwijfeld heel geschikt voor zijn doel, maar lelijk vormgegeven. Westwood klikte zich door een rij opties. Waarschijnlijk om alleen in zijn eigen aantekeningen te zoeken. Om er niet ter zake doende resultaten tussenuit te filteren. Misschien woonden er wel honderd nieuwswaardige Maloneys in Los Angeles. Misschien wel tweehonderd. Sporthelden, zakenlui, acteurs, musici, hoogwaardigheidsbekleders.

Westwood zei: 'Je moet elke theorie testen. Dat is de kern van wetenschappelijk onderzoek.'

Hij typte *Maloney*.

Hij klikte met de muis.

Het leverde drie hits op.

De database liet zien dat er bij drie verschillende gelegenheden contact was gezocht door iemand die Maloney heette. De laatste keer was bijna een maand geleden, de keer daarvoor was drie weken eerder, en de eerste keer was twee weken voor de tweede keer. In totaal over een periode van vijf weken, vier weken geleden. Het telefoonnummer van de beller was steeds hetzelfde. Het kengetal was 501, wat geen van drieën herkende.

Westwood had geen aantekening gemaakt van het onderwerp van de drie gesprekken. Hij had alleen naam, nummer, dag en tijdstip genoteerd in een map met de naam *c*.

'Waar staat die c voor?' vroeg Reacher.

'Complottheorieën,' zei Westwood.

'Waarover?'

'Het is een heel brede categorie.'

'Geef eens een voorbeeld.'

'Rookmelders zijn verplicht in woningen omdat er camera's en microfoons in zitten met een lijntje naar de overheid. Bovendien zitten er capsules in met gifgas, voor als je iets doet of zegt wat hun niet zint.'

'Aan zoiets zou Keever geen tijd spenderen.'

'En ik zou iets wat serieuzer was niet negeren.'

'Misschien werd het niet goed uitgelegd.'

'Dat moet haast wel.'

'Weet je zeker dat je je niets van die Maloney kunt herinneren?'

In reactie op die vraag klikte Westwood door een ongefilterde lijst met al zijn inkomende gesprekken. De schermen waren groot, en hij had er twee, maar desondanks paste er maar een klein deel van het kalenderjaar in één keer op.

'Staan wij daar ook in?' vroeg Reacher.

Westwood knikte. 'Sinds vanochtend.'

'In welke map heb je ons gezet?'

'Dat heb ik nog niet besloten.'

Chang haalde haar telefoon tevoorschijn en toetste het nummer van Maloney in. Het kengetal 501 en nog zeven cijfers. Ze schakelde handsfree in. Er klonk gesuis toen het mobiele netwerk haar doorverbond. Daarna rinkelde de beltoon.

Hij bleef rinkelen.

Er werd niet opgenomen. Niet doorgeschakeld naar voicemail.

Chang verbrak de verbinding na een lange minuut van wachten en het werd weer stil in het kantoor.

'We moeten opzoeken waar 501 het kengetal van is,' zei Reacher.

Westwood sloot zijn database af en opende een webbrowser. Toen wierp hij een blik op de deur en zei: 'Dus kennelijk doen we dit echt.'

'Niemand komt het te weten,' zei Reacher. 'Totdat de film in de bioscopen draait.'

De computer maakte duidelijk dat 501 een van de drie kengetallen was voor mobiele telefoons in Arkansas. Chang vroeg: 'Heb je een week of negen geleden een nummer in Arkansas geblokkeerd? Misschien is de man gewoon zijn mobiele telefoon gaan gebruiken in plaats van zijn vaste lijn.'

Westwood opende opnieuw zijn database met de ongefilterde lijst met inkomende gesprekken. Hij bladerde negen weken terug en zei: 'Hoeveel speling moeten we hem geven? Hoe snel zou hij op het idee zijn gekomen om zijn naam en nummer te wijzigen?'

'Vrij snel,' zei Reacher. 'Het is geen hogere wiskunde. Maar er zal toch wel een beetje tijd overheen zijn gegaan. Vooral omdat hij zich gekwetst zal hebben gevoeld. Je had hem afgewezen. Misschien heeft het hem een week gekost om zijn trots opzij te zetten en je opnieuw te bellen.'

Westwood bladerde nog iets verder terug. Naar tien weken. Hij opende de lijst met kengetallen op zijn tweede scherm en zocht vooruit en terug, vergeleek de gegevens van de ene regel met de andere, en toen hij daarmee klaar was, zei hij: 'Ik heb die week vier kerels geblokkeerd. Maar niet één in Arkansas.'

Reacher zei: 'Probeer nog eens een week eerder. Misschien voelde hij zich toch meer op zijn tenen getrapt dan we dachten.'

Westwood bladerde opnieuw, naar de zeven dagen ervoor en weer terug, en vergeleek het resultaat met de lijst met kengetallen. 'In de week ervoor heb ik twee kerels geblokkeerd,' zei hij. 'Dat maakt zes in totaal voor twee weken, maar nog steeds niemand in Arkansas.'

'Toch levert het wel iets op,' zei Reacher. 'De telefoontjes van die Maloney begonnen negen weken geleden, en werden gepleegd door een man die net was geblokkeerd in een periode die te overzien is, en in een categorie die zes potentiële kandidaten oplevert. De logica gebiedt dat een van die zes degene is die we zoeken. En misschien hebben we hem in dertig seconden aan de lijn. Zijn vaste lijn. Want je hebt al die oorspronkelijke telefoonnummers.'

26

Westwood kopieerde de zes namen en telefoonnummers en plakte ze in een nieuw, leeg venster. Het was een standaardmix van Amerikaanse namen. Het had de basisopstelling kunnen zijn van een basketbalteam in de Majors, of zes man die in de rij stonden te wachten om te worden geholpen bij een pandjeshuis, of de spoedpoli, of de eersteklas lounge op een luchthaven. De helft van de telefoonnummers was van een mobiel toestel, vermoedde Reacher, omdat hij de kengetallen niet herkende, maar er zat een kengetal 773 van Chicago bij, en 505, dat was ergens in New Mexico, en een 901, volgens hem ergens in Memphis, Tennessee.

Westwood zette zijn telefoon in een docking station op zijn bureau en koos het eerste nummer rechtstreeks via zijn computer. Er zaten luidsprekers in het apparaat. Reacher hoorde de pieptonen van de elektronische pulsen, daarna niets dan geruis, en vervolgens een bandopname van een stem op een toonhoogte die je ruzieachtig zou kunnen noemen, maar die ook wel sympathiek klonk.

Het nummer was niet langer in gebruik.

Westwood verbrak de verbinding en bestudeerde het kengetal op het scherm. 'Dat was een mobiel nummer,' zei hij. 'In het noorden van Louisiana, Shreveport misschien, of daar in de buurt. Het abonnement is waarschijnlijk geannuleerd of beëindigd, dat gebeurt regelmatig, en op termijn wordt het nummer wel weer uitgegeven aan iemand anders.'

Hij koos het tweede nummer.

Hetzelfde liedje. De geluiden van het kiezen, daarna niets, en tot slot de stem van het telecombedrijf met dit keer een verontschuldigende tekst op een toon waaruit ongeloof sprak, dat iemand zoiets betreurenswaardig doms kon doen als een nummer kiezen dat niet meer in gebruik was.

'Een mobiel nummer in Mississippi,' zei Westwood. 'Ergens in het noorden. Oxford waarschijnlijk. Daar zitten veel studenten. Misschien hebben zijn ouders zijn toelage ingehouden.'

'Of misschien was het een wegwerptoestel,' zei Reacher. 'Een prepaid uit een drugstore, waarvan de belminuten op waren. Of die is weggegooid. Misschien zijn het wel allemaal wegwerptelefoons.'

'Dat kan,' zei Westwood. 'Boeven doen dat al jaren, zodat de politie geen zaak tegen ze kan opbouwen. En tegenwoordig krijgen gewone burgers al aardig in de gaten dat zij dat ook kunnen doen. Zeker de brave burgers die kranten bellen met belangrijke mededelingen over complotten. Zo zit de wereld vandaag de dag in elkaar.'

Hij belde het derde nummer. Opnieuw een mobiele telefoon volgens de lijst met kengetallen, dit keer in Idaho.

Nu werd er opgenomen.

Er klonk een mannenstem uit de luidsprekers, een luid en duidelijk 'Hallo?'

Westwood ging rechtop zitten en praatte naar het scherm. Hij zei: 'Goedemorgen, meneer. U spreekt met Ashley Westwood van de *L.A. Times*. Ik bel u terug omdat u mij hebt gebeld.'

'O?'

'Ik bied u mijn excuses aan dat het zo lang heeft geduurd. Ik moest het een en ander natrekken. Maar ik ben het met u eens.

Wat u mij vertelde, moet gepubliceerd worden. Dus ik wil u graag een paar vragen stellen.'

'Nou, oké, ja, dat zou fantastisch zijn.'

De stem klonk meer als een alt dan een tenor, en een beetje gehaast, bibberig en nerveus. Een magere man, dacht Reacher, die voortdurend trilde en bibberde. Vijfendertig misschien, of jonger, maar niet veel ouder. Misschien geboren en getogen in Idaho, maar waarschijnlijk niet.

Westwood zei: 'Om te beginnen wil ik graag nog iets vragen om zeker te weten dat ik de juiste persoon aan de lijn heb. Kunt u me nog een keer vertellen hoe de privédetective heet die u had ingehuurd?'

'De wat?' zei de stem.

'De privédetective.'

'Ik begrijp het niet.'

'Hebt u een privédetective ingehuurd?'

'Waarom zou ik dat hebben gedaan?'

'Omdat er een einde aan moet komen.'

'Waaraan?'

'Aan wat u mij hebt verteld.'

'Daar kan een privédetective niets aan doen. Ze zouden met hem hetzelfde doen wat ze met iedereen doen. Zo gauw ze hem zagen. Ik bedoel letterlijk. Ik heb u verteld dat het iets is met zichtlijnen. Niemand kan eraan ontkomen. U begrijpt het niet. Je kunt niet tegen die straal op.'

'Dus u hebt geen privédetective ingehuurd?'

'Nee, zeker niet.'

'Maakt u ook gebruik van een andere mobiele telefoon, met het kengetal 501?'

'Nee.'

Westwood verbrak de verbinding zonder verder nog iets te zeggen. Hij zei: 'Ik geloof dat ik me die kerel kan herinneren. We worden kennelijk gehersenspoeld met stralen.'

'Wat voor soort stralen?' vroeg Reacher.

'Stralen waarmee je mensen kunt hersenspoelen. Ze komen onder uit vliegtuigen van de burgerluchtvaart. Verplicht gesteld door de luchtvaartautoriteiten. Daarom moet je nu extra betalen voor bagage in het ruim, omdat ze willen dat mensen hun bagage meenemen in de cabine, zodat er meer ruimte in het ruim is voor de apparatuur. En de operator. Die zit daar ook, net als in een ouderwetse bommenwerper, maar dan om mensen met stralen te zappen. De man in Idaho gaat alleen de deur uit als het bewolkt is. Volgens hem zijn de staten waarboven veel vliegverkeer is, extra kwetsbaar. Het is allemaal een samenzwering van de elite.'

'Alleen ligt de staat waarboven het meeste vliegverkeer is heel ver uit de buurt van Idaho.'

'Waar dan?'

'Pennsylvania.'

'Echt?'

'Yep,' zei Chang. 'Echt, omdat er heel veel vliegverkeer van de oostkust overheen komt, aangevuld met de shuttles tussen Washington en New York en Boston. Oké. Kunnen we verder? Het volgende nummer?'

Westwood koos het nummer, het vierde nummer, met het kengetal 901 van Memphis. Waarschijnlijk de eerste vaste lijn. Ze hoorden de geluiden van het kiezen en daarna de beltoon, luid in de kantoorruimte.

Er werd opgenomen.

Er klonk een hard, hol geluid toen de hoorn van een zware telefoon werd opgetild. Een mannenstem zei: 'Ja?'

Westwood ging opnieuw rechtop zitten en draaide hetzelfde verhaal af als eerder. Zijn naam, de *L.A. Times*, terugbellen en de excuses omdat het zo lang had geduurd.

'Meneer, ik ben bang dat ik u niet goed begrijp,' zei de stem.

Het was een oude man, dacht Reacher, die langzaam en beleefd sprak, en als hij niet uit Memphis zelf kwam, kwam hij in ieder geval uit de buurt.

'U hebt mij gebeld op de *L.A. Times*,' zei Westwood. 'Twee, drie maanden geleden, omdat er iets was wat u dwarszat.'

De oude man zei: 'Meneer, als dat zo is, kan ik me er niets meer van herinneren. En als ik u hoe dan ook op een of andere manier heb beledigd, bied ik u beslist mijn verontschuldigingen aan.'

'Nee, u hebt mij niet beledigd. U hoeft zich niet te verontschuldigen. Ik wil graag meer weten over wat u dwarszat. Meer niet.'

'O, er zit mij maar heel weinig dwars. Ik leef onder gezegende omstandigheden.'

'Waarom hebt u mij dan gebeld?'

'Die vraag kan ik werkelijk niet beantwoorden. Ik weet niet eens zo zeker of ik u wel heb gebeld.'

Westwood wierp een blik naar Chang en keerde zich weer naar het scherm. Hij haalde adem om een volgende vraag te stellen, toen er een gedempt gerommel uit de luidsprekers klonk, opnieuw een hard, dof geluid, omdat blijkbaar de hoorn uit de handen van de man werd gewrongen, want het eerstvolgende wat ze hoorden was de stem van een vrouw: 'Hallo, met wie spreek ik?'

Westwood zei: 'Met Ashley Westwood, mevrouw, van de *L.A. Times*. Ik bel terug omdat ik door uw nummer ben gebeld.'

'Onlangs?'

'Twee, drie maanden geleden.'

'Dat zal mijn echtgenoot zijn geweest.'

'Kan ik hem spreken?'

'Dat hebt u zojuist gedaan.'

'Juist. Hij kon zich niet herinneren dat hij had gebeld.'

'Dat kan kloppen. Twee, drie maanden is een lange tijd voor hem.'

'Hebt u enig idee waarover hij mij gebeld zou kunnen hebben?'

'U niet?'

Westwood gaf geen antwoord.

De vrouw zei: 'Ik vel geen oordeel. Als ik hem kon uitzetten, zou ik dat doen. Schrijft u over politiek of over wetenschap?'

'Wetenschap.'

'Dan ging het vast over de radioactieve straling uit granieten aanrechtbladen. Dat is dit jaar het onderwerp. Dat van die straling klopt overigens, maar het is een kwestie van hoeveelheden. Hij heeft u waarschijnlijk gevraagd er een artikel aan te wijden. U en vele anderen.'

'Weet u hoeveel anderen?'

'Een klein aantal als je het afzet tegen de totale bevolking van de Verenigde Staten, maar een groot aantal als je in ogenschouw neemt hoeveel tijd een oude man aan de telefoon zou moeten doorbrengen.'

'Mevrouw, is het mogelijk dat hij een privédetective heeft ingehuurd?' vroeg Westwood.

'Waarvoor?' vroeg de vrouw.

'Om hem te helpen bij zijn onderzoek naar het radioactieve graniet.'

'Nee, dat is hoogst onwaarschijnlijk.'

'Kunt u het uitsluiten?'

'De feiten zijn onomstreden. Er valt niets te onderzoeken. Hij beschikt bovendien niet over geld. Dus hij zou niemand kunnen inhuren.'

'Ook geen contant geld?'

'Zelfs geen contant geld. Vraag maar niet verder. En zorg dat je niet oud wordt.'

'Heeft uw echtgenoot een mobiele telefoon?'

'Nee.'

'Kan hij er een hebben gekocht in een drugstore?'

'Nee, hij gaat nooit de deur uit.'

'Zijn er mensen overleden als gevolg van de straling?'

'Dat beweert hij.'

'Hoeveel precies?'

'O, duizenden.'

'Oké,' zei Westwood. 'Dank u hartelijk. Het spijt me dat ik u heb gestoord.'

'Graag gedaan,' zei de vrouw. 'Het is weer eens wat anders, met iemand anders praten.'

Ze hoorden even niets, toen een traag, hard en dof geluid van de ouderwetse hoorn die op de haak werd gelegd.

'Welkom in mijn wereld,' zei Westwood.

'Dat is beter dan háár leven,' zei Chang.

Westwood koos het vijfde nummer, kengetal 773. Dat was in Chicago. De telefoon rinkelde, en bleef rinkelen, lang nadat er zou moeten worden doorgeschakeld naar een antwoordapparaat. Toen, plotseling, kwam er een vrouw volledig buiten adem aan de lijn. Ze zei: 'Stadsbibliotheek, Lincoln Park, vrijwilligerskamer.' Ze klonk erg jong en opgewekt, en alsof ze het heel druk had.

Westwood stelde zich voor en vroeg met wie hij sprak. De jonge vrouw noemde haar naam zonder enige aarzeling, maar zei dat zij nooit de *L.A. Times* had gebeld en dat ze geen privédetectives kende. Westwood vroeg haar of het toestel dat ze nu gebruikte, ook door anderen werd gebruikt, en ze zei ja, door alle vrijwilligers. Ze zei dat ze een van de vrijwilligers was. Ze zei dat ze allemaal hun jas ophingen in de vrijwilligerskamer en dat ze daar hun pauze doorbrachten. Er stond een telefoon die je soms kon gebruiken. Ze vertelde dat de bibliotheek van Lincoln Park iets ten noorden van het centrum van Chicago lag, dat er tientallen vrijwilligers werkten, steeds in een andere samenstelling, jonge mensen en oude mensen, mannen en vrouwen, allemaal even fascinerend. Maar nee, ze had niet het idee dat een van hen rondliep met een obsessie over iets wetenschappelijks. Niet openlijk. Zeker niet in die mate dat er met kranten in andere steden gebeld moest worden.

Westwood zocht in de lijst naar de naam bij het 773-nummer, zoals hij die in de database had opgeslagen. Hij vroeg: 'Kent u een vrijwilliger die McCann heet? Ik weet niet precies of het meneer of mevrouw McCann is.'

'Nee,' zei de jonge vrouw. 'Die naam heb ik nog nooit gehoord.'

'Hoelang bent u al vrijwilliger in de bibliotheek?' vroeg Westwood.

'Een week,' antwoordde de jonge vrouw. Westwood bedankte haar en zij zei dat ze graag had geholpen, waarop hij zei dat hij nu moest ophangen, en zij zei prima, want ze had nog veel te doen. Westwood verbrak de verbinding.

Hij koos het laatste nummer. Kengetal 505. New Mexico.

27

De telefoon in New Mexico ging vier keer over voordat er werd opgenomen door een man met een kalme, vlakke stem. Westwood noemde zijn naam en draaide het standaardverhaaltje opnieuw af, de *L.A. Times*, terugbellen omdat hij was gebeld, excuses omdat het zo lang had geduurd, de plotselinge interesse in het verhaal. Het bleef lang stil aan de andere kant van de lijn. Toen zei de man:

'Dat was toen. Nu zou het een heel ander verhaal zijn.'

'Hoezo?' vroeg Westwood.

'Ik weet wat ik heb gezien. In het begin wilde niemand luisteren, u evenmin, ben ik bang. Maar toen stuurde de politie een rechercheur. Een jonge man die vrijetijdskleding droeg, maar wel heel scherp was. Hij zei dat hij bij een speciale, geheime afdeling werkte en hij nam mijn verklaring op. Hij zei dat ik me stil moest houden en verder niets moest doen. Maar een week later zag ik hem in uniform als parkeerwachter. Hij schreef boetes uit voor foutparkeren. Hij was helemaal geen rechercheur. De politie had me om de tuin geleid met een beginnend agentje. Om me rustig te houden, denk ik. Om van me af te zijn.'

'Vertel eens precies wat u hebt gezien,' zei Westwood.

'Een ruimteschip in de woestijn, net geland. Er kwamen zes passagiers uit. Ze leken net mensen, maar dat waren ze niet. En het belangrijkste was dat het ruimteschip niet was uitgerust met een motor om weer te vertrekken. Het was alleen een landingsmodule. Dat betekende dat die wezens hier zouden blijven. En dat riep de vraag op of zij de eersten waren. Zo niet, hoeveel waren hun dan al voorgegaan? Hoeveel zijn er al? Hebben ze de politie al onder controle? Hebben ze alles al onder controle?'

Westwood zei niets.

De man ging verder: 'Dus nu zou het een psychologisch verhaal worden in plaats van puur wetenschappelijk. Wat doe je als je iets weet, maar gedwongen bent om net te doen alsof je niets weet?'

'Hebt u een privédetective ingehuurd?' vroeg Westwood.

'Dat heb ik geprobeerd. De eerste drie die ik belde deden niet in buitenaards onderzoek. Toen begreep ik dat het veiliger was om me gedeisd te houden. Dat is nu het probleem. De stress. Ik neem aan dat velen van ons in hetzelfde schuitje zitten. We weten het, maar het is net of we de enigen zijn, omdat we er niet over kunnen praten. Misschien moet u daarover schrijven. Het isolement.'

'Wat is er met het ruimteschip gebeurd?'

'Ik kon het niet meer vinden. Ik vermoed dat het door handlangers is weggesleept en verborgen.'

'Zijn er ook slachtoffers gevallen?'

'Ik weet het niet. Misschien.'

'Hoeveel?'

'Een of twee, zou je zeggen. Ik bedoel, een beheerste landing vereist nogal wat energie. Vuur uit remraketten en zo. Het kan gevaarlijk zijn geweest binnen een bepaalde straal. En niemand weet wat ze later doen, nadat ze zijn gesetteld.'

'Hebt u een mobiele telefoon?'

'Nee, de straling is te gevaarlijk. Die kan hersenkanker veroorzaken.'

'Zegt de naam Keever u iets. Is hij een van de mensen die u hebt gebeld?'

'Nee, die naam heb ik nog nooit gehoord.'

'Dank u,' zei Westwood. 'Ik neem wel weer contact met u op.'

Hij verbrak de verbinding.

'Ik weet het, we zijn welkom in jouw wereld,' zei Chang.

'Welkom in New Mexico,' zei Westwood.

Hij wiste het derde, vierde en zesde nummer van zijn lijst en zei: 'De stralenjongen en de granietboer en de man van close encounters zijn het niet, mee eens? Dan houden we een niet meer gebruikte telefoon over in Louisiana, eentje in Mississippi, en een vrijwilligerskamer in Chicago. We hebben in ieder geval de helft kunnen schrappen.'

Hij schoonde de weergave van de drie overgebleven kandidaten op het scherm op. Bovenaan stond het nummer in Louisiana, dat tien weken daarvoor van iemand was geweest die volgens de database Headley heette. Daaronder stond het nummer in Mississippi met de naam Ramirez, en op de derde regel stond de telefoon van de vrijwilligerskamer in Chicago, die onder meer was gebruikt door een vooralsnog ongrijpbare meneer McCann, volgens de database, of mevrouw McCann, beiden onbekend bij de jonge vrouw die buiten adem de telefoon had opgenomen.

Westwood printte het lijstje uit en gaf de afdruk aan Chang.

'Probeer dat Maloney-nummer nog eens,' zei ze.

Westwood koos het nummer, elektronische geluidjes, de telefoon ging over en bleef overgaan. Er werd niet opgenomen en niet doorgeschakeld naar voicemail.

Hij verbrak de verbinding toen hij het een volle minuut had geprobeerd.

Reacher zei: 'We hebben een lijst nodig van alles wat je het afgelopen halfjaar hebt gepubliceerd.'

'Waarom?' vroeg Westwood.

'Waarom zou de man je anders bellen? Hij heeft iets gezien wat jij hebt geschreven. We moeten uitzoeken wat dat is geweest.'

'Dat helpt niet om hem te vinden.'

'Dat ben ik met je eens, het helpt niet. Maar we moeten uitzoeken met wat voor soort man we te maken hebben. We moeten weten wat zijn probleem is.'

'Alle artikelen die ik heb geschreven, staan op de website. Daar kun je alles vinden, zelfs van jaren geleden.'

'Oké,' zei Reacher. 'Heel erg bedankt voor je hulp.'

'Wat gaan jullie nu doen?'

'We bedenken wel iets. Je zei het al, we hebben de lijst gehalveerd. Er zijn er nog drie over. Die sporen we wel op.'

'Ik heb nog een andere theorie,' zei Westwood. 'Ik heb natuurlijk op Keevers website gekeken, en ook op die van mevrouw Chang. Het ziet er allemaal heel professioneel uit. Ongetwijfeld hebben jullie allerlei bronnen tot je beschikking, inclusief databases en telefoonboeken waarin je omgekeerd kunt zoeken. Misschien zelfs wel eigen bronnen bij telecombedrijven. Dat betekent volgens mij dat jullie mij niet meer nodig hebben. Mijn theorie is dat jullie mij nu volledig zullen buitensluiten.'

'Dat doen we niet,' zei Chang. 'We houden je op de hoogte.'

'Waarom zouden jullie?'

'Wij willen de rechten op het boek niet.'

'Waarom niet?'

'Ik heb het te druk en hij kan amper zijn eigen naam schrijven met een krijtje.'

Reacher zei niets.

'Dus ik blijf meedoen?' vroeg Westwood.

'Eén voor allen, allen voor één,' zei Chang.

'Beloofd?'

'Beloofd.'

'Maar alleen als het een goed verhaal is. Alsjeblieft geen stralen en graniet en ruimteschepen.'

Reacher en Chang lieten Westwood achter in zijn kantoor en namen de lift naar beneden. Op de begane grond liepen ze naar buiten. Chang had een laptop in haar koffer en ze had alleen maar een rustig plekje met wifi nodig om aan de slag te kunnen gaan met haar databases en telefoonboeken en haar eigen lijst met bronnen bij telecombedrijven. Dat betekende een hotel, en dat betekende zoeken naar een taxi. Aan de overkant van de straat stond er een geparkeerd langs de stoeprand. Reacher floot en wuifde ernaar, maar om de een of andere reden reed de taxi snel weg, de andere kant op. Elke stad had zo z'n eigen protocol voor het aanhouden van taxi's en het was moeilijk om die allemaal te onthouden. Ze liepen naar het noorden in de richting van het Children's Museum, waar taxi's in een rij achter elkaar stonden te wachten. De accommodatie waarmee Reacher in Los Angeles bekend was, kon je niet bepaald rustig noemen. Bovendien zou er wel eens geen wifi kunnen zijn, dus liet hij Chang bepalen waar ze heen gingen. Ze vroeg de chauffeur hen naar West-Hollywood te brengen.

Tien minuten later werd de man met de gestreken spijkerbroek en het geföhnde haar dertig kilometer ten zuiden van Mother's Rest voor de derde keer gebeld op zijn vaste lijn. Zijn contactpersoon was dit keer erg spraakzaam. 'Het was een presentje. Ze hadden afgesproken in het gebouw van de *L.A. Times* en daar zijn ze bijna een uur geweest. Het is een oud gebouw met dikke muren, maar Hackett had mazzel. Blijkbaar waren ze vooral in de weer met de telefoon, en blijkbaar zet Westwood die in een docking station op zijn bureau, en zijn bureau staat pal voor het raam, zodat Hackett een knetterhard versterkt signaal kon oppikken dwars door het glas. Zijn scanner begaf het bijna. Ze hebben in totaal zeven keer gebeld. Twee keer naar mobiele telefoonnummers die niet meer in gebruik zijn, een keer naar een mobiel nummer waar niet werd gereageerd, en een keer naar een publiek toegankelijke telefoon in Chicago. De andere drie waren gesprekken met geschifte lui die ze verder links lieten liggen. Keever is één keer genoemd, privédetectives in het algemeen drie keer, en nog een keer extra tijdens dat gesprek met Chicago, toen Westwood vroeg naar de naam McCann.'

De man ten zuiden van Mother's Rest bleef lange tijd stil.

Uiteindelijk vroeg hij: 'Maar ze zijn dus niet echt verder gekomen?'

'Dat moet jij beslissen. Ze hebben drie mogelijkheden. Een van die drie was zeker de cliënt van Keever, en jij weet vast wie dat is. Ze hebben telefoonnummers met de bijbehorende gegevens en die kunnen ze nachecken. Ik heb wel eens dingen de mist in zien gaan op basis van minder informatie.'

'Ik wil weten of ze contact zoeken met telecombedrijven. Een soort vroeg alarmsysteem. En als ze dat doen, wil ik weten wat ze van die telecombedrijven te horen krijgen.'

'Dat brengt extra kosten met zich mee, ben ik bang. Telecombedrijven kunnen nogal terughoudend zijn. Dat kost geld.'

'Doen.'

'Oké.'

'Wat gebeurde er daarna?'

'Daarna werd het een beetje komisch.'

'Hoezo?'

'Westwood bleef achter in het gebouw en Reacher en Chang vertrokken.'

'Waarnaartoe?'

'Dat is het komische. Hackett raakte ze kwijt. Hij deed zich voor als taxichauffeur. Betere vermomming bestaat er niet in de grote stad. Maar Reacher dacht dat het een echte taxi was en probeerde hem aan te houden, dus moest hij er als een haas vandoor.'

'Dat is niet goed.'

'Hij heeft de telefoon van Chang in zijn systeem. Zodra ze belt, weet hij precies waar ze zijn.'

28

Changs keuze viel op een motel in West-Hollywood dat veel op het motel in Mother's Rest leek, zij het dat het door de locatie in Hollywood eerder een hippe en ironische uitstraling had dan iets ouds en droevigs. Reacher betaalde contant voor een kamer met een bureau en een stoel en zowel een bekabelde als een draadloze verbinding met internet. Maar het aantrekkelijkste was het kingsize bed met een vlakke en brede en stevige matras. Ze keken er beiden naar, kusten elkaar, verlangend, maar kort, omdat ze allebei wisten dat er eerst gewerkt moest worden. Chang ging zitten en sloot haar laptop aan. Ze vouwde het vel papier open dat Westwood had afgedrukt. Drie namen, drie nummers. 'Hou jij van gokken?' vroeg ze.

Reacher zei: 'Louisiana ligt pal onder Arkansas, dat zou kunnen verklaren waarom de man die twee verschillende kengetallen heeft. Maar dat geldt ook voor Mississippi. Niet voor Chicago, maar iemand die in het echt McCann heet, zou best wel eens Maloney als pseudoniem kunnen kiezen. Misschien was het de meisjesnaam van zijn moeder. Dus op het moment zou ik zeggen dat de kansen gelijk liggen.'

'Waar wil je beginnen?'

'Met die 501. Dat zou een recent abonnement kunnen zijn. Misschien is er een echte naam aan gekoppeld.'

'Als het geen wegwerptelefoon is.'

Ze opende een zoekpagina, die er even lelijk uitzag als die van Westwood, en voerde het nummer in, 501, en nog zeven cijfers.

Op het scherm verscheen *Raadplegen.*

'Wat betekent dat?' vroeg Reacher.

'Dat betekent dat het geen nummer is waarbij je gegevens kunt opzoeken in het telefoonboek, maar dat die gegevens er wel zijn. Tegen betaling, van een bron bij het telecombedrijf.'

'Hoeveel?'

'Zo'n honderd dollar waarschijnlijk.'

'Kun je je dat veroorloven?'

'Als het ergens toe leidt, breng ik het in rekening bij de *L.A. Times*.'

'Probeer die andere eerst eens. Misschien moet je meer gegevens opvragen, dan kun je een kwantumkorting vragen.'

Dat bleek een goed idee. Het nummer in Chicago leverde precies op wat verwacht kon worden. Het was één van een tiental nummers van het filiaal van de stadsbibliotheek in Lincoln Park, maar bij de mobiele nummers in Louisiana en Mississippi verscheen eveneens *Raadplegen* op het scherm.

Gegevens die konden worden opgevraagd.

'Hoe doe je dat precies?' vroeg Reacher.

'Vroeger deden we dat via e-mail,' zei Chang. 'Maar nu niet meer. Te kwetsbaar. Te riskant voor de bron. Erger dan een papieren spoor. We moeten tegenwoordig bellen.'

Ze pakte haar telefoon en koos een nummer. Er werd meteen opgenomen. Geen koetjes en kalfjes. Chang was een en al zakelijkheid. Ze noemde haar naam, legde uit wat ze nodig had, las de drie nummers voor, langzaam en duidelijk, luisterde toen ze werden herhaald, zei 'Oké,' en hing op.

'Tweehonderd dollar,' zei ze. 'Hij belt me later op de dag terug.'

'Hoeveel later?' vroeg Reacher.

'Dat kan wel een paar uur duren.'

Ze konden maar één ding doen om de tijd te doden.

Tien minuten later werd de man met de gestreken spijkerbroek en het geföhnde haar dertig kilometer ten zuiden van Mother's Rest voor de vierde keer gebeld op zijn vaste lijn. Zijn contactpersoon zei: 'Hackett zegt dat Chang zojuist met iemand heeft gebeld. Hij zegt dat ze in een motel in West-Hollywood zitten.'

'Wie heeft ze gebeld?'

'Het telecombedrijf. Ze wil informatie over drie nummers. Ze betaalt er tweehonderd dollar voor.'

'Wat is ze te weten gekomen?'

'Nog niets. Haar bron zei dat hij later vandaag terug zou bellen.'

'Hoeveel later?'

'Dat kan wel een paar uur duren.'

'Kun jij sneller aan die informatie komen?'

'Houd je geld in je zak. Hackett luistert mee. Je komt het op hetzelfde moment als zij te weten.'

'Hoe ver weg is hij?'

'Hij is nu op weg naar West-Hollywood. Ga er maar van uit dat hij daar is voordat die man terugbelt.'

De matras was inderdaad vlak en breed en stevig. Reacher lag op zijn rug, bedekt met een dun laagje zweet, omdat de airconditioning niet echt koud was en de ventilator aan het plafond het niet deed. Chang lag naast hem, diep ademend. Reacher had altijd beweerd dat de tweede keer het beste was. Geen kleine remmingen meer, geen onhandig gepruts meer zoals bij een eerste keer, maar toch nog genoeg nieuwe dingen om te ontdekken en opgewonden van te raken. Maar die theorie kon de prullenbak in. Hij lag volledig in duigen. *Je moet elke theorie testen*, had Westwood gezegd. *Dat is de kern van wetenschappelijk onderzoek*. En ze hadden zijn theorie getest. De tweede keer, een uur geleden, was sensationeel geweest. Maar de derde keer was beter. Veel beter. Reacher lag op zijn rug, uitgeput, leeg, zijn botten van rubber, zo ontspannen dat elke voorgaande notie van ontspanning meer weg had van furieuze opwinding.

Na een tijdje rolde Chang zich op haar zij. Ze steunde op haar elleboog en liet haar vingers over zijn borst glijden, naar zijn hals, over zijn gezicht, en weer omlaag, alsof ze hem wilde leren kennen, alsof ze de vlakken en lijnen van zijn lichaam uit haar hoofd leerde. Hijzelf lag alleen maar gelukzalig stil, zijn hand op haar dijbeen, roerloos, maar vol van leven en zich bewust van de hitte die ze uitstraalde, haar huid klam maar zacht als fluweel, de spieren ontspannen, terwijl hij haar hartslag tegen de palm van zijn hand voelde.

'Reacher,' zei ze.

'Ja?'

'Niets. Ik probeer het gewoon uit.'

Haar haar lag op zijn schouder, dik en zwaar. Haar borsten lagen geplet tegen zijn arm. Hij voelde haar hart kloppen.

Ze vroeg: 'Ben jij ooit getrouwd geweest?'

'Nee,' zei hij. 'Jij?'

'Eén keer, maar het heeft niet standgehouden.'

'Zoals bij zoveel mensen.'

'Wat is de langste relatie die jij ooit hebt gehad?' vroeg ze.

'Zes maanden,' zei hij. 'Zoiets. Als je steeds ergens anders wordt gestationeerd, is het lastig. Ik werd te vaak overgeplaatst. Het was een loterij. Een dubbele loterij, als zij ook in het leger zat. Meestal was het iets vluchtigs.'

Haar telefoon rinkelde.

Ze duwde zich van hem af, kwam overeind en liep naakt, op blote voeten, naar het bureau. Ze keek op het scherm wie er belde en nam op. Geen koetjes en kalfjes. Een en al zakelijkheid. Het telecombedrijf. Ze pakte een pen en liep terug naar het nachtkastje, waarop een notitieblok van het motel lag, het papier geel en bros van ouderdom. Ze nam het mee naar het bureau, boog zich voorover en begon aantekeningen te maken, eerst op één pagina, toen op een tweede, en ten slotte op een derde. Op een gegeven moment keerde ze zich naar hem, boog zich naar hem toe en knipoogde.

Hij werkte zich omhoog op zijn ellebogen.

'Bedankt,' zei ze en ze verbrak de verbinding.

'Wat is er?' vroeg hij.

'Wacht,' zei ze.

Ze startte haar laptop op en klikte en typte. Haar gezicht lichtte op in het koude, grijze schijnsel van het scherm. Ze zette haar vingertoppen op de touchpad en veegde en bladerde en zoomde in en uit.

Toen glimlachte ze.

'En?' vroeg hij.

'Alle drie de nummers waren van wegwerptelefoons,' zei ze. 'Alle drie gekocht in een drugstore. Die in Louisiana nog maar onlangs in een drugstore in Shreveport. Die moest worden geregistreerd voordat hij kon worden gebruikt. Zo werkt het systeem tegenwoordig. Als je hem koopt en er een 800-nummer mee belt, krijgt hij een kengetal van de streek van waaruit je belt en een nummer dat beschikbaar is. Dat is allemaal gebeurd. Daarna is de telefoon elf keer gebruikt. Toen waren de belminuten op. Omdat het beltegoed niet snel genoeg is aangevuld, is het nummer weer vervallen. Het is geannuleerd en wordt pas over ongeveer een halfjaar opnieuw uitgegeven.'

'Wie is ermee gebeld?'

'Westwood, in Los Angeles. Elf keer.'

'Vanwaar?'

'Shreveport. Iedere keer dezelfde zendmast.'

Reacher zei niets.

Chang zei: 'Voor de telefoon in Mississippi geldt min of meer hetzelfde, alleen is die iets ouder. Hij is een jaar geleden gekocht in Oxford en geregistreerd met een lokaal kengetal in Mississippi, het beltegoed is vier keer aangevuld, maar uiteindelijk is de telefoon niet meer gebruikt. Hij is alleen in Oxford gebruikt voor tientallen telefoontjes naar Westwood, in de buurt van twee zendmasten, misschien bij een universiteit en een studentenhuis, als Westwood gelijk had en de jongen die belde student was.'

'Goed om te weten,' zei Reacher. 'Maar we hebben er niets aan. Dus vertel eens hoe het met dat nummer in Arkansas zit. Ik heb zo'n voorgevoel dat we daar beet hebben.'

Chang glimlachte opnieuw, nog steeds naakt, nog steeds gelukkig, innig tevreden, ontspannen en opgewonden. Ze zei: 'Bij het nummer in Arkansas ligt het anders. Het is ook een wegwerptoestel uit een drugstore, net als de andere twee, maar het nummer is nog steeds actief. Het hoorde bij een enorme partij van Walmart van een paar jaar geleden. In de tijd dat ze nog werden geleverd met een ingebouwd nummer dat al was toegewezen. Vandaar het kengetal uit Arkansas, omdat het hoofdkantoor van Walmart in Arkansas staat. Maar daar is hij niet verkocht. Hij is nergens verkocht, eigenlijk, in ieder geval niet door Walmart. Hij werd vervangen door een nieuwer type, en eerder dit jaar is de restpartij onder de hamer gegaan voor tien cent per dollar. Zo'n honderd stuks, denkt mijn contactpersoon.'

'Wie heeft ze gekocht?'

'Een tussenpersoon in New Jersey. Een soort opkoper. Iemand die gespecialiseerd is in zulke zaken.'

'En die heeft ze weer doorverkocht?'

'Dat doen dergelijke lui.'

'Wanneer?'

'Twaalf weken geleden.'

'En aan wie heeft hij ze verkocht?'

Changs glimlach werd breder.

Ze zei: 'Hij heeft ze aan een drugstore in Chicago verkocht, een familiebedrijfje.'

'Waar in Chicago?'

Chang draaide de laptop om zodat hij het scherm kon zien. Hij rekte zijn nek. Een grijs scherm met rechte lijnen. Google Maps, dacht hij, of Google Earth, of welke Google-uitvinding dan ook waarmee ze satellietfoto's lieten zien van steden en straten.

Chang zei: 'Iets ten noorden van het centrum. Pal naast het filiaal van de stadsbibliotheek in Lincoln Park.'

Nog steeds naakt, nog steeds opgewonden en nog steeds glimlachend probeerde Chang het nummer opnieuw, het bijzondere 501-kengetal en dan nog zeven cijfers, maar net als eerder ging de telefoon eindeloos over zonder dat er werd opgenomen of doorgeschakeld naar voicemail. Ze liet het een verwachtingsvolle minuut duren, toen verbrak ze de verbinding. Daarna schakelde ze de handsfree-functie van haar telefoon in en belde Westwood, die in zijn kantoor zat op de redactie van de *L.A. Times*. Ze zei: 'Het 501-nummer is van een wegwerptelefoon die is verkocht in een drugstore pal naast de bibliotheek in Lincoln Park in Chicago. Dat betekent dat Maloney McCann is. We gaan ervan uit dat hij vrijwilliger is in de bibliotheek, zodat hij vrijelijk kon beschikken over de telefoon met het 773-nummer waarmee hij in eerste instantie belde. Toen jij dat nummer blokkeerde, heeft hij in de drugstore ernaast een mobiele telefoon gekocht om het opnieuw te proberen. We willen de hele geschiedenis weten. We moeten weten wanneer hij is begonnen met bellen.'

'Ik zal het opzoeken,' zei Westwood.

Ze hoorden rammelende toetsen, klikken en slepen, en Westwoods ademhaling. Reacher zag de twee schermen voor zich en de telefoon in het docking station. Toen zei Westwood: 'De eerste keer dat McCann belde, is iets meer dan vier maanden geleden. Daarna heeft hij nog vijftien keer gebeld tot ik het nummer blokkeerde. Vervolgens heeft hij zijn naam veranderd in Maloney en nog drie keer gebeld. Maar dat wist je al.'

'Heb je ook aantekeningen van die eerste telefoongesprekken?'

'Niets. Het spijt me.'

'Geen probleem. We zoeken het wel uit.'

'Hou me op de hoogte.'

'Dat doen we.'

Ze verbrak de verbinding.

Reacher zei: 'We moeten het centrale nummer van de bibliotheek opzoeken. Ze hebben vast gegevens van de vrijwilligers. Misschien kunnen we een thuisadres krijgen.'

Ze zei: 'We moeten eerst onder de douche. En aankleden. Het voelt gek om dit te doen zonder kleren aan.'

Reacher zei niets.

De man met de gestreken spijkerbroek en het geföhnde haar werd voor de vijfde keer gebeld op zijn vaste lijn. Zijn contactpersoon zei: 'Het telecombedrijf heeft haar net teruggebeld. Meteen daarna heeft zij de *L.A. Times* gebeld. Ze is in alle staten vanwege een man in Chicago die McCann heet.'

Het bleef lange tijd muisstil.

Toen vroeg de man met de spijkerbroek en het haar: 'Heeft ze hem gesproken?'

'McCann?' vroeg zijn contactpersoon. 'Nee.'

'Maar ze heeft wel zijn telefoonnummer.'

'Eigenlijk heeft ze twee telefoonnummers. Hoewel een van die twee een nummer in een openbare bibliotheek schijnt te zijn. Blijkbaar doet McCann daar vrijwilligerswerk.'

'Ze weet al waar hij werkt?'

'Vrijwilligerswerk is niet hetzelfde als werk.'

'Waarom heeft ze hem nog niet gesproken?'

'Dat heeft ze geprobeerd. Ze heeft zijn mobiele nummer gebeld, maar hij nam niet op.'

'Waarom zou hij niet opnemen?'

'Hoe moet ik dat weten?'

'Dat vraag ik jou als professional. Ik wil een analyse van je. Daar betaal ik je voor. Wat kunnen de redenen zijn dat een mobiele telefoon niet wordt opgenomen?'

'Plotselinge ziekte van de eigenaar van de mobiele telefoon, de telefoon is zoekgeraakt onder een stoel in een stadsbus of iets dergelijks, de eigenaar heeft een rotbui en herkent het nummer van de beller niet, de eigenaar is op een plek waar het onbeschoft is om de telefoon op te nemen. Er zijn honderden redenen.'

'Wat gaat ze nu doen?'

'Ze zal blijven bellen naar dat nummer, en ze zal de centrale van de bibliotheek bellen om de gegevens los te peuteren die ze daar bijhouden over hun vrijwilligers.'

'Zoiets als een adres?'

'Dat zou wel eens lastig kunnen zijn. Dan heb je te maken met privacygevoelige gegevens.'

'Dus wat dan?'

'Dan gaat ze naar Chicago. Dat doet ze sowieso. Als McCann de cliënt van Keever was, zal ze met hem willen praten. En ze kan moeilijk van hem verlangen dat hij naar haar toe komt.'

'En Reacher gaat met haar mee naar Chicago?'

'Waarschijnlijk wel.'

'Dat mag niet gebeuren. Ze zitten er nu al te dicht bovenop.'

'Hoe wil je ze tegenhouden?'

'Jouw man Hackett is daar.'

'Op het moment is Hackett alleen ingehuurd voor surveillance.'

'Misschien moeten we dat aanpassen. Je hebt me verteld van je lijst met opties.'

'Daar moet je goed over nadenken. En niet alleen over het geld. Het is een grote stap.'

'Ik kan ze niet naar Chicago laten gaan.'

'Daar moet je heel zeker van zijn. Het is het soort beslissing waar je absoluut achter moet staan.'

'We hadden ze zelf moeten tegenhouden toen we de kans hadden.'

'Ik heb een formele opdracht nodig.'

De man met de spijkerbroek en het haar zei: 'Zeg tegen Hackett dat hij ze nu moet tegenhouden. Voorgoed.'

29

De douche was een langzame, aangename overgang van wat ze hadden gedaan naar wat ze nu moesten doen. Het bad was smal, maar het gordijn hing aan een rail die iets naar buiten was geplaatst en er kwam een warme, brede straal water uit de douchekop. Ze wilden niet verder dan een centimeter van elkaar verwijderd zijn, dus al met al was het een aangename bezigheid. Ze wasten elkaar, als een spelletje, van top tot teen, langzaam, zorgvuldig, met zeep en shampoo, sloegen geen lichaamsplooi over, maar besteedden aan sommige lichaamsplooien meer aandacht dan aan andere. Ze namen er de tijd voor. Ze rotzooiden een beetje. Damp steeg op en vulde de badkamer. De spiegel besloeg.

Na verloop van tijd klommen ze uit het bad en droogden ze elkaar af met dunne handdoeken, poetsten ze gaten in het waas op de spiegel, eentje hoog en eentje lager, en kamden ze hun haar – Reacher met zijn vingers, Chang met een borstel van schildpad die ze uit haar koffer haalde. Ze raapten hun kleren op waar ze ze hadden laten vallen, op de vloer en de stoel en het bed, en trokken ze aan over hun nog vochtige huid.

Daarna gingen ze weer aan de slag. Reacher trok de gordijnen open en zag buiten niets dan een heldere zon en een blauwe lucht. Het was een fantastische dag. Zuid-Californië, aan het einde van de zomer. Zelfs de laaghangende sliert smog had een gouden glans. Chang probeerde opnieuw het 501-nummer van de mobiele telefoon. Net als eerder ging de telefoon eindeloos over zonder dat er werd opgenomen. Ze liet de telefoon overgaan, het zoemende geluid kwam naargeestig maar onophoudelijk uit de luidspreker. Steeds maar door. Reacher zei: 'Dit heb ik nog nooit meegemaakt. Er wordt altijd opgenomen of doorgeschakeld naar een antwoordapparaat.'

'Misschien hadden die oude wegwerptoestellen nog geen voicemail. Of misschien heeft hij die niet ingesteld. Of uitgeschakeld.'

'Kan dat?'

'Ik weet het niet.'

'Waarom neemt hij niet op? Het is het een of het ander. Je neemt op of je schakelt die verdomde voicemail in.'

'Hij heeft de moed opgegeven. Niemand wilde naar hem luisteren. Dus heeft hij de telefoon gedumpt. Die ligt ergens in een la te rinkelen.'

Reacher had een haat-liefdeverhouding met techniek. Hij wist alleen het hoognodige. Hij begreep de fax en de telex en de militaire radio en de posterijen van de Verenigde Staten, maar hij had nooit iets hoeven te weten van mobiele telefoons in de burgermaatschappij. Hij had er nooit zelf een gehad. Waarom zou hij? Wie zou hij moeten bellen? Wie zou hem bellen? Het kleine beetje dat hij ervan wist, had hij in het dagelijkse verkeer opgepikt. Hij zag de telefoon in gedachten voor zich, steeds maar door rinkelend. Waarschijnlijk ook nog trillend. Rinkelend en zoemend. Krachtig en energiek. Hij zei: 'De batterij moet opgeladen zijn. Als die leeg is, gaat de telefoon uit en dan zou dat bekend zijn bij de provider. Dus zo nu en dan moet hij hem aansluiten op stroom.'

'Dus misschien doet hij boodschappen en heeft hij hem thuis laten liggen.'

Reacher keek uit het raam en reageerde niet.

'Wat is er?' zei Chang.

'Niets.' Maar in gedachten zag hij een triest tafereel van een telefoon die op de grond lag, levendig in het rond huppelend, als een trouwe spaniël die met zijn voorpoot probeert zijn dode baas in beweging te krijgen, probeert zijn aandacht te trekken, en er niets van begrijpt. Ergens buiten in het veld misschien, of in een chique woonkamer. Een hartaanval, of een beroerte, of wat het dan ook maar mocht zijn waaraan mannen met een spaniël doodgingen. Maar praktisch als Reacher was, zei hij alleen maar: 'Hang maar op en probeer de centrale van de bibliotheek aan de lijn te krijgen.'

Chang verbrak de verbinding en het werd stil in de motelkamer. Ze startte haar computer op en ging naar een webpagina van de bibliotheek van Chicago. Het filiaal in Lincoln Park had een eigen informatienummer. Een kengetal 773, en dan nog zeven cijfers, niet zo heel erg verschillend van het nummer van de vrijwilligerskamer, waarop ze eerder de hand hadden weten te leggen. Ze koos het nummer en kreeg een menu voorgeschoteld. Engels of Spaans. Toets een één voor dit, een twee voor dat. Toets een negen als u met iemand wilt spreken.

Ze toetste een negen. Er klonk een beltoon en toen kwam een vrouwenstem aan de lijn, die vroeg: 'Waarmee kan ik u van dienst zijn?'

Chang stelde zich voor op dezelfde manier waarop ze zich aan Westwood had voorgesteld toen ze hem de eerste keer had gebeld. Ze zei haar naam, vertelde dat ze privédetective was en werkte vanuit Seattle, maar dat ze daarvoor bij de FBI had gewerkt. Dat laatste leek te helpen. De vrouw in Chicago leek onder de indruk.

Chang zei: 'Ik heb begrepen dat u wordt ondersteund door een team van vrijwilligers.'

'Dat klopt,' zei de vrouw.

'Hebt u ook een vrijwilliger die McCann heet?'

'Die hadden we.'

'Maar nu niet meer?'

'We hebben hem al een week of drie, vier niet meer gezien.'

'Is hij gestopt?'

'Niet als zodanig. Maar vrijwilligers komen en gaan.'

'Wat kunt u mij over hem vertellen?'

'Wat wilt u weten? Is er iets met hem?'

'Hij was een cliënt van mijn firma. Maar het contact is verloren gegaan. We proberen nu opnieuw contact met hem op te nemen. Om te vragen of hij onze hulp nog steeds nodig heeft.'

'Het is een oudere man, heel stil, erg op zichzelf. Maar hij werkt goed. Wij zouden ook graag weer met hem in contact komen.'

'Waren er ook dingen die hem heel erg interesseerden, of waar hij mee zat?'

'Dat weet ik niet zo. Hij was geen echte prater.'

'Woont hij in de buurt? Hebt u zijn adres?'

Doodse stilte in Chicago. Toen zei de vrouw: 'Het spijt me, maar dat soort informatie mag ik niet geven. We moeten de privacy van onze vrijwilligers respecteren.'

'Hebt u een telefoonnummer van hem? Thuis? Misschien kunt u hem bellen en vragen of hij ons wil bellen?'

Stilte in Chicago. Alleen kleine plastic klikjes. Waarschijnlijk een database. Een lange lijst op een computer. Eindeloos bladeren vereist. De M van McCann precies halverwege.

Toen kwam de vrouw weer aan de lijn en zei: 'Nee, het spijt me, we hebben geen telefoonnummer van hem.'

Ze zochten in de geheime databases die Chang er als privédetective op nahield, naar mannen in Chicago die McCann heetten, in de hoop dat hij op de een of andere manier zou opvallen, maar het leverde honderden willekeurige hits op. Dat kon je verwachten, dacht Reacher, etnische namen en historische migratiepatronen in aanmerking genomen. Misschien was de McCann die ze zochten een van al die hits, maar er was geen enkele manier om daarachter te komen. Het was zoeken naar een speld in een hooiberg.

Daarna keken ze bij de luchtvaartmaatschappijen. Keuze genoeg. Van LAX naar ORD was een belangrijke route. Er vlogen meerdere toestellen, de hele middag. Dat was logisch. Op die manier konden mensen thuis zijn voordat het tijd werd om naar bed te gaan, twee tijdzones verder naar het oosten. Iedereen die later vloog, kon rode, branderige ogen tegemoetzien.

De grote maatschappijen hanteerden allemaal dezelfde prijzen, tot op de cent nauwkeurig, dus reserveerde Chang telefonisch bij American, omdat ze een gold card van American had. Ze werd geholpen door iemand die speciaal was aangesteld om mensen met een gold card te woord te staan. Betrouwbaarder in geval van nood, zei ze, en betere stoelen.

Reacher stopte zijn tandenborstel in zijn zak. Zij pakte haar koffer in, haar borstel, haar laptop, de oplader van de laptop en de oplader van haar telefoon.

Ze ritste de koffer dicht en vroeg: ‘Oké?’

Reacher knikte en zei: ‘Op naar een taxi.’

30

Ze liepen de deur uit en knipperden tegen het felle zonlicht. Bij de receptie gaven ze de sleutel af. De receptionist leek verrast door hun snelle vertrek en maakte zich in eerste instantie zorgen dat er iets niet in orde was met de kamer. Toen ze hem vertelden dat de kamer prima was, leek hij te vermoeden dat ze de kamer hadden gebruikt voor een snelle wip en raakte hij weer helemaal van slag. Reacher vertelde hem dat de plannen plotseling waren gewijzigd, meer niet, gewoon zaken als altijd, maar hij snapte wel waarom de receptionist zo reageerde. Hun haar was nog nat van het douchen, en ze straalden nog steeds een gloed uit, pulserend, als radioactieve straling.

Aan de overkant van de straat stond een taxi langs de stoeprand. Reacher floot en wuifde weer, en dit keer werkte het wel. De taxi keerde en stopte met de portierkruk precies ter hoogte van Reachers heup. De chauffeur liet de kofferbak openspringen en stapte uit om Chang te helpen met haar koffer. Het was een grote kerel die een shirt met korte mouwen droeg. Op zijn armen lagen spieren als kabels, zijn neus stond scheef omdat hij ooit gebroken was geweest, en zijn wenkbrauwen waren doorschoten met littekenweefsel. Een bokser in zijn jonge jaren, dacht Reacher, of iemand die bijzonder veel pech had gehad. De man tilde de koffer op alsof hij niets woog en zette hem in de kofferbak. Chang schoof over het vinyl van de achterbank tot achter de chauffeur en Reacher ging naast haar zitten. De chauffeur kroop weer achter het stuur en keek Reacher aan in de achteruitkijkspiegel.

'LAX,' zei Reacher. 'American, binnenland.'

De taxi vertrok, langzaam en kalm in het zonlicht, meanderde links en rechts door de straten naar de Santa Monica Boulevard, waar hij de rijbaan in zuidelijke richting koos, naar de 405.

Dit keer wachtte de man met de spijkerbroek en het haar niet tot er weer werd gebeld. Hij wilde het nieuws vóór zijn, dus belde hij zelf zijn contactpersoon. Hij vroeg: 'Is het al gebeurd?'

Zijn contactpersoon zei: 'Maak je geen zorgen. Het komt voor elkaar.'

'Dus het is nog niet gebeurd?'

'Nog niet.'

'Maar Hackett was daar gewoon.'

'Laat maar aan ons over waarin wij goed zijn, oké? Twee doden in een motelkamer in West-Hollywood zou een ramp zijn geweest. Dan wordt alles uit de kast gehaald. Binnen de minuut zouden er tien patrouillewagens hebben gestaan. Ze zouden er vier rechercheurs op gezet hebben. Ze zouden er aandacht aan hebben besteed in het avondnieuws. Hackett kan zich zoveel publiciteit niet veroorloven. Te veel risico. Hij moet in de toekomst zijn werk ook nog kunnen doen.'

'Wanneer dan wel?'

'Vertrouw me maar. Ze stappen niet in het vliegtuig.'

Het was druk op de 405, zoals altijd, maar er zat beweging in. Drie rijbanen, zelfde snelheid, een en al felle kleuren en glanzende lak en wax en chroom, en de schitterende zon, en de geelbruine heuvels op de achtergrond. Het was een genoeglijke rit. Chang had haar raampje helemaal opengedraaid en er stond een warm briesje. Het waaide door haar haar. Haar T-shirt was vochtig op de schouders, waar haar haar had gelegen. De chauffeur reed behendig en precies. Geen woeste manoeuvres. Hij bleef op de rechterrijbaan en paste zich aan de stroom auto's aan, niet onverstandig op de freeways van Los Angeles. Je kwam aan op je bestemming als je aankwam en niet eerder.

Reacher zat ontspannen tegen de rugleuning, nog steeds zeer tevreden, nog steeds van rubber, Chang wekte naast hem dezelfde indruk. Ze zei: 'Een vrijwilliger in de bibliotheek woont daar vast in de buurt, toch? Het is iets op kleine schaal. Niet dat we heel Chicago hoeven af te zoeken.'

Reacher zei: 'Je zou moeten nakijken wat Westwood vier maanden geleden heeft geschreven. We moeten uitzoeken waar McCann zich druk over maakte. Voordat we met hem praten moeten we eerst weten wat hem ertoe heeft aangezet de telefoon te pakken.'

Chang pakte haar telefoon en gebruikte haar duimen om naar de website van de *L.A. Times* te gaan. Het netwerk reageerde trager dan wifi, maar na verloop van tijd stond de startpagina op haar schermpje. Ze vroeg: 'Precies vier maanden? Of gaan we ervan uit dat hij een eerder artikel heeft gelezen?'

'Dat is een goed punt,' zei Reacher. 'Als McCann een internetman is, kan hij van alles hebben gevonden. Maar het heeft geen zin om alles op te vragen wat Westwood ooit heeft geschreven. Probeer eens een periode van drie maanden. Vier, vijf en zes maanden geleden.'

Chang typte *Westwood* in het zoekvak van de site, met als resultaat van alles wat te maken had met de wijk in Los Angeles met die naam. Dus veranderde ze de zoekterm en typte ze *Ashley Westwood* tussen aanhalingstekens. Dat werkte beter. Het eerste wat op het scherm verscheen, was een balk langs de rechterkant, met een foto en een beknopte biografie van de man. De foto leek een paar jaar oud, genomen op een dag dat hij goed in zijn vel zat.

Westwood zag er jonger uit en zijn haar en baard waren iets verzorgder en minder grijs. De biografie maakte duidelijk dat hij was afgestudeerd in de moleculaire biologie en in journalistiek. In een balk langs de linkerzijkant stond een lange lijst met artikelen. Bij elk artikel de kop en een resumé. Bovenaan stond een lokkertje voor zijn stuk over de geschiedenis van de tarwe, dat aanstaande zondag gepubliceerd zou worden. Daaronder het artikel over hersenletsel dat ze al hadden gezien in Keevers logeerkamer in Oklahoma City.

Chang veegde over het scherm en de lijst schoof omhoog. Ze stopte bij het achtste artikel, dat was van vier maanden geleden. Westwood schreef zo om de twee weken een nieuw artikel, stuk voor stuk vrij lang en zo op het oog na gedegen onderzoek. Wat vergeleken met het beroep van mijnwerker of arts op een spoedpoli gemakkelijk moest zijn, maar op zich toch ook weer niet zo heel eenvoudig, dacht Reacher. Hij had nog nooit iets geschreven dat langer was dan een actierapport. Dat was in het algemeen veel beknopter, er ging niet per se diepgravend onderzoek aan vooraf en de scheidslijn tussen feiten en fictie was meestal niet erg duidelijk.

Het eerste artikel van vier maanden geleden was een stuk over biologische landbouw. Fruit, groenten en basisvoedsel. De kop was provocerend en het resumé suggereerde dat grote agrarische ondernemingen de definitie van biologische landbouw corrumpeerden om de beste prijzen te kunnen vragen zonder het zware werk te doen. Twee weken daarvoor had Westwood over woestijnratten geschreven. Woestijnratten uit de oudheid, om precies te zijn, volgens de kop. Blijkbaar had nieuw onderzoek uitgewezen dat de pest in het middeleeuwse Europa niet was overgedragen door vlooien op ratten, zoals lang was gedacht, maar door vlooien op de grote woestijnrat uit Azië.

Het verkeer stokte, in ieder geval op de rechterrijbaan. Het verkeer in de middelste rijbaan en de linkerrijbaan reed hun voorbij, maar de chauffeur veranderde niet van rijbaan.

Chang bladerde verder door de lijst. Na de woestijnratten kwam een vijf maanden oud artikel over klimaatverandering. De kop kondigde een stijgende zeespiegel aan en het resumé maakte duidelijk dat fractalwiskunde had aangetoond dat voor een zeewering langs de oostkust meer beton nodig zou zijn dan de mensheid tot nu in zijn hele geschiedenis had verbruikt.

Chang zei: 'Iedereen schrijft over klimaatverandering. Dat kan voor McCann geen reden zijn geweest om zich specifiek tot Westwood te richten, toch?'

'Mee eens,' zei Reacher.

Daarna kwam iets wat *deep web* werd genoemd. Het had te maken met zoekmachines en internet. Blijkbaar was het gemakkelijker om te navigeren door het *surface web*. Daarna een stuk over bijen. Kennelijk stierven ze over de hele wereld uit. Zonder bijen was geen bevruchting van gewassen mogelijk en zou iedereen verhongeren. Dat zou heel veel meer slachtoffers eisen dan tweehonderd. Reacher kon op datzelfde moment ongeveer tweehonderd mensen zien als hij uit het raam keek, omdat het verkeer nog langzamer ging rijden. Hun taxi reed nog steeds op de rechterrijbaan. Het verkeer op de middelste rijbaan en de linkerrijbaan reed nog steeds iets harder. Een zwarte Lincoln Town Car haalde hen aan Changs kant in en bleef naast hen rijden. Ervoor ontstond een gaatje. Het raam achterin schoof omlaag en Reacher ving even een glimp op van de man die achterin zat en zijn hoofd in hun richting keerde. Eén bizarre fractie van een seconde lang leek het of de man iets tegen hen wilde zeggen. Maar toen gebeurde het onvermijdelijke. De Town Car reed op de middelste rijbaan, maar met de snelheid van de rechterrijbaan. Achter de Town Car remde een kleine rode tweedeurs auto niet af, onoplettend, en hij tikte tegen de achterbumper van de Town Car. Het verschil in snelheid was gering, niet meer dan tien kilometer per uur, maar desondanks schoot de Town Car met een schok vooruit en sloeg het hoofd van de passagier op de achterbank tegen de rugleuning, om vervolgens naar voren te worden gekatapulteerd, alle wetten van Newton in actie: traagheid, actie en reactie. De heftigheid waarmee het allemaal plaatsvond, verbaasde Reacher. Misschien was een whiplash toch iets wat echt bestond. De Town Car vulde het gat dat ervoor was ontstaan en de kleine rode tweedeurs reed erachteraan, geen van beide remde af, kennelijk had geen van beide schade opgelopen. Kennelijk werkten bumpers die aan de voorschriften voldeden zoals het hoorde.

Niemand maakte zich druk, geen toeterende claxons, geen gebalde vuisten, geen middelvingers. De normale gang van zaken, dacht Reacher, in het verkeer in Los Angeles.

Het verkeer op de rechterrijbaan ging nog langzamer rijden. In een paar seconden tijd waren de Town Car en de kleine rode tweedeurs ver voor hen uit het zicht verdwenen. Op de linkerrijbaan werd nog harder gereden. Reacher boog zich naar voren en vroeg: 'Waarom neem je geen andere rijbaan?'

De chauffeur wierp een blik in de achteruitkijkspiegel en zei: 'Zo meteen staat alles vast.'

'Maar waarom blijf je daarop wachten dan?'

'Het is het verhaal van de haas en de schildpad, vriend.'

Chang legde haar hand op Reachers arm en trok hem achteruit. Ze zei: 'Laat hem maar doen waar hij goed in is. Jij was gezakt voor je rijexamen, weet je nog?'

Ze ging weer aan de slag met haar telefoon. Het laatste artikel in de periode van drie maanden die ze hadden gekozen, was een stuk over een strook van de oceaan langs de westkust, van Californië tot Oregon, die door de grote witte haai werd gebruikt voor seizoensmigratie. Niet echt een onderwerp voor het grote publiek, ware het niet dat een Fransman van plan was om er dwars doorheen te zwemmen bij zijn oversteek van de Stille Oceaan vanaf Japan. Hij zou 's nachts slapen op een volgboot en iedere ochtend weer het water in gaan om acht uur te zwemmen. Blijkbaar vormden de haaien een ondergeschikt probleem. Eerst moest hij de Pacific Gyre oversteken, een gigantische draaikolk met een doorsnee van vijftienhonderd kilometer, vol gedumpt plastic en giftig slijk en allerlei andere smerigheid.

'De Fransen zijn gek,' zei Chang.

'Mijn moeder was een Française,' zei Reacher.

'Was zij gek?'

'Behoorlijk.'

Het verkeer ging nog langzamer rijden, verhoudingsgewijs. Het verkeer op de linkerrijbaan reed inmiddels met de snelheid van het verkeer op de middelste rijbaan, en het verkeer op de middelste rijbaan zakte terug tot de voormalige snelheid van het verkeer op de rechterrijbaan. Het verkeer in de rechterrijbaan kwam bijna tot stilstand. Nog steeds hield de chauffeur de rechterrijbaan aan. Hij kroop vooruit, stilstaand en weer optrekkend, bijna stapvoets.

Toen ontdekten ze waarom.

Even voorbij Culver City, net voor Inglewood, en in de buurt van LAX, verliet de chauffeur plotseling de freeway via een ongemarkeerde afrit naar een of ander verlaten onderhoudsdepot. De taxi knarste over met rommel bedekt asfalt, helemaal alleen, tussen roestige ijzeren loodsen door, sloeg af en hobbelde over gehavend beton een doodlopende weg in met aan het eind een vervallen pakhuis met een deur die kapot was en openhing.

De chauffeur reed rechtstreeks het donker in.

31

Het dak van het pakhuis rustte op verroeste ijzeren balken en het kleine beetje licht dat er was, kwam van honderden felle speldenprikjes zonlicht door kleine gaatjes waarmee de gevelbeplating als kantwerk was doorzeefd. Het pakhuis was groot, bijna honderd meter diep, maar voor het grootste deel leeg, afgezien van een paar onduidelijke hopen achtergelaten gereedschap en metaalafval. De vloer was van beton, op sommige plaatsen glad afgesleten, op andere plaatsen vol olievlekken, en overal bezaaid met roestige stukken ijzer en duivenveren. Het knarsen van de banden en het motorgeluid en het kloppen van de uitlaat kwamen luid naar binnen door het geopende raam bij Chang.

Er waren geen mensen, voor zover Reacher kon overzien, iets wat hij onbewust registreerde. Een enkele klap tegen de slaap van de chauffeur zou het probleem in één keer oplossen. Een rechtshandige muilpeer, iets omlaag gericht. Onverwacht. Zonder waarschuwing. De man zijn eigen fijne whiplash bezorgen. Eerst wraak nemen. Reacher balde zijn hand tot een vuist.

Maar ontspande meteen weer. De chauffeur reed door, langzaam maar zelfverzekerd, alsof hij precies wist wat hij deed, alsof hij daar al veel vaker was geweest. Hij zei: ‘De haas en de schildpad, vriend.

Ik heb net twintig minuten teruggewonnen.'

Aan het andere einde van het pakhuis was een tweede deur die kapot was en openhing. De chauffeur reed erdoor naar buiten, het heldere licht in, over nog meer gebarsten beton, tussen nog meer vervallen loodsen door, en door een scheefgezakt hek de noordelijke rondweg om LAX op, net buiten het hoge hek dat de luchthaven omsloot. Recht voor hen zag Reacher de verkeerstoren, en startbanen en taxibanen en geparkeerde vliegtuigen waar kleine vrachtwagentjes omheen zwermden, druk en argeloos, onder een hoge lucht en in de brandende zon.

De chauffeur zei: 'Officieel waren we in overtreding, maar ik heb daar gewerkt toen de zaak nog in bedrijf was, dus ik vind dat ik het recht heb om daar te rijden. Het bespaart ons de reguliere toerit tot de luchthaven vanaf de freeway. Daar is het rond deze tijd van de dag een ware puinhoop. Altijd 's middags. Op de meter kost het me een paar dollar, maar die verdien ik dubbel en dwars terug, omdat ik eerder een nieuwe klant kan oppikken. Mijn eigen kleine geheim. Een klein beetje lokale kennis kan nooit kwaad.'

Hij sloeg rechts af een vrachtweg op en reed langs een tweede hoog hek tot ze zich tien seconden later weer in de eindeloze stroom Town Cars en taxi's en vrienden en familieleden voegden die allemaal op weg waren naar de terminals. Een minuut later bereikten ze American. De chauffeur remde af en stopte langs de kant van de weg. Nog een minuut later stond de koffer van Chang op het trottoir, rechtop, de greep uitgetrokken en gereed voor de verdere reis. De chauffeur werd betaald, kreeg een fooi en reed weg.

Chang haalde dunne, papieren instapkaarten uit een apparaat en ze gingen op weg naar de beveiliging. Maar daar kwamen ze niet aan. Een man versperde hun de weg. Hij was een jaar of veertig, blozend, stevig gebouwd en hij had kort, blond haar. Hij droeg een korte broek van zware katoen en een blauwe polo onder een blauwe bodywarmer. Het zag er allemaal officieel uit. Een soort uniform. Hij droeg een legitimatiebewijs aan een koord om zijn nek. Het koord was in de war geraakt en het legitimatiebewijs hing achterstevoren. Hij zei: 'Mevrouw, meneer, ik zag u net binnenkomen.'

'Is dat zo?' vroeg Reacher.

'U liep voorbij de balie om buiten uw bagage in te checken en haalde uw instapkaarten bij een apparaat voor vliegen zonder bagage.'

'O ja?'

'Meneer, u hebt geen bagage. U hebt niets ingecheckt. U hebt geen handbagage, zelfs geen handtasje.'

'Is dat een probleem?'

'Eerlijk gezegd wel. Het is opvallend. Het is een van de punten op onze lijst.'

'De lijst van wie?'

De man staarde hem even aan, toen begreep hij de vraag, keek omlaag, naar zijn legitimatiebewijs dat omgekeerd hing. Hij maakte een geluid achter in zijn keel, geïrriteerd of gefrustreerd, en draaide het legitimatiebewijs om. Reacher zag rechts een blozende miniatuurfoto en links de letters LAPD. Bovendien nog een paar regels tekst die zo klein en bleek waren afgedrukt dat ze onleesbaar waren.

'Terrorismebestrijding,' zei de man.

'Ik geef toe dat het statistisch gezien niet vaak voorkomt dat iemand geen bagage heeft. Daarvoor hoef je je ogen maar de kost te geven. Maar ik zie niet in waarom daaruit meteen negatieve conclusies getrokken moeten worden.'

'Ik maak de regels niet. Ik ben bang dat u met me mee moet komen. U beiden.'

'Waarnaartoe?' vroeg Chang.

'Om met mijn baas te praten.'

'Waar is die?'

'In het busje buiten.'

Reacher wierp een blik door de glazen schuifdeuren en zag een donkerblauw bestelbusje geparkeerd in een zone met een parkeerverbod, dertig meter verderop. Niet erg schoon. Niet erg glanzend.

'Surveillance,' zei de man. 'En met mijn baas bedoel ik mijn leidinggevende vandaag. Niet mijn echte baas. De man in het busje is verantwoordelijk. Zo eenvoudig is het. Het is puur een routinekwestie. Niets aan de hand.'

Reacher zei: 'Nee.'

'Meneer, dat is niet de juiste instelling. Het gaat om de nationale veiligheid.'

'Nee, dit is een luchthaven. Hier stappen mensen in vliegtuigen. En dat gaan wij ook doen. Met één koffer voor ons tweeën. Dus arresteer ons of doe een stap opzij.'

'Uw houding staat ook op de lijst.'

'Boven of onder de toestand zonder bagage?'

'Meneer, u maakt het niet gemakkelijker voor uzelf.'

'In welk opzicht?'

De man verstrakte. Een paar agenten van de LAPD in uniform kuierden dichterbij, allerhande wapenuitrusting rond uitpuilende heupen. De man liet zijn adem ontsnappen met hetzelfde merkwaardige geluid achter in zijn keel als eerder, ofwel geïrriteerd ofwel gefrustreerd, en zei: 'Oké, ik wens u een goede vlucht.'

Hij liep weg, schuin bij hen vandaan, zijn blik al in de verte gericht, op zoek naar nieuwe alarmerende situaties.

De man van Changs gold card had gezorgd voor een of andere goedkeuringsstatus op hun instapkaarten, waarmee ze in een speciale rij voor de beveiliging terechtkwamen en hun schoenen aan mochten houden. Reacher legde zijn kleingeld in een bak, stak zijn armen omhoog in de scanner en sloot zich aan de andere kant van de beveiliging weer bij Chang aan. Ze liepen naar de gate en kregen met nog meer vertoon van gold card-privileges toegang tot een ruime lounge er vlakbij. Ze wachtten geruime tijd in gemakkelijke stoelen die, daar waren ze het over eens, de eigentijdse variant waren van de oude mahoniehouten banken van het stationnetje in Mother's Rest, in die zin dat ze comfortabeler waren dan ze eruitzagen. En ze moesten ook wel comfortabel zijn, want hun vlucht was niet de eerstvolgende, wat Reacher deed besluiten dat een gold card ook zo zijn nadelen had.

Daarna stapten ze in en bewees de man van de gold card opnieuw zijn waarde, omdat ze stoelen hadden bij de nooduitgang, dus met meer beenruimte. Dat kon Reacher uiteraard waarderen, maar het stuitte hem ook tegen de borst. Hij begreep de achterliggende gedachte. In een noodgeval moesten mensen daarlangs naar de nooduitgang en dan over de vleugel. Dus waren er allerlei regels die dicteerden wat de minimaal vereiste ruimte was om mensen zonder problemen de nooduitgang te laten bereiken. Maar als er een objectief vastgestelde minimale ruimte was waarin mensen zich comfortabel moesten kunnen bewegen, waarom had dan niet iedere zitplaats in het vliegtuig diezelfde beenruimte? Dat was een regelgevingsraadsel dat hij niet kon doorgronden.

'Dit is aangenaam,' zei Chang.

'Dat is het zeker,' zei Reacher.

'Waarom mocht je die politieagent in de terminal niet?'

'Ik mocht hem wel. Ik mag iedereen. Ik ben een gelukkig en opgewekt kuddedier.'

'Nee, dat ben je helemaal niet.'

'Ik mocht hem wel,' zei Reacher nog een keer.

'Je reageerde nogal negatief op hem.'

'O ja?'

'Je zei nee tegen hem en vervolgens begon je hem te provoceren. Je daagde hem zo ongeveer uit om ons te arresteren.'

'Ik worstelde met een vraag.'

'En die was?'

'Ik bedoel, hij kwam echt over. Heel echt. We hebben het allebei wel meegemaakt. De een of andere nietsnut met een hoge functie maakt een lijst. Waarop die gebaseerd is, weet niemand. Misschien is negen van de tien keer iemand zonder bagage een schurk. Al zou ik eerder denken één op de miljoen keer. Waarschijnlijk denkt hij dat ook. Maar hij houdt zich aan de lijst. Want hij moet wel.'

'En wat was dan je vraag?'

'Heb jij de laatste tijd wel eens een legitimatiebewijs met foto gezien van de LAPD?'

'Niet dat ik me kan herinneren.'

'Ik ook niet.'

'Denk je dat die man nep was?'

'Ik wou dat ik het wist. Als hij echt was, vormde hij in ieder geval het bewijs dat het gedoe over hersenspoeling echt flauwekul is. Want anders zou hij wel blij zijn geweest dat ik zonder bagage wilde reizen. Meer ruimte in het ruim voor de apparaten en de operator.'

'Wat kan hij dan zijn geweest, als hij nep was?'

'Misschien was het een van de neven Moynahan.'

'In Los Angeles? Hoeveel van die lui zijn er? Dat geloof ik niet.'

'Waarom liep hij dan opeens weg?'

'Omdat je hem overtuigd had. Hij had geen gegronde reden. En waarschijnlijk moest hij die wel hebben. Die wetgeving zit waarschijnlijk zwakker in elkaar dan wij weten.'

'Nee, hij liep weg omdat die politieagenten in uniform dichterbij kwamen.'

'Dat waren zijn eigen collega's.'

'Maar stel nou eens dat ze dat niet waren. Stel dat hij een oplichter was die als taak had om ons in dat busje te krijgen. Maar hé, zo belangrijk is het nu ook weer niet. Hij is een professional die in de toekomst ook nog wil werken. Hij wist niet precies wat ik zou gaan doen. Misschien had ik herrie geschopt. Hij kon zich geen aandacht veroorloven. Dus haakte hij af, omdat er politieagenten in de buurt kwamen, die rondloerden op zoek naar opvallend afwijkend gedrag. Met andere woorden, de man dekte zich in en nam de benen.'

'Of het was een goede soldaat die jou een uur in een arrestantencel bespaarde en zichzelf een uur papierwerk door een keer diep adem te halen, tot tien te tellen en weg te lopen.'

Het vliegtuig draaide de startbaan op, gehuld in lawaaiige, kolkende bruine lucht en versnelde langzaam, bedachtzaam, alsof het zich ervan bewust was dat alle mysteries rond het vliegen al heel lang geleden in kaart waren gebracht, en het verhief zich kalm in de lucht, glansde in de zon, maakte een schuine bocht de nevel in, begon te klimmen op een spoor van roet, en zocht een donkere, gracieuze koers naar het noordoosten.

Tien minuten later werd de man met de gestreken spijkerbroek en het geföhnde haar dertig kilometer ten zuiden van Mother's Rest gebeld op zijn vaste lijn. Zijn contactpersoon zei: 'We zullen zorgen dat het goed komt.'

'Dat wat goed komt?'

'We hadden vreselijk veel pech.'

'Waar heb je het over?'

'Er was een probleem.'

'Zitten ze in het vliegtuig?'

Op dat moment werd de contactpersoon opnieuw spraakzaam. Niet omdat hij in een goed humeur was. Maar omdat hij werd geobsedeerd door een bitter en ongelooflijk gevoel van noodlottig toeval. Hij zei: 'Hackett had het prima georganiseerd. Ze boekten de vlucht telefonisch, dus had hij alle details. De timing was perfect. Tot op de seconde. Hij zag ze het motel verlaten met een taxi. Tegen die tijd zat hij achter in een Town Car met een handlanger achter het stuur. Ze zijn ze een tijdje gevolgd en zijn naast hen gaan rijden op de 405. Het was een makkie, zij had zelfs haar raam open. Op de linkerrijbaan reden ze veel harder, zodat ze zich uit de voeten zouden kunnen maken. Bovendien is een Town Car op weg naar LAX onzichtbaar, want die rijden er bij bosjes, dus hij legde letterlijk al aan, van twee meter afstand, toen ze van achteren werden aangereden door een Ferrari. Alsof ze je een doodschop geven, zei Hackett. Ze hebben ze daarna niet meer gezien. Op een freeway kun je niet even terugrijden.'

'Dus zitten ze in het vliegtuig?'

'Het was niet de eerste vlucht. Ze hebben een vlucht genomen met haar gold card. Hackett ligt voor op ze, een halfuur. Ik zei al, we zullen zorgen dat het goed komt.'

'In Chicago?'

'Zonder extra kosten. Het was niet onze Ferrari, maar het is wel onze reputatie.'

'Ze mogen niet met McCann praten.'

'Begrepen. Precies zoals wij erover denken.'

De vlucht duurde lang. Het was wel niet van de ene kust naar de andere, maar in wezen staken ze het continent over. Grotendeels, zo niet helemaal. Chang had haar stoel drie centimeter achterovergezet en haar benen gestrekt, de voeten met veterschoenen onder de stoel voor zich. Ze dacht na, zoals hij haar eerder had zien nadenken toen ze aan het stuur van de kleine groene Ford had gezeten op de lange, verlaten weg naar Oklahoma City. Soms flauw glimlachend, dan weer een grimas trekkend, al naargelang ze in beslag werd genomen door positieve of negatieve gedachten, of sterke of zwakke punten, of een goede afloop of een slechte. Nu ze niet op de weg hoefde te letten, deden haar ogen ook mee. Ze kneep ze tot spleetjes, ze tuurde tussen haar oogleden door, sperde ze open en stelde nu eens dichtbij, dan weer veraf scherp.

Reacher probeerde niet te denken. Hij was op jacht naar een vluchtige herinnering, ergens in de schemertoestand tussen bewust en onbewust. Hij probeerde ervan weg te kijken, er niet aan te denken, het met rust te laten.

Hij zei: 'De bibliotheek is dicht als wij aankomen.'

'We gaan er morgenvroeg meteen naar toe,' zei ze. 'We slapen vannacht in een hotel.'

'We zouden een goed hotel moeten zoeken. Het beste hotel in de hele stad en dan de rekening naar de krant sturen. Een grote suite. Met roomservice. Dat zullen ze met liefde betalen, want er gaat iets bijzonders gebeuren. Ik voel het.'

'Wat dan?'

'Dat weet ik niet. Er is iets wat ik me niet kan herinneren, maar ik weet dat het belangrijk is.'

'Hoe weet je dat als je het je niet kunt herinneren?'

'Gewoon, een gevoel.'

'Want het beste hotel van de hele stad komt in eerste instantie op rekening van mijn creditcard. Dat is een financieel risico.'

'Ze betalen het graag,' zei Reacher.

'Four Seasons of Peninsula?'

'Maakt niet uit, een van die twee.'

'Ik zal bellen vanaf O'Hare en dan nemen we de goedkoopste van de twee.'

Reacher zei niets.

Chang zei: 'Hoe belangrijk is dat wat je je niet kunt herinneren, maar waarvan je weet dat het belangrijk is?'

'Ik denk dat het dingen op zijn plaats zet. Dat het laat zien waar we tegenop boksen.'

'Wat?'

'Ik weet het niet. Het is net of ik twee dingen met elkaar probeer te rijmen. Twee dingen die hetzelfde zijn. Maar ik weet niet wat. Woorden, feiten, plaatsen.'

'Niet plaatsen. Los Angeles is in niets te vergelijken met Mother's Rest. Geen enkele overeenkomst.'

‘Oké.’

‘En Chicago ook niet. Al gaan sommige boeren daar misschien naartoe om er te doen wat boeren in Chicago doen. Is dat het?’

‘Nee.’

‘Je kunt maar beter opschieten. We zijn er bijna.’

Reacher knikte afwezig. *We zijn er bijna*. Hij nam het beeld van het uitstappen in gedachten door. Hij hield ervan om gebeurtenissen van tevoren door te denken, de mogelijkheden onder de loep te nemen. Zelfs zoiets eenvoudigs als het uitstappen uit een vliegtuig. Het was iets wat hij met zijn reptielenbrein deed, het deel van zijn hersenen dat slechts gericht was op gevaar en overleven. Ze zouden landen, het vliegtuig zou naar de terminal taxiën en daar parkeren. De lampjes voor de veiligheidsgordels zouden doven, mensen zouden opstaan en moeizaam spullen uit de vakken boven hun hoofd trekken en onder stoelen vandaan halen, ze zouden zich verzamelen in de benauwde ruimte van het gangpad en uiteindelijk allemaal naar de uitgang schuifelen, de deur uit, de slurf in. Daar zou de race in volle hevigheid losbarsten, door lange, brede gangen, langs zilverkleurig schitterende winkeltjes, langs stalletjes met gelamineerde tafeltjes waar je iets kon eten, waaraan eenzame reizigers zaten.

En toen kwam het bovendrijven.

Hij zei: ‘Geen woorden of feiten of plaatsen.’

‘Wat dan?’ vroeg ze.

‘Gezichten,’ zei hij. ‘Kun je je die Town Car herinneren op de 405?’

‘Het was een en al Town Cars op de 405.’

‘Er kwam er een naast ons rijden, maar vervolgens werd hij van achteren aangereden door een rode tweedeurs.’

‘O, die.’

‘Het raam ging open. Ik ving een glimp op van de man die achterin zat.’

‘Een glimp?’

‘Heel kort en maar gedeeltelijk.’

‘Maar?’

‘We hadden hem al eerder gezien.’

‘Waar?’

'In de diner in Inglewood. Die bruine tent. Vanochtend. Waar we voor het eerst met Westwood hebben zitten praten. Die man was daar ook. Hij zat met zijn ellebogen op tafel een krant te lezen.'

Nu zei Chang niets.

'Dezelfde kerel,' zei Reacher.

'Ze hebben mij geleerd om als een strafpleiter te denken.'

'En wat je nu ook gaat beweren, het ontwikkelde deel van mijn brein is het helemaal met je eens. Het was maar een glimp van een fractie van een seconde, met twee auto's die zestig kilometer per uur reden, en zelfs onder gunstige omstandigheden zijn ooggetuigen heel onbetrouwbaar.'

'Maar?'

'Mijn reptielenbrein zegt me dat het dezelfde kerel was.'

'Hoezo?'

'Het alarmgekrijs is oorverdovend.'

'Hoor jij alarmgekrijs?'

'Ik spits mijn oren ervoor. We zijn zeven miljoen jaar lang wilde beesten geweest. Toen hebben we veel geleerd. We moeten oppassen dat we dat niet allemaal kwijtraken.'

'En wat krijst jouw alarm?'

'Voor een deel bereidt het zich voor op een gevecht. Het weet dat er rottigheid aan zit te komen.'

'En het andere deel?'

'Dat wikt en weegt en probeert de gevolgen in kaart te brengen. Wat in principe neerkomt op alles of niets. Want of ik vergis me volledig, of die kerel volgt ons al vanaf het begin. En in dat geval doet hij dat via jouw mobiele telefoon. En dan weet hij vrijwel alles wat wij ook weten. En dat betekent weer dat we het Four Seasons of het Peninsula beter met een munttelefoon kunnen bellen. Dan liggen we op hem voor. En we hebben een voorsprong nodig, want de man laat de zaak escaleren. Vanochtend bij het ontbijt beperkte hij zich tot observatie. Misschien probeerde hij ons af te luisteren. Liplezen. Nu probeert hij ons te vermoorden.'

'Door zijn raampje open te draaien?'

'Hij keek naar me. Heel even dacht ik dat hij iets tegen me wilde zeggen. Hij focuste zich min of meer op me. Alsof hij zich voorbereidde. Maar niet om me iets te vertellen. Hij focuste zich op zijn doelwit. Dat deed hij. De logica gebiedt te denken dat hij een shotgun had met een afgezaagde loop. Voor een snelle kill vanuit een rijdende auto, als een onderschepping van een raket met een luchtdoelraket. Twee schoten om zeker van je zaak te zijn. Daarna raakt iedereen in paniek en knallen er auto's op elkaar en gaat hij ervandoor in de linkerrijbaan. Even later is hij niet meer dan een van de vele Town Cars, zoals jij al zei.'

'Dat is een erg extreem scenario.'

'Het is alles of niets. Waarom kwam hij anders naast ons rijden? Hij heeft opdracht om ons uit te schakelen. Dan moet het iemand met veel talenten zijn. En dat betekent dat hij duur is. En dat geeft een idee van wat er in Mother's Rest gebeurt. Ze leveren iets. In ruil voor geld. Genoeg geld om een talentvolle zelfstandige in te huren om een geconstateerde bedreiging het hoofd te bieden.'

'Tenzij het is zoals jij zei: een glimp van een fractie van een seconde, met twee auto's die zestig kilometer per uur reden, en zelfs onder gunstige omstandigheden zijn ooggetuigen heel onbetrouwbaar.'

'Je moet er het beste van hopen, maar je voorbereiden op het ergste.'

'Dat levert ons nog geen opsporingsbevel op.'

'Opsporingsbevelen gaan over wat je kunt bewijzen. Niet over wat je weet.'

'En jij weet het?'

'Het heeft met instinct te maken. Daarom ben ik er nog altijd, na zeven miljoen jaar. Darwinisme in de praktijk.'

Ze vroeg: 'Wat hebben wij tussen het ontbijt en nu gedaan om die escalatie te veroorzaken?'

'Precies,' zei hij. 'We hebben onze pijlen op McCann gericht.'

'Die moet dan wel heel gevaarlijk voor ze zijn. En dus heel interessant voor ons.'

'En de bibliotheek is dicht tegen de tijd dat wij aankomen.'

'Als het dezelfde kerel was,' zei ze. 'Je kunt je nog steeds vergissen.'

'Maar als je slim wilt gokken, zet je je geld erop dat ik gelijk heb. Voor het geval dat.'

'De Gok van Pascal.'

'Baat het niet, dan schaadt het niet, maar het levert ons heel wat op als we gelijk krijgen.'

'Alleen zit hij nu achter ons. Hij zit nog steeds in Los Angeles.'

'Niet per se. Dit was niet de eerste vlucht naar Chicago.'

Chang zei niets. Ze pakte haar telefoon, hield een knop ingedrukt, waarmee ze de status van het toestel switchte van vliegtuigmodus naar helemaal uit.

Ze zetten de landing in vanuit het oosten na een lange, luie bocht over het meer en de stad. De zomerse schemering liep op haar einde, nog steeds bronskleurig en warm, maar allengs donkerder. De lichten op de landingsbaan brandden fel. Ze taxieden en parkeerden. Het lampje voor de veiligheidsgordels doofde. Mensen stonden op en trokken moeizaam spullen uit de vakken boven hun hoofd en onder stoelen vandaan, en verzamelden zich in de benauwde ruimte van het gangpad. Zo ook Reacher en Chang.

32

Na verloop van tijd schuifelden Chang en Reacher achter elkaar als krabben door het gangpad naar de uitgang, de slurf in naar de hal, waar minstens duizend mensen zaten en stonden te wachten, en haastig door elkaar krioelden in allerlei verschillende richtingen. Reacher had het beeld van de onbekende man op zijn netvlies liggen, als een foto op een poster in een politiebureau van iemand die gezocht of vermist werd, en hij liet zijn blik schuin over de menigte gaan, vanuit zijn ooghoeken, wegkijkend, zonder na te denken, erop vertrouwend dat zijn instinct de overeenkomst meteen zou oppikken, als die er was.

Die was er niet. De man zat nergens, stond nergens te wachten en haastte zich niet de een of andere kant op. Ze liepen samen door de hal, langs mensen die in de rij stonden voor toiletten, langs mensen die in de rij stonden voor koffie, langs kiosken, langs zilverkleurig schitterende winkeltjes, langs stalletjes met gelamineerde tafeltjes waar je iets kon eten, waaraan eenzame reizigers zaten. Reacher speurde of hij mannen kranten zag lezen, ellebogen op tafel, een ronding van een schouder die hem bekend voorkwam, maar hij zag niets. Geen man. Niet in de terminal.

Ze bereikten de grens tussen het deel van het gebouw dat gereserveerd was voor vliegtuigpassagiers en het deel dat vrij toegankelijk was voor bezoekers, en liepen via de ruimte waar de bagage kon worden afgehaald in de richting van de uitgang voor vervoer over de weg. Ze zagen een rij munttelefoons, verlaten en door iedereen genegeerd, maar ook een balie waar allerlei nuttige diensten werden aangeboden aan zojuist gearriveerde reizigers, bijvoorbeeld voor het direct boeken van hotelkamers. Een opgewekte jonge vrouw die een blazer droeg, adviseerde Peninsula en belde voor hen, reserveerde een suite en legde uit waar ze een taxi konden vinden.

Het was een warme avond, de lucht buiten was zwanger van vocht, uitlaatgassen en sigarettenrook. Ze wachtten vijf minuten en stapten in bij een vermoeide man in een vermoeide Crown Vic, die plankgas vertrok richting de stad. Reacher keek uit het raam tot ze de drukte bij de luchthaven achter zich hadden gelaten, maar hij zag geen bekende gezichten. Op de snelweg keek hij naar de auto's om hen heen, maar er was er geen bij die naast hen kwam rijden of hetzelfde tempo aanhield. Alle automobilisten reden domweg met z'n allen door het duister van de avond, in zichzelf gekeerd, zonder aandacht aan anderen te schenken, licht aan, in kleine privéwereldjes.

Chang zei: 'We moeten een wegwerptelefoon kopen.'

'En we moeten tegen Westwood zeggen dat hij er ook een moet kopen,' zei Reacher. 'Want ik neem aan dat onze man op die manier is begonnen. Hij hield Westwood in de gaten en wij zijn vanochtend naar hem toegekomen. We liepen zo in zijn val.'

'Dat bewijst dat ze zich zorgen maken over Westwood. En dat bewijst dat Westwood iets heeft geschreven wat heel belangrijk is.'

'Waarschijnlijk niet iets over haaien en een Fransman.'

'Of woestijnratten, of klimaatverandering.'

'Zie je? We perken de mogelijkheden al in.'

Ze reden de stad in, parallel aan het L-spoor, en de majestueuze stad doemde groot en hoog en meedogenloos voor hen op, tegen die tijd een panorama met ontelbare verlichte ramen tegen een inktzwarte achtergrond. Het Peninsula wachtte hen op met een suite die twee keer zo groot was als de bungalows van het leger waarin Reacher was opgegroeid, en oneindig veel luxueuzer. Het menu van de roomservice had de omvang van een telefoonboek en was in leer gebonden. Ze bestelden waar ze zin in hadden, ervan uitgaand dat de *L.A. Times* zou betalen. Ze namen alle tijd om op hun gemak te eten, ervan uitgaand dat ze de hele nacht nog voor zichzelf hadden. Geen reden om zich te haasten. Liever genieten van dat wat onder handbereik was. Liever genieten van de verwachting van dat wat ging komen. Met een aperitief, een voorgerecht, een dessert en koffie.

Ze werden de volgende ochtend vroeg wakker, ondanks het verschil in tijdzones, voor een deel omdat ze in beslag werden genomen door belangrijker zaken dan slapen, maar vooral omdat ze niet de moeite hadden genomen de avond ervoor de gordijnen te sluiten. De slaapkamer lag op het oosten en de opkomende zon had er vrij spel. Wat Reacher bezighield, was het feit dat zijn theorie opnieuw aan herziening toe was. De vierde keer was nog beter geweest dan de derde keer. Ongelooflijk maar waar. Een bitterzoete waarheid, want er moest een dag komen dat het gemiddeld zou zijn. Het moest een keer ophouden. Vroeg of laat. Het kon niet elke keer alleen maar beter worden.

Toch?

Je moest er het beste van hopen, maar je voorbereiden op het ergste.

Wat Chang bezighield, was Lincoln Park. Ze zei: 'Ik vraag me af hoe we daar moeten komen. Het is dichtbij. Ik weet niet zeker of het wel de moeite waard is om een auto te huren. Het zou wel eens lastig kunnen zijn om daar te parkeren. Taxi's worden een dure grap en zijn hier misschien moeilijk te krijgen. Al met al denk ik dat we vandaag gewoon een Town Car moeten bestellen, met chauffeur. Bij voorkeur zwart.'

'Via het hotel,' zei Reacher. 'Nog een extra afleidingsmanoeuvre om ze voor te blijven.'

'Voorrijden om negen uur. Dan zijn we tien minuten nadat hij opengaat bij de bibliotheek.'

En omdat het nog zo vroeg was, hadden ze dus genoeg tijd over voor een lang uitgesponnen ontbijt via roomservice, en eindeloos douchen, en allerlei andere dingen waar je het beste de tijd voor kunt nemen, 's morgens vroeg, zoals het testen van theorieën.

De Town Car was een traditionele sedan, zwart zoals besteld en glanzend gepoetst. De chauffeur was een klein mannetje in een grijs pak. Hij gaf aan dat het hem niet uitmaakte of hij moest deelnemen aan het verkeer of langs de stoep moest wachten. Geen probleem. Hij werd hoe dan ook betaald. Hij reed in tien minuten naar Lincoln Park. De bibliotheek straalde uit dat de nieuwe dag nog op gang moest komen toen ze naar binnen liepen. Er was wat onopvallende bedrijvigheid, dingen werden in gereedheid gebracht. Ze vroegen naar de vrouw die ze de vorige dag aan de lijn hadden gekregen toen ze het informatienummer hadden gebeld, en daarna een negen hadden getoetst. De ene na de andere vriendelijke medewerker hielp hen verder, alsof het een estafette was, tot ze bij een bureau kwamen waarop een bordje stond met INLICHTINGEN, in een kleine nis, afgezonderd van de rest van de bibliotheek. Er zat niemand aan het bureau. De stoel was keurig aangeschoven en de computer stond nog niet aan, vooralsnog in diepe rust. De vrouw van Inlichtingen was laat op haar werk.

Maar er was nog hoop. In de nis was een deur met een bordje VRIJWILLIGERSKAMER, en achter die deur klonken stemmen. De kamer van waaruit McCann vijftien keer naar Westwood had gebeld, tot diens geduld op was.

Reacher klopte aan. De stemmen vielen stil. Hij deed de deur open en zag een ruimte die was ingericht om even bij te komen: sober, rustgevende kleuren en gemakkelijke stoelen met een stoffen bekleding. Er zaten vijf mensen, twee mannen en drie vrouwen, van verschillende leeftijd, verschillende typen.

De telefoon stond op een laag tafeltje tussen twee van de stoelen.

'Neemt u mij niet kwalijk,' zei Reacher. 'Het spijt me dat ik u stoor. Ik zoek meneer McCann.'

Een oudere man zei: 'Die is er niet.' Hij zei het op een manier die Reacher deed vermoeden dat hij McCann kende. Misschien wel goed, om met zoveel gezag te kunnen reageren en zichzelf als woordvoerder op te werpen. Het was een magere, oude man met een volle kop wit, keurig geborsteld haar, die een lichtbruine no-iron bandplooibroek droeg waar zijn overhemd keurig bij ingestopt was. Een soort uniform voor een gepensioneerde. Maar dan wel iemand die een leidinggevende functie had gehad, met een heleboel spreadsheets en data, en die nog steeds het gevoel wilde hebben dat hij onmisbaar was.

Reacher vroeg hem: 'Wanneer hebt u meneer McCann voor het laatst gezien?'

'Drie, vier weken geleden.'

'Is dat gebruikelijk?'

'De ene keer is hij er wel, dan weer niet. Per slot van rekening is het vrijwilligerswerk. Ik heb begrepen dat hij ook veel andere interesses heeft.'

'Weet u waar hij woont?'

'Het spijt me, maar dit zijn nogal persoonlijke vragen en ik heb geen idee wie u bent,' zei de oude man.

'Een tijdje geleden heeft meneer McCann een detectivebureau ingehuurd om hem te helpen met een probleem. Wij zijn die privédetectives. We zijn gekomen om hem te helpen.'

'Dan moet u toch weten waar hij woont?'

'Meneer, zouden wij u even onder vier ogen kunnen spreken?' vroeg Reacher op vertrouwelijke toon.

Dat was een voltreffer, tenminste wat betreft het ego van de oude man. Men had onderkend dat hij van net iets hoger niveau was. Dat hij het soort man was dat je even apart nam om je verder te helpen. Hij zei tegen de andere vrijwilligers: 'Mogen wij de kamer even voor ons alleen? Het is toch tijd om aan de slag te gaan. Jullie hebben allemaal genoeg te doen.'

De jongere man en de drie vrouwen verlieten de kamer. Chang deed de deur achter hen dicht en zij en Reacher namen plaats op de stoelen waar zo-even de anderen gezeten hadden, in een driehoek met de oude man, die nog steeds op dezelfde plek zat.

Chang zei: 'De detective die zich met meneer McCann bezighield, wordt vermist. En het eerste wat we in zo'n geval moeten doen, is controleren of alles in orde is met de cliënt. Dat is een standaardprocedure. Maar we zullen hulp nodig hebben om hem te vinden.'

'Waar gaat het om?' vroeg de oude man.

'Dat weten we niet precies. Misschien kunt u ons daarbij ook helpen. We denken dat meneer McCann zich heel erg druk heeft gemaakt over iets. Misschien heeft hij er iets over losgelaten.'

'Ik weet dat hij niet gelukkig is.'

'Weet u ook hoe dat komt?'

'We trekken niet erg veel met elkaar op. We wisselen geen vertrouwelijkheden uit. We hebben een zakelijke relatie. We praten natuurlijk met elkaar over zaken die met de bibliotheek te maken hebben, vaak vrij uitgebreid, en we zijn het meestal met elkaar eens, maar ik kan me weinig persoonlijke gesprekken herinneren. Ik kreeg de indruk dat hij worstelt met gezinsproblemen. Maar meer kan ik u daar niet over vertellen. Ik geloof dat zijn vrouw al lang geleden overleden is, maar dat zijn zoon een probleemgeval is. Of een uitdaging, zoals ze dat tegenwoordig noemen.'

'Weet u waar McCann woont?' vroeg Reacher.

'Nee, dat heeft hij me nooit verteld.'

'Is dat niet ongebruikelijk? Gewoonlijk praten mensen toch over waar ze wonen? De winkels in de buurt, of hoe ver ze moeten lopen voor een kopje koffie?'

'Ik kreeg sterk de indruk dat hij zich schaamde voor waar hij woonde,' zei de oude man.

Ze lieten de oude man achter in de vrijwilligerskamer en troffen de vrouw van de inlichtingenbalie aan achter haar bureau. Ze was komen opdagen, net op tijd. Chang legde uit wie ze waren en liet haar een van de ongeldige FBI-kaartjes zien. Het gesprek verliep zonder meer aangenaam, maar toch wilde de vrouw hun het adres van McCann niet geven. Ze was onverzettelijk. Iemands recht op privacy verdedigde ze met hand en tand. Ze zei dat ze een verzoek konden indienen bij de directeur. Reacher vermoedde dat de directeur het recht op privacy eveneens met hand en tand zou verdedigen, misschien niet zozeer omwille van de privacy zelf als wel uit angst voor een mogelijk proces wegens het schenden van privacy, en dus net zo onverzettelijk zou zijn.

Hij zei: 'Oké, laat u dat adres dan maar zitten. Maar vertelt u me dan in ieder geval of hij een adres heeft.'

'Natuurlijk heeft hij een adres,' zei de vrouw.

'En u weet wat dat adres is?'

'Ja, dat weet ik, maar ik kan het u niet zeggen.'

'Is het in de buurt?'

'Ik kan u het adres niet geven.'

'Dat wil ik ook niet. Ik vind het adres niet belangrijk meer. Ik zou niet eens luisteren als u het mij zou vertellen. Ik wil alleen graag weten of het in de buurt is. Meer niet. Daarmee geeft u niets prijs. Want in elke buurt wonen duizenden mensen.'

'Ja, het is in de buurt.'

'Hoe dichtbij? Komt hij hier altijd lopend naartoe?'

'U vraagt me naar zijn adres.'

'Nee, nee. Ik wil zijn adres niet weten. Het zou u niet eens lukken om me het te vertellen. Ik zou mijn vingers in mijn oren stoppen en la-la-la zingen. Ik wil alleen graag weten of het lopend te doen is van hier. De vraag gaat over geografie, of fysiologie. Hoe oud schat u meneer McCann?'

'Hoe wat?'

'Hoe oud. Zijn leeftijd is iets anders dan zijn adres. Daar mag u best over praten. U mag best vertellen wat voor indruk u daarvan heeft.'

'Hij is zestig. Vorig jaar is hij zestig geworden.'

'Hoe is het met zijn conditie?'

'Slecht. Hij ziet er vreselijk uit.'

'Hoe bedoelt u?'

'Hij is te mager. Hij zorgt niet goed voor zichzelf. Het kan hem niks schelen.'

'Gebrek aan energie?'

'Ja, dat zou ik wel denken. Hij is voortdurend neerslachtig.'

'Dan heeft hij vast geen zin om ver te lopen, toch? Laten we zeggen op zijn hoogst drie huizenblokken. Zou dat een goede inschatting kunnen zijn?'

'Dat kan ik u niet zeggen.'

'Een straal van drie huizenblokken betekent zesendertig huizenblokken. Dat is groter dan Milwaukee. Hier geeft u echt helemaal niets mee prijs, hoor.'

'Oké, ja, hij komt hier lopend naartoe en ja, het is maar een klein eindje. Maar nu is het afgelopen. Verder kan ik u niets vertellen.'

'Wat is zijn voornaam? Kunt u dat wel zeggen?'

'Peter. Hij heet Peter McCann.'

'En zijn vrouw? Hoelang is hij al weduwnaar?'

'Ik geloof al heel lang.'

'Hoe heet zijn zoon?'

'Ik geloof Michael. Michael McCann.'

'Heeft Michael problemen?'

'Daar hebben we niet over gepraat.'

'Maar u heeft vast wel eens een keer iets gemerkt of opgevangen.'

'Dan zou ik vertrouwelijke informatie prijsgeven.'

'Niet als hij u dat niet zelf heeft verteld. U vertelt alleen wat u zelf hebt bedacht, meer niet. Dat is een groot verschil.'

'Ik geloof dat de zoon van meneer McCann gedragsproblemen heeft. Ik weet niet precies wat. Niet iets om trots op te zijn, denk ik.'

Reacher trok zijn gezicht in een welwillende plooi en probeerde het nog een laatste keer, maar ze wilde nog steeds McCanns adres niet geven. Dus namen ze afscheid van de vrouw en gingen op zoek in de telefoonboeken van Chicago. Er bleken zoveel mensen te zijn die P. McCann en M. McCann heetten, dat ze op deze manier geen stap verder kwamen. Ze liepen de bibliotheek uit, gewapend met niet meer dan wat indrukken en giswerk.

33

Vanaf de ingang van de bibliotheek gingen ze naar links en ze troffen de drogist precies op de plek waar die zou moeten zijn, pal naast de bibliotheek. Een smalle winkelpui met een zonnescherm, een deur en een kleine etalage, die vol lag met niet al te verleidelijke artikelen, zoals elastisch verbandmateriaal en warmtekussens, en een wc-bril voor mensen met een mobiliteitsprobleem. Het inrichten van de etalage van een drogist was een uitdaging voor mensen die zich met marketing bezighielden, vond Reacher. Je kon je moeilijk een etalage voorstellen die de klanten enthousiast naar binnen zou doen stormen. Niettemin zag hij één artikel dat hem boeide. Een wegwerptelefoon die in een plastic verpakking aan een pin hing. De telefoon zag er ouderwets uit. De plastic verpakking was stoffig. Voor een bodemprijs.

Ze gingen naar binnen en zagen daar nog zes identieke telefoons aan pinnen op een bord dat voor het overige vol hing met telefoonhoezen en opladers van twee dollar per stuk, autoladers en allerlei soorten kabels, de meeste wit. De telefoons kostten op een cent na dertien dollar. Je kreeg er een beltegoed bij van honderd minuten.

Reacher zei: 'We zouden er een moeten kopen.'

'Ik had iets moderners in gedachten,' zei Chang.

'Hoe modern moet hij zijn? Zolang hij het maar doet.'

'Deze heeft geen internet.'

'Dat zeg je tegen de verkeerde. Wat mij betreft is dat maar gewoon één functie. En het heeft ook iets met karma te maken. Als we er een kopen, hebben we dezelfde telefoon als McCann. Misschien brengt dat geluk.'

'Het is de vraag of het hem geluk heeft gebracht,' zei Chang, maar ze maakte toch een telefoon los van het bord en nam hem mee naar de toonbank, waar een oude dame bij de kassa stond te wachten. Ze had haar staalgrijze haar in een knot opgebonden en ging gekleed met een stijve formaliteit die van het platteland uit de vorige eeuw stamde. Helemaal achter in de winkel was een oude man bezig met recepten. Even oud, zelfde stijl. Een witte laboratoriumjas over een pak met stropdas. Zelfde soort haar, afgezien van de knot. Met zijn tweeën het familiebedrijf. Verder geen personeel. Lage overheadkosten.

'Hebben deze telefoons voicemail?' vroeg Reacher aan de vrouw.

Ze herhaalde de vraag, veel luider, niet tot hem gericht, besefte hij, maar tot haar man, die 'Nee' terugriep.

'Nee,' zei de vrouw.

'Een vriend van ons heeft er hier een gekocht. Peter McCann,' zei Reacher. 'Kent u hem?'

'Nee,' riep de oude man achter in de zaak.

'Nee,' zei de vrouw.

'Kent u zijn zoon Michael?'

'Kennen wij zijn zoon Michael?'

'Nee.'

'Nee.'

'Oké,' zei Reacher. Hij zocht een briefje van tien en een van vijf in zijn broekzak en betaalde voor de telefoon. Hij kreeg zijn wisselgeld in munten, foutloos berekend en behendig op zijn hand uitgeteld. Op de stoep voor de winkel bleven ze staan en leverden ze een gevecht met de plastic verpakking. Het viel niet mee om de telefoon uit te pakken. Uiteindelijk zette Reacher alle scrupules overboord en scheurde hij de verpakking doormidden. Hij stopte de oplader in zijn zak en gaf de telefoon aan Chang. Ze bekeek hem van alle kanten, zocht uit hoe hij werkte en zette hem aan. Op het scherm verscheen een welkomstlogo, klein, onscherp, in zwart-wit. Het eigen nummer werd weergegeven. Kengetal 501, en dan nog zeven cijfers. Er werd een pictogram weergegeven voor de batterijlading, dat aangaf dat er ongeveer vijftig procent capaciteit resteerde. Opgeladen in de fabriek, maar niet voor honderd procent. Het pictogram zag eruit als een penlight op zijn kant, voor de helft wit, dat was vol, de andere helft zwart, dat was leeg. Reacher zei: 'Probeer McCann nog eens. Misschien neemt hij nu op. Misschien herkent zijn telefoon dat er gebeld wordt door een verwante geest.'

De telefoon had geen handsfree-functie. Niet voor dertien dollar. Chang belde. Ze stonden met de wangen tegen elkaar te luisteren, haar rechteroor, zijn linkeroor, en ze hoorden de telefoon van McCann overgaan. Rinkelen. Eindeloos rinkelen. Net als eerder. Er werd niet opgenomen en niet doorgeschakeld naar voicemail.

Als een trouwe spaniël die er niets van begreep.

Chang brak de oproep af.

'En wat nu? Gaan we een gebied doorzoeken dat groter is dan Milwaukee?' vroeg ze.

'Ik overdreef een beetje. Milwaukee is groter dan zesendertig huizenblokken. Het is best een leuke stad.'

Toen bleef hij stilstaan.

'Wat is er?' vroeg ze.

'Niets.'

Hij had op het punt gestaan om te zeggen: *daar zouden we eens naartoe moeten gaan.*

Ze zei: 'Oké, dan moeten we een gebied doorzoeken dat kleiner is dan Milwaukee, maar niet zo heel veel.'

'Misschien is een paar straten al genoeg. Als we onszelf op het juiste spoor zetten. McCann is iemand die er belabberd uitziet, omdat hij niet goed voor zichzelf zorgt. Waarschijnlijk eet hij niet gezond, misschien slaapt hij slecht. Waarschijnlijk gaat hij niet naar een dokter, dus haalt hij geen medicijnen op recept. En hij verslijt zijn zolen zeker niet met het eindeloos vergelijken van vitaminepillen. Apotheken, drogisterijen en drugstores verschijnen niet op zijn radar. Er is er niet één waar hij het liefste komt. Ze laten hem allemaal koud. En dus had hij geen speciale reden om zijn telefoon in deze drugstore te kopen. Waarom heeft hij dat dan gedaan? Omdat hij er twee keer per dag langskomt, van en naar de bibliotheek. Hoe zou het hem anders zijn opgevallen? Er hing maar één telefoon in de etalage en die zat onder het stof. Dus volgens mij mogen we de conclusie trekken dat hij die kant opgaat naar huis. De bibliotheek uit, naar links, voorbij de drugstore en verder.'

'Waarnaartoe?'

'Ik vind dit een heel aardige buurt. Allemaal keurige huizen. Maar die oude man had de indruk dat McCann zich schaamde voor waar hij woonde. Wat moet je je daarbij voorstellen? Zie jij hier iets waarvoor je je zou moeten schamen?'

'Ik ben McCann niet.'

'Precies. Het is allemaal relatief. Die oude man in de vrijwilligerskamer lijkt me een gepensioneerde CEO of zo, en ik ben ervan overtuigd dat hij hier in de buurt woont, in een vrijstaand huis. Je kunt onmogelijk in zo'n shirt rondlopen als je geen duur koophuis hebt. Dat hoort bij elkaar. Het is gewoon eigenlijk een vereiste. Waarschijnlijk iets in een straat met bomen. Dat betekent dat, als alles relatief is, McCann niet in een dergelijk huis woont. Waarschijnlijk helemaal niet in een vrijstaand huis. Maar ook niet in een flat. Flats zijn zonder meer acceptabele alternatieven voor laagbouw. In sommige opzichten zelfs te verkiezen boven laagbouw. Zeker niet iets om je voor te schamen. Dus McCann woont in iets wat minder is dan een huis, maar het is geen flat.'

'Een opgesplitst huis,' zei Chang. 'Een wat minder luxueus huis in een straat met weinig of geen bomen, verbouwd voor kamerverhuur. Misschien kookt hij nog net niet op een elektrisch kookplaatje, maar veel zal het niet schelen. Dat is voor de ene man moeilijker om voor uit te komen dan voor de andere, helemaal als die andere een vrijstaand huis helemaal voor zichzelf heeft. Misschien wel hetzelfde type huis. Zelfde aannemer, zelfde ontwerp. Maar dan in een straat die niet in verval is geraakt. En dat is een situatie waar testosteron het moeilijk mee heeft.'

'Zo zie ik het,' zei Reacher. 'In grote lijnen. Misschien niet dat hormonale gedoe. Maar twee, drie straten ver in die richting moeten een paar straten zijn met verwaarloosde rijtjeshuizen, stuk voor stuk met een tiental bellen op de voordeur. En meestal hebben die een naamplaatje, en met een beetje geluk ontdekken we dat een van die namen McCann is.'

Er waren namen genoeg, want er waren naamplaatjes genoeg, want er waren bellen genoeg, er waren namelijk wel vier straten in plaats van een paar, en dat waren bovendien lange straten. De eerste twee kwamen links en rechts op de hoofdstraat uit, twee blokken na de bibliotheek, en de derde en de vierde waren nog een blok verder. Het waren gedeeltes met laagbouw tussen hogere bebouwing, niet later aan de buurt toegevoegd, maar al daar sinds het begin. De straten hadden niets onplezierigs, niets waarvoor je je hoefde te schamen. Geen vuilnis in de goot, geen kapotgetrapte naalden die knarsten onder je schoenzolen, geen graffiti, niets wat lag te rotten of te vergaan. Toch was er blijkbaar een niet te stuiten ontwikkeling die het vastgoed op mysterieuze wijze in waarde had doen dalen. Misschien kwam het door de afwezigheid van bomen, misschien waren de kelders vochtig of hingen er te veel airconditioningapparaten aan de ramen. Misschien stond de wind er verkeerd. Misschien was er lang geleden een behoeftige weduwe geweest die haar huis had opgesplitst om de eindjes aan elkaar te knopen, waarna een tweede volgde, en nog een, en nog een. Uitstraling was iets heel subtiels.

Ze lieten hun Town Car de buurt langzaam doorkruisen om de grenzen van het zoekgebied te bepalen. Toen gaven ze de chauffeur opdracht om te parkeren en stapten ze uit om te voet hun zoektocht voort te zetten. De zon stond boven het meer en het zonlicht werd schel weerkaatst. Het was nu al heet, twee uur voor het middaguur.

Chang deed de zonkant van de straat, Reacher de schaduwkant. Ze gingen alle deuren af, stoepjes op en weer af, alsof ze foldertjes verspreidden voor een restaurant, of als zendelingen probeerden om mensen te bekeren. Reacher zag dat de meeste naamplaatjes ingevuld waren. Een deel was met de hand geschreven, sommige waren getypt of uitgeprint, sommige in reliëf op smal zwart tape over de namen van vorige bewoners geplakt. Er waren Poolse namen, Afrikaanse namen, Zuid-Amerikaanse namen en Ierse namen, de complete Verenigde Naties bij elkaar, maar in de eerste straat heette niemand McCann.

Dertig kilometer ten zuiden van Mother's Rest werd de man met de gestreken spijkerbroek en het geföhnde haar opnieuw gebeld op zijn vaste lijn. Zijn contactpersoon zei: 'Ze gebruikt haar telefoon niet meer.'

'Waarom niet?'

'Weet ik niet. Uit voorzorg misschien. Zij heeft bij de FBI gezeten en hij in het leger. Het zijn geen amateurs.'

'Je bedoelt dus dat Hackett ze niet meer kan vinden.'

'Nee, hij heeft ze wel gevonden. Heel gemakkelijk zelfs. Hij heeft bij de bibliotheek gepost. Ze kwamen keurig op tijd opdagen. Ze zijn een halfuur binnen geweest en daarna hebben ze een wegwerptelefoon gekocht in de drugstore naast de bibliotheek.'

'Waar wacht hij dan nog op?'

'De juiste gelegenheid.'

'Ze mogen niet met McCann praten.'

'Maak je geen zorgen. Dat zal niet gebeuren. Dat kan ik je beloven.'

Ze staken de hoofdstraat over en begonnen aan de tweede straat, stoepjes op en weer af, het ene huis na het andere. De meeste huizen hadden twee verdiepingen boven de begane grond, met op iedere verdieping vier aparte wooneenheden. Het regende namen. In één huis woonden Javier, Hiroto, Giovanni, Baker, Friedrich, Ishiguro, Akwame, Engelman, Krupke, Dassler, Leonidas en Callaghan. De eerste twaalf letters van het alfabet, alleen niet op alfabetische volgorde. En op zijn minst Callaghan was Iers. Maar het was niet McCann.

De huizen vertoonden restanten van vergane glorie. Hier en daar glas-in-lood. Victoriaanse tegeltjes. Op de voordeuren zaten lagen gebarsten verf. In de meeste zat een ruitje van matglas, waarachter onscherp en vaag de contouren van een tochthal te zien waren, en de contouren van tegen de muur geparkeerde fietsen of kinderwagens. Reacher werkte systematisch alle deuren en huizen af. Het einde van de straat kwam dichterbij. De zoektocht was bijna halverwege, maar hij had nog geen McCann gevonden.

Chang wel.

Ze wuifde van de andere kant van de straat, vanaf het stoepje van een huis als alle andere. Reacher stak vragend zijn handen op. Zij pompte met haar vuist, onopvallend en bescheiden, als een golfer die het succes viert van een lange putt. Hij stak de straat over en ging naar haar toe. Zij wees naar een bel en liet een elegante vinger over een strookje wit papier glijden waarop keurig netjes de naam PETER J. MCCANN was afgedrukt.

34

De woonruimte van McCann werd aangeduid als appartement 32. Volgens Reacher was dat het tweede appartement op de tweede verdieping, waarschijnlijk een kamer aan de achterkant, als ze met de klok mee nummerden, vanaf links voor, wat hem logisch leek. Een plek op de bovenste verdieping dus, zonder lift, zonder uitzicht. In een onopvallend pand in een tweederangsstraat. Zijn adres werkte niet in zijn voordeel.

De voordeur was stevig en veilig op slot.

Chang drukte op de bel van McCann. Ze hoorden geen geluid. Te ver weg waarschijnlijk. Er klonk geen krakerige reactie uit de intercom. Helemaal niets. Het was een hete ochtend en er gebeurde niets.

'Probeer zijn nummer nog eens,' zei Reacher.

Hun wegwerptelefoon had een functie voor het opnieuw kiezen van een eerder gekozen nummer. Niet slecht voor dertien dollar. Chang drukte op de toets en ze wachtten, de wangen tegen elkaar.

De telefoon rinkelde eindeloos.

Niemand nam op.

Ze brak de oproep af.

'Wat nu?' vroeg ze.

'Te vroeg voor het bezorgen van pizza,' zei Reacher. 'Maar niet voor de post.'

Hij drukte op alle negen bellen en bij de eerste waar werd gereageerd, zei hij: 'Een pakketje, mevrouw.'

Even gebeurde er niets, toen zoemde en klikte het slot.

Ze kwamen binnen in een hete tochthal met fietsen en kinderwagens, vertrapte menu's van een Thais restaurant en folders van een slotenmaker, en liepen verder door een gang en een trappenhuis die sporen vertoonden van gezinsleven van honderd jaar eerder, met kroonlijsten en behang. Maar het behang was verkleurd en versleten, en de kroonlijsten waren ruw doorsneden door scheidingswanden en in de elegante kamerdeuren was op ruwe wijze gehakt om sloten met vijfpuntssluiting aan te brengen, en kijkgaatjes. En er waren messing naambordjes op geschroefd, scheef. Het eerste nummer links was 11, daarachter 12, verderop in de gang.

De trap was sierlijk. Er lag een loper op en hij was steil. Bij elke bocht in de trap ging het licht automatisch aan. Hijgend bereikten ze de tweede verdieping. Het was er heet. Nummer 32 was de eerste deur, in de hoek achterin, links.

Reacher klopte aan.

Geen reactie.

Maar de manier waarop de deur rammelde in de deurpost klopte niet.

Reacher voelde aan de deurkruk.

De deur was niet op slot.

De deur gaf direct toegang tot een woonkamer, en dat was meteen vrijwel het hele appartement, schemerig, maar in één keer te overzien. Het was er heet en er hing een zure lucht. Tegen een wand stond een onopgemaakt tweepersoonsbed, en pal naast een kleine badkamer zonder raam was een even kleine kitchenette die gemakkelijk in een kleine camper zou passen, eveneens zonder raam. Het enige licht in de kamer kwam door het raam van een erker dat was bedekt met een dikke laag vuil, en ervoor hingen gordijnen die maar halfgeopend waren. Er hing niets aan de muren. Die waren misschien ooit wit geweest, maar al heel lang geleden verschoten tot een soort grauwe askleur. Er was een eetbar, niet groter dan een olievat, met één enkele kruk. Er stonden een eenzame leunstoel en een bankje die niet bij elkaar pasten, zij het dat beide glimmend versleten waren. Meer variatie in meubilair was er niet. De rest van de kamer was gevuld met tafels.

Er stonden in totaal vijf tafels, allemaal ongeveer zo groot als een deur, één meter tachtig lang, negentig centimeter breed, allemaal van hout en zwartgevlekt. Samen namen ze het hele appartement in beslag. Ze stonden in een rij op de as van de kamer, in een patroon, de eerste in de lengte, de tweede dwars, zodat een T-vorm ontstond, de derde weer in de lengte, de vierde weer dwars, een tweede T-vorm, en de vijfde tafel, de laatste, weer in de lengte. De hele constellatie oogde als een stijve ruggengraat in het treurige vertrek, als ruggenwervels met stompe, korte ribben.

Op de tafels stonden computers, zeven desktops en acht laptops. Verder zagen ze onduidelijke zwarte kastjes en externe harde schijven, modems en USB-hubs, netvoedingen en ventilatoren. Maar er waren vooral kabels, grote bossen en bulten kronkelende en in elkaar verward geraakte kabels, als wanordelijke rattennesten. Op de plekken waar geen kastjes stonden of kabels lagen, lagen boeken, hoge en wankele stapels boeken, stuk voor stuk gewijd aan de technische aspecten van programmacodering en hypertextprotocollen en de toewijzing van domeinnamen.

Chang keek in het trappenhuis en trok de deur achter hen dicht.

'Probeer hem eens te bellen,' zei Reacher.

Chang drukte op de toets om het nummer opnieuw te kiezen en

Reacher hoorde het rinkelen van de beltoon tegen haar oor. Toen kwam de verbinding met het netwerk tot stand en begon er een telefoon in de kamer te rinkelen. Luid en opdringerig. Hij rinkelde en zoemde, met een stompzinnig melodietje en het zware trillen van plastic op hout. De telefoon van McCann lag pal voor hen op een tafel, rondhuppelend onder een bos kabels, het kleine schermpje helblauw verlicht. Hij was aangesloten op een voedingskabeltje dat op zijn beurt was aangesloten op een computer.

Chang brak de oproep af.

'Waarom heeft hij hem niet bij zich? Een mobiele telefoon moet je in je zak hebben,' zei ze.

Reacher keek haar aan. 'Voor hem is het geen mobiele telefoon, denk ik. Niet op de gebruikelijke manier. Het was een alternatief toestel om Westwood te bellen, meer niet. En het heeft zijn werk gedaan. Het lag niet aan de telefoon dat het niets heeft opgeleverd. Dus zoals jij al dacht, heeft McCann het opgegeven en de telefoon in een la gedumpt. Al is de la in dit geval een tafel.'

'Aangesloten op voeding.'

'Misschien uit gewoonte.'

'Maar waar is hijzelf?'

'Ik weet niet waar hij is,' zei Reacher.

'De deur van Keever zat ook niet op slot.'

'Ja, inderdaad.'

'Volgens mij moeten we snel even rondkijken en dan maken dat we wegkomen.'

'Hoe snel?'

'Twee minuten.'

Dat was niet veel, maar wel genoeg, omdat er zo weinig was om naar te kijken. De keuken was petieterig, met een half kastje, waarin alleen een pak cornflakes van een onbekend merk stond, en een half koelkastje, waarin een pak melk van een onbekend merk stond en waarin twee snoeprepen lagen. In het medicijnkastje in het badkamertje lagen pijnstillers en iets tegen verkoudheid, afkomstig van een drogist. Er stond nog een ladekast met tot op de draad versleten kleren, vooral van niet-natuurlijke materialen en allemaal zwart. Er was niets opmerkelijks aan het bed. De computerapparatuur was inderdaad computerapparatuur. Alle schermen lichtten op commando op, maar vanaf dat punt was voor elke stap verder een wachtwoord nodig.

Geen foto's, geen persoonlijke bezittingen, geen leesvoer om de vrije tijd door te komen, geen stapels post.

Chang deed de deur op een kier open en keek in het trappenhuis.

'Kom op, we gaan,' zei ze.

Ze deed de deur verder open.

Voor de deur stond een man.

De verklaring van ooggetuigen is per definitie verdacht, vanwege vooronderstellingen, cognitieve vooringenomenheid en suggestibiliteit. Ze is verdacht omdat mensen zien wat ze verwachten te zien. Dat gold ook voor Reacher. Reacher was een mens als ieder ander. Het ontwikkelde deel van zijn hersenen verspilde de allereerste fractie van een seconde met pogingen het beeld van de man te rijmen met een aannemelijke versie van een theoretische McCann. Wat bepaald een kwestie van hersengymnastiek was, want McCann zou zestig moeten zijn, en mager, mager tot op het bot, terwijl deze man duidelijk twintig jaar jonger was en twee keer zo stevig gebouwd. Toch probeerde Reacher het, instinctief, want wie zou het anders kunnen zijn dan McCann? Wie anders dan McCann zou er bij McCann voor de deur kunnen staan? In het pand waar McCann woonde? In de stad waar McCann woonde?

Na een halve seconde nam zijn reptielenbrein het over en kreeg wat hij zag betekenis, werd het beeld helder en scherp, helemaal geen potentiële McCann, zelfs niet iemand die in de verste verte op McCann leek, maar een bekend gezicht waarvan hij al twee keer eerder een glimp had opgevangen en dat hij nu voor de derde keer zag. Dat hij eerst in de diner had gezien, daarna in de Town Car en nu eindelijk in het hier en nu, in een schemerig trappenhuis op de tweede verdieping.

35

De man was een jaar of veertig, een en al onverzettelijkheid, in de kracht van zijn leven, geen onbenullig jochie meer, maar één bonk vaardigheid, zelfvertrouwen en kundigheid, verpakt in ervaring. Zo te zien was hij op de kop af een meter tachtig, negentig kilo zwaar. Hij droeg een blauwe spijkerbroek, grof, hoog op de heupen, absoluut niet stijlvol, met een riem, en een wit shirt met een open hals onder een glanzend blauw honkbaljackje. Zijn blonde haar was kortgeknipt en keurig geborsteld. Hij had een vlezig, blozend gezicht en kleine blauwe ogen met een onderzoekende blik. Hij had zo kunnen doorgaan voor een plaatselijke elektricien die persoonlijk de situatie kwam inschatten om een offerte uit te brengen voor een lastige klus.

Maar hij had een pistool in zijn hand. Een oude Ruger P-85. Negen millimeter. Met een geluiddemper van een centimeter of vijfentwintig. De man hield het pistool omlaag langs zijn been, op de vloer gericht. Inclusief geluiddemper kwam het van halverwege zijn dijbeen tot halverwege zijn kuit. Lang en slank.

Ergens in Reachers achterhoofd speelde zich een gedetailleerd verslag af van wat eraan vooraf was gegaan: *hij is halsoverkop van Los Angeles hiernaartoe gevlogen en kan geen pistool hebben meegenomen in het vliegtuig, dus heeft hij back-up hier in Chicago, op een redelijk hoog niveau, gezien het feit dat geluiddempers in de staat Illinois verboden zijn.*

Het ontwikkelde deel van zijn hersenen zei: *doe een stap naar voren.*

Hij deed een stap naar voren.

Het pistool kwam omhoog en de man zei: 'Blijf staan.'

Reacher deed nog een stap naar voren, tot bij de deur.

De man zei: 'Ik schiet.'

Dat doe je niet, want je wilt me in de kamer neerschieten, niet hier op de drempel, omdat ik te zwaar ben om daarna te verslepen, en ook omdat in het echte leven geluiddempers niet zo werken als in de film, met een beleefd klein plopje, maar met een loei van een knal, niet veel stiller dan een gewoon pistoolschot in ieder geval, wat in het hele pand te horen zou zijn als je in het trappenhuis zou schieten.

Dus schiet je niet.

Nog niet.

De man zei: 'Blijf waar je bent.'

Reachers reptielenbrein zei: *Als hij assistentie heeft in Chicago, moet je kijken of hij handlangers bij zich heeft. Spierballen zijn hier goedkoper dan geluiddempers.*

Daarom had hij zijn geluk beproefd en zich tot op de drempel gewaagd. Om overzicht te krijgen. Maar in de schemerige ruimte achter de schouders van de man was niets. Geen gestalte. Er klonk geen geluid, er was niets wat van houding veranderde, er was geen ademtocht te horen.

De man was alleen.

Reacher stond roerloos.

'Ga weer naar binnen,' zei de man.

'Wat wil je?' vroeg Chang vanuit de kamer.

Je gaat niet zeggen dat je ons wilt neerschieten, niets persoonlijks, puur zakelijk, want dat zou ons aanzetten tot een laatste wanhopige poging om ons te verdedigen.

'Ik wil met je praten,' zei de man.

'Waarover?'

'Over wat er aan de hand is in Mother's Rest. Ik denk dat ik jullie kan helpen.'

En je hebt ook een brug te koop in Brooklyn. Ik ben niet van gisteren. Reacher bleef staan waar hij stond. Hij vulde vrijwel de hele deuropening, zijn voorste voet op de naad tussen de vloer van het trappenhuis en de vloer van de kamer, de man ongeveer een meter voor zich, halverwege de afstand naar de leuning van de trap, en Chang twee meter achter zich, nog steeds een flink eind in de kamer.

'Als je hier bent om ons te helpen, waarom heb je dan een pistool bij je?' vroeg Chang.

De man gaf geen antwoord.

Reacher was gezakt voor zijn rijexamen, maar hij was geslaagd voor alle andere onderdelen van de training. Ook voor vechten zonder wapens. Dat mocht een nuttige kwalificatie lijken, maar dat was het niet. In het leger draaide alles om het leveren van strijd met wapens met een minimum aan risico voor de eigen partij. Met andere woorden, het draaide erom de tegenstander van grote afstand neer te schieten met een geweer, en als dat niet kon, van dichtbij met een handwapen. De training voor vechten zonder wapens was een ondergeschoven kindje. Iedereen voelde zich er wat ongemakkelijk bij. Een gevecht van man tegen man impliceerde dat de fase met geweren was mislukt. Het ergste was nog dat de idioten niets konden bedenken om in de handboeken te schrijven. Er waren geen handzame theorieën. De *martial arts* werkten niet in de echte wereld. Judo en karate waren waardeloos zonder een mat en een scheidsrechter en speciale kleding. Dus vechten zonder wapens was in wezen erop los rammen. Net als bij een caféruzie. Alles was geoorloofd.

Chang zei: 'Als jij dat pistool weglegt, dan willen wij wel met je praten.'

Dat gaat hij niet doen, want dan zou hij zijn enige voordeel opgeven. Dan zou hij het met zijn blote handen moeten opnemen tegen een reus, niet erg aantrekkelijk, al helemaal niet omdat de reus hem stond aan te staren met de blik van een psychopaat in zijn ogen.

Alles was geoorloofd.

De man hield zijn pistool langs zijn zij.

Reacher leunde twee centimeter naar voren.

Hij wil me in de kamer neerschieten, niet op de drempel. Ik ben te zwaar om te verslepen.

De man zei: 'Achteruit. Nu.'

Reacher zei niets.

Ik ben te zwaar om te verslepen.

Toen verschoof er iets. De man met het pistool had niet langer de overhand. Hij had de zaak niet langer onder controle. Hij werd achteruitgeduwd. Centimeter na centimeter. Door de niet-aflatende druk. Niet fysiek. De mond van de geluiddemper bewoog niet. Maar de man met het pistool voelde zich aangeslagen door een plotselinge, onverklaarbare wending in het lot. De ogen van de psychopaat straalden iets dodelijks en verzengends uit.

'Maak je geen zorgen,' zei Reacher.

Knokken. Het gebeurt allemaal tussen de oren. Je moet een knokpartij winnen voordat je eraan begint.

'Laten we eens kijken of we je kunnen verlossen uit deze rottoestand,' zei hij.

Zijn standaardprocedure was opgebouwd uit alles wat tot dan toe had gewerkt voor iemand die rechtshandig was tegenover iemand met een pistool in zijn rechterhand. Reacher viel uit met een lichte draai linksom van zijn bovenlichaam, een wilde ruk vanuit de heupen, explosief, een overdreven danspas. Een wilde zwaai naar voren met zijn rechterschouder en rechterelleboog zodat hij met zijn rechterhand hard tegen de binnenkant van de pols van de tegenstander kon slaan. En dan doorduwen, hard doorduwen, het pistool uit zijn baan duwen en de pols vastgrijpen, de vingers er als een klauw omheen slaan, terwijl de andere hand ondertussen palm tegen palm contact maakte met de hand die het pistool vasthield. De linkerhand tegen de rechterhand, als een dansje, als een gevecht om het pistool, al ging het niet om het pistool, het ging om het duwen tegen de hand die het pistool vasthield, die moest achteruitgewrikt worden, terwijl ondertussen de klauw steeds maar de pols naar voren trok, totdat de pols zou breken en het pistool zou vallen.

Maar je kunt jezelf een boel inspanning besparen, want hij heeft een geluiddemper. Dat pistool is twee keer zo lang als het geheugen van zijn spieren denkt. Dat maakt het gemakkelijk. Waarom moeilijk doen.

Reacher maakte een woeste, maar korte draai vanuit de heupen, hield zijn handpalm dicht op zijn lichaam, sloeg niet tegen de pols van de man, maar tegen de geluiddemper, sloeg de geluiddemper opzij, greep hem beet en trok er uit alle macht aan.

Een standaardprocedure, zo genoemd omdat hij vaak werd gebruikt, net als standaardinstellingen, omdat ze negenennegentig van de honderd keer werken. Maar dit was de honderdste man. Hij wist wat hij moest doen. Hij liet zich niet uit zijn evenwicht trekken, door zich vast te klampen aan het pistool. Hij liet het los. Meteen. Hij gaf het pistool op zonder weerstand te bieden. Hij liet het gewoon los en draaide zich uit de gevarenzone. Het was de enig juiste reactie. Die ene keer van de honderd.

Het was de juiste reactie, omdat Reacher nu weliswaar het dodelijke wapen in bezit had, maar hij had het verkeerd om in handen. Hij had het vastgepakt bij de geluiddemper, met zijn rechterhand, de handpalm naar buiten gericht. Nu moest hij de draaiende beweging tot stilstand brengen en het wapen overpakken, rechts-links-rechts, om het pistool te kunnen gebruiken. Maar dat vergde kostbare tijd, waarna het richten van de loop op de tegenstander ook tijd zou vergen, misschien nog wel meer, omdat het inclusief de geluiddemper een lange loop was. Geen kwestie van richten en schieten. Meer alsof hij van plan was de man met een zweep ervan langs te geven. En hoeveel tijd zou hij daarvoor nodig hebben? Twee seconden?

En ondertussen slaat een man die slim genoeg is om zo'n tactiek te bedenken je tegen je hoofd. Het zal klappen regenen. Misschien raakt hij je wel vier keer in die twee seconden als hij een beetje ervaring heeft met de boksbal. Het is slimmer om dat pistool voorlopig maar te vergeten. Dat komt straks wel weer aan bod. Je kunt je beter voorbereiden op wat er nu komt.

Reacher opende zijn hand en de Ruger viel op de vloer. Hij verzette zich tegen de draai linksom, bracht zijn elleboog met een backhandbeweging omhoog en trok zijn hoofd tussen zijn schouders toen de eerste van de klappen zijn schedel schampte. Een linkse hoek raakte hem boven zijn oor, een woeste beuk, als een ijzeren staaf, maar toen kwam zijn elleboog in de buurt en maaide als een zeis door de lucht, een soort no-flyzone, en weerde de volgende rechtse af. Hij maakte gebruik van het momentum om zelf een linkse hoek te plaatsen, maar de klap boven zijn oor had hem bij het tot staan brengen van de draai linksom iets uit het lood gebracht, waardoor zijn inschatting niet klopte en de klap maar zacht aankwam, in die zin dat hij de man niet dwars door de leuning van de trap sloeg, maar hem slechts achteruit deed wankelen.

Op dat moment liet de man zien dat hij over nog meer talenten beschikte. Vanzelfsprekend drong Reacher aan, van plan het af te maken. Hij verwachtte dat de man terug zou stuiteren, slapjes en ongecoördineerd en wankelend, maar de man schoot opzij weg, in een hoek van negentig graden. Een geweldige atletische prestatie. Opmerkelijk voor een man van zijn postuur. En een levensreddende actie. Met een bonus. Niet alleen ontliep de man zo een kolossale klap, Reacher stond nu ineens ook op het verkeerde been en daar maakte de man gebruik van door een stap naar voren te doen en een korte rechtse te plaatsen op Reachers nier. Reacher voelde dat het een bloeduitstorting zou opleveren.

Daarna stapte de man even snel weer terug, als een bokser naar de neutrale hoek van de ring. Hij stond alert, maar roerloos te wachten en maakte een behoorlijk zelfverzekerde indruk. De Ruger lag op de vloerbedekking van het trappenhuis, ongeveer midden tussen hen in. Gericht op geen van beiden. De loop wees opzij, als om aan te geven dat het gevecht nog onbeslist was, als de duim van de keizer die niet omhoog- en niet omlaagwijst.

Niet helemaal midden tussen hen in.

Iets dichter bij Reacher.

Hoeveel tijd zou het kosten om het pistool te pakken te krijgen?

Zoveel tijd dat hij wel een gat in je hoofd kan schoppen.

Of een kogel dwars door het hart kon schieten. Reacher liet zijn ogen over de kleren van de man gaan. Het glanzende jackje was dun en vertoonde nergens opvallende bobbels of zware voorwerpen. Het hing open en er was niets achter verborgen. De zakken van de spijkerbroek bolden onschuldig op, lucht en papieren zakdoekjes. Dat betekende dat zijn reservepistool in een platte holster aan zijn riem zou zitten, op zijn rug. Het wapen was hem verstrekt door de lokale back-up. Het kostte tijd om een pistool uit een holster op je rug te trekken, maar heel wat minder tijd dan een reus als Reacher nodig zou hebben om zich te bukken om naar een klein pistool op de vloer te graaien, dat helemaal uit balans was vanwege vijfentwintig centimeter extra staal.

Vandaar die zelfverzekerde blik. Die zou hij niet hebben als het echt zou uitdraaien op een vuistgevecht. Waar hij geen ervaring mee had. Maar deze gast maakte een vrij ontspannen indruk. Hij hoefde zich maar over één ding zorgen te maken, dacht Reacher. En dat was dat Reacher niet echt het pistool hoefde op te rapen. Hij hoefde er alleen maar zijn voet op te zetten en het naar achteren te schuiven, naar Chang.

Dat zou alles anders maken.

Maar dat was moeilijk. Het was een onhandige, onnatuurlijke

beweging. Bovendien zou Chang natuurlijk tijd nodig hebben om het pistool op te rapen, te richten en te schieten.

Het kostte tijd om een pistool uit een holster op je rug te trekken, maar toch altijd nog minder tijd dan Chang nodig zou hebben.

Vrijwel zeker.

Dus iets om zich zorgen over te maken, maar niet zo heel veel.

Tijd om verwarring te stichten.

Reacher deed een stap achteruit. Eén lange stap. De verhoudingen kwamen anders te liggen. Nu lag de Ruger dichter bij de man. Die deed een stap in de richting van de Ruger. Onvermijdelijk. De menselijke natuur, in optima forma. Moeilijk te weerstaan, maar al te gemakkelijk om aan toe te geven. De man zou zijn uiterste best hebben gedaan om stand te houden tegen op hem uitgeoefende druk, maar vertoonde geen enkele doelgerichtheid in omgekeerde richting. Hij deed gewoon een stap naar voren. Dat was zijn eerste fout. Een teken van zwakte. Hij begreep het niet. Hij dacht dat de ene vierkante meter overloop in dit huis precies gelijk was aan de andere. In feite dacht hij zelfs dat zijn nieuwe positie beter was, omdat de Ruger nu pal voor zijn voeten lag. Hij kon hem pakken wanneer hij maar wilde. Dan had hij twee pistolen en Reacher nul.

Beter.

Maar niet echt.

Vanwege de verleiding. Vanwege de drang. De man had twee wapens onder handbereik, maar geen van beide in de hand. Zo dichtbij en toch zo ver weg. Hij werd in beslag genomen door alle mogelijkheden die dat bood. Hij anticipeerde op het zware, stevige gevoel van de geribbelde kolf tegen zijn handpalm, de trekker warm en hard onder zijn vinger. Onkwetsbaar. Victorie. Klus geklaard. Zo dichtbij. En hij hoefde zich alleen maar te bukken en weer overeind te komen met de Ruger, bliksemsnel, of zijn jack opzij te slaan en achter zijn rug zijn tweede pistool uit de holster te rukken, te richten en te schieten.

Dat was alles.

Zo dichtbij. Zo verleidelijk. Zo'n drang. Maar voor beide manoeuvres zou hij tijd nodig hebben. Een seconde of zo. Misschien wel meer. En beide manoeuvres zouden een duidelijk signaal zijn. Daar kon je je niet in vergissen. Reacher zou precies weten wat er ging komen. En hij stond maar twee passen van de man verwijderd. Reacher was weliswaar groot, maar flexibel. En hoe flexibel zou hij zelf moeten zijn? Een keuze voor de Ruger betekende een trap in het gezicht. Absoluut. Reacher zou één stap doen en dan *bang*. Met de rechtervoet, na een soort schuifelend aanloopje. Als een schop tegen een voetbal. Het doel zou zich precies op de juiste plek bevinden, op het juiste moment en op de juiste hoogte. Als een golfbal op een tee. Smekend te worden geraakt. Zijn gezicht.

En een keuze voor de holster betekende een trap in het kruis. Absoluut. De man zou vechten met één hand op de rug. Letterlijk. Zijn elleboog zou onder een rare hoek gebogen zijn. Zijn verdediging wijd open.

Twee wapens onder handbereik, maar geen van beide in de hand.

Verleiding.

Drang.

Afleiding.

Reacher deed een halve stap naar voren. Verkleinde de bewegingsruimte. Verkleinde het bereik. Stelde zijn focus scherp. Verhoogde de druk. Man tegen man, anderhalve meter ertussen. Ogenschijnlijk was de man een en al rust. Maar Reacher zag dat de man trilde achter zijn façade. Een fysieke manifestatie van zijn besluiteloosheid. Hij wilde zich bukken en hij wilde achter zijn rug grijpen. Het een of het ander. Of beide. Hij had geen grip meer op alles. Op microscopisch niveau zette hij een beweging in gang en stopte weer. Probeerde het een, probeerde het ander. Kleine trillingen en schokjes. Zijn ogen bewogen. Op en neer, op en neer. Zo dichtbij en toch zo ver weg.

Reacher vroeg: 'Hoe heet je?'

'Hoezo?' vroeg de man.

'Het lijkt erop dat we hebben kennisgemaakt. Misschien moeten we ons maar eens formeel aan elkaar voorstellen.'

'Waarom?'

'Kon wel eens een slimme zet zijn voor jou. Dan zou ik misschien wel denken dat je een mens bent en niet alleen maar een tegenstander. Misschien sla ik je dan minder hard. Dat wordt tegenwoordig ten zeerste aangeraden. Slachtoffers moeten ervoor zorgen dat ze als mens gezien worden.'

Kleine trillingen en spastische bewegingen. De ogen gingen op en neer.

Zo dichtbij en toch zo ver weg.

'Ik ben geen slachtoffer,' zei de man.

'Nog niet,' zei Reacher.

Achter hem liet Chang ook van zich horen: 'Dit hoeft niet slecht af te lopen. Doe een stap achteruit en steek je handen omhoog. Dan zullen we met je praten. Dan lossen we dit op. Je hebt ons nu nog niets misdaan.'

De man reageerde niet. Zijn ogen gingen op en neer. Reacher zag dat hij voor de Ruger wilde kiezen. En waarom ook niet? Het was het pistool waarvoor hij oorspronkelijk had gekozen. Daar had hij zijn redenen voor gehad, mocht je aannemen. Bovendien had de Ruger een geluiddemper, voor dit werk de beste keuze. Bovendien de beste keuze voor wat er tussen de oren plaatsvond. Misschien dat de man het zelf nog niet wist, maar het was aan het groeien. Als hij de Ruger zou oppakken, zou hij weer terug zijn bij het begin. Alsof hij met een schone lei kon beginnen. Alsof er niets was gebeurd. Als hij de Ruger zou oppakken, zou dat een helende werking hebben.

'Hoe heet je?' vroeg Reacher.

'Keith Hackett,' zei de man.

'Ik ben Jack Reacher. Aangenaam.'

De man reageerde niet.

'Maar jij wist onze namen al,' zei Reacher.

Geen reactie.

'Dus dat wordt de prijs. Zoals mijn collega al zei, hoeft dit niet slecht af te lopen. Niet voor jou althans. Het enige wat je hoeft te doen, is ons vertellen wie jou onze namen heeft verteld. Wie jou deze klus heeft gegeven. Wie je iedere avond belt met een verslag. Als je ons dat vertelt, laten we je gaan.'

Geen reactie.

'Het is een heel eenvoudig concept. Als je het ons vertelt, kun je gaan. Als je het ons niet vertelt, vertrek je niet. Tenminste niet lopend, omdat je dat dan misschien niet meer kunt. Dit soort dingen is onvoorspelbaar. De kwetsuren kunnen ernstig zijn.'

Geen reactie.

'Het is eigenlijk een variant op Shakespeare,' zei Reacher. 'Zijn of niet zijn, lopen of niet lopen, *that's the question*.'

De man bleef even roerloos staan, nu voor het eerst werkelijk doodstil, toen kwam hij plotseling in actie. Hij bukte zich bliksemsnel, zijn ogen op de hoofdprijs gericht, zijn handen al in beweging, een generale repetitie van het oprapen, maar zijn gezicht afgewend, omdat hij wist wat hem te wachten stond en hoopte dat hij het voor kon zijn.

Geen schijn van kans. De man had zijn gezicht hoog en ver afgewend, zodat Reachers schoen hem onder de kin trof, als een enorme uppercut van een zwaargewicht met een hoefijzer in zijn bokshandschoen. De man sloeg languit achterover, maar het pleitte voor hem dat hij besefte dat hij er geweest zou zijn als hij bleef liggen, dus schoof hij weg en krabbelde zijdelings als een krab op ellebogen en knieën weg, kwam overeind, schudde zijn hoofd, knipperde met zijn ogen en maaide met zijn handen door de lucht. Het zag er niet best uit. Hij had een gebroken kaak, zonder meer. Hij was tanden kwijtgeraakt. Dat waren ernstige verwondingen. Maar een scheidsrechter zou ze onder deze omstandigheden toch niet als doorslaggevend beoordelen. Tenzij de man daarna nog een feestmaal had gepland.

Reacher volgde de rechterhand van de man met zijn ogen. Het leek hem dat hij daar maar drie dingen mee kon doen. Het slimste zou zijn om de hand maar meteen omhoog te steken als teken van overgave. Het stomste zou zijn om hem weer tot een vuist te ballen. Het op één na stomste, en dus ook meteen het op één na slimste, was een poging het pistool op zijn rug te pakken.

De man probeerde het pistool te pakken.

Hij haalde het niet.

Zijn arm bewoog naar achteren, zijn elleboog kwam naar buiten, hij opende zijn hand om hem langs zijn rug te laten glijden, zijn linkerhand kopieerde het gebaar onbewust en onhandig, de linkerarm bewoog naar buiten en hij trok de schouders breeduit. Hij werd zo vlak en tweedimensionaal alsof hij tegen lucht was geplakt. Als een papieren oefenpop. Als een papieren oefenpop aan de wand van een leslokaal voor vechten zonder wapens van man tegen man. Alles was geoorloofd. Reacher deed een stapje naar voren en plaatste een kopstoot midden in het gezicht van de man, van een meter afstand, een traject dat lang genoeg was in het schemerduister van het trappenhuis, om kracht op te bouwen, om momentum op te bouwen, een kolossale, massieve klap, en nog geen tel later was de man er niet meer en moest Reacher elke spier in zijn lichaam aanspreken om zijn lichaam tegen te houden en te voorkomen dat hij de vloer van de overloop een kopstoot zou geven.

Aan de andere kant van de overloop ging een deur open. Een vrouw met wit haar stak haar hoofd naar buiten. Haar beweging activeerde een schakelaar waardoor een licht op de overloop aanging.

'Wie zijn jullie?' vroeg ze.

36

De buurvrouw was een keurig oud dametje, mager en broos, maar levendig. Ze leek volledig bij de tijd. Net als veel van haar generatiegenoten had ze veel op met beleefde omgangsvormen en was ze bepaald niet sceptisch. Uiterlijk in ieder geval. Een kwestie van beschaving, dacht Reacher.

Hij zei: 'We zijn bezig een nieuwe computer voor meneer McCann te installeren. Maar het is hier zo heet dat deze meneer is flauwgevallen.'

'Moet ik een ambulance voor u bellen?'

'Nee, we brengen hem naar binnen en we geven hem een glas water.'

'Het is een kleine moeite.'

'Mevrouw, het gaat om de verzekering. Hij werkt voor eigen rekening. Hij heeft het moeilijk. Hij heeft een waanzinnig eigen risico. Hij zit niet te wachten op een rekening van het ziekenhuis.'

'Kan ik iets anders voor u doen?'

'Helemaal niets, mevrouw.'

Reacher pakte Hackett onder de armen en sleepte hem naar de kamer van McCann. Chang schoof stiekem de Ruger met haar voet opzij, steeds een paar centimeter per keer, naar een veilige plek. De buurvrouw sloot langzaam haar deur, maar toen bedacht ze zich en trok ze de deur weer open, tot dezelfde veilige kier van dertig centimeter, en zei: 'Ik dacht dat Peter zijn computers altijd zelf installeerde.'

Toen deed ze de deur echt dicht en werd het stil in het trappenhuis.

Chang raapte de Ruger op en nam hem mee naar binnen. Reacher had Hackett inmiddels naar binnen gesleept. Chang deed de deur dicht. Hacketts kaak had een flinke dreun gekregen. Dat was een ding dat zeker was. En dat gold ook voor de andere botten in zijn gezicht. Dat zou de een of andere arts een mooie plek in het lezingencircuit opleveren. Maar de man ademde in ieder geval nog. Voorlopig althans. Totdat er allerlei inwendig weefsel zou opzwellen en de boel verstopt raakte. Daarna was het een twijfelachtige zaak.

'Wanneer komt hij weer bij?' vroeg Chang.

Reacher haalde zijn schouders op. 'Ik heb geen idee. Ergens tussen over twee uur en nooit.'

'Je hebt hem wel erg hard geraakt.'

'Hij sloeg mij eerst. Twee keer tegen mijn hoofd en één keer op mijn rug.'

'Gaat het?'

Hij knikte. Het ging. Maar niet fantastisch. Zijn nier had een opdoffer gekregen. Hij kon zich niet bewegen zonder pijn. En met zijn hoofd was het ook niet al te best gesteld. Hij voelde een stekende pijn boven zijn oor. Het was een verdomd harde klap geweest. Misschien wel de hardste die hij ooit had geïncasseerd.

Die kopstoot was misschien toch niet zo verstandig geweest.

'We kunnen hier niet twee uur blijven wachten,' zei Chang. 'Er kan van alles gebeuren.'

'We moeten McCann vinden, en dat kan net zo goed door hier te wachten als door rond te gaan rennen.'

'Je gebruikt je hersens niet,' zei ze. 'Heb je hoofdpijn?'

'Nog niet. Maar dat komt wel. Hoezo?'

'Hoe hebben ze ons hier gevonden?'

'Ik neem aan dat ze ons zijn gevolgd. Achteraf gezien was het logisch dat we bij de bibliotheek zouden beginnen.'

'Maar daarna hebben we met de Town Car een idiote route genomen. Rondjes door de buurt, om poolshoogte te nemen. Er reed niemand achter ons. Hoe hadden ze dat moeten doen?'

'Hoe dan wel?'

'Op de een of andere manier hebben ze meer informatie over McCann dan wij. Misschien heeft hij zaken met ze gedaan. In ieder geval hebben ze zijn adres. Misschien zat de deur daarom niet op slot. Net als de deur bij Keever. Misschien is Hackett hier vanochtend al eerder geweest.'

Er was iets in haar stem.

Reacher pakte de Ruger, inspecteerde de kamer en liet het magazijn eruit vallen. Messing negen millimeter patronen knipoogden naar hem. Maar niet genoeg messing negen millimeter patronen.

Er ontbrak er een in het magazijn.

Hij rook aan de kamer. Rook aan de loop.

Het pistool was afgeschoten.

'Ze wilden voorkomen dat we met McCann zouden praten. Dat kon op twee manieren. Ze hebben voor beide gekozen,' zei Chang.

Reacher voelde Hacketts polsslag. In zijn hals. Een trage hartslag. Volkomen buiten bewustzijn. Of comateus. Was er een verschil? Reacher wist het niet zo precies.

Chang keek hem aan. 'We moeten ervan uitgaan dat er vroeg of laat versterking komt opdagen.'

'Deze man zou ons van alles kunnen vertellen,' zei Reacher.

'Daar hebben we geen tijd voor.'

'Laten we dan in ieder geval maar alles bij elkaar zoeken wat we kunnen vinden.'

Uit Hacketts zakken kwam een luxe smartphone, net zo dun als die van Chang. Verder de sleutels van een huurauto, een sleutelkaart van een hotelkamer, vijfentachtig cent, en een portemonnee. Uit de holster op zijn rug kwam een Heckler & Koch P7. De P7 was klein genoeg om te verbergen, maar groot genoeg om van nut te kunnen zijn. Er gingen dezelfde Parabellum-patronen in die ook in de Ruger zaten, logistiek een verstandige keuze. In de portemonnee zat meer dan honderd dollar, samen met een rijbewijs dat was afgegeven in Californië en een stapeltje creditcards. Chang ontfermde zich over de mobiele telefoon, vanwege de gesprekkenlijst, Reacher ontfermde zich over het geld, voor toekomstige onkosten, en de P7, om uiteenlopende redenen. Wat ze achterlieten, veegden ze schoon, samen met al het andere wat ze hadden aangeraakt. Ze stopten de buit in hun zakken.

Chang zei: 'Hebben we verder nog iets nodig?'

Reacher keek een laatste keer de kamer door.

'Eén ding misschien,' zei hij.

'Ik denk dat we biologisch voedsel en honingbijen wel kunnen vergeten. Kijk eens naar die meuk hier: cornflakes vol suiker, goedkope melk van een onbekend merk en twee snoeprepen. Dat is wat hij eet. Hij draagt een broek van synthetisch materiaal. Het interesseert hem niet wat hij in zijn lichaam stopt en het is geen milieuactivist. Dat betekent dat het artikel in de *L.A. Times*, dat hem bezighield, het artikel over het deep web was. Over internet. En met al die computers ligt dat voor de hand.'

'Wil je een computer meenemen?'

'Hoorde je wat die buurvrouw zei toen ze de deur dichtdeed?'

'Ze zei dat ze dacht dat Peter zelf zijn computers installeerde. Je had haar niet overtuigd. Het was een heel beschaafde manier om dat duidelijk te maken.'

'Ze gebruikte de juiste woorden, want computers installeer je, toch? En ze noemde hem Peter. Je zou verwachten dat zo'n oude dame hem meneer McCann zou noemen. Ze moeten goede vrienden zijn. Zoals dat soms gaat met buren die al jaren naast elkaar wonen. Dat betekent dat ze misschien ook wel over persoonlijke zaken praten. En als zij van die computers weet, heeft hij haar misschien ook wel verteld wat hem bezighield. Omdat ze er begrip voor zou hebben.'

'We hebben geen tijd om het haar te vragen. Er kunnen elk moment meer van dit soort kerels opduiken hier. En in hun kielzog de politie.'

'Mee eens,' zei Reacher. 'We hebben geen tijd om haar ernaar te vragen. Hier niet in ieder geval. Daarom wil ik de buurvrouw meenemen. We nodigen haar uit voor een kop koffie. Ergens anders. Dan kunnen we haar ernaar vragen.'

Het ging niet erg vlot. Niet wat je noemt een razendsnelle aftocht. Ze bleek toch een beetje sceptisch. Aarzelend. Uiteindelijk moest Chang haar FBI-kaart laten zien. Toen moest er gezocht worden naar een jas, ook al zeiden ze tegen haar dat het warm was buiten. Het was een kwestie van beschaving. Ze zei dat ze niet hopeloos ouderwets was. Ze zou afzien van handschoenen en een hoed.

Daarna volgde een lange, wankelende afdaling langs de steile trap naar beneden, naar de straat, waar de Town Car haar laatste bedenkingen wegnam. De glanzend zwarte lak en de chauffeur in zijn keurige grijze pak streken de laatste rimpels glad. Dat was een auto van de autoriteiten. Ze had zulke auto's op het nieuws gezien.

Daarna kwam de zoektocht naar een geschikte locatie. Veel comfortabele etablissementen werden afgewezen. Uiteindelijk kozen ze voor een koffiebar in traditionele Chicago-stijl, misschien met een bescheiden renovatie, uitgevoerd door een respectvolle kleinzoon die de zaak had geërfd. De sfeer was er aangenaam en het voldeed in alle opzichten aan de eisen. Zo was er vlakbij parkeergelegenheid voor de Town Car, konden ze binnen zitten en hing er een tv-scherm aan de wand.

Het kon de goedkeuring van McCanns buurvrouw wel wegdragen. Misschien deed het haar terugdenken aan etablissementen waar ze vroeger kwam. Met haar knokige lijf nam ze plaats in een zitje en Chang schoof naast haar. Reacher installeerde zich breeduit op het bankje ertegenover en probeerde zo weinig dreiging uit te stralen als maar kon.

Ze stelden zich aan elkaar voor. Zij was mevrouw Eleanor Hopkins, weduwe, vroeger werkzaam als laboratoriumonderzoeker aan de universiteit, niet alleen op de hoogte van technische geschriften, maar de technische literatuur waarmee ze bekend was, was in kleine aantallen geschreven door een beperkt aantal mensen, onder wie zijzelf en mensen die zij kende. Of kende van naam, of had kunnen kennen van naam, als ze ooit op enig moment een andere baan had genomen. Haar carrière had zich afgespeeld in een boeiend tijdperk, in termen van technologische vooruitgang.

Ze vertelde dat Peter McCann al jaren in hetzelfde pand woonde als zij en dat ze naar elkaar toe waren gegroeid op een vrijblijvende manier – incidentele contacten, zoals tussen buren die goed met elkaar kunnen opschieten met een flinke schutting tussen de tuinen. Ze vertelde dat ze hem voor het laatst een week of drie, vier geleden had gezien. Hij was wel vaker een tijdje weg en het was niets om ongerust over te worden. Zij ging zelden de deur uit en het was altijd puur toeval als ze hem in het trappenhuis tegen het lijf liep.

Hij was in ieder geval vaak de deur uit, soms dagenlang. Ze had geen idee waar hij dan was. Daar had ze nooit naar gevraagd. Ze was zijn buurvrouw, niet zijn zus. Ja, hij was ongelukkig. Het zat soms heel erg tegen in het leven.

De tv in de koffiebar was afgestemd op een zender met plaatselijk nieuws. Reacher keek ernaar vanuit een ooghoek. Mevrouw Hopkins bestelde koffie en een plakje cake. Chang vertelde haar dat meneer McCann zich misschien in de nesten had gewerkt. Problemen waar niemand het fijne van wist. Zij misschien wel?

Nee, daar wist zij niets van.

Reacher vroeg: 'Werd hij misschien geobsedeerd door het een of ander?'

'Wanneer?' vroeg mevrouw Hopkins.

'Onlangs.'

'Ja, ik zou zeggen van wel.'

'Hoelang al?'

'Ongeveer het afgelopen halfjaar.'

Buiten klonken in de verte sirenes en het doffe slaan van helikopterwieken, een kilometer verderop. 'Weet u wat McCanns problemen zijn?' vroeg Reacher.

'Nee, dat weet ik niet. We hebben het bijna nooit over persoonlijke zaken.'

'Heeft het te maken met zijn zoon?'

'Dat zou kunnen, al is dat niet een kwestie van ups en downs.'

Op de tv waren beelden van groene gazons te zien die waren geschoten vanuit een helikopter. Bomen. Een park.

'Wat voor problemen heeft zijn zoon?' vroeg Reacher.

'Hij praat er niet zo uitgebreid over,' zei mevrouw Hopkins.

'Wist u dat hij een privédetective heeft ingehuurd?'

'Ik wist dat hij van plan was concrete stappen te nemen.'

'Waarvoor?'

'Dat weet ik niet.'

'Hebt u met hem over technische zaken gepraat? Gezien uw achtergrond en zijn interesses?'

'Ja, we praten regelmatig over technische kwesties. Bij een kop koffie met cake, zoals nu. Dan verkennen we iets met zijn tweeën. Daar hebben we allebei plezier in. Ik help hem om greep op de onderliggende structuren te krijgen en hij legt mij uit waarvoor een en ander tegenwoordig wordt gebruikt.'

'Heeft die obsessie van hem ook te maken met iets technisch?'

'In wezen niet, denk ik, maar er zitten wel technische kanten aan.'

'Heeft het iets te maken met internet?'

Op de tv rolde een lichtkrant onder de schokkerige beelden van het park. *Slachtoffer van schietpartij gevonden in park.*

De oude dame keek op en zei: 'Door iemand die zijn hond uitliet, neem ik aan. Zo gaat dat meestal volgens mij. In parken.'

'Wat interesseert McCann in internet?' vroeg Reacher.

'Er zijn aspecten die hij wil begrijpen. Net als de meeste leken denkt hij aan dingen in fysieke termen. Alsof internet een zwembad is, tjokvol met drijvende tennisballen. Die tennisballen zijn dan natuurlijk de afzonderlijke websites. En dat klopt natuurlijk niet. Websites zijn geen fysieke dingen. Internet heeft geen fysieke werkelijkheid. Het heeft geen dimensies en geen grenzen. Geen boven en onder, geen hier en ginder. Al zou je een lans kunnen breken voor de stelling dat internet massa heeft. Digitale informatie is een kwestie van enen en nullen, wat betekent dat geheugencellen al dan niet geladen zijn. En lading is energie, dus als je gelooft in Einsteins $E=mc^2$, waarbij E energie is, m staat voor massa en c voor de snelheid van het licht, moet je ook geloven dat m gelijk is aan E gedeeld door c^2. Dat is dezelfde vergelijking, anders genoteerd, en daaruit blijkt dat lading een meetbare massa heeft. Hoe meer muziek en hoe meer foto's jij op je mobiele telefoon zet, hoe zwaarder die wordt. Niet meer dan een oneindig klein deeltje van een fractie van een grammetje, maar toch.'

Op de tv zoomde de camera van de helikopter in op een bosje lage struiken. Er stonden politieagenten omheen, er was een lint om gespannen en zo te zien lag er iemand op de grond, zwarte schoenen, een zwarte broek, onder takken met bladeren. De lichtkrant meldde nog steeds *Slachtoffer van schietpartij gevonden in park.*

'Wat wil McCann precies proberen te begrijpen?' vroeg Reacher.

'Hij wil weten waarom je sommige websites niet kunt vinden,' zei de oude dame. 'Dat is in principe een vraag over zoekmachines. Dat beeld dat hij heeft van een zwembad, is daarbij handig. Hij zag miljoenen tennisballen voor zich, waarvan sommige aan de oppervlakte dobberden, maar andere dieper onder water werden weggeduwd door het gewicht van de ballen aan het oppervlak. Dus zei ik tegen hem dat hij zich een zoekmachine moest voorstellen als een lang, zijden lint, dat omhoog en omlaag en in en uit het water wordt getrokken, en op allerlei manieren tussen de ballen door gaat en met een geweldige snelheid over het oppervlak van al die natte, pluizige ballen scheert. En dat hij zich moest voorstellen dat bij sommige ballen de pluizige vacht was vervangen door stekels, als een soort vishaakjes, en dat bij andere ballen die vacht was verwijderd, zodat ze zo glad en kaal zijn als biljartballen. Waar zou het lint aan blijven hangen? Aan die stekels natuurlijk. Het zou zonder meer over die kale ballen glijden. Dat was wat hij moest begrijpen over zoekmachines. Het is een straat met tweerichtingsverkeer. Een website moet gevonden willen worden. Het vereist veel werk om die stekels te maken. Dat is wat ze *search engine optimization* noemen, optimalisatie voor zoekmachines. Het is tegenwoordig een belangrijk aspect van webontwerp. Maar het vereist evenveel werk om een website zo kaal als een biljartbal te maken. Het is niet gemakkelijk om geheim te blijven.'

'Geheime websites impliceert criminaliteit,' zei Chang.

'Inderdaad,' zei de oude dame. 'Of immoreel gedrag, denk ik. Of allebei. Ik ben nogal naïef op die terreinen, maar je zou zeggen pornografie van de meest onplezierige soort, of webshops voor cocaïne, dat soort dingen. Deep web noemen ze het. Al die gladde biljartballen. Miljoenen. Geen stekels, geen vishaakjes, helemaal niets, ze gaan gewoon ongezien en ongestoord hun gang. Misschien is het deep web wel tien keer zo groot als internet aan de oppervlakte. Of honderd keer zo groot. Of nog veel groter. Niemand weet het. Hoe zou je het kunnen weten? Je moet het natuurlijk niet verwarren met het *dark web*, dat bestaat alleen maar uit verouderde websites met verbroken koppelingen, die als dode satellieten voor eeuwig door de ruimte zweven. Je zou het dark web kunnen vergelijken met de ruïnes uit de oudheid, terwijl het deep web meer de verkeerde kant van het spoor is, waar de verschoppelingen wonen. Niet dat het één echt donker is en het ander echt diep, of dat er iets aan welke kant van een spoor dan ook is, begrijpt u? Internet is niet iets concreets. Het heeft in het geheel geen fysieke kenmerken.'

Op de tv reed een ambulance het van bovenaf geregistreerde beeld in, langzaam over het gras, met troosteloos flikkerende zwaailichten, gevolgd door iets wat op een lijkwagen leek. Er stapten mensen uit die zich bij de politieagenten voegden.

'Hoe moet je die geheime websites dan vinden?' vroeg Chang.

'Dat kan niet,' zei de oude dame. 'Niet van buitenaf in ieder geval. Je kunt er niet naar zoeken met een zoekmachine, want de sites zijn glad. Je hebt een specifiek adres nodig. Niet gewoon koffiebar.com of zo, maar koffiebar123xyz.com. In werkelijkheid is het nog veel erger natuurlijk. Een combinatie van een unieke URL en een supersterk wachtwoord. Dergelijke adressen gaan mondeling rond in bepaalde gemeenschappen.'

Op de tv hobbelde een donkerblauwe Crown Vic over het gras naar de plek des onheils. Er stapten twee mannen in pak uit. Rechercheurs vermoedelijk. De tekst van de lichtkrant veranderde in *Lincoln Park-moord*. Reacher hoorde nog meer helikopters in de lucht, ongeveer een kilometer ver weg. Concurrerende zenders die een beetje te laat arriveerden bij het feestje.

'Heeft McCann u verteld naar wat voor website hij op zoek was?' vroeg hij.

'Nee,' zei de oude dame.

Op de tv hurkten mannen bij de in het zwart geklede gedaante op het gras. Rechercheurs en de lijkschouwer, dacht Reacher. Hij kende het klappen van de zweep. Hij had talloze malen op zijn hurken bij roerloos op de grond liggende mensen gezeten. Sommigen leefden, maar deze niet. Dat wist hij. Ze maakten geen haast. Geen gedrang. Geen geschreeuw. Geen brancard, geen infuus, geen beademingsapparatuur, geen pogingen tot reanimatie.

Lincoln Park-moord.

De oude dame zei: 'Dat is Peter, toch? Waarom zou u anders naar hem vragen? Waarom zou de FBI anders in mij geïnteresseerd zijn?'

Chang gaf op geen van beide vragen antwoord en Reacher zei niets omdat op het moment dat de oude dame de vragen stelde, de tv een ander beeld liet zien. Een rijtjeswoning. Een onopvallend pand in een onopvallende straat. Het huis waar Peter McCann woonde. Het pand waar de oude dame woonde. Waar ze nog maar kort daarvoor waren geweest. Het was herkenbaar. Het was vertrouwd. De gevel lichtte op onder flikkerende rode zwaailichten. Politieagenten renden de stoep op.

Zo snel konden ze het verband niet hebben gelegd. De politieagenten in het park hadden nog niet eens in McCanns zakken gekeken. Ze hadden nog geen portemonnee gevonden, hadden nog geen rijbewijs onder ogen gehad, wisten nog niet wie hij was en wisten nog niet waar hij woonde. Ze wachtten nog op het seintje van de lijkschouwer. Reacher wist hoe het werkte. Hij had vaak op zijn hurken zitten wachten. De dood moest worden vastgesteld voordat het lijk bewijsmateriaal werd.

Nog geen verband. Een afzonderlijk onderzoek. De tekst van de lichtkrant veranderde in *Antiterreureenheid bestormt woning in Chicago*.

Reacher keerde zich naar de oude dame en vroeg: 'Hebt u 911 gebeld?'

De oude dame zei: 'Ja.'

'Wanneer?'

'Meteen toen ik de deur weer had dichtgedaan.'

'Waarom?'

'Ik vertrouwde u niet. U ziet er niet uit als degene voor wie u zich uitgeeft. Niet zoals een FBI-agent op de tv.'

'Ik werk undercover. Ik deed alsof ik een crimineel was.'

'Uw toneelstukje was overtuigend.'

'Dus belde u 911.'

'Meteen.'

'Wat hebt u gezegd?'

'Dat er gewapende terroristen in mijn huis waren.'

'Waarom dat?'

'Dit is Chicago. Dat is de enige manier om de politie over de vloer te krijgen in minder dan vier uur.'

'Ik denk dat we moeten opstappen,' zei Chang.

Reacher keek haar aan. 'Nee, we moeten nog even blijven. Vijf minuten langer kan geen probleem zijn.'

Ze bestelden een tweede kop koffie. De oude dame lustte nog wel een plakje cake, dus namen Chang en Reacher ook een tweede plakje cake, zodat ze niet alleen hoefde te eten. Op de tv werden nu beide locaties weergegeven, het park links, het huis rechts, het park met de tekst *Lincoln Park-moord*, het huis met *Terreuralarm*, beide teksten pal boven de lichtkrant waarop nu *Drukke dag voor de politie* stond.

De tweede kop koffie was even lekker als de eerste. Dat gold ook voor de cake. In het park was een lijkzak te zien, bij het huis arriveerde een ambulance. De lijkzak werd dichtgeritst en naar de lijkwagen gedragen. Ambulancepersoneel kwam uit de ambulance en sprintte de stoep op, het huis in. Later kwamen ze weer naar buiten met een gewonde man op een brancard. Hackett, mocht je aannemen, al viel het niet met zekerheid te zeggen. Het hoofd van de man was vanaf de hals ingepakt in verband, als een Egyptische mummie, en over zijn kleren lag een laken.

Toen, alsof het bedoeld was als een slow motion-effect in een film, verliet de politie het park en verscheen vier minuten later bij het huis. In dezelfde auto's, het hele eind van de linkerhelft van het scherm naar de rechterhelft van het scherm, een soort elektronisch hupje, maar in werkelijkheid een traject door meerdere straten. Dezelfde rechercheurs stapten uit, haastten zich de stoep op en gingen het huis binnen. Een minuut later kwamen ze weer naar buiten terwijl ze driftige gesprekken voerden via hun mobiele telefoons.

De tekst van de lichtkrant veranderde in *Bron bevestigt verband tussen beide zaken.*

Reacher zei: 'Mevrouw, ik leef met u mee en het spijt me dat u zo dadelijk zult worden lastiggevallen. De politie van Chicago zal u vragen willen stellen, en het is anders dan op tv. De FBI kan niet zomaar op het toneel verschijnen en de zaak van ze overnemen. We moeten ze hun werk laten doen. Dus we zouden het heel erg op prijs stellen als u ze niet eens zou vertellen dat wij elkaar hebben gesproken. Dit ligt op allerlei manieren heel gevoelig. Het is beter als ze niets van ons gesprek weten. En ook niet dat we bij u thuis zijn geweest. Ze hoeven niet te weten dat we hun voor waren.'

'Vraagt u mij tegen de politie te liegen?'

'Dat zal ik in elk geval doen als ze me vragen wie tegen hen het woord terrorist heeft gebruikt, en waarom.'

'Goed, dan zal ik dat ook doen,' zei de oude dame.

'Hebt u werkelijk geen enkel idee wat McCanns probleem was?'

'Zoals ik al zei, ik ben zijn buurvrouw, niet zijn zus. U zou het echt aan haar moeten vragen.'

'Aan wie?'

'Zijn zus.'

'Hij heeft een zus?'

'Dat zei ik al.'

'Ik dacht dat het bij wijze van spreken was.'

'Nee, zij bestaat echt. Ze zijn heel close. Zij moet degene zijn met wie hij zijn geheimen deelde.'

37

Ze gaven de chauffeur opdracht mevrouw Hopkins naar huis te brengen en zeiden dat het de laatste klus was voor die dag, dat hij daarna klaar was, naar huis kon gaan, of terug naar de garage, of waar hij dan ook maar naartoe moest. De man reageerde verheugd op de mededeling. Maar Reacher vermoedde dat zijn laatste klus niet zijn plezierigste zou zijn. Hij vermoedde dat ze voortijdig zouden stranden. Ze zouden in de buurt komen van het huis van de oude dame en dan zouden ze worden tegengehouden door een wegversperring. Als de oude dame kon aantonen wie ze was en waar ze woonde, zou ze te voet verder mogen gaan. Of achter in een wagen die echt van de autoriteiten was, afhankelijk van de vraag hoe snel ze haar vragen wilden stellen. Hoe dan ook, ze zou uiteindelijk, voorzien van water en koffie, gerieflijk ergens zitten praten met beleefde jonge vrouwen.

Veilig genoeg.

Chang zette haar mobiele telefoon aan. Ook veilig genoeg. Hacketts afluisterservice was niet langer in bedrijf, in ieder geval tijdelijk. Ze hadden kaarten nodig, satellietbeelden, vluchtschema's en zoekmachines. Mevrouw Hopkins had hun verteld dat de zus van Peter McCann Lydia Lair heette. Ze was een aantal jaren jonger dan hij. Ze was getrouwd met een arts en was verhuisd naar een chique buitenwijk van Phoenix in Arizona. Haar man was rijk, maar McCann had alleen behoefte aan haar luisterend oor en haar tijd. Ze had een adres van de vrouw, een aantekening op een briefje, weggestopt in een zakagenda in haar tas, zodat de oude dame een kerstkaart zou kunnen sturen. Maar ze had geen telefoonnummer. Chang vond de praktijk van de arts online, maar de assistente wilde hun het nummer niet geven. Volgens de database van de telecommaatschappij was het nummer niet geregistreerd. Echtgenoot noch echtgenote leverde iets op in de geheime databases van Chang. Google leverde ook niets op, met uitzondering van een onschuldige foto van het paar, gemaakt tijdens een of ander liefdadigheidsbal. Dr. en mevr. Evan Lair. Een stichting die geld inzamelde voor nierpatiënten. Hij droeg een keurig pak met een zwarte stropdas, zij een avondjurk. Ze maakte een gezonde indruk. Ze droeg glinsterende diamanten en had parelwitte tanden.

Toen ging het om drie vragen: hoe snel ze in Phoenix zouden moeten zijn, hoelang ze konden wachten op een vlucht met Changs gold card en hoelang de politie zou wachten voordat ze de zus op de hoogte zouden stellen. Als ze dat tenminste zouden doen. Ze was niet de naaste bloedverwante. Dat was de zoon. Ze zouden zich op hem concentreren. Ze zouden het hem als allereerste willen vertellen. En als ze dat hadden gedaan, zouden ze het aan hem overlaten om zijn tante te bellen. Dat zouden ze beschouwen als zijn verantwoordelijkheid. En hij zou dat vervolgens wel of niet doen, afhankelijk van de aard van de 'uitdaging' waaraan hij leed.

Al met al kwam het erop neer dat McCanns zus wel of niet zou worden gebeld op het moment dat zij in Phoenix zouden landen. Dat zou nog steeds geen probleem zijn, want slecht nieuws was slecht nieuws. Op welke manier je het ook te horen kreeg. Zolang ze maar niet de tijd zou krijgen om plannen te maken om zelf naar Chicago te vliegen en de zaak in handen te nemen. Ze zouden haar moeten bereiken voordat het zover was. Voordat ze in handen zou vallen van slachtofferhulp of welwillende vrienden, van mensen die niets beters te doen hebben dan via bumperstickers hun verontwaardiging te uiten over het onrecht in de wereld.

Ze konden het beste reizen buiten de *comfort zone* van Chang, met een maatschappij waarvan zij geen kaart had. Hierdoor bleef er nog net genoeg tijd over om bij het Peninsula langs te gaan, waar ze de P7 dumpten en de koffer van Chang oppikten. En om de telefoon in te schakelen die ze op Hackett hadden buitgemaakt, en het gesprekkenlogboek te inspecteren. Alle binnenkomende gesprekken kwamen van één nummer. Met het kengetal 480.

Chang pakte haar laptop erbij.

Ze zei: 'Dat is een mobiel nummer in Phoenix, Arizona. Waar wij naartoe gaan.'

Door middel van een erg duur maar snel consult van haar contactpersoon bij de telecommaatschappij kwamen ze erachter dat het telefoonnummer in Phoenix het nummer van een wegwerptoestel was dat een week geleden was gekocht bij Walmart in Arizona, en meteen daarna was geregistreerd, buiten de winkel, op de parkeerplaats. Contant betaald, als onderdeel van een pakket van zes telefoons, een consumentengedrag dat deed vermoeden dat ze te maken hadden met iemand die goed op de hoogte was van de theorie en de praktijk van niet-traceerbare communicatie.

'Dat toestel dumpt hij binnenkort,' zei Reacher. 'Dan pakt hij het volgende.'

Chang knikte. 'Zodra Hackett hem niet belt op het afgesproken tijdstip. Of zodra hij CNN aanzet en ziet wat er hier gebeurt.'

'Dus misschien moeten we hem eerst bellen. Zolang het nog kan.'

'Wat moeten we zeggen?'

'Alles wat ons voordeel oplevert. We moeten zorgen dat hij zich onzeker voelt. We hebben alle hulp nodig die we kunnen krijgen.'

'Je wilt hem uit zijn evenwicht brengen.'

'Dat kan geen kwaad. Alles wat maar emoties bij hem oproept.'

'Oké, probeer maar.'

Hij zette de telefoon van Hackett aan, zocht het juiste scherm en drukte op de groene knop. Hij hoorde hoe de cijfers van het nummer hun weg zochten door de ether, daarna een korte suizende stilte en vervolgens de beltoon.

Toen werd er opgenomen.

Een stem zei: 'Ja?'

Het was de stem van een man. Een man met een brede borstkas en een stierennek, maar de enkele lettergreep klonk afgeknepen en voortijdig afgebeten in kortademige haast en enthousiasme. Verwachtingsvol. Als het happen naar adem. De man herkende het nummer op zijn display en hij wilde het nieuws van Hackett horen, hij was gretig, hij wilde het meteen weten. Dat was duidelijk. Zodat er feest kon worden gevierd, waarschijnlijk.

'Je spreekt niet met Hackett,' zei Reacher.

De stem aarzelde en zei: 'O.'

'Je spreekt met Jack Reacher.'

Geen reactie.

'Hackett heeft McCann te grazen genomen, maar hij heeft ons niet te pakken gekregen. In feite hebben wij hem te pakken gekregen. Hij was goed, maar niet goed genoeg.'

'Waar is Hackett nu?' vroeg de stem.

Een vlak, monotoon accent. Misschien Oost-Europees. Een grote kerel, dat was zeker. Waarschijnlijk bleek en vlezig, misschien echt kortademig.

'Hackett ligt in het ziekenhuis,' zei Reacher. 'Met handboeien aan zijn bed gekluisterd, want de politie was er eerder bij dan de artsen. Hier in Chicago. We hebben zijn telefoon en zijn reservepistool meegenomen, maar we hebben hem het pistool waarmee hij McCann heeft vermoord laten houden. We hebben hem bewusteloos achtergelaten in een huis waarvan ze vermoeden dat het een schuilplaats was voor terroristen. Daar heeft de politie hem gevonden. Ik weet het, niet vragen. De info klopt niet. Ze zijn verkeerd ingelicht, maar vanwege die informatie zullen ze het hem niet gemakkelijk maken. Ze zullen hem vertellen dat hij in Guantánamo terechtkomt. Of wordt uitgeleverd, naar plaatsen waar het niet pluis is. Hij zal zo wanhopig zijn best doen om een deal met ze te sluiten dat hij jou in een vloek en een zucht laat vallen. Jij kunt hem niets aandoen wat erger is dan wat de Verenigde Staten voor hem in petto zouden hebben. Dus daar moet je je zorgen over maken. Bovendien moet je je zorgen maken over ons. Je bent een oorlog begonnen. Dat was dom. Want die verlies je. En niet op een zachte manier. We zullen je zo'n pak op je donder geven dat je kinderen duizelig worden geboren.'

'Denk je?'

'We hebben Hackett al verslagen. Makkie. Was hij het beste wat je hebt? Ik hoop het niet voor je. Want jij bent als volgende aan de beurt. We weten hoe je heet en we weten waar je zit. We zijn onderweg. Je mag vanaf nu over je schouder gaan kijken.'

De man aan de andere kant van de lijn haalde lang en diep adem, alsof hij iets wilde gaan zeggen, misschien wel heel veel, maar uiteindelijk zei hij niets en verbrak de verbinding. Reacher hoorde niets meer. Hij zag voor zich hoe de chip uit de telefoon werd gepeuterd en met een botte vingernagel in tweeën werd gebroken, hoe de resten werden weggegooid in een prullenbak.

'Wie was dat?' vroeg Chang.

'Hij zei niet veel,' zei Reacher. 'Niet meer dan acht woorden. Maar zo te horen was het een zware, grote kerel, Russisch, redelijk verbaal ontwikkeld en redelijk slim.'

'Russisch?'

'Uit die buurt. Georgië, Oekraïne. Een van die nieuwe landen.'

'Verbaal ontwikkeld, na acht woorden?'

'Ik zei dat Hackett niets voorstelde, en hij reageerde met "O". Afgemeten en rustig. Of zodanig dat het die indruk moest wekken. Het is iemand die begrijpt dat woorden van alles kunnen betekenen.'

'Weten we echt hoe hij heet en waar hij zit?'

'Misschien heb ik de zaken iets mooier voorgesteld dan ze in werkelijkheid zijn. Een beetje overdreven voor het effect. Zo in de trant van: we doen net alsof, tot het echt zo is. Want vroeg of laat komen we erachter. Op de een of andere manier. Misschien kan die telefoonman van jou een lijstje maken met de locaties vanwaar hij belt. Op dat nummer staan de gesprekken van maar één week. Hij kan onmogelijk ver van huis zijn geweest. Dan kunnen we ons daarop richten.'

'Zou die informatie leiden tot lichamelijke verwondingen of ernstig letsel?'

'Dat zou het enige doel ervan zijn.'

'Dan werkt mijn telefoonman niet mee. Dat is de deal.'

'Moet je hem dat vertellen?'

'Hij zou achteraf één plus één bij elkaar optellen, en dan zou hij voor iemand anders gaan werken. Ik wil niet dat dat gebeurt.'

'Zelfs niet voor Keever?'

'Keever zou het begrijpen. Jij zou het ook moeten begrijpen. Jij had een erecode. Een deal is een deal.'

'Oké dan,' zei Reacher. 'Denk ik. Vermoedelijk kunnen we er wel op een andere manier achter komen. Als we met McCanns zus hebben gepraat. Die het misschien voor ons boven water kan halen. Afhankelijk van hoeveel ze weet. En of we er iets wijzer van worden.'

'Verder hebben we niks. Dit is allang niet meer iets kleins op een tarweakker. Hackett komt uit Californië, hij heeft een bemand wapenarsenaal in Illinois en zijn baas zit in Arizona. Dit is een organisatie die in het hele land opereert. Ze zullen de luchthaven in de gaten houden. Je hebt gezegd dat we onderweg waren.'

'Daarom zei ik het ook. Anders vinden we ze nooit.'

'Het is een risico.'

'Alles is een risico. In een vliegtuig stappen is ook een risico. Al die andere passagiers hebben ook telefoons. Denk eens aan wat die oude dame zei over al die muziek en al die foto's. Denk eens aan al dat extra gewicht.'

Toen puntje bij paaltje kwam, hadden de straalmotoren geen enkele moeite met het gewicht van alle telefoons aan boord. Het vliegtuig maakte zich moeiteloos los van de startbaan en koos het luchtruim net als alle andere vliegtuigen die dag op de drukste luchthaven van de Verenigde Staten. Reacher was ervan overtuigd dat ze niet waren gevolgd, zeker niet in het vliegtuig. Maar hun echte namen stonden geregistreerd in de computer van een luchtvaartmaatschappij en hun aankomsttijd was openbaar. Je moest er het beste van hopen, maar je voorbereiden op het ergste.

Ze hadden stoelen ter hoogte van de voorkant van de vleugel.

Die bij het raam en de middelste van de drie. De nooduitgang was twee rijen achter hen. Reacher zat bij het raam. Chang had de middelste stoel genomen, vrijwillig. Naast haar aan het gangpad zat een vrouw met oordopjes.

'Ik zat te denken aan de neven of gebroeders Moynahan.'

'En?' zei Chang.

'Ze waren met zijn tweeën en bezorgden ons honderd keer zo weinig problemen als Hackett in zijn eentje.'

'Hoe voel je je?'

'Alsof ik nu drie keer een klap heb geïncasseerd. Dat bedoel ik dus. En die eerste keer niet één. Ik ben het met je eens over Hackett in Californië, en het arsenaal in Illinois en de baas in Arizona. Het is een nationaal opererende organisatie. Maar ik zie niet op welke manier Mother's Rest daarvan deel uitmaakt. Dat zijn lui van een veel lager niveau. Het bestaat niet dat dit een plaatselijke afdeling is. Dat zou de zwakke schakel in het geheel zijn. Ze zouden volkomen uit de toon vallen.'

'Wat is Mother's Rest dan?'

'Cliënten misschien,' zei Reacher. 'McCann heeft Keever ingehuurd. Misschien heeft Mother's Rest ook iemand ingehuurd. Misschien gaat dat zo tegenwoordig. Dat criminelen spierballen leveren aan nationaal opererende organisaties. Outsourcing. Misschien leveren ze allerlei diensten. Waarom niet? We leven in een service-economie.'

Chang zei: 'Dan kan McCanns zus gevaar lopen. In theorie. Omdat organisaties zich gedragen als organisaties. Zij willen gedetailleerde informatie. Wist Mother's Rest dat McCann met zijn zus praatte? Zo ja, dan zit zij in de informatie. Ze is een los einde. Omdat wij dat ook zijn. We zouden elkaar kunnen tegenkomen. En organisaties houden er niet van als losse eindjes elkaar tegenkomen. Zich indekken tegen eventualiteiten is veel te belangrijk.'

Reacher zei niets.

'Wat is er?' vroeg Chang.

'Ik wilde zeggen dat de zus vast geen gevaar loopt. Dat lijkt me logisch. Ik bedoel, Keever is maar een paar dagen in Mother's Rest geweest, en nu vragen wij ons af of iemand het adres weet van de zus van zijn cliënt? Die kans moet wel heel erg klein zijn.'

'Maar?'

'Het voelt machteloos om in een vliegtuig te zitten. Dingen gaan aan je vreten.'

De luchthaven van Phoenix had heel toepasselijk de naam Sky Harbor International gekregen. Het was inderdaad een veilige haven, tenminste het deel dat gereserveerd was voor vliegtuigpassagiers. Vanwege de metaaldetectoren. Aan de andere kant daarvan lagen de zaken anders. Nadat Reacher en Chang uit het vliegtuig waren gestapt, liepen ze dus niet naar de uitgang maar naar de verderaf gelegen gates. Daar legden ze aan bij een koffiebar en wachtten ze op hoge krukken tot de laatste passagier uit Chicago in een hotelbus was gestapt. Tot iedereen die had staan wachten op passagiers uit Chicago het uiteindelijk zou hebben opgegeven en naar huis was gegaan.

Daarna wandelden ze naar buiten, etalages kijkend, oneindig langzaam, de omgeving afspeurend of toch niet iemand hen alsnog herkende, of er niet plotseling werd gebeld om te rapporteren, maar ze zagen niets. De luchthaven was ruim opgezet, het was er niet druk en er hing een ontspannen sfeer. Na Chicago was het een verademing. Waar het voor vliegtuigpassagiers gereserveerde deel overging in het vrij toegankelijke gebied bleven ze staan en bekeken ze schoenen en sweatshirts en turquoise sieraden tot het volgende vliegtuig landde en een menigte uitgestapte passagiers hun kant op kwam. Zo'n honderd man, uit Minnesota, dacht Reacher, met zo'n honderd stuks handbagage. Chang en hij glipten mee met de laatste achterblijvers, wurmden zich door een chaotische menigte mensen in de bagagehal, door het laatste beetje koude lucht van de airconditioning, naar buiten, naar de rij voor de taxi's, in de verzengend hete woestijnlucht. Ze hoefden gelukkig maar een minuut te wachten. Niemand besteedde aandacht aan hen. Niemand schuifelde ongemakkelijk met zijn voeten. Niemand keek naar hen, niemand keek een andere kant op.

Ze namen een taxi naar de autoverhuurbedrijven. Niemand volgde hen. Omdat Reacher geen rijbewijs had, ging Chang in de rij staan om een Chevrolet te huren, een middenklasser. Een onopvallende witte auto, anoniem, uitgerust met gps. Ze wachtten bij het loket waar de formaliteiten werden afgewerkt en keken naar buiten. Geen auto's stand-by langs de stoep. Niemand in de buurt buiten. Te heet voor voetgangers.

Ze reden een minuut of tien een willekeurige route in allerlei richtingen en voerden toen in de gps het adres in de chique buitenwijk in. Waar de arts woonde met de zus van McCann. Ze zochten op de radio een nieuwszender, maar er was geen nieuws uit Chicago. Daar hadden ze op de radio geen tijd voor. Kennelijk had Phoenix zo zijn eigen problemen. De gps voerde hen naar het noorden en daarna naar het oosten, naar Scottsdale. Ze reden een straat in een buitenwijk in, en toen nog een volgende straat, en uiteindelijk waren ze op hun bestemming.

Een omheind gebouwencomplex met een poort.

Het huisje van de poortwachter was opgetrokken in een decoratieve stijl met een schilddak. Rondom waren cactussen geplant. Er kwam een rood-wit geblokte slagboom uit de gevel aan de rechterkant, en een rood-wit geblokte slagboom uit de gevel aan de linkerkant. Een vette vogel met twee magere vleugeltjes.

Een omheinde wijk. Rijkelui. Belastingbetalers. Mensen die bijdragen stortten op de rekeningen van politieke partijen. Mensen met het snelkiesnummer van de sheriff van Maricopa County.

Ze bleven staan langs de rand van de straat, honderd meter voor het poorthuis.

Het was drie uur 's middags. Vijf uur in Chicago.

Achter het glas zat één bewaker.

'We hadden het kunnen weten,' zei Reacher.

'Als ze inmiddels weet wat haar broer is overkomen, komen we er nooit in. Niet als die man eerst naar hun huis moet bellen. En ik weet zeker dat hij dat doet.'

'Jij hebt een FBI-legitimatie,' zei Reacher.

'Het is geen badge. Die man kent het verschil.'

'Hij is een uitzendkracht van een bewakingsbedrijf.'

'Hij is een mens met een hartslag. Meer hoef je niet te hebben.'

'Mevrouw Hopkins was wel onder de indruk.'

'Andere generatie. Andere instelling tegenover de overheid.'

Reacher zei niets.

'Alles goed?' vroeg Chang.

'Ik heb hoofdpijn.'

'Wat wil je doen?'

'Proberen binnen te komen.'

'Oké, maar als er problemen zijn, trekken we ons op een beschaafde manier terug. Er komen nog meer dagen. We kunnen ons niet veroorloven dat McCanns zus zich tegen ons keert.'

Ze trok op, draaide de oprit naar de slagboom op en bleef pal voor het glazen schuifraampje staan. Ze zoemde haar raam open. Ze wierp haar haar over haar schouder, draaide haar hoofd naar het loket en glimlachte. 'We komen voor meneer en mevrouw Lair.'

De bewaker was een oudere man met wit haar, gekleed in een grijs uniform van synthetische stof. Een shirt met korte mouwen. Dunne armen met sproeten.

Hij drukte op een rode knop.

'Ik wens u een fantastische middag,' zei hij.

De slagboom ging omhoog.

Chang reed verder. Ze zoemde haar raam weer dicht en zei: 'Ik zou geen cent overhebben voor die bewaking.'

'Maar de groenvoorziening is mooi aangelegd,' zei Reacher.

Dat was zo. Geen gazons. Niets wat water nodig had. Er waren kunstzinnige beekjes van rotsen, waar cactusbladeren als messen doorheen sneden, wolken van bleekrode bloemen, en stalen sculpturen, nog glanzend en zonder roest in de kurkdroge lucht. Het terrein was vlak, de kavels waren groot, en de huizen stonden er willekeurig op, alsof ze er toevallig terecht waren gekomen.

Reacher zei: 'Het moet iets verder zijn, links. Een paar honderd meter misschien.'

Verderop stonden een heleboel auto's. Allerlei merken en modellen, in allerlei verschillende kleuren. De meeste waren dure modellen. Ze stonden bumper aan bumper op de oprit, drie breed, drie achter elkaar, en bumper aan bumper langs de straat, dicht op elkaar, een beetje chaotisch, alsof het huis waar ze voor stonden een eigen magnetische kracht bezat.

Een stuk of dertig auto's.

Daarom had de bewaker zonder vragen te stellen de slagboom omhooggedaan.

Er was een instructie doorgegeven aan de poort.

Een feestje.

Een cocktailparty, of een zwembadfeestje, of wat voor feestje dan ook, iets wat om drie uur 's middags dertig auto's kon mobiliseren.

Op de brievenbus aan het einde van de oprit vol auto's stond THE LAIR'S LAIR.

Chang parkeerde voorbij de laatste langs de stoep geparkeerde auto. Ze stapten uit, de hitte in, en keken om. Het huis zelf was fraai, breed en robuust, alleen een begane grond, een samengesteld dak, deels klei, deels ruw gezaagde planken, opzichtig genoeg om rijkdom en smaak uit te stralen, maar volgens de algemene maatstaven volstrekt niet opzichtig. Wat er zich ook mocht afspelen bij het huis, het vond in ieder geval plaats achter het huis. Daar hadden ze geen zicht op. Er liep een manshoge muur omheen. Een architectonische feature in lijn met het huis zelf. Zelfde materiaal, zelfde kleur. Zelfde uitstraling. De voortuin was open, maar de achtertuin was afgesloten. Privé. Niets te zien. Al meende Reacher mensen in een zwembad te horen: gespetter en door water gedempte kreten. Typische zwembadgeluiden. Buiten adem, de schok van het koele water. Dat was ook logisch. Het was drie uur 's middags. Het was bijna veertig graden. Waarom zouden mensen anders komen? Het zwembad, het terras, misschien de keuken en de woonkamer, naar binnen en naar buiten door de schuifpui. Blikjes bier in bakken met ijs.

Chang zei: 'Bij de FBI hebben we onderzoek gedaan. Ik heb er zelfs een deel van geschreven. Ik lijk mevrouw Hopkins wel. Het onderzoek ging over auto's. Aan de hand van de cataloguswaarde van de auto's die ergens voor de deur stonden geparkeerd, bepaalden we de hoeveelheid geld die binnen van de ene hand in de andere overging.'

'Denk je dat er daarbinnen geld van de ene hand in de andere hand overgaat?' vroeg Reacher.

'Nee, ik beweer op basis van grondig onderzoek naar auto's dat daarbinnen een aantal stinkend rijke mensen rondloopt. En een gevarieerd gezelschap. Dit zijn niet alleen auto's van rijke meisjes. Er staan ook gezinsauto's bij. En auto's van rijke jongens, die zo uit hun werk zijn gekomen. Dit is een gezelschap met gewicht.'

Ze liepen in de richting van het huis.

Vlak bij de garage was een poort in de muur om de achtertuin. Breed genoeg voor een zitmaaier. Jaren geleden ooit zo ontworpen door een architect, mocht je aannemen, voor mensen die niet zonder gazons konden. Nu werd de poort gebruikt om de tuin te bereiken. Een aangelegd pad. Slingerende kiezelpartijen. Lampen op zonne-energie op kniehoogte. De poort stond op een kier. Ze vingen een glimp op van mensen in de tuin, in groepjes bij elkaar, wazig, in het volle zonlicht, een beetje in beweging.

Er kwam een vrouw naar buiten door de poort.

Ze liep met haar tas naar haar auto, kordaat, zakelijk, officieel.

Dit was niet de zus van McCann. Een vriendin of een buurvrouw. Een medegastvrouw of medeorganisatrice.

Ze liep snel.

Kwam dichterbij.

Bleef staan en glimlachte.

Ze zei: 'Hallo, welkom, wat leuk dat jullie er ook zijn. Ga maar naar binnen.'

En liep door naar haar auto.

38

Reacher en Chang liepen over het fraaie pad, tussen de beplanting door, langs de lampen op zonne-energie, door de poort, de achtertuin in. Voor hen lag een groot rechthoekig woestijnlandschap met houten priëlen en klimop voor schaduw, en gigantische terracotta potten en omgevallen amfora's waaruit bloesem tuimelde, en statige reuzencactussen, eenzaam in bedden met grind. Er was een zwembad met donker pleisterwerk, vormgegeven als een natuurlijke vijver, omzoomd door rotsen en gevoed door kleine spetterende watervallen. Er stond meubilair van teakhout, zwaar in de olie gezet, met dikke, kleurige kussens, en parasols, en tuintafels.

Er waren ongeveer veertig mensen, mannen en vrouwen, sommigen jong, de meesten ouder. Een aantal gekleed in kleurige bij Arizona passende kleren, sommigen in zwembroek of badpak, verschillende mensen in badjas, bij elkaar in groepjes, pratend, lachend, borden en glazen in de hand. Sommigen waren nat, anderen waren nog in het water, ondergedompeld tot de kin en pratend, of ze dreven op hun rug, of stoeiden. Bij een tafel onder een klimplant stond een jonge vrouw van een jaar of dertig, lang en slank, met een gebronsde huid. Ze was in bikini met daarover een dun bloesje. Ze glimlachte ontspannen, maar straalde ook, en op de een of andere vanzelfsprekende manier was ze het middelpunt van alle belangstelling. Schuin achter haar stond een man met grijs haar, maar goed geconserveerd, in een korte lichtbruine broek en een schreeuwerig hawaïhemd. Aan de andere kant achter haar stond een vrouw met donkerblond haar, schitterende ogen en een brede glimlach, die een tot op de enkels vallende hemdjurk droeg van gebleekt linnen. De vertrouwelijkheid en het gemak waarmee ze met elkaar omgingen, maakte duidelijk dat het om een dochter en haar ouders ging, en de oude foto die Chang met haar mobieltje op Google had opgeduikeld, maakte duidelijk dat de ouders dr. en mevrouw Evan Lair waren.

Reacher wees discreet in hun richting. 'Kijk daar eens.'

Bij het huis was een lange tafel opgesteld die vol lag met cadeaus, de meeste groot en vierkant, stuk voor stuk ingepakt en van linten voorzien in wit en zilver.

'Dit is een bruiloft,' zei Chang.

'Het lijkt er wel op,' zei Reacher. 'De trouwpartij van hun dochter, zo te zien. De jonge vrouw bij de tafel. Ik neem aan dat zij de nicht is van McCann.'

Toen kwam de zus van McCann in beweging, na een laatste lach en een glimlach en een liefdevol kneepje in de schouder van haar dochter. Ze zwierf van groep naar groep, maakte een praatje, schitterde, boog zich naar mensen toe, glimlachte, kuste mensen, en vermaakte zich geweldig.

'Ze heeft het nog niet gehoord,' zei Chang. 'Van Chicago. Onmogelijk.'

Reacher zei niets.

De zus van McCann drentelde verder, van groep naar groep,

nam een glas van een passerend dienblad. Legde haar hand op iemands arm, zette haar glas weer weg op een ander dienblad. Haar oog viel op Reacher en Chang, die afgezonderd en wat onhandig bij de poort stonden, in kleren die qua kwaliteit weinig om het lijf hadden en qua kwantiteit juist weer te veel. Onbekend, onverklaarbaar. Ze verlegde haar koers in hun richting, nog steeds glimlachend, fonkelende ogen, het warme welkom van een gelukkige gastvrouw uitstralend.

Chang fluisterde: 'We kunnen het haar niet vertellen. Niet nu.'

De vrouw kwam dichterbij en stak een slanke, gemanicuurde hand uit. 'Hebben wij al kennisgemaakt? Ik ben Lydia Lair.'

Ze leek als twee druppels water op de Google-foto van het liefdadigheidsbal. Stralend. Chang schudde haar de hand en stelde zich voor, daarna Reacher. De vrouw zei: 'Ik stel u dezelfde vraag die ik iedereen vanmiddag stel, en dat is: kent u onze dochter van haar studie of van haar werk? Niet dat het enig verschil maakt, maar het is iets om te zeggen.'

'Mevrouw, wij zijn hier voor heel iets anders,' zei Reacher. 'Misschien kunnen we beter op een later tijdstip terugkomen. We willen geen huwelijksfeest verstoren. Misschien brengt dat zeven jaar ongeluk.'

De vrouw glimlachte.

'Volgens mij gaat dat om gebroken spiegels,' zei ze. 'En dit is nog niet het huwelijk. Nog lang niet. Dit is een soort pré-pré-pré-huwelijksontbijt-feestje-alleen-voor-vrienden-van-de-bruid-achtig iets. Dan kan iedereen met elkaar kennismaken voordat de rest van de festiviteiten van deze week losbarst, zodat iedereen energie kan opdoen voor het grote gebeuren dit weekend. Mijn dochter zegt dat ze het tegenwoordig allemaal zo doen. Maar u weet hoe het is vandaag de dag. De huwelijksfeesten duren langer dan het huwelijk zelf.'

Toen lachte ze, een gelukkig geluid, waarachter de zekerheid schuilging dat de grap niet van toepassing was op haar huwelijk, en dat het huwelijk van haar dochter tot in eeuwigheid zou standhouden.

Chang vroeg: 'Zou het vanavond beter uitkomen?'

'Mag ik vragen waarover het gaat?'

'Uw broer Peter.'

'Ach, lieve hemel. Het spijt me, maar ik ben bang dat u voor niets bent gekomen. Hij is er niet. Hij is niet gekomen. We hadden hem natuurlijk wel verwacht, maar het is een lange vlucht. Waar kent u Peter van?'

'Daar zouden we later vanavond graag met u over praten, als dat u schikt. Want op het moment houden we u alleen maar op, en we hebben al veel te veel beslag gelegd op uw tijd. Dan kunt u weer terug naar uw gasten.'

De zus van McCann glimlachte erkentelijk en maakte aanstalten om zich om te keren. Toen keerde ze zich weer naar hen, getroffen door een nieuwe gedachte. Ze vroeg: 'Heeft Peter problemen? Bent u van de politie?'

Chang deed het enige wat ze kon doen als vrouw met een erecode. Ze negeerde beide vragen volledig en reageerde met iets wat op een antwoord leek. 'Wij zijn privédetectives.'

'Heeft Keever u gestuurd?'

'Mevrouw, we moeten echt met u praten, maar we kunnen u moeilijk bij dit feest weghalen.'

'Heeft Peter problemen?'

Chang deed hetzelfde nog een keer. 'Mevrouw, wij zijn hier voor informatie. Ons werk is te luisteren naar wat u ons over Peter kunt vertellen.'

'Kom met mij mee,' zei de zus van McCann.

Ze liepen door het huis naar een studeerkamer met een lambrisering van donker hout, gesloten luiken tegen het zonlicht, comfortabele fauteuils en een open haard van riviersteen. Ze gingen zitten, de vrouwen bijna met de knieën tegen elkaar. Reacher leunde achterover. De zus van McCann vroeg: 'Waar moet ik beginnen?'

'Vertelt u eens wat u van Keever weet,' zei Reacher.

'Ik heb hem vanzelfsprekend nooit ontmoet. Maar Peter spreekt de zaken graag door, dus toen hij probeerde een keuze te maken, kreeg ik het gevoel dat ik de kandidaten allemaal een beetje leerde kennen.'

'Hoeveel kandidaten waren er?'

'In het begin acht.'

‘Heeft die selectieprocedure lang geduurd?’
‘Bijna zes weken.’
‘Dat is grondig.’
‘Zo is Peter.’
‘Hoe vaak praat u met elkaar?’
‘We bellen bijna iedere dag.’
‘Hoelang belt u dan?’
‘Soms wel een uur.’
‘Dat is erg veel.’
‘Hij is mijn broer. Hij is eenzaam.’
‘Waarvoor had hij een privédetective nodig?’
‘Voor Michael, zijn zoon. Mijn neef.’
‘Ze zeggen dat er problemen zijn.’
‘Dat is niet het goede woord. Dat is een nette manier om te zeggen dat het een moeilijke jongen is. En dat is een eufemisme voor iets ergers. Michael is allesbehalve moeilijk.’
‘Hoe zou je het wel moeten noemen?’
‘Michael heeft het einde van de assemblagelijn nooit gehaald. Een aantal onderdelen is er nooit ingeschroefd. Ik probeer zijn moeder niet de schuld te geven. Maar zij was niet gezond. Ze is nog geen tien jaar na zijn geboorte overleden.’
‘Welke onderdelen ontbreken er?’
‘Bent u een gelukkig mens, meneer Reacher?’
‘Ik mag niet klagen. In algemene zin. Op het moment voel ik me vrij goed. Niet in relatie tot het onderwerp van gesprek, begrijpt u me niet verkeerd.’
‘Hoe ongelukkig bent u op een schaal van één tot tien ooit geweest?’
‘Ongeveer een vier.’
‘En het gelukkigst?’
‘Vergeleken met het theoretische maximum?’
‘Ik denk het.’
‘Ongeveer een negen.’
‘Oké, een vier als ondergrens, een negen als hoogtepunt. En u, mevrouw Chang?’
Chang gaf niet meteen antwoord. Toen zei ze: ‘Het ongelukkigste dat ik me ooit heb gevoeld, zou een drie moeten zijn. En ik was

van plan om acht te zeggen voor gelukkig, maar misschien zeg ik nu toch wel een negen. Denk ik.'

Terwijl ze dat zei keek ze op een speciale manier naar Reacher. De zus van McCann ving de blik op en vroeg: 'Gaat u met elkaar naar bed?'

Geen reactie.

'Schat, als jullie met elkaar naar bed gaan, geef het dan maar een negen. Aan de veilige kant blijven. Maar niet hoger. Van een tien krijgen ze faalangst. Maar met zijn tweeën bestrijken jullie op de schaal een gebied van drie of vier aan de onderkant tot twee keer een negen bovenaan, ook al is een van de negens eigenlijk een acht, maar we zijn te beleefd om dat zomaar te zeggen. Maar jullie begrijpen wat ik bedoel. Jullie zijn allebei normale mensen. Als het gebied tussen twee en zeven lag, zouden jullie nog steeds normaal zijn, al zouden jullie dan wel wat somber en gereserveerd zijn. Begrijpt u?'

Chang knikte.

'Stel je een naald voor die is blijven steken bij nul. Er zit geen enkele beweging in. Nul aan de onderkant en nul bovenaan. Dat is Michael. Hij is ongelukkig geboren. Geboren zonder de vaardigheid om gelukkig te zijn. Geboren zelfs zonder notie van wat geluk is. Hij weet niet eens dat het bestaat.'

'Heeft dat een naam?' vroeg Chang.

'Ze hebben tegenwoordig overal namen voor. Peter en ik praten er eindeloos over. Geen van die etiketten past echt. Ik hou van ouderwetse woorden. Ik noem het graag melancholie. Maar dat klinkt te zwak en te passief. Michael kent emotionele diepgang, maar geen bereik. U voelt vreugde of passie en hij voelt dezelfde intensiteit, maar het dendert en davert bij hem allemaal op het niveau nul. En hij is intelligent. Hij weet precies wat er met hem aan de hand is. Het resultaat is een eindeloze marteling.'

'Hoe oud is hij nu?'

'Hij is vijfendertig.'

'Wat zijn de symptomen? Is het moeilijk om met hem om te gaan?'

'Integendeel. Je merkt amper dat hij er is. Hij is heel stil. Hij doet wat je hem vraagt. Hij zegt bijna niets. Hij zit dagenlang voor zich uit te staren, op zijn lip te bijten, met ogen die heen en weer schieten. Of hij is bezig op zijn computer. Of hij zit te frunniken met zijn telefoon. Hij is volstrekt niet agressief. Hij raakt nooit van streek. Van streek raken zou impliceren dat er beweging zit in zijn emoties.'

'Kan hij werken?'

'Dat is een deel van het probleem. Hij moet werken om in aanmerking te komen voor huisvesting met sociale begeleiding. Dat hoort erbij. En hij kan werken. Er zijn dingen waarin hij goed is. Maar mensen vinden hem vermoeiend. Ze willen niet bij hem in de buurt zijn. Hij heeft een negatief effect op de productiviteit. Meestal vragen ze hem om weer te vertrekken, dus hij verkast van het ene project naar het andere.'

'Waar woont hij op het moment?'

'Nu? Hij woont nu nergens. Hij wordt vermist.'

Op dat moment kwam de aanstaande bruid binnen, op zoek naar haar moeder. Een dun bloesje over haar bikini. De nicht van Peter McCann. De nicht van Michael McCann. Ook van dichtbij straalde ze nog steeds. Er lag een glans over haar voorkomen. Ze was bijna perfect. Prenatale zorg, perinatale zorg, postnatale zorg, zuigelingenzorg, peuterzorg, voeding, onderwijs, orthodontie, reizen, college, universiteit, een verloofde, kortom de hoofdprijs. Aan haar assemblagelijn had niets gemankeerd. En ze zag er gelukkig uit. Niet mal en giechelig, niet opgefokt, niet leeghoofdig. Gewoon innig tevreden met haar leven. En ruimte over voor extase. De naald schommelde bij haar misschien tussen een zes en een tien. Zij had alles wat haar neef niet had.

De zus van McCann liep met haar mee naar buiten, naar het zwembad. Ze beloofde terug te komen zodra het mogelijk was. Reacher en Chang zaten zwijgend bij elkaar in het schemerduister van de studeerkamer. Ze hoorden de geluiden van het feest, gedempt door muren en vanwege de afstand. Gespetter, gilletjes, het gerinkel van glazen en het constante gemurmel van de gesprekken. Chang zei: 'We moeten Westwood bellen in Los Angeles. We moeten hem bijpraten. Afspraak is afspraak. En we moeten weer een hotel zoeken.'

'Zeg tegen hem dat we alles moeten weten wat hij over het deep web weet,' zei Reacher. 'Al zijn aantekeningen. Of misschien moet je hem vragen hiernaartoe te komen om het allemaal uit te leggen. Misschien zouden we zijn aantekeningen niet begrijpen. Zeg maar dat hij een vliegtuig moet nemen. Hij krijgt de rechten voor het boek.'

Chang schakelde de handsfreefunctie van haar telefoon in en koos het nummer. Ze rapporteerde alles wat er was gebeurd sinds de vorige keer dat ze had gebeld, in het motel in West-Hollywood. Ze vertelde over Chicago, de bibliotheek, de drugstore met de telefoon, de straat waar McCann had gewoond, Hackett, de buurvrouw, de moord in het Lincoln Park, de vlucht naar Phoenix en tot slot de zus. En daarna over de zoon, voor eeuwig gevangen tussen nul en niets, en in het hier en nu vermist.

'Dat noemen ze anhedonie,' zei Westwood. 'Het onvermogen om plezier te ervaren.'

'McCanns zus doet het voorkomen alsof het erger is.'

'En Keever moest hem zoeken en weer naar huis brengen?'

'Dat vermoeden we. Dat deel van het verhaal hebben we nog niet gehoord. We werden gestoord.'

'Ik zie niet wat dat te maken heeft met het deep web of tweehonderd doden. Dit riekt meer naar een misdaadverslag dan een wetenschapsartikel. Of misschien wordt het wel zo'n verhaal over een menselijk drama.'

'Het zou alle drie kunnen zijn. Dat weten we nog niet.'

'Waar slapen jullie?'

'Dat hebben we nog niet uitgezocht.'

'Oké, ik bel jullie als ik ben geland.'

De verbinding werd verbroken.

Reacher zei: 'Michael doet blijkbaar veel met de computer, of hij zit te prutsen met zijn telefoon. Misschien is dat het verband met het deep web. Misschien zit hij wel de hele tijd in een of andere rare chatroom. Misschien leidt hij wel een geheim leven waarvan niemand iets af weet.'

'Hij is gedeprimeerd, niet gestoord.'

'Het woord gedeprimeerd zegt precies wat het is, omlaag gedrukt beneden het normale niveau. Dat impliceert niveauverschillen. En die kent Michael niet. Dat is gestoord, of ongewoon, als je het beleefd wilt zeggen. Maar hij is intelligent, zegt ze. Misschien zijn er online zelfhulpgroepen. Misschien is hij zelf een groep begonnen.'

'Waarom zou dat zo geheim moeten zijn?'

'Vanwege de zoekmachines, denk ik. Werkgevers spioneren online. Dat heb ik gelezen in een krant. En waarschijnlijk niet alleen werkgevers. Waarschijnlijk allerlei soorten mensen. Familieleden misschien wel, of artsen. Er is geen privacy meer. Alles wat je zegt, kan tegen je gebruikt worden. Als Michael iets op internet zou zetten waaruit zou blijken dat hij geen vooruitgang boekte, zou hij misschien zijn huisvesting kunnen kwijtraken. Of misschien zou iemand kunnen besluiten dat hij begeleiding nodig heeft.'

De deur ging open en Lydia Lair kwam binnen. De zus van Peter McCann, de tante van Michael McCann, de moeder van de aanstaande bruid. Ze ging weer in dezelfde stoel zitten. 'Hoe komt het dat Michael vermist wordt?' vroeg Reacher aan haar.

'Dat is een lang verhaal,' zei ze.

Dertig kilometer ten zuiden van Mother's Rest werd de man met de gestreken spijkerbroek en het geföhnde haar gebeld op zijn vaste lijn. Zijn contactpersoon zei: 'Vanaf nu is het jouw puinhoop.'

'Hoezo?'

'Er zijn dingen die jij niet wist.'

'Welke dingen?'

'Ik had je beloofd dat ze niet met McCann zouden praten. Die belofte heb ik gehouden. Je kunt niet met doden praten. Maar het had wel een prijs. Ik ben Hackett kwijtgeraakt.'

'Hoe?'

'Reacher heeft hem uitgeschakeld. Of eigenlijk deden ze het met z'n tweeën. Hoe dan ook, dat had niet mogen gebeuren. Theoretisch was het onmogelijk.'

'Is hij dood?'

'Hij ligt in het ziekenhuis.'

'Laat je dat over je kant gaan?'

'Nee. Ik ga een voorbeeld stellen. Beeldvorming is allesbepalend in deze wereld. De concurrentie is moordend. Alles staat of valt met de kracht van je merk. Dus ik deel het met je, fiftyfifty.'

'Wat wil je delen?'

'De kosten om ze hier niet mee weg te laten komen.'

De man met de spijkerbroek en het haar bleef even stil. Toen zei hij: 'Je hebt ervoor gezorgd dat ze niet met McCann hebben gepraat, daarvoor ben ik je dankbaar. Uitstekend werk. Maar met alle respect, daarmee is onze samenwerking tot een einde gekomen. Wat jij vindt dat je nog moet verhapstukken met Reacher of Chang, is vanaf nu jouw zaak.'

'Hackett ligt met handboeien aan zijn bed in het ziekenhuis gekluisterd. De politie heeft hem gearresteerd.'

'Hoeveel weet hij?'

'Stukjes en beetjes. Maar ze kunnen niets bewijzen. Hackett heeft geen bewijsmateriaal bij zich. Geen gegevens. Reacher heeft zijn telefoon gestolen en Hackett had zijn computers achtergelaten in de auto. Die was geleverd door onze vrienden in Chicago, compleet met chauffeur. Dus we hebben nog steeds zijn hardware. We hebben de tap op de telefoon van Chang weer ingeschakeld. Zij belt weer met het ding. Ze heeft net de man bij de *L.A. Times* gebeld. Ergens uit een buitenwijk hier in Phoenix.'

'Waarom daar? Vanwege jou? Zitten ze nu achter jou aan?'

'Reacher belde me met de telefoon van Hackett en zei dat ze me te pakken zouden nemen. Dat ligt bovendien nogal voor de hand. Maar dat kon je niet afleiden uit wat Chang allemaal zei tijdens dat gesprek naar Los Angeles. Ze zijn hier om een heel andere reden.'

'En dat is?'

'Er zijn dingen die jij niet wist.'

'Welke dingen?'

'Dingen die jou duidelijk maken dat je je handen dicht mag knijpen voor een fiftyfiftydeal.'

'Zeg het maar.'

'Peter McCann had een zus. Lydia McCann. Nu Lydia Lair, getrouwd met een arts. Ze woont hier in Phoenix. In een buitenwijk. Broer en zus hingen voortdurend met elkaar aan de telefoon. Hij heeft haar alles verteld. Afgaand op wat Chang zojuist allemaal tegen Westwood zei, is praten met de zus hetzelfde als praten met McCann zelf.'

'Dat moeten we voorkomen.'
'We?'
'Oké, fiftyfifty. Natuurlijk.'
'Ik ben blij dat we het daarover eens zijn.'
'Maar ik wil wel iets extra's.'
'En dat is?'
'Ik wil weten hoe McCann dood is gegaan.'
'Hackett heeft hem doodgeschoten.'
'Meer details.'
'Hackett heeft hem 's ochtends vroeg opgezocht en heeft hem met een pistool in zijn rug mee uit wandelen genomen. Naar het park daar in de buurt. Er was niemand te bekennen. Hij heeft hem in zijn achterhoofd geschoten met een negen millimeter met geluiddemper.'
'Was er veel troep?'
'Ik was er niet bij.'
'De kogel is er waarschijnlijk door het gezicht weer uitgekomen. Maar op dat moment was hij al hersendood. Geen verdere hartslag meer. Geen bloeddruk. Effectief, maar niet zichtbaar. Ga je hetzelfde doen met Reacher en Chang?'
'Ik ga doen wat nodig is om ze van kant te maken. Fiftyfifty. Het kan behoorlijk oplopen. Want afgezien van al het andere, moeten we het snel doen. Misschien zitten ze op dit moment wel met elkaar te praten.'

39

Het lange verhaal over de verdwijning van Michael McCann begon met Michaels wens om naar Oklahoma te gaan. Michael had het op een dag aangekondigd, op zijn trage, haperende, terneergeslagen manier. Zijn vader had zichzelf niet toegestaan om zich zorgen te maken, hij was niet in die valkuil gestapt, niet op dat moment, niet meteen, omdat hij wist dat het onwaarschijnlijk was dat het ook werkelijk zou gebeuren. Er kwam maar zelden iets van dit soort plannen terecht. Maar toen had Michael verteld dat hij had uitgezocht wat in Oklahoma het beleid was op het gebied van huisvesting. Dat week af van het beleid in Illinois, omdat je al in aanmerking kwam met parttime werk. Dat leek hem gemakkelijker vol te houden.

Peter McCann had er met gemengde gevoelens op gereageerd. Vanzelfsprekend greep een panische angst hem bij de keel als hij zich voorstelde hoe Michael zich zou moeten redden, in zijn eentje in een wildvreemde omgeving. Maar daaronder kiemde een begin van optimisme. Eindelijk had Michael al die tijd dat hij met de computer bezig was, gebruikt om iets productiefs te doen. Hij had het huisvestingsbeleid in een andere staat bestudeerd. Hij had zelfs conclusies uit die studie getrokken. *Dat leek hem gemakkelijker vol te houden*. Dat was bijna zoiets als een plan maken. In ieder geval liet het een sprankje initiatief zien. Het toonde aan dat hij zichzelf kon motiveren. Lang geleden had een psychiater gezegd dat dat het eerste teken van verbetering zou zijn.

Dus al met al had Peter zich ingehouden.

Zijn zus zei: 'Toen kondigde Michael aan dat hij een vriend had in Oklahoma. Dat was iets heel bijzonders. Hij had nog nooit vrienden gehad. Hij had het woord zelfs nog nooit in de mond genomen. We dachten dat hij die vriend moest hebben opgeduikeld in een forum op internet. Dat was zorgwekkend, denk ik. Maar Michael is vijfendertig. Hij is niet laagbegaafd. Hij heeft een hoog IQ. Hij weet wat hij doet. Hij is alleen somber, meer niet. Dus Peter stelde de vragen die hij kon stellen en klemde toen zijn kaken op elkaar.'

'Wat gebeurde er?' vroeg Reacher.

'Michael ging naar Oklahoma. Een klein plaatsje in de buurt van Tulsa. In het begin stuurde hij sms'jes. Daarna minder vaak. Maar voor zover wij konden nagaan, ging het goed met hem. Toen stuurde hij op een dag een sms'je dat hij binnenkort thuis zou komen. Hij zei niet precies wanneer en hij zei ook niet waarom. En sindsdien hebben we niets meer van hem gehoord.'

'Wanneer heeft Peter de politie gebeld?'

'Vrij snel daarna. En toen is hij iedereen gaan bellen.'

'Inclusief het Witte Huis?'

'Ik heb hem aangeraden om dat niet te doen. Maar natuurlijk

was er nergens ook maar iemand die naar hem luisterde. Er zijn een half miljoen daklozen met geestelijke beperkingen in Amerika. Niemand peinst er ook maar over om naar één van al die mensen op zoek te gaan. Hoe zou je dat moeten doen? Waarom zou je? Michael is niet agressief en hij gebruikt geen medicijnen. Hij is niet gevaarlijk.'

'Hebben ze niet op zijn minst die vriend gepolst?'

'U weet vast hoe dat gaat. In uw eigen werk. Plotseling heb je alleen nog een naam waar je niet veel mee kan en een onduidelijk adres dat niemand kan vinden.'

'Dus de vriend is niet geïdentificeerd?'

'Ze weten zelfs niet eens of het een man of een vrouw is. Het kan ook een vriendin geweest zijn.'

'En sociale huisvesting?'

'Die was er niet. Het was duidelijk dat Michael bij die onbekende vriend had gelogeerd. Waarschijnlijk werkte hij niet, zelfs niet parttime.'

'Wat gebeurde er toen?'

'Vanzelfsprekend wilde Peter het niet opgeven. Hij ging zelf op zoek. Eerst met hulp van het telecombedrijf. Hij kan zich heel erg vastbijten in iets. Ze spoorden Michaels telefoon op. Op de laatste dag kunnen ze de telefoon volgen naar het zuidwesten, van de ene zendmast naar de andere, vanaf de omgeving van Tulsa naar Oklahoma City, met een snelheid van rond de tachtig kilometer per uur. Een bus, denkt Peter. Hij denkt dat Michael de bus heeft genomen van Tulsa naar Oklahoma City.'

'Waarom?'

'Om met de trein naar Chicago te gaan.'

Reacher knikte. De trein.

Natuurlijk.

'Er vertrekken ook andere treinen vanuit Oklahoma City,' zei Chang.

De zus van McCann keek haar aan. 'Peter denkt dat Michael op weg was naar huis. Hij is ervan overtuigd. En de telefoon verplaatste zich ook in de juiste richting met de juiste snelheid. Maar daarna werd hij uitgeschakeld.'

'Omdat hij te ver weg was. Dat overkwam ons ook. De laatste

zendmast staat op ongeveer anderhalf uur rijden ten noorden van Oklahoma City. Daarna is de ether zo dood als een pier.'

'Hij is nooit meer ingeschakeld.'

'Heeft Peter dat aan de politie verteld?'

'Natuurlijk.'

'Wat zei die?'

'Ze zeiden dat de telefoon zo druk bezig is geweest met het zoeken naar een signaal, dat de batterij leeg raakte. En daarna heeft Michael geen kans meer gezien om hem op te laden, voordat hij in Chicago werd gestolen. Het feit dat hij zijn vader niet heeft opgezocht, wil nog niet zeggen dat hij niet terug in Chicago is. Enzovoort. Het kan ook zijn, zeggen ze, dat de telefoon is gestolen in Tulsa of Oklahoma City, en dat degene die hem gejat heeft, hem heeft meegenomen in de bus en in de trein, maar dat hij het heeft opgegeven en hem in een afvalbak heeft gegooid omdat hij het wachtwoord om hem te ontgrendelen niet kende. Ondertussen zit Michael nog steeds in Oklahoma, of misschien is hij wel ergens anders heen gegaan, naar San Francisco of zo.'

'Waarom San Francisco?' vroeg Reacher.

'Er zijn veel daklozen in San Francisco,' zei de zus van McCann. 'De politie denkt dat San Francisco als een magneet werkt. Ze denken dat mensen daar automatisch naartoe gaan, alsof het nog steeds 1967 is.'

'Wat vindt Peter daarvan?'

'Hij beschouwt het als een mogelijkheid, meer niet.'

'Dus toen heeft hij Keever ingehuurd?'

'Toen is hij gaan zoeken naar een privédetective.'

'Online?'

'In het begin wel.'

'Vertel eens over zijn interesse voor internet,' zei Reacher.

Op dat moment kwam de dochter opnieuw de studeerkamer binnen, om haar moeder te vertellen dat de gasten vertrokken. Ze gingen met zijn tweeën naar buiten om afscheid te nemen. Reacher hoorde hoe het rumoer buiten onregelmatiger werd, de toon aannam van een uitgesponnen afscheid. Toen hoorde hij autoportieren dichtslaan, motors starten en auto's wegrijden.

Vijf minuten later was het doodstil in het huis.

Er kwam niemand terug naar de studeerkamer. Reacher en Chang wachtten alleen in het schemerduister. Vijf minuten. Er gebeurde niets. Ze deden de deur open en keken naar buiten. Een gang, verlaten. Foto's in zilverkleurige lijsten aan de muur. De geschiedenis van een gezin, in chronologische volgorde. Een echtpaar, een echtpaar met een baby, een echtpaar met een kleuter, een echtpaar met een kind, een echtpaar met een tiener. Alle drie steeds een beetje ouder, de ene lijst na de andere.

Er klonk geen enkel geluid.

Geen stemmen, geen voetstappen.

Ze liepen de studeerkamer uit, de gang in. Ze voelden dat ze dat konden doen. Dat het hun was toegestaan. Dat ze niet langer niet op hun plaats waren. De gasten waren vertrokken. Geen reden meer om zich te verbergen. Ze liepen in de richting van wat volgens hen het centrale punt van het huis was, met misschien enigszins aarzelende, maar rustige stappen. Ze kwamen langs een nieuwe reeks foto's in zilverkleurige lijsten aan een andere wand. Een nieuwe reeks met hetzelfde thema. Een echtpaar met een studerend kind, een echtpaar met een studente in een modderig voetbaltenue met een beker in de handen, een echtpaar met een studente die afstudeerde.

Geen stemmen, geen voetstappen.

Ze liepen verder, langs een vertrek met gecapitonneerde wanden, een enorm scherm en torens rechtopstaande luidsprekers. En drie losstaande fauteuils, stuk voor stuk met een mechanisme om ze in een ligstand te zetten. Stuk voor stuk met een houder voor een glas of een beker. Een huisbioscoop. Reacher had nog nooit eerder zoiets gezien in een huis.

Geen enkel geluid.

Ze kwamen uit in een voorvertrek met een gewelfd plafond, grenzend aan de eigenlijke woonkamer. Daar waar de architectuur overging van klei in planken. Het plafond rees hoog, knoestige planken die bij elkaar kwamen in de nok, een soort omgekeerde V. Er hingen zwarte ijzeren kroonluchters, met lampen in de vorm van kaarsen. Er stonden banken die waren gemaakt van zwaar bruin leer, breed en diep en comfortabel. Over de rugleuningen lagen opgevouwen wollen dekens, die voor een kleuraccent zorgden.

Ze hoorden een auto op de oprit.

Doffe, metalen geluiden van het opengaan en dichtslaan van portieren.

Voetstappen op de grindpartijen.

De voordeur ging open.

Een zware tred in de hal.

Dr. Evan Lair liep zijn woonkamer in. Hij zag Reacher, hij zag Chang, en bleef stilstaan. 'Hallo daar,' zei hij op een manier die het midden hield tussen een welkomstgroet en een vraag, absoluut vriendelijk, zonder terughoudendheid, maar toch met iets van ongeduld, alsof hij eigenlijk wilde zeggen: *Ik dacht dat alle gasten vertrokken waren.*

Toen liep zijn dochter achter hem de kamer in, nog steeds gekleed in bloes en bikini. Ze legde een hand op zijn schouder en zei: 'Het heeft te maken met neef Michael. Mam heeft met hen zitten praten.'

Toen liep ze om hem heen, kwam naar Reacher en Chang toe, stak haar hand uit en zei: 'Hoi, ik ben Emily.' Ze schudden elkaar allemaal de hand en stelden zich voor en feliciteerden met de aanstaande bruiloft.

Toen kwam uiteindelijk ook de zus van McCann de kamer binnen, haar handen aan elkaar afvegend. Ze zei: 'Sorry, maar we hebben een glas thee en een plak cake gebracht naar de man die bij de poort zit. Dat is wel het minste wat we konden doen. Hij heeft het druk gehad vanmiddag, vanwege ons.'

'Hebt u hem van tevoren een lijst met gasten gegeven?' vroeg Reacher.

'Dat moet.'

'Dan had u hem eigenlijk maar een half plakje cake moeten geven. Hij heeft ons binnengelaten zonder op de lijst te kijken.'

'Wordt Michael nog steeds vermist?' vroeg Evan Lair.

'Pap, dat weet je,' zei Emily.

'En is Peter nu eindelijk naar hem op zoek? Gaat het daarom?'

'Oom Peter heeft de hele tijd naar hem gezocht.'

'Nou, hij is hier niet. Ze zijn geen van beiden hier.'

'We bieden u onze verontschuldigingen aan dat we u moesten storen,' zei Reacher.

'Ga zitten,' zei Emily. 'Alstublieft.'

Ze kwamen twee tegenover drie terecht op twee banken die tegenover elkaar stonden, Reacher en Chang beiden in een hoek van de ene bank, met ijsthee in glazen op onderzettertjes op salontafels met het uiterlijk van oude hutkoffers. Op de bank tegenover hen zat het gezin Lair, naast elkaar, met Evan en Lydia in de hoeken en Emily in het midden, lang en slank en gebronsd.

'Peter heeft het heel goed gedaan bij het telecombedrijf,' zei Reacher. 'Dat soort informatie is moeilijk te krijgen.'

De zus van McCann zei: 'Het is Chicago. Het was een vriend van iemand in de vakbond.'

'En omdat Peter iemand is die heel grondig te werk gaat, zal hij die scenario's waarbij iemand de telefoon heeft gestolen voor of na de treinreis niet achteloos terzijde hebben geschoven. In Tulsa of Oklahoma City of Chicago. Niet zonder meer. Maar hij zal er net zo goed rekening mee hebben gehouden dat er onderweg iets is gebeurd.'

'In de trein?' vroeg Emily.

'Of niet. Toevallig weten wij om welke trein het gaat. Hij stopt onderweg één keer. In een gehucht dat Mother's Rest heet.'

De zus van McCann toonde geen enkel teken van herkenning.

Reacher zei: 'Mother's Rest ligt aan het einde van de bewoonde wereld. Het is ook de laatste plek waarvan we weten dat Keever er is geweest. Ik denk dat Peter moet hebben geconcludeerd dat Michael daar is uitgestapt. Daarom is zijn telefoon aan het einde van de treinreis nooit meer boven water gekomen. Ik denk dat hij Keever daarnaartoe heeft gestuurd om het uit te zoeken.'

'Dat klinkt goed, toch?' zei Evan. 'Als hij daar is, vindt Keever hem.'

Reacher zei niets.

De zus van McCann nam weer het woord. 'Het is hem nog niet gelukt. Peter heeft al drie dagen geen rapport meer van hem ontvangen. Er gebeurt niets. Tenzij hij op het punt staat om me te bellen met het goede nieuws.' Dat maakte haar kennelijk bewust van de tijd, want ze tikte op haar pols, alsof daar een horloge zat, en kneep toen haar ogen tot spleetjes om naar de klok op de magnetron in de keuken te turen.

'Het is al na het avondeten in Chicago,' zei ze.

Ze wees naar Reacher. 'Geef mij die telefoon eens.'

De telefoon lag op de hutkoffer, naast zijn glas ijsthee. Hij was groter dan andere telefoons, en ronder en zwaarder. Betere kwaliteit plastic. Nog steeds draadloos en modern, maar eentje van de eerste generatie. Wat niet kapot is, moet je niet weggooien. Er zat een plastic venstertje in voor snelkiesnummers, met bovenaan ruimte voor het eigen nummer, dat iemand met een elegant handschrift had ingevuld met potlood. Het kengetal 480, en dan nog zeven cijfers. Hij gaf haar de telefoon. Ze luisterde en zei: 'Er is wel een kiestoon.'

Evan vroeg: 'Hoe groot is Mother's Rest?'

'Heel klein,' zei Reacher.

'Waarom heet het zo?'

'Dat weet niemand.'

'Hoe is het mogelijk dat je drie dagen nodig hebt om zo'n gehucht te doorzoeken?'

'Dat hangt ervan af hoe grondig je te werk gaat. Je kunt er wel drie weken zoeken, alle deuren open zien te krijgen, achter alle bosjes kijken. En daar zit ik over te piekeren. Het is een beeld van blaren onder de voeten. Ouderwets politiewerk. Het telecombedrijf, via een vriend in de vakbond, de dienstroosters van treinen, de vraag of hij in de trein is blijven zitten of is uitgestapt, het fysieke speurwerk op locatie. Tijd en ruimte. Staal en ijzer. Schoenleer en laat naar bed. Knappe koppen noemen zoiets analoog.'

'Ik neem aan dat het soms niet anders kan.'

'Maar we hebben gehoord dat Peter geobsedeerd is door internet. Hij heeft een wetenschapsjournalist in Los Angeles in totaal negentien keer gebeld om erover te praten. Had dat ermee te maken? Maar hoe dan? Wat heeft dat te maken met een gehucht waar je niet eens je mobiele telefoon kunt gebruiken?'

'Dat had er wel degelijk mee te maken,' zei de zus van McCann. 'Dat liep er parallel aan. Hij dacht dat hij er langs die weg misschien achter zou kunnen komen waar Michael was. Hij dacht dat Michael misschien online chatte met lotgenoten op geheime sites. Misschien was hij om een bepaalde reden op weg ergens naartoe. Misschien waren er forumdiscussies. Een tijd lang hadden we onze hoop gevestigd op meneer Westwood. Misschien kon hij ons de sleutel leveren. Maar Peter was erg vasthoudend. En op den duur kan zich dat tegen je keren. Zoals u zei. Negentien keer. Ik heb geprobeerd hem te waarschuwen.'

'Heeft hij die sites wel gevonden?'

'Ik zal nog wat ijsthee halen,' zei de zus van McCann.

Ze stond op, pakte de kan van de hutkoffer, maar die raakte de telefoon, zodat die begon rond te tollen, wrijvingloos, plastic op leer. Reacher zag het keurige handschrift in potlood langzaam ronddraaien, als de spaak van een fietswiel dat geleidelijk tot stilstand komt. Kengetal 480, en dan nog zeven cijfers.

Phoenix, Arizona. Waar wij naartoe gaan.

We zijn onderweg.

Je mag vanaf nu over je schouder gaan kijken.

Een half plakje cake.

'Evan, mag ik je een persoonlijke vraag stellen?' zei Reacher.

Dr. Lair deed wat de meeste mensen zouden doen bij zo'n vraag. Hij keek even met gefronste wenkbrauwen, haalde toen zijn schouders quasionverschillig op en zei: 'Tuurlijk.'

'Heb je een wapen in huis?'

'Is dat belangrijk?'

'Ik ben gewoon nieuwsgierig.'

'Inderdaad, ja.'

'Mag ik het zien?'

'Dat is een vreemde vraag.'

Zijn dochter Emily zat half afgewend, in kleermakerszit, en volgde het gesprek, keek van de een naar de ander en terug, als bij een tenniswedstrijd.

Evenals Chang.

'Bewaar je het in de slaapkamer?' vroeg Reacher.

'Ja, inderdaad,' zei Lair.

'In de hal zou beter zijn. Insluipers in het holst van de nacht zijn er niet zoveel. Bovendien ben je dan veel te slaperig om effectief te handelen. Ben je rechtshandig?'

'Ja.'

'Dan is anderhalve meter vanaf de voordeur aan de rechterkant het beste. In een la of een kastje. Of met de kolf omhoog in een mooie vaas. Op een tafeltje. Dat zou ook moeten werken, denk ik.'

'Ben jij ook beveiligingsadviseur?'

'Wij bestrijken een heel breed terrein.'

'Hij heeft gelijk, pap,' zei Emily. 'De slaapkamer heeft geen zin.'

Chang zei: 'Technisch gesproken zou ons advies zijn om in de verschillende zones van het huis een vuurwapen te verbergen. De slaapkamer, zeker. Maar ook in de keuken, de woonkamer, de hal, een bovenverdieping, als u die zou hebben, een kelder, als u die hebt, en de garage.'

'Wat is het beste?' vroeg Emily. 'Als je er maar één hebt?'

Als je er maar één hebt, hoorde Reacher.

'Kies voor de meest logische oplossing,' zei Chang. 'De meeste problemen komen door de voordeur het huis in.'

'Echt?' zei Lair. 'Moet ik dat ding verplaatsen?'

'Vraag maar aan mam,' zei Emily.

Op dat moment kwam de zus van McCann terug, met een volle kan ijsthee en cake op een schaaltje. 'Wat moet hij aan mij vragen?' vroeg ze.

'Of hij zijn pistool moet verbergen in de hal in plaats van in de slaapkamer.'

'Waarom zou hij dat in hemelsnaam moeten doen?'

'Omdat hem dat wordt geadviseerd door een logisch nadenkende dochter en twee beveiligingsadviseurs.'

'Hoe komen jullie in vredesnaam op dat onderwerp? Is het belangrijk?'

We kunnen het haar niet vertellen. Niet nu.

Reacher schudde zijn hoofd. 'Nee, het is puur een kwestie van professionele belangstelling, meer niet.'

Even later verdampte de zaak als een zeepbel, meteen vergeten, maar niet door Chang, die Reacher vragend aankeek: *Wat gebeurt hier in godsnaam?*

Reacher wreef terloops langs zijn neus, met zijn wijsvinger, terwijl hij met de rest van zijn hand zijn mond afschermde. *Zet je telefoon uit.*

'Is alles in orde?' vroeg de zus van McCann.

'Vertel eens over de websites waar Michael mee bezig was,' zei Reacher.

40

Peter had twee dingen heel snel ontdekt, vertelde zijn zus, toen hij begon te zoeken op de computer van zijn zoon. Het eerste was dat je boobytraps kunt zetten in software, zodat het oproepen van een browsergeschiedenis hetzelfde is als het wissen van die geschiedenis, tenzij je precies de juiste opdracht gebruikt. Wat hij natuurlijk niet had gedaan.

Omdat hij niet wist hoe dat moest. Maar net als zoveel gedownloade programma's was die boobytrap niet perfect. Er zat een klein foutje in. De eerste pagina werd ongeveer een halve seconde lang weergegeven. Daarna was die verdwenen. Om plaats te maken voor een leeg scherm. Niets meer.

Het tweede wat hij ontdekte, was hoe kort een halve seconde duurt. Maar ook hoelang. Een snelle worp bij honkbal kon in een halve seconde van de werpheuvel naar de thuisplaat en weer terug. En er kon genoeg worden opgeslagen in het geheugen. Het was een kwestie van vertrouwen, niet van denken. Een of andere oude truc die werd uitgevoerd door de hersens en het netvlies en een nabeeld. Je kon beter van iets wegkijken en het vanuit je ooghoek vangen.

Maar het betekende niets. Lange regels met tekens, alsof iemand een bal over het toetsenbord heen en weer had gerold. Volstrekt willekeurig.

De zus van McCann zei: 'Dus het lag helemaal in de aard van Peter om te gaan graven en alles op te zoeken wat hij maar kon vinden over waarmee hij werd geconfronteerd. Dat bleek het deep web te zijn. En daar viel niet veel over te ontdekken. We hebben daar een paar keer bang makende gesprekken over gevoerd. We dachten dat we greep op de wereld hadden. Relatief gezien. Maar dat is niet zo. Er is een hele geheime wereld waarvan we niets afweten. Tien keer zo groot als die van ons. Daar zitten mensen in die met elkaar praten. Die rare dingen doen die wij niet begrijpen. Alsof je midden in een sf-film zit.'

'Was er ook iets in het bijzonder waar Westwood mee moest helpen?' vroeg Reacher. 'Of was het meer in het algemeen?'

'Nee, het was heel specifiek. Er heerst een wijdverspreid vermoeden onder de mensen in het deep web dat de overheid bezig is een zoekmachine te bouwen die hun websites kan vinden. We kregen de indruk uit het artikel van Westwood dat hij van mening is dat die zoekmachine al bestaat. Peter wil dat Westwood dat bevestigt of ontkent, en dat hij, als het waar is, hem helpt om gebruik te maken van die zoekmachine.'

'Is het waarschijnlijk?'

'Persoonlijk denk ik dat de kans groter is dat je de loterij wint, maar je moet alles proberen. Zijn zoon wordt vermist. Mijn neef.'

'Is het mogelijk dat Peter dingen heeft achtergehouden in zijn gesprekken met jou? Was wat hij vertelde altijd samenhangend?'

'Wat bedoel je?'

'Je had de woorden Mother's Rest bijvoorbeeld nog nooit gehoord.'

'Nee, dat is zo.'

'Heeft hij ooit iets gezegd over tweehonderd doden?'

'Tweehonderd wat?' vroeg Emily.

'Nee,' zei haar moeder.

Reacher zei: 'Hij heeft met Keever over die dingen gepraat. En Keever is naar Mother's Rest gegaan. Dus om de een of andere reden was het belangrijk. Maar toch heeft hij er tegen jou niets over gezegd.'

'Wat gebeurt er in Mother's Rest?'

'Dat weten we niet.'

'Peter is mijn grote broer, ik ben zijn kleine zusje. Dat vergeet hij nooit. Hij zorgt er ook voor dat ik het nooit vergeet. Niet op een vervelende manier, hoor. Juist heel goedbedoeld. De enige reden waarom hij dingen niet zou vertellen, zou zijn om mij te sparen.'

Niemand zei iets.

Chang stond op en vroeg: 'Mag ik even van het toilet gebruikmaken?' Emily wees haar de weg en Chang liep die kant op.

'Hebben jullie al plannen voor het avondeten?' vroeg Reacher.

'Ik heb er nog niet over nagedacht,' zei de zus van McCann.

'We zouden buiten de deur kunnen gaan eten.'

'Wie?'

'Wij, met z'n allen.'
'Waar?'
'Waar je maar wilt. Nu meteen. Ik trakteer. Ik wil jullie graag mee uiteten nemen.'
'Waarom?'
'Het lijkt me dat jullie allemaal hard gewerkt hebben vandaag.'
Chang kwam terug de kamer in. Ze keek Reacher aan en zei: 'De toiletten zijn daar, voor het geval je ook moet.'
'Oké,' zei Reacher.
'Ik kan het je wel even laten zien,' drong Chang aan.
'Ik vind het vast wel, als het nodig is.'
'Ze wil onder vier ogen met je praten,' zei Emily.
Dus stond Reacher op en volgde hij Chang naar de hal.
'Denk je dat de vrienden van Hackett onderweg zijn?' vroeg ze zacht.
'We hadden veel voorzichtiger moeten zijn met jouw telefoon. Misschien hebben ze wel overal afluisterapparatuur. Als dat zo is, hebben we net het adres van McCanns zus prijsgegeven. We hebben Westwood tot in detail alles verteld. Dus we kunnen ze niet achterlaten. Niet hier. Niet nu. Of we nemen ze mee ergens naartoe, of we blijven hier de hele nacht babysitten. Lijfwachtservice. We bestrijken een heel breed terrein.'
'Ik zou ze liever hier weghalen.'
'Ik heb al aangeboden ze mee uiteten te nemen.'
'Die man bij de poort is waardeloos.'
'Waar is de slaapkamer?'
'In de andere vleugel. Terug door de woonkamer.'
'Probeer jij ze nog eens mee uit te vragen. Misschien vonden ze dat raar van mij.'
'Het is raar van ons allebei. We kennen ze niet. En zij zitten midden in een strak georganiseerde countdown naar een bruiloft. Twee vreemdelingen die hen plotseling mee uiteten nemen voor een zakje patat is een cultuurschok voor ze.'
'Ik heb gezegd dat zij mochten zeggen waar. Dat mag ook een echt restaurant zijn.'
'Maakt niet uit. Het maakt niet uit waar we heen zouden gaan.'
Ze hoorden een auto op de oprit.

Doffe, metalen geluiden van het opengaan en dichtslaan van portieren.

Voetstappen op de grindpartijen.

Moderne auto's worden ontworpen met vier stoelen en vier wijd openslaande portieren. Soms wordt een personenauto aangeprezen als een vijfpersoonswagen, een pick-up soms als zevenpersoons, maar een beetje kerel wil niet op de cardanas van een auto met achterwielaandrijving zitten, en wie helemaal achter in een personenbusje zit, is niet erg effectief. Dus in het ergste geval zou het gaan om vier nieuw aangekomenen, in het gunstigste geval om één. Waarschijnlijk waren het er twee of drie. Reacher draaide zich abrupt om en banjerde door de woonkamer, plande een koers zo recht mogelijk, plande stappen van tevoren, schampte de hoeken van tafels, de leuningen van fauteuils, alsof hij een skiër was voor wie elke fractie van een seconde bij de slalom telde. De Lairs zaten nog steeds met zijn drieën op de bank, verstijfd, niet-begrijpend: Lydia, Emily en Evan, de linnen hemdjurk, de bloes en de bikini en het schreeuwerige hawaïhemd. Ze volgden hem met wijd open ogen. Reacher maakte een kloppend gebaar in het niets toen hij langs hen liep, om hen duidelijk te maken dat ze moesten blijven waar ze waren, en haastte zich verder naar de andere kant van de kamer, een halletje in, waar nog meer foto's in zilverkleurige lijsten hingen, dit keer van mensen die hij niet kende, familie misschien, ook foto's van een magere man en een treurig jongetje, Peter McCann en zijn zoon Michael misschien, tot hij bij een slaapkamer kwam.

Zijn reptielenbrein zei: *Vrouwen slapen meestal aan de kant van de badkamer*. Hij deed een stap opzij en zeilde om een groot tweepersoonsbed met stapels kussens naar een nachtkastje met niet meer dan een wekker en een ongelezen boek.

Hij hoorde hoe ze de deur intrapten.

Hij rukte de la onder het boek open en vond een leesbril, pijnstillers, een doos tissues en een Colt Python met een loop van vijftien centimeter. Een gearceerde walnoten kolf, matglanzend gelakt, chemisch gezwart staal, potige .357 Magnum-patronen in de cilinder. Een indrukwekkend wapen om 's nachts te gebruiken. In sommige opzichten heel slim. Niet ingewikkeld. Geen veiligheidspal, geen vastlopers. Maar in andere opzichten heel dom. Hij woog bijna anderhalve kilo. Te zwaar om op te tillen terwijl je de slaap uit je ogen knippert. En de terugslag zou een slaperige arm dwars door het hoofdeinde van het bed jagen.

Reacher pakte de revolver en controleerde de cilinder. Helemaal vol. Zes patronen. Een *six-shooter*.

Hij hoorde zware voetstappen in de hal.

Binnen. Aan deze kant van de voordeur. In beweging twee meter verder naar rechts. Twee personen. De derde zou achterom gaan. Als er een derde was. Langs het fraaie pad, de beplanting, de lampen op zonne-energie, door de poort.

Ga maar naar binnen.

Er lagen geen reservepatronen in de la.

Een six-shooter.

Reacher liep terug naar de deur van de slaapkamer. Hij hoorde nog steeds voetstappen in de hal. Hij glipte de slaapkamer uit, opnieuw langs de foto's in zilveren lijsten, zijdelings. De Python voor zich uit met gestrekte arm, de ogen gericht op de korrel, scherp en helder, al het andere vaag en onscherp, zacht licht, de luiken voor de ramen gesloten tegen de zon, het huis vol schaduwen.

Hij bleef stilstaan bij de ingang naar de kamer. Links zaten de Lairs, nog steeds op de bank, maar ze werden onrustig. De schok maakte plaats voor angst. En, in het geval van Emily, voor woede. Ze stond op het punt te ontploffen. Rechts stond de bank waarop Chang en hij hadden gezeten. Daarachter was de deur deels zichtbaar.

Hij zag een schouder die bewoog. Een silhouet tegen het licht. Gespannen, gespierd, klaar om in actie te komen.

Links, achter de schuifpui, zag hij een man in de achtertuin. Voorbij de huwelijkscadeaus. Daarna in het zonlicht. Een zwart T-shirt, een zwarte broek. En een Ruger P-85 met een geluiddemper. Losjes vastgehouden, afhangend langs zijn zij, van boven de knie tot de bovenrand van de kistjes die hij aanhad. Die ook zwart waren. Hij had zich wel keurig voor de gelegenheid gekleed. Dat was duidelijk.

Waar was Chang?

Reacher wilde niet schieten zonder te weten waar zij was. Geen

Magnum-kogel. Niet in de richting van waar zij was. Te veel vage schaduwen. Te veel verblindende contrasten. Te veel onvoorspelbare uitkomsten. De baan van kogels kon worden afgebogen als ze afketsten op botten. Ze konden door muren gaan, door meerdere muren. Ze konden het pand volledig verlaten en dwars door een raam verderop in de straat vliegen.

Waar was ze?

Emily haalde diep adem en stond op het punt te gaan gillen, bikini of geen bikini, voor Reacher een natuurlijke primitieve reactie, de instinctieve neiging haard en huis te verdedigen, in haar geval nog versterkt door diepe verontwaardiging, want was het niet haar speciale week en wie dachten die lui wel niet dat ze waren? Evan was een bedaard man, gewend aan calamiteiten, wetenschappelijk getraind, getraind in nadenken, in testen, bewijzen en behoedzaam diagnosticeren, hij was slim, maar hij kon geen touw vastknopen aan wat er gebeurde, dus zat hij te wachten tot er duidelijkheid zou komen. Lydia had zich in een hoek van de bank geperst, de vrouw en moeder, de zus en tante, teruggetrokken in zichzelf, dacht Reacher, of teruggetrokken in een oudere versie van zichzelf, misschien wel de ware McCann-versie, minder beschermd opgevoed, misschien wel in een omgeving waarin het geluid van versplinterend hout en zware voetstappen nooit iets goeds betekenden.

Toen schoof de man in de tuin de schuifpui open en stapte naar binnen, en ontrolde het hele schaakspel zich in het reptielenbrein van Reacher. Voor de hand liggende zetten, oplichtende pijlen, alles immens gedetailleerd, grotesk, een korte draai naar links, de kogel in de borst van de man bij de achtertuin, waarbij de kans kleiner was dat de kogel dwars door hem heen zou gaan dan bij een kogel door het hoofd, wat goed was in een buurt met allemaal houten schuttingen, maar minder goed omdat het de Lairs zou onderdompelen in een dikke roze nevel, van achteren, inclusief plukken haar en meer van dat alles, wat een traumatische ervaring voor hen zou zijn, helemaal in zo'n week, al was die week, dacht Reacher bij nader inzien, toch al een ramp vanaf dat moment, omdat het schaakspel duidelijk maakte dat dan een man in elkaar zou zakken op de vloer van hun woonkamer, op hetzelfde ogenblik dat de Colt Python van de huiseigenaar naar rechts zou zwenken voor twee kogels in de richting vanwaar het silhouet van die schouder was geweest, twee schoten die misschien iets zouden raken maar misschien ook niet, maar die in ieder geval een seconde lang dekking zouden geven, zodat Reacher om de bank kon slalommen om de Ruger van de dode man te bemachtigen, wat hem voor drie afgevuurde kogels een nieuwe voorraad van vijftien stuks zou opleveren.

Maar Reacher vuurde die schoten niet af en slalomde niet om de bank, omdat hij tegen die tijd ontdekte waar Chang was. Ze werd de kamer in geduwd vanuit de hoek met de voordeur, zich verzettend, door twee mannen die haar vasthielden, haar handen op de rug, een hand over haar mond geklampt, een pistool tegen haar hoofd. Nog zo'n Ruger met een geluiddemper. Niet erg stabiel en erg onhandig in die positie, vanwege de lengte. Maar ongetwijfeld effectief.

Reacher legde de Python op de vloer achter zich, geruisloos, in de schaduwen tegen de plint, onder de laatste zilverkleurige lijst met een foto.

Toen stapte hij de kamer in.

41

De man uit de achtertuin liep met een boog de kamer in en de andere twee stelden zich tegenover hem op, ver van elkaar. Chang kreeg een duw in de rug en struikelde, met armen en benen zwaaiend om haar evenwicht te bewaren, het hele eind naar de bank waar de Lairs zaten, waar ze voorover op terechtkwam. Ze draaide zich om en ging rechtop zitten op de rand. Reacher ging op de leuning zitten, achteloos en op z'n dooie gemak, in een poging zo weinig mogelijk dreiging uit te stralen. Hij zocht een plek uit aan het einde van de kamer, in de wetenschap dat iemand die staat zal worden toegesnauwd dat hij moet gaan zitten en dat er meestal bij gezegd wordt waar, terwijl iemand die zit zelden bevolen zal worden ergens anders te gaan zitten. Evan zat naast hem, daarnaast Emily, met haar rug tegen de leuning, dan Chang, voorovergebogen en hijgend, en tot slot Lydia, met haar rug tegen de leuning. Wat ruim was geweest voor drie mensen, was krap voor vijf. Ze vormden samen één gemakkelijk doelwit. Drie Rugers tegenover hen, op ruime afstand van elkaar, als een instructieplaatje voor doelgericht schieten in een oud infanteriehandboek.

Drie Rugers, drie mannen. Zwarte kleren, kaalgeschoren koppen, bleke huid. Groot en zwaar, maar op de een of andere manier ook knokig. Uitstekende jukbeenderen. Ontsporingen in het DNA, van nog niet zo heel lang geleden. Europees misschien. Uit de moerasgebieden in het oosten. Ieder voor zich, ieder tegen zijn buurman, de afgelopen duizend jaar. Ze stonden stevig als rotsblokken en namen de tijd om op adem te komen en de situatie in zich op te nemen. Ze vinkten mogelijkheden af en leken zich daarna te bezinnen op het vervolg. Normaal gesproken had Reacher misschien gezegd dat ze de indruk maakten dat ze wisten wat ze deden, maar op dat moment kreeg hij juist de indruk dat ze dat niet wisten. Niet meer voor honderd procent. Ze improviseerden. Of bereidden zich voor om te gaan improviseren. Alsof bij de volgende, cruciale zet in hun eigen schaakspel de wegen zich splitsten. Pijlen naar links en pijlen naar rechts. Opties. Keuzevrijheid. Altijd gevaarlijk.

Ze bewogen niet. Ze zeiden niets. Misschien speelde er een glimlach om de mondhoeken. Toen zei de middelste van de drie: 'Er is ons verteld dat we een vrouw zouden aantreffen die met een andere vrouw en een man zou zitten te praten.'

Keurig Engels, bijna een doorsnee Amerikaans accent, maar met doffe Slavische ondertonen. Oost-Europa, dat was duidelijk. Chagrijnig, onderdrukt, een man wiens leven een poel van ellende was.

Niemand gaf antwoord.

De man zei: 'Maar nu treffen we twee mannen en drie vrouwen aan. Waarvan er één Chinees is. Dat is allemaal erg verwarrend. Dus leg eens uit, wie heeft er hier met wie zitten praten?'

'Ik ben Amerikaans, niet Chinees,' zei Chang. 'En we hebben allemaal zitten praten. Met elkaar. Iedereen met iedereen. Nu moet jij ons iets vertellen. Wie zijn jullie en waarom zijn jullie verdomme hier?'

'Eén van jullie is iemands zus,' zei de man.

Geen reactie.

'We weten niet of die iemand een Chinees is,' ging de man verder. 'Als we dat wel hadden geweten, zou het hebben geholpen, denk ik.'

Geen reactie.

'Wie van jullie is iemands zus?'

'Ik niet,' zei Reacher.

'Heb jij een zus, wijsneus? Misschien moet je mij maar eens vertellen waar ze woont.'

'Als ik een zus had, zou ik je dat vertellen. Dan hoef ik jou zelf niet op je donder te geven.'

De man keek weg, naar het andere einde van de bank. Naar de drie vrouwen die daar zaten.

'Wie van jullie is de zus?' vroeg hij.

Geen reactie.

'Wie van jullie is de vrouw die met de zus heeft gepraat?'

Geen reactie.

De man verlegde zijn blik weer naar Reacher en Evan.

'Wie van jullie tweeën heeft met de zus gepraat?'

Geen reactie.

'Er zijn allerlei combinaties mogelijk,' zei de man. 'Het is net een wiskunde-examen. Hoeveel sokken heb ik nodig om zeker te weten dat er een passend paar bij zit? Maar in dit geval is er in ieder geval één logisch antwoord. Dat begrijpt zelfs de stomste student. We kunnen jullie alle vijf neerschieten. Dat garandeert een afdoende antwoord. Dat garandeert genoeg sokken. Maar dat zou vijf doden betekenen voor de prijs van drie. En de prijs is van tevoren afgesproken. Tel je wisselgeld voordat je over de drempel naar buiten stapt. Er wordt achteraf niet meer onderhandeld. Dat zijn de regels van de dikke.'

Stilte.

De man keek Evan aan en vroeg: 'Wat doe jij voor de kost?'

Evan maakte aanstalten om iets te zeggen, begon nog een keer en slaagde er bij de derde poging in de woorden uit zijn strot te krijgen. Hij zei: 'Ik ben arts.'

'Werk jij voor niets?'

'Nee, natuurlijk niet.'

'Stomme vraag, hè? Dokters die voor niets werken?'

'Sommige artsen werken gratis.'

'Maar jij niet, hè?'

'Nee.'

'Vind je dat ik voor niets zou moeten werken?'

Evan haalde adem, blies zijn adem uit en aarzelde.

De man zei: 'Dokter, het is een eenvoudige vraag. Ik hoef geen medische diagnose. Vind je dat ik voor niets zou moeten werken? Terwijl jij dat niet doet?'

'Maakt het iets uit wat ik denk?'

'Ik probeer het een beetje gezellig te houden. Ik wil dat we het met elkaar eens zijn. Iedereen moet voor zijn werk betaald worden. Ik wil dat graag door jou bevestigd horen.'

'Oké, iedereen heeft recht op betaling.'

'Waarvoor?'

'Voor het werk dat hij doet.'

'Zou iemand voor vijf dingen meer betaald moeten krijgen dan voor drie?'

'Ik denk het wel.'

'Maar hoe moet dat als de prijs van tevoren is afgesproken? Daar valt niets meer aan te doen. En dat is slecht nieuws voor ons. Maar goed nieuws voor jullie. Want wij doen alleen waarvoor we betaald worden. Geen gratis extraatjes. Er is een kans om dit te overleven.'

Een kans van veertig procent als ze willekeurig drie keer zouden schieten, zei Reachers reptielenbrein onmiddellijk. Maar waarom zouden ze willekeurig schieten? Hun opdracht was twee vrouwen en een man. Dat vergrootte de kans voor Evan van veertig naar vijftig procent. En verkleinde de kans van Chang van veertig naar drieëndertig procent.

De man zei: 'De denkfout in die benadering is natuurlijk dat we de verkeerde twee in leven laten. En dat kan niet. Ik wil wedden dat jij zelf ook zo je normen hebt waaraan je je houdt. We moeten het probleem op een andere manier oplossen. We moeten een nieuwe invalshoek vinden. We moeten een manier bedenken om fatsoenlijk betaald te krijgen. Je moet me helpen.'

'Er is geen geld in huis,' zei Evan.

'Dokter, ik ga niet zover dat ik iemand vraag om voor zijn eigen executie te betalen. Dat zou cru zijn. Maar ik wil wel dat je even met me meedenkt. Wat zou onder de omstandigheden de inkomsten die mijn partners en ik dreigen mis te lopen, kunnen compenseren?'

Evan zei niets.

'Wees een beetje creatief, dokter. Kom op. Probeer eens buiten je vaste kaders te denken. Geen geld, maar wat dan wel?'

Geen antwoord.

De man keek naar Emily. 'Hoe heet jij, schatje?'

'Niet doen,' zei Evan.

De man keek naar Chang.

'Zij ook niet,' zei hij.

Emily trok haar bloes strak om zich heen en met opgetrokken knieën probeerde ze achteruit te krabbelen op de bank. Evan boog zich voor haar langs. De middelste man staarde hem aan en zei: 'Als je je gedraagt, schieten we jou eerst dood. Als je je niet gedraagt, laten we je leven en mag je toekijken.'

De drie mannen stonden op gelijke afstand van elkaar in een kwart cirkel. Alle honken bezet, maar dan veel dichterbij. Per slot van rekening was dit een woonkamer, geen honkbalstadion. Een ruim vertrek, maar toch. De man op het eerste honk, rechts, bevond zich ongeveer twee meter bij Reacher vandaan. De man op het derde honk, links, een kleine vijf meter. De man op het tweede honk, halverwege tussen beide anderen in, degene die voortdurend het woord voerde, bevond zich op een rechte lijn tussen Reacher en de voordeur, op een afstand van zo'n drieënhalve meter.

Drie mannen. Ongetwijfeld zou de officier van justitie van Maricopa County ze inbrekers noemen. Zoiets als *Een inbraak in een omheinde wijk in het noordoosten van de stad heeft zich vanavond tot een drama ontwikkeld. Beelden in onze uitzending van elf uur.* De politie zou ze verdachten noemen. De advocaten zouden het over cliënten hebben. Politici zouden zeggen dat het tuig was. Criminologen zouden ze als psychopaten bestempelen. Sociologen zouden zeggen dat ze zich onbegrepen voelden.

Het 110th MP zou ze als doden beschouwen, al moest er nog wel even worden geschoten.

De man op het tweede honk zei: 'Het is tijd om in actie te komen.'

Emily perste zich hard tegen de rugleuning van de bank, tegen een van de wollen dekens, de knieën opgetrokken en haar armen strak om haar benen geslagen. Ze leek wel de helft kleiner. Chang oogde evenmin alsof ze iets van plan was. Ze zat stijf rechtop, haar handen plat naast het lichaam op de bank, haar benen recht voor zich uit, de voeten in veterschoenen een eindje de kamer in gestoken, de hielen schrap gezet in het vloerkleed, als Roadrunner die een remspoor trekt.

'Ik word een beetje ongeduldig,' zei de man op het tweede honk.

Vochtige lippen.

Heen en weer schietende ogen.

Gestrest.

Geen reactie.

Toen ademde Reacher uit. Hij stak in een verzoenend gebaar zijn hand op, niet schieten, en kwam half overeind, achteloos en op z'n dooie gemak, geen dreiging uitstralend, het tegendeel van een plotselinge beweging. Hij hield zijn lichaam half afgekeerd van de drie mannen en half naar de groep op de bank gekeerd. Hij zei: 'Kom op, Emily, geen getreuzel meer. Linksom of rechtsom, ze pakken je toch. Je kunt het jezelf maar beter gemakkelijk maken.'

'Wat?' zei ze.

Reacher boog voor Evan langs, greep de pols van de jonge vrouw en trok haar overeind. Evan stond onmiddellijk op om zijn dochter te beschermen, net als Chang en de zus van McCann; stuk voor stuk met stomheid geslagen, in paniek en vol ongeloof. Plotseling vertoonde dit kleine groepje mensen een en al actie op het stukje vloerkleed tussen de banken. Er werd met armen gemaaid, ze botsten tegen elkaar aan en keken wanhopig naar links en naar rechts.

Het moment van de waarheid.

De drie mannen deden niets. Het slimste wat ze op dat moment hadden kunnen doen was schieten, zonder meer, zonder te aarzelen, in het besef dat de situatie voor hun ogen in een puinhoop veranderde. Maar inmiddels werden ze al te veel in beslag genomen door hun zelfbedachte plannen, die uiteindelijk garant zouden staan voor uitzinnig lichamelijk genot, terwijl de twee belangrijkste componenten van dat aanstaande nirwana zich midden in die wriemelende mensenmassa bevonden, als onvermijdelijke collateral damage, terwijl het de bedoeling was dat die componenten niet beschadigd werden. In ieder geval nu nog niet. Ze wilden ze zoals ze waren, zonder kwetsuren, zich bewust van wat er gebeurde, reagerend, een en al soepele gebronsde huid en bikini's en T-shirts en laaghangende spijkerbroeken. Dus werd er niet geschoten. Ze dachten niet na. Niet met hun hersens in ieder geval.

Tot zover verliep alles naar wens.

Reacher duwde Evan de ene kant op en Chang de andere kant, en rukte Emily uit de kluwen. Hij trok haar naar zich toe, terwijl ze van zich aftrapte en met haar ellebogen maaide, draaide haar om en duwde haar voor zich uit, de hal in met de foto's in zilverkleurige lijsten van de onbekende familieleden.

'De slaapkamer is die kant op,' zei hij.

Evan wurmde zich wild langs hem heen en graaide naar zijn dochter, op de voet gevolgd door de zus van McCann, en meteen daarachter aan kwam Chang. Ze werd gevolgd door de man van het eerste honk, die een bezorgde blik in zijn ogen had vanwege de plotselinge chaos, en daarachter aan kwam de woordvoerder van het tweede honk, met in zijn kielzog de man van het derde honk. In één keer acht mensen die zich onhandig, struikelend, op een rijtje achter elkaar een weg zochten in de schemerdonkere smalle gang.

Reacher liet zich door zijn knieën zakken en greep de Python, met twee handen om te voorkomen dat hij weg zou glippen op de gladde houten vloer, en legde zijn handpalm tegen de kolf, massief en geruststellend. Hij stak zijn vinger in de beugel en zette hem tegen de trekker, hard en stevig, en hief de revolver, bijna anderhalve kilo zwaar. Hij legde zijn linkerhand op Lydia's hoofd en dwong haar door de knieën te gaan, richtte over Changs rechterschouder en haalde de trekker over, het wapen gericht op het gezicht van de man van het eerste honk.

Er waren veel factoren die bepaalden of een handwapen precies was of niet. De snelheid van de kogel en de lengte van de loop waren de belangrijkste, terwijl ook subtiele aerodynamische aspecten een rol speelden, bijvoorbeeld in hoeverre de rondtollende beweging van de kogel die wordt veroorzaakt door groeven in de loop een positief of een negatief effect had, afhankelijk van het soort kogel dat werd afgevuurd. De nauwkeurigheid bij de fabricage speelde een rol. Een zorgvuldige bewerking van kwaliteitsstaal genoot de voorkeur boven gietwerk van inferieur staal. Al maakte dat allemaal niet zoveel uit op een afstand van twee meter. Een porie te ver naar rechts of een rimpel te veel naar links was te verwaarlozen. Het menselijk gezicht was in principe als doelwit groot genoeg, meestal moeilijk te missen van korte afstand, en het gezicht van de man van het eerste honk vormde daarop geen uitzondering.

De kogel ging dwars door het hoofd, vanzelfsprekend van die afstand en gezien de kracht van de Magnum. Een meter of vijf achter het hoofd van de man ontstond onmiddellijk een krater in de muur ter grootte van een punchkom, die een gruwelijke fractie van een seconde later werd gevuld met de inhoud van de hersenpan van de man, met een kleffe klap, rood en grijs en paars. Ondertussen zakte de man rechtstandig in elkaar, alsof hij in een liftschacht was gestapt. Reacher draaide een beetje naar links, vanuit de heupen, de schouders gespannen, zoekend naar de man van het derde honk, die het verste weg stond, omdat iets in zijn reptielenbrein had berekend dat die man een beter schootsveld had om het vuur te beantwoorden, en minder stond te kwijlen dan de man van het tweede honk, en dus misschien wel minder in beslag werd genomen door aanstaand uitzinnig lichamelijk genot, en dus meer geneigd zou kunnen zijn om terug te schieten, ook al zou hij daarmee het risico lopen dat sommige componenten daarbij beschadigd zouden raken.

Reacher haalde de trekker omzichtig over en voelde hoe het mechanisme zijn werk deed, de tandwielen en kamraderen en pallen, moeiteloos, en hoe de kogel werd afgevuurd, naar zijn idee een weloverwogen schot, met een keurig interval tussen het eerste schot en dit schot, maar in werkelijkheid was het bijna zonder pauze twee keer overhalen van de trekker, een snel *bang-richten-bang*, als een ambachtsman die zijn vak uitoefent, kalm en gebruikmakend van zijn natuurlijke talent. Opnieuw ging de kogel dwars door het slachtoffer, onvermijdelijk, erin door de bovenlip en er weer uit bij de schedelbasis. Vervolgens versplinterde de kogel de schuifpui en veroorzaakte hij een explosie van huwelijkscadeaus op de tafel buiten, een wolk van papiersnippers, wit en zilverkleurig, als confetti die een paar dagen te vroeg kwam. Het versplinterde glas stortte omlaag als een waterval, geregeerd door de zwaartekracht, en daardoor met dezelfde snelheid als de man van het derde honk, die evenmin aan de zwaartekracht kon ontsnappen. Reacher ving een glimp op van beide fenomenen en zwenkte toen razendsnel naar rechts, op zoek naar de man van het tweede honk.

Want inmiddels was het een race tegen de klok, die Reacher dreigde te verliezen. Eén man neerschieten was een fluitje van een cent, twee was eigenlijk ook nooit een probleem, maar een derde kon het lastig maken. Het *bang-bang* waarmee zijn maten werden uitgeschakeld, had meestal een ontnuchterend effect, maar verschafte hem bovendien de tijd zich te focussen op wat er aan de hand was, om te reageren, om eindelijk tot zich door te laten dringen *O ja, ik heb een pistool in mijn hand*, om het pistool omhoog te brengen, trager dan anders, vanwege de dikke geluiddemper, omdat het pistool twee keer zo lang was als het geheugen van zijn spieren dacht, en ook zwaarder en dus minder goed onder controle te houden, wat allemaal goed uitkwam, want het traject dat zijn pistool moest afleggen was heel wat korter dan het traject dat de revolver van Reacher noodgedwongen moest afleggen. Hij was bijna gereed om te vuren. Een paar centimeter nog. En dan *Game over*. Maar Reacher bleef in beweging, in wat hij ervoer als een machteloze slow motion, alsof hij zijn hand door stroop moest bewegen op een koude, winterse dag, zijn linkeroog op de korrel van de Python, zijn rechteroog op de monding van de geluiddemper, die nog steeds ellipsvormig was, maar amper. Het scheelde maar een centimeter.

De Python had nog dertig centimeter te gaan.

Reacher kantelde de Python voorover, alsof hij een zweepslag uitdeelde met een backhand, vooral bedoeld om de snelheid en het momentum te verhogen, maar ook omdat de man het breedst was ter hoogte van zijn schouders en omdat richten een luxe was die Reacher zich niet meer kon permitteren. De Python was een revolver met een *double-action*-mechanisme, wat betekende dat met het overhalen van de trekker de haan werd gespannen en weer vrijgegeven, dus zette hij de handeling vroeg in, liet hij de cilinder naar de volgende kamer draaien terwijl de revolver nog steeds zijn traject vervolgde op weg naar de man van het tweede honk. Hij zag hoe de haan omhoogkwam, hij voelde het bewegen van de tandraderen en kamwielen en pallen, wachtte, en vuurde, erop vertrouwend dat zijn timing tot op de milliseconde nauwkeurig aansloot bij het momentum van het wapen in beweging, terugslag en gecompliceerde vierdimensionale berekeningen.

Met andere woorden, hij deed een schietgebedje.

Maar het werkte blijkbaar.

Want de man schoot niet terug en er brak een rode brok uit zijn nek. Groot genoeg om een gezin te voeden.

Een driedubbelspel.

Eeuwige roem voor een honkballer.

Achter de man baande de kogel zich een weg dwars door een damestoilet de hal in, waar hij een lamp verbrijzelde. De man zakte in elkaar, wat gepaard zou moeten gaan met een doffe klap en gerammel, maar Reacher hoorde dat allemaal niet, want een negatieve eigenschap van de Magnum was dat hij doofheid veroorzaakte. In ieder geval tijdelijk. Vooral binnenshuis.

Rondom hem stonden de anderen als aan de grond genageld, geschokt, gevangen in een beeld dat werd verlicht door een stroboscoop of een bliksemflits. De zus van McCann lag op haar knieën, haar mond wagenwijd open met een schreeuw die Reacher niet kon horen, terwijl Emily gehurkt tegen de gangmuur leunde. Begrijpelijk. Een Magnum binnenshuis is vergelijkbaar met een stungranaat. En dat drie keer achter elkaar.

Toen nam het suizen en brullen een beetje af en begon iedereen weer te bewegen. Chang ontfermde zich over Emily. Evan hielp zijn vrouw overeind en baande zich een weg naar de woonkamer om die te inspecteren, waarna hij zich omdraaide en iedereen in de richting van de slaapkamer dirigeerde, terwijl hij nadrukkelijk zijn hoofd schudde en zei: ‘We kunnen daar niet naar binnen.’ Steeds maar weer. Niet om zelf overeind te blijven, vermoedde Reacher, want hij was nu eenmaal arts, maar om zijn gezin het afschuwelijke tafereel te besparen. Al veronderstelde hij dat ze vast wel een keer in een slagerij waren geweest en dat hadden overleefd. Al was drie dode mannen een heleboel dood vlees. Misschien was hij wel bang om de plaats delict te verstoren. Te veel tv-gekeken.

De Lairs gingen met z’n drieën op het bed zitten, kleiner op de een of andere manier, met uitzondering van de ogen. Alle drie hijgden ze, alle drie probeerden ze hun emoties de baas te blijven. Chang ijsbeerde. Reacher poetste de grote oude Colt schoon en legde hem op het nachtkastje van Evan Lair.

Lair zei: 'We moeten de politie bellen. Wij zijn wettelijk verantwoordelijk voor wat er is gebeurd hier.'

'Ja,' zei Chang. 'Dat raad ik u aan. Houd het initiatief in eigen hand.'

'Peter is dood, toch?' zei de zus van McCann.

Niemand reageerde.

'Ze hebben hem te pakken gekregen en nu kwamen ze om mij te pakken. Omdat ze denken dat ik weet wat hij weet. Of wist. Dat denkt iedereen. Dat denken jullie ook.'

Chang zei: 'We hebben geen bewijs uit de eerste hand dat Peter dood is. Het zou niet juist zijn als wij daar iets over zouden zeggen. Bovendien moet Michael als eerste worden ingelicht.'

'Ik neem aan dat hij ook dood is.'

'Daarover hebben we geen informatie.'

Het werd stil in de slaapkamer.

'Wat moeten we doen?' vroeg Evan toen.

'Waarmee?' vroeg Reacher.

'Er liggen doden in huis.'

'Die zijn niet onschuldig als pasgeboren lammetjes. Dus ze zullen het noodweer noemen. Een overval, wapens met geluiddempers, bedreiging met seksueel geweld. Wij gaan echt de gevangenis niet in. In plaats daarvan zullen ze ons schouderklopjes geven. Al heb ik daar niet zo'n behoefte aan. Het liefst zou ik helemaal buiten schot blijven. Alsof ik hier niet ben geweest. Evan, jij mag alle eer opeisen. Speel maar een beetje met de revolver. Zorg dat je vingerafdrukken er weer op zitten. Je krijgt een jaar gratis toegang tot de golfbaan. De nieuwe patiënten stromen toe. De dokter met wie niet te spotten valt.'

'Meen je dat?'

'Het maakt mij niet uit hoe het afloopt. Mij vinden ze nooit. Maar ik zou graag een kleine voorsprong hebben. Chang en ik hebben een hoop te doen. Het zou enorm schelen als je een halfuur zou wachten voordat je 911 belt. Vertel ze maar wat je wilt. Zeg maar dat je niet eerder kon bellen omdat je verlamd was door shock.'

'Een halfuur,' zei Evan.

'Zo lang kan een shock duren.'

'Oké.'

'Maar als je wordt verhoord, moet je zeggen dat er maar twee waren met een wapen.'

'Waarom?'

'Omdat ik er een meeneem en er zijn agenten die tot drie kunnen tellen.'

'Oké, een halfuur. Twee wapens. Als het me lukt. Ik ben niet zo goed in de buurt van uniformen.'

Reacher keek Emily aan en zei: 'Het spijt me dat ik deze belangrijke week voor je heb verpest.'

'Ik ben je alleen maar dankbaar,' zei Emily.

'Het had niet zoveel om het lijf.'

Hij liep naar de gang, gevolgd door Chang, die eerst de zus van McCann omhelsde en haar onbeantwoorde vragen bevestigde met: 'Ik betuig u mijn medeleven met uw verlies.'

Ze trokken de deur achter zich dicht en liepen door de gang, langs de foto's, naar de woonkamer. De eerste op wie ze stuitten was de man van het eerste honk, die onder een ongemakkelijke hoek in elkaar was gezakt. Zijn geluiddemper lag in een plas van bloed dat stroomde uit wat er over was van zijn hoofd. Geluiddempers zijn gevoerd of uitgerust met heel fijne ribbels, waardoor er steeds maar bloed uit zou blijven sijpelen, dus lieten ze die met rust. Voor de man van het derde honk zouden ze een omweg moeten maken, dus bukte Chang zich bij de man van het tweede honk, de man die voortdurend het woord had gevoerd, en pakte zijn Ruger, ongeacht of hij nu de baas was of niet.

Toen staakte ze haar bewegingen en fluisterde: 'Reacher, deze ademt nog.'

42

Reacher hurkte neer bij de man die languit op de vloer lag. Chang knielde naast hem. De man lag op zijn rug, zijn benen gespreid, zijn armen in een vreemde houding. Hij was bewusteloos. Of diep in shock, of in coma. Of alles tegelijkertijd. Zijn nek was een smeerboel, de helft was verdwenen. Hij stonk naar vuile kleren, zweet en de ijzergeur van bloed. Hij rook naar de dood.

Maar hij ademde zwak en zijn pols was regelmatig.

'Hoe is het mogelijk?' fluisterde Reacher. 'Er sloeg een stuk zo groot als een dikke biefstuk uit hem.'

'Blijkbaar geen essentieel stuk,' fluisterde Chang terug.

'Wat wil je doen?'

'Ik weet het niet. We kunnen geen ambulance bellen. Die brengt de politie mee. Dat doen ze altijd bij slachtoffers van een schietpartij. Dan zijn we onze voorsprong kwijt. Maar aan de andere kant ziet de man er niet best uit. Hij moet zo snel mogelijk geholpen worden.'

'Evan is arts.'

'Maar wat voor arts? Hij kijkt één keer en belt dan een ambulance. Meteen. En hij belt ook de politie. Ook meteen. Dat halfuur vindt hij sowieso maar niks.'

'We kunnen gewoon weglopen en hem hier laten liggen. Niemand die erachter komt.'

'Dat kunnen we Evan niet aandoen. Misschien blijft die man nog een halfuur in leven. Dan lekt het uit. Dan zou hij de arts zijn die lekker in zijn slaapkamer bleef zitten en een stervende heeft genegeerd.'

Reacher zette zijn vingertoppen tegen het bovenste deel van de nek, op het gedeelte dat nog heel was, boven de wond, aan beide zijden, achter de oren, bij de kaakgewrichten.

Daar drukte hij.

'Wat doe je?' vroeg Chang.

'Ik druk de aderen dicht die zijn hersenen van bloed voorzien.'

'Dat kun je niet maken.'

'Hoezo? Ik mag hem wel een eerste keer vermoorden, maar geen tweede keer?'

'Dit deugt niet.'

'De eerste keer deugde het wel, toen hij een smeerlap was die van plan was jou te verkrachten met een pistool tegen je slaap. Is hij nu anders? Is hij plotseling een soort heilige martelaar geworden die we zo snel mogelijk naar het ziekenhuis moeten brengen? Wanneer is dat ineens gebeurd?'

'Hoelang duurt dit?'

'Niet lang. Hij was er al niet zo best meer aan toe.'

'Dit deugt echt niet.'

'We bewijzen hem een dienst. Als een paard met een gebroken been. Niemand zou die nek kunnen repareren.'

Changs telefoon rinkelde.

Luid en duidelijk. Doordringend. Ze haalde hem tevoorschijn, wendde zich af en nam op. Ze luisterde. Ze fluisterde iets en verbrak toen de verbinding.

'Wie was dat?' vroeg Reacher.

'Westwood is geland op Sky Harbor.'

'Dat is goed om te horen.'

'Ik heb gezegd dat we hem terugbellen.'

'Dat is waarschijnlijk het beste.'

'Ze zullen de telefoon in de slaapkamer hebben gehoord. Ze weten dat we er nog steeds zijn.'

'Ze denken vast dat het de telefoon is van een van deze kerels. In zijn zak. Ze zullen het negeren.'

'Is die man al dood?'

'Bijna. Het gaat heel vredig. Alsof je in slaap valt.'

Reacher ging overeind zitten en voelde naar een polsslag, die er niet meer was.

'Kom op, we gaan,' zei hij.

De auto stond langs het trottoir, honderd meter verderop, de eerste beschikbare plek die ze hadden kunnen vinden toen ze aankwamen. Toen was het tij gekeerd, en nu stond de auto hoog en droog, alleen en verlaten. Chang reed. Ze draaide de auto en reed de weg terug waarlangs ze waren gekomen. Het was rustig in de wijk. Verlamd door de hitte. De lucht trilde overal, blauw en goudkleurig, als een vloeistof.

Beide rood-wit geblokte slagbomen bij het poorthuis stonden omhoog. Als dik gevogelte dat was opgebonden en klaar voor de oven. Wagenwijd open, de ingang en de uitgang. Geen bewaker achter het glas.

Chang zette de auto stil.

'Ga eens kijken,' zei ze.

Het asfalt was heet onder Reachers voeten. Je had er een ei op kunnen bakken. Hij hoorde het zoemen van vliegen anderhalve meter verderop. Het schuifraam stond open. Het schuifraam waaruit de bewaker naar buiten kon leunen om met bezoekers te spreken. *Ik wens u een fantastische middag*. De airconditioning draaide op volle toeren in een poging de hitte te bestrijden.

De bewaker lag op de grond. In een verwarde hoop naast de poten van zijn kruk. Een shirt met korte mouwen. Armen met sproeten, de ogen open. Hij was in zijn borst en in zijn hoofd geschoten. Vliegen deden zich tegoed aan zijn bloed. Ze waren blauw en met alle kleuren van de regenboog. Ze waren al bezig om eitjes te leggen.

Reacher liep terug naar de auto.

Hij zei: 'Die oude vent. Die nu niet ouder meer wordt.'

'Dat geeft me een iets beter gevoel over de medeplichtigheid aan die moord.'

'Ik wou dat ik een botermesje in de keuken had gevonden om zijn hoofd eraf te zagen.'

Chang reed door de poort naar buiten en sloeg willekeurig links en rechts af.

Ze hoorden geen huilende sirenes in de verte. Geen commotie, alleen het onophoudelijke geluid van het verkeer in Phoenix, drie glanzende rijbanen, als een trage rivier, die eindeloos voortgleed.

'Waarheen?' vroeg Chang.

'Laten we maar ergens een kop koffie gaan halen. Je moet bellen.'

Ze parkeerden bij een rijtje winkels in Paradise Valley. Er was een koffiebar van een grote keten, ingeklemd tussen een winkel waar ze leren riemen met zilveren gespen verkochten en een winkel met porselein met fraaie motieven. Chang bestelde ijskoffie, Reacher gewone koffie. Ze gingen aan een kleverig tafeltje achterin zitten.

Reacher zei: 'Laat Westwood maar een hotel zoeken. Iets wat hem goed uitkomt en past bij zijn budget. En zeg maar dat we hem daar over twee uur ontmoeten.'

'Waarom over twee uur?'

'Hebben jullie een kantoor in Phoenix?'

'Natuurlijk, er zitten een heleboel ex-FBI-agenten in Phoenix.'

'We hebben lokale informatie nodig.'

'Over die lui in het huis?'

'Over hun baas. Die ook de baas was van Hackett. Een leverancier van beveiliging voor een ongetwijfeld zeer gevarieerde clientèle. Schoolvoorbeeld van de service-economie. Hij klonk als een zwaarlijvig persoon. Over de telefoon. En de man in het huis die steeds aan het woord was, noemde hem de dikke. Heb je dat gehoord? Hij klaagde dat hij niet betaald kreeg en dat er achteraf niet meer te onderhandelen viel, en hij zei dat dat de regels waren van de dikke. Dus hebben we een naam nodig. Een Oost-Europese crimineel uit Phoenix die in Phoenix zelf Oost-Europese spierballen verhuurt en elders mensen als Hackett. En die misschien de dikke wordt genoemd. Achter zijn rug waarschijnlijk. Een adres zou ook mooi zijn.'

'Waarom?'

'Ik wil hem een bezoekje brengen.'

'Waarom?'

'Voor Emily. En voor de zus van McCann. En de bewaker in het poorthuis. En mijn rug doet pijn en ik heb nu hoofdpijn. Er zijn dingen die moeten stoppen.'

Chang knikte. 'En er zijn dingen met onverwacht positieve neveneffecten.'

'Precies.'

'De poort naar Mother's Rest komt wijd open te staan. We annuleren het beveiligingscontract door de kop eraf te slaan. Voordat we weer teruggaan.'

'Zou jouw lokale man dat soort informatie kunnen leveren?'

'Ik wel, als iemand me dat zou vragen over Seattle.'

Ze pakte haar telefoon en koos een nummer, eerst dat van Westwood, voor het hotel, en daarna bladerde ze door de lijst met contactpersonen om het nummer in Phoenix te zoeken. Een logeerkamer, ongetwijfeld. In de buurt. In Mesa, of Glendale, of Sun City. Ingericht met bij elkaar passende legplanken en kasten, en een bureau en een ladekast. En een computer, een telefoon, een fax en een printer. Investeringen in een nieuwe carrière. *We hebben overal kantoren.*

Reacher stond op en liep naar de toiletten, waar hij zichzelf monsterde in de spiegel, op zoek naar bloed, van hemzelf of van anderen, en andere tekenen van onstuimige bedrijvigheid. Je moest altijd voorzichtig zijn. Hij had ooit eens iemand gearresteerd met een tand van zijn slachtoffer in zijn haar, vlak boven zijn voorhoofd, als een bleek geel kraaltje uit een kapperstentje bij het strand. Hij gaf zijn handen, polsen en onderarmen een grondige wasbeurt met veel zeep. Om de kruitresten te verwijderen. Je moest altijd voorzichtig zijn. Waarom zou je het ze makkelijk maken?

Toen hij terugkwam bij hun tafeltje, zei Chang: 'Het is een Oekraïner en hij heet Mersjenko.'

'Is hij dik?' vroeg Reacher.

'Kennelijk is hij kolossaal.'

'En weten we ook waar hij zaken doet?'

'Hij heeft een besloten club aan de zuidkant van de luchthaven.'

'Beveiliging?'

'Onbekend.'

'Kunnen we binnenkomen in die club?'

'Alleen leden.'

'We zouden kunnen solliciteren voor een baan. Ik zou me kunnen aanmelden als uitsmijter.'

'En ik?'

'Hangt ervan af wat voor soort club het is.'

'Dat laat zich raden.'

'Zou ik esthetisch gezien geen probleem mee hebben,' zei Reacher. 'We moeten gaan kijken. Nu. Het is altijd beter om het bij daglicht te hebben gezien.'

De zuidkant van de luchthaven was niet louter en alleen een oord van slechte zeden, maar het was er wel vrolijker en vrijmoediger dan wat ze onderweg zagen. De club van Mersjenko was een uit metalen plaatwerk opgetrokken gebouw, zo groot als het Yankee Stadium. Maar dan rechthoekig. Het besloeg in zijn eentje een heel blok, van trottoir tot trottoir. De gevels waren roze geverfd en opgesierd met honderden ballonnen van folie, ook roze, sommige in de vorm van een hart, andere in de vorm van een mond, allemaal op de een of andere manier vastgezet op de gevelbeplating. Ertussendoor liepen kilometers neonbuizen, op dat moment bleekgrijs in het zonlicht, maar 's avonds ongetwijfeld ook roze. Je kon je geen andere kleur voor de neonbuizen voorstellen. De deur was roze, boven de deur was een roze luifel aangebracht, en het etablissement heette *Pink*.

'Kunnen we het riskeren om er een keer omheen te rijden?' vroeg Chang.

'Het is nog vroeg,' zei Reacher. 'Dat kan geen kwaad.'

Dus sloeg ze links af aan het einde van de voorgevel en reed langs de rechterkant van het gebouw. Even overweldigend groot. Zelfde kleur roze. Zelfde harten en monden. Dat moest een positieve invloed hebben op mensen die dronken waren, vond Reacher. Je kon je daar maar beter toe aangetrokken voelen, dan al zwabberend de andere kant op te dwalen, het verkeer in.

Toen bleek dat het gebouw niet het hele blok besloeg. Van de ene zijkant naar de andere misschien wel, maar niet van de voorgevel tot de achtergevel. Het laatste deel van het blok, achter de achtergevel, was een terrein voor leveranciers. Logisch eigenlijk. In een dergelijk grote club hadden ze van alles en nog wat nodig. Als een oceaanstomer. En ze zouden er allerlei afval produceren, dat afgevoerd en gerecycled moest worden. Dat vereiste een regelmatige service. Het terrein was omheind, met een soort gaas waarin roze schermen waren gevlochten, zodat je er niet doorheen kon kijken. Boven op het hek lagen rollen wiebelig scheermesjesdraad, om insluipers te weren. Maar twee stukken van drie meter scharnierden naar binnen, ook logisch, om vrachtwagens toegang te bieden, met drank naar binnen, met afval naar buiten.

Een van die hekken stond open.

'Stop,' zei Reacher.

Chang stopte en reed vervolgens zachtjes achteruit, zodat ze meer zicht kregen.

'Ik geloof mijn ogen niet,' zei ze.

Binnen het hek stond een rij manshoge afvalcontainers, daarachter was een gedeelte naast de keukendeur waar onnatuurlijk groen kunstgras op het beton lag, afgezet met een sierhekje. Op het gras stond een ijzeren tuinbankje onder een grote parasol van canvas. Voor de koks en de obers, om te roken.

Op het bankje zat een dikke man.

Hij rookte een dikke sigaar en praatte tegen een hispanic, die een hemd zonder mouwen droeg en een doek strak om zijn hoofd had geknoopt. Hij stond stijf in de houding, de blik gericht op het niets pal boven het hoofd van de dikke man.

Maar dik was een te klein woordje en overduidelijk niet toereikend in dit geval. De man op het bankje was niet vadsig, had geen zware botten, geen overgewicht, hij was zelfs niet zwaarlijvig. Hij was een berg. Hij was enorm. Meer dan een meter tachtig, maar dan in de breedte. Het bankje zonk in het niet bij zijn postuur. Hij droeg een tot op de enkels vallende kaftan, grijs, zijn knieën stonden vanwege zijn buik noodgedwongen ver uit elkaar, en hij leunde ver achterover, met zijn billen net op het randje van de zitting, omdat zijn buik hem niet toestond rechtop in een hoek van negentig graden te zitten. Zijn lichaam verried geen enkele herkenbare contour. Hij was een driehoekige massa vlees zonder onderscheidende kenmerken, met borsten zo groot als zachte basketballen, en andere onverklaarbare bobbels zo groot als volwassen kussens. Zijn armen lagen over de rugleuning van het bankje gedrapeerd. Links en rechts van beide ellebogen hingen enorme vetkwabben omlaag.

Al met al was hij kolossaal, het woord dat de contactpersoon van Chang had gebezigd. Zijn hoofd was klein in vergelijking met zijn lichaam. Zijn gezicht was roze en glansde in het zonlicht. De ogen waren klein en lagen diep in de kassen, voor een deel omdat hij tegen de zon in keek, en deels omdat zijn gezicht opgezwollen was, alsof iemand een fietspomp in zijn oor had gestopt en flink had staan pompen. Zijn kapsel had dezelfde stijl als dat van de drie kaalgeschoren mannen bij het huis van de zus van McCann.

'Hij zou een broer van ze kunnen zijn,' zei Chang. 'Of een neef. Misschien is het een familie van dikzakken.'

'Hij ziet eruit alsof hij de baas is,' zei Reacher. 'Moet je zien hoe hij die man toespreekt. Hij geeft hem er echt van langs.'

Geen theatraal gedoe. Geen geschreeuw. Alleen een niet-aflatende stroom woorden, zonder ophouden, op gesprekstoon, en dus waarschijnlijk des te wreder en effectiever. De man met de doek om zijn hoofd genoot er niet van. Dat was verdomd duidelijk. Hij stond stokstijf in het niets te staren, te wachten tot het voorbij zou zijn.

Chang zei: 'We moeten zeker weten dat hij het is. Misschien delegeert Mersjenko zijn werk. Misschien heeft hij assistenten. Misschien is dit een broer of een neef die de personeelszaken voor hem doet.'

'Heeft jouw contactpersoon het ook over familieleden gehad?' vroeg Reacher.

'Daarover heeft ze niets gezegd.'

'Kun je dat navragen?'

Chang koos het nummer. Reacher keek naar de dikke man. Die was nog niet van plan ergens heen te gaan. Nog niet. Hij praatte nog steeds. Chang stelde haar vraag en luisterde naar het antwoord. Ze verbrak de verbinding.

Ze zei: 'Er is niets bekend over eventuele familieleden.'

'Hij ziet eruit alsof hij de baas is,' zei Reacher opnieuw. 'Alleen is er nergens beveiliging. Geen mannen met zonnebrillen en oortjes. Er zou er toch zeker een bij het hek moeten staan. Op zijn minst. De man moet een zware crimineel zijn. Hij is vanaf de straat te zien. Wij zitten hier gewoon te kijken. Niemand heeft een poging gedaan om ons weg te jagen.'

'Misschien zelfvertrouwen,' zei Chang. 'Of te veel zelfvertrouwen. Hij denkt dat wij ondertussen dood zijn. Misschien hoeft hij zich verder nergens druk om te maken. Misschien staat hij hier wel aan de top van de voedselketen. Zonder concurrentie.'

'Als hij het is.'

'Daar mogen we niet zomaar van uitgaan.'

'Kon dat maar. Ik zou hem vanaf hier kunnen raken.'

'Echt?'

'Bij wijze van spreken. Niet met een pistool. Om zeker te zijn van mijn zaak zou ik dichterbij willen zijn.'

‘Op het terrein?’

‘Dat zou ideaal zijn.’

‘Misschien zijn er lijfwachten achter het hek.’

‘Misschien. Maar het heeft bij dit soort mannen ook te maken met imago. Ze willen het liefst gezien worden achter een menselijk schild. Of niet gezien worden.’

‘Dus misschien is hij het niet.’

‘Zo ziet hij er absoluut wel uit. Hij ziet eruit als een dikke man en het lijkt erop dat hij de regels bepaalt.’

‘We moeten het zeker weten.’

‘We zullen het nooit zeker weten. Tenzij we hem naar zijn legitimatiebewijs vragen. En dat heeft hij misschien niet eens. Ik zie geen zakken in zijn jurk.’

‘Dat is een kaftan. Of een *muumuu*.’

‘Wat is een muumuu?’

‘Dat wat hij aanheeft.’

‘We moeten het zeker weten. Dit is een gouden kans. Hij zit pal voor ons.’

‘Dat is het probleem. Het is te mooi om waar te zijn.’

‘Misschien zelfvertrouwen, zoals jij zei. Of puur uit gewoonte. Misschien zitten zijn lijfwachten binnen. Misschien zijn ze gewend dat hij er even tussenuit knijpt om buiten te roken. Het is nog vroeg en ze weten dat er niemand in de buurt is. Misschien wil hij ze niet zo dicht in de buurt hebben. Of misschien denkt hij dat functioneringsgesprekken onder vier ogen moeten worden gevoerd.’

‘Hoelang blijft hij daar nog zitten, denk je?’

‘Het is een grote sigaar. Maar misschien rookt hij steeds een klein stukje.’

‘Een betere kans krijgen we niet.’

‘En het kan niet veel langer duren.’

‘Maar we moeten het zeker weten.’

Reacher zei niets.

De dikke man bleef praten. Misschien iets nadrukkelijker. Hij stootte ritmisch met zijn hoofd naar voren om dingen te onderstrepen. Het vet in zijn nek bibberde. De rest van zijn lichaam bleef roerloos. Niet gemaakt om te gebaren.

Reacher zei: ‘Ik denk dat hij aan het samenvatten is. Ik denk dat hij bijna tot een conclusie komt. We hebben niet veel tijd meer. We moeten een besluit nemen.'

Chang zei niets.

Toen zei ze: 'Wacht.'

Ze hield haar telefoon omhoog en Reacher zag beelden over het scherm schuiven. Het trottoir, de roze omheining, het openstaande hek. Onder een vreemde hoek, instabiel. De camera-app. Toen de afvalcontainers, de neptuin en de dikke man.

Ze tikte op het schermpje en uit de telefoon klonk het geluid van een mechanische sluiter. Ze veegde en tikte en typte en tikte opnieuw, en de telefoon maakte een zoevend geluid.

Ze zei: 'Ik vraag mijn contactpersoon of ze de identiteit van die man kan bevestigen.'

Reacher zei: 'Als ze maar opschiet. Dit duurt niet lang meer.'

De dikke man bleef maar doorpraten, en stotende bewegingen maken met zijn hoofd, en bibberen met het vet in zijn nek. De man met de doek om zijn hoofd onderging het allemaal lijdzaam. Toen begonnen de vingers van de dikke man te krabbelen aan de bovenste lat van het bankje. Misschien het begin van een lange, gecompliceerde procedure om op te staan.

'We raken hem kwijt,' zei Reacher.

De dikke man gooide zijn sigaar op de grond.

Changs telefoon rinkelde.

Ze keek op het scherm.

'O, kom op,' zei ze.

'Wat is er?'

'Ze wil dat ik inzoom. Ze wil een close-up.'

'Waar zijn we eigenlijk? In het hooggerechtshof?'

Ze hield opnieuw haar telefoon omhoog, deed iets op het scherm met haar vingers, het tegenovergestelde van knijpen, en zoomde zo ver in op de dikke man als maar kon. Ze centreerde hem in het beeld en maakte de opname. Reacher draaide zich om om de Ruger van de vloer van de auto te pakken. Voor het geval dat. Hij hoorde het zoevende geluid van de mms-app, of haar e-mail, of wat het dan ook maar mocht zijn. Hij hield het wapen laag, bracht het tussen de stoelen door naar voren en legde het op zijn schoot. Een solide wapen. Geen fraaie snufjes. Zo ongeveer het equivalent van een gezinsauto. Net zoiets als de gehuurde Chevrolet waarin ze zaten. De geluiddemper was een achteraf gekocht accessoire, met een aangepaste fitting. In het magazijn ontbraken twee kogels. De kogels waarmee de bewaker in het poorthuis was vermoord. In zijn borst en in zijn hoofd. *Ik wens u een fantastische middag.*

Reacher wachtte.

De dikke man duwde zijn heupen naar voren. Duidelijk een speciale techniek. Hij was van plan zijn hele lichaam in één lijn te brengen en zich dan met zijn handen wandelend overeind te hijsen. Of zich af te zetten en weg te wankelen. Geen van beide manoeuvres was eenvoudig. Maar met een van beide methoden moest het lukken, dat was zeker. De man had niet zijn hele leven op een en dezelfde plek doorgebracht.

Reacher zei: 'We hebben geen tijd meer.'

Maar toen zei de Hispanic iets.

Misschien wilde hij zijn excuses aanbieden, beloven dat hij in de toekomst zijn leven zou beteren, en waarschijnlijk heel beleefd, in ieder geval met weinig woorden. Maar kennelijk was de dikke man het niet helemaal eens met wat er werd gezegd, want met veel ongecontroleerd wiebelen en schudden liet hij zich terugzakken en gaf weerwoord of leverde commentaar.

Changs telefoon rinkelde.

Ze keek op het scherm.

Ze zei: 'Ze is er honderd procent zeker van dat het Mersjenko is.'

43

Ze reed twintig meter verder, keerde de auto en reed langzaam terug. Ze stopte net voor de zichtlijn door de openstaande helft van het hek. Daarmee was de afstand van Reacher tot zijn doelwit nog zo'n achttien meter. Zes meter tot aan het hek en dan nog eens twaalf op het terrein. Met een bocht naar rechts. Hij maakte zijn portier open en stapte uit. Er was geen voor de hand liggende manier om het pistool met geluiddemper te verbergen, dus droeg hij het langs zijn been, lang en dreigend, van halverwege zijn dij tot halverwege zijn kuit. Niet mis te verstaan. Maar de akoestische winst van de geluiddemper maakte het ding de moeite waard, hoopte hij, tijdens kantooruren en zo dicht bij het centrum van de op vier na grootste stad van de Verenigde Staten.

Zes stappen over het trottoir, toen liep hij het terrein op. Geen lijfwachten achter het hek. Recht voor hem de afvalcontainers. Daarna de tuin. En daarin de dikke man, die nog steeds aan het woord was. Die niet keek. Nog niet. De Hispanic stond nog steeds kaarsrecht, staarde met de kin geheven over het hoofd van de dikke man en onderging alles nog steeds lijdzaam. Reacher liep verder, kordaat, maar niet gehaast, het wapen nog steeds omlaag, zijn voetstappen luid op het beton, zo luid dat het onbegrijpelijk was dat de dikke man niet naar hem keek. Hij praatte maar door, hoorbaar nu, op dezelfde vlakke toon als door de telefoon, schimpend, kleinerend, vernederend. Zijn hoofd schoot vooruit en achteruit boven de kwabben van zijn hals en nek.

Toen kreeg hij Reacher in de gaten. Hij draaide zijn hoofd, volledig onafhankelijk van zijn roerloze lichaam, en zijn mond viel open. Reacher stapte over het lage sierhekje het glanzende kunstgras op, richtte het pistool en deed nog een laatste stap.

In de sterke verhalen bij kampvuren was altijd ruimte voor een kort gesprek in oneliners. Omdat de schurk duidelijk moest worden gemaakt waarom hij moest sterven. Alsof een verwijzing naar de getroffen partijen, zoals Emily Lair en Peter en Lydia McCann en de kleinkinderen van de bewaker in het poorthuis, geesten kon oproepen en hen zou kunnen troosten, en ook omdat de schurk de kans moest krijgen om ofwel berouw te tonen ofwel verdere verwensingen te snauwen, wat beide kon leiden tot een klassiek verhaal, afhankelijk van hoe de held erop zou reageren.

Maar verhalen zijn verhalen. De werkelijkheid is anders.

Zonder een woord te zeggen schoot Reacher de man door het hoofd, twee keer, een dubbel schot, *pop*, *pop*, en keek toen naar de keukendeur.

Die bleef dicht.

De geluiddemper werkte vrij goed in de openlucht.

Reacher draaide zich om en stapte over het lage sierhekje.

Achter hem zei de Hispanic: '*Gracias, hombre.*'

Reacher glimlachte. Hij kwam voor deze man als manna uit de hemel. Zo ongeveer waar hij de hemel de hele tijd om had gesmeekt. Letterlijk: *Lieve Heer, stuur iemand die deze klootzak nu een kogel door zijn kop jaagt.* Een wonder. Hij zou zondag naar de mis gaan.

Reacher liep weer van het terrein af, dezelfde weg terug, in hetzelfde tempo, kordaat, maar niet gehaast. Onder het lopen veegde hij het pistool af aan zijn shirt en hij gooide het weg in de eerste de beste afvalcontainer waar hij langskwam. Hij liep door het hek en op het moment dat Chang hem zag, reed ze langzaam in zijn richting. Hij stapte in en ze reed weg.

Westwood had een luxetent uitgekozen in Scottsdale. Het was druk op de weg vanwege het spitsuur, dus tegen de tijd dat ze er arriveerden, begon het al donker te worden. Ze troffen hem aan in de bar. Hij zag er nog net zo uit als tijdens hun eerste ontmoeting, met zijn warrige haar en baard vol klitten, in zijn papierachtige kleren met al die ritsen en de enorme tas bij zijn voeten. Hij las een boek over marihuana. Misschien was dat wel het onderwerp van zijn volgende artikel, na de tarwe.

Chang ging naast hem zitten om hem bij te praten en Reacher deed een tweede poging de kruitresten van zijn handen te wassen. Toen hij terugkwam, vroeg Westwood hem: 'Geloof jij dat journalisten zich aan een ethische code houden?'

'Dat verschilt vast van persoon tot persoon,' zei Reacher.

'Dan mag je hopen dat ik dat niet doe, want te oordelen naar wat Chang me net heeft verteld, zou ik zeggen dat jij vandaag vier moorden hebt gepleegd.'

'Waarvan eentje twee keer.'

'Dat is niet grappig.'

'Je mag naar huis gaan wanneer je maar wilt. Het zijn jouw rechten voor het boek, niet de mijne. Iemand anders kan het verhaal ook wel schrijven als het af is.'

'Is er een verhaal?'

'Er zijn maar drie delen waar we niet zo zeker van zijn.'

'Welke drie delen?'

'Het begin, het midden en het eind.'

Het duurde even voordat Westwood weer iets zei. 'Ik heb de naam Mersjenko eerder gehoord. In de tijd dat ik aan het artikel over het deep web werkte. Hij zou een hele lijst met services aanbieden. Hij garandeerde onzichtbaarheid voor je website en zou eventuele problemen die zich aandienden voor je oplossen. Iets waarop je je kon abonneren of zo. De Oekraïners hielden zich al vroeg bezig met internetzaken. Ik heb niet over hem geschreven in het artikel omdat er niets was bewezen. De juridische afdeling hield het tegen.'

'Hoeveel klanten had Mersjenko?'

'Een stuk of tien, zeiden ze. Een soort luxeservice.'

'Die man had niets met luxe. Die wist niet eens wat luxe was. Hij zou luxe niet hebben herkend als het langs zijn enkel omhoog was geklommen en hem in zijn vette kuit had gebeten. Hij had een striptent die groter was dan Dodger Stadium. Dat ding was roze en zat onder de ballonnen. Die man hield van overdaad. Meer is beter.'

'Ze zeiden een stuk of tien.'

'Dan moet het volume in de opbrengsten hebben gezeten. Die tien klanten moeten een fortuin hebben verdiend.'

'Misschien,' zei Westwood. 'Het deep web is misschien wel vijfhonderd keer zo groot als het web aan de oppervlakte. Met slechts een klein deel wordt geld verdiend, vermoed ik, maar dat hoeft ook niet, in een universum dat zo groot is. Om onder de streep een fortuin bij elkaar te schrapen, bedoel ik.'

Chang vroeg: 'Heeft de overheid een zoekmachine gebouwd waarmee ze in het deep web kan zoeken?'

'Nee,' zei Westwood.

'Daarover belde McCann jou.'

'Dan stelde hij de verkeerde vraag. Of de juiste vraag op de verkeerde manier. Ik luister niet meer als de beller het woord overheid gebruikt. Een soort lakmoesproef voor gezond verstand. Ik bedoel, wie bouwt er zoekmachines? Softwareontwikkelaars. Programmeurs. Voor een ingewikkeld project heb je de beste softwareontwikkelaars nodig, en de beste softwareontwikkelaars zijn tegenwoordig popsterren. Met een eigen agent en een manager.

Ze verdienen bakken met geld. De overheid kan zich niet eens permitteren om ze in te huren. Het alternatief is jonge jongens. Rocksterren-in-ontwikkeling die nog hongerig zijn. Maar die huurt de overheid ook niet in, want dat is te ver van hun bed. Die jonge jongens zijn vreemd en doen raar.'

'Welke vraag had hij wel moeten stellen?'

'Hij had naar Silicon Valley moeten kijken, niet naar de overheid.'

'Heeft iemand in Silicon Valley een zoekmachine gebouwd waarmee ze in het deep web kunnen zoeken?'

'Nee,' zei Westwood.

'McCann beweerde dat er een hint in jouw artikel zat.'

'Ik stelde de vraag aan de orde wat grote jongens als Google zou motiveren. Dat ligt niet voor de hand. Het zou helpen bij wetshandhaving, maar er zou geen geld mee te verdienen zijn. Per definitie niet. Als de webmasters van het deep web reclame willen maken, hoeven ze alleen maar aan de oppervlakte te komen, waar ze hun boodschap net zo hard van de daken kunnen schreeuwen als ze maar willen. Het punt is, dat ze dat juist niet willen. Ze houden zich heel actief verre van de oppervlakte. En dat zullen ze blijven doen. Met een betere zoekmachine jaag je ze alleen maar dieper ondergronds. Meer niet. Het wordt een wapenwedloop waaraan geen cent te verdienen valt, nu niet en nooit niet. Waarom zou iemand dat doen?'

'McCann heeft jou negentien keer gebeld. Die hint moet toch duidelijk zijn geweest.'

'Ik heb geschreven dat iemand anders het zou doen. Hij moet gedacht hebben dat ik de overheid bedoelde. Maar die bedoelde ik niet. Grote jongens als Google zijn niet altijd groot geweest. Ooit waren het twee jongens in een garage. Of op een studentenkamer. Sommigen van die jongens waren in één klap miljardair, maar anderen raakten alleen gefascineerd door een probleem dat ze wilden oplossen, wat later miljarden waard bleek te zijn. Het heeft iets met karakter te maken. Het gaat om het oplossen van het probleem. Dat is iets dwangmatigs. En je weet nooit waar het de volgende keer de kop opsteekt.'

'Wou je beweren dat er ergens een student op een kamertje zit die een zoekmachine heeft gebouwd voor het deep web?'

'Niet precies,' zei Westwood. 'Geen student, geen kamertje en niet zozeer "gebouwd". Zoals ik zei, het is iets dwangmatigs. Dat kunnen ze zelf niet uitleggen, maar vroeg of laat slaat het toe, en dan moeten ze het probleem oplossen. Je kunt ze niet tegenhouden. Alleen is er negen van de tien keer geen commerciële toepassing, dus zoeken ze een baan en wordt het oplossen van het probleem een hobby, waar ze zo nu en dan aan verder werken. Ze blijven eraan prutsen. Ze krijgen het nooit af vanwege gebrek aan geld en tijd. Maar dat is niet belangrijk bij een hobby. Eigenlijk draait het daar juist om bij een hobby.'

'Wie?' vroeg Chang.

'Een starter in Palo Alto. Nu al een veteraan. Negenentwintig jaar. Hij doet het heel aardig op het moment met systemen voor betalingsverkeer in de detailhandel. Maar toen hij nog studeerde, verweet een vriendin hem een keer dat hij niet eens kon zoeken in het deep web. Meer schreef ze niet. Maar het werkte als een rode lap op een stier. Een rare intellectuele vonk. Er viel geen cent mee te verdienen, dat wist hij. Het zou altijd een hobby blijven. Hij geeft toe dat het vooral arrogant gedrag was. Sommige nerds zijn zo, die moeten zo nodig bewijzen dat ze beter zijn dan andere nerds.'

'Hoe ver is hij nu?'

'Dat is een onmogelijke vraag. Hoe zou hij dat moeten weten? Hij ziet een deel ervan, glashelder. Maar is dat alles? Of is het maar een klein stukje?'

'Ik begrijp niet waarom je er niet meer over hebt geschreven in je artikel. Dit is toch een groot deel van het verhaal? Er is vooruitgang geboekt.'

'Hij hield het tegen. Hij is bang voor wraakacties van mensen in het deep web. Er zijn sites die echt niet gevonden willen worden. Híj heeft me over Mersjenko verteld. Een hobbyproject maakt hem tot een gemakkelijk doelwit. Hij heeft geen team. Hij is maar in zijn eentje. En als ik jou mag geloven, is hij terecht bang. Destijds was ik daar niet zo van overtuigd. Misschien overdreef hij. Ze zitten helemaal in een eigen wereldje.'

'We moeten met die man praten,' zei Reacher.

'Dat zal niet meevallen.'

'Het enige wat we tot nu toe hebben, zijn verhalen uit de tweede hand. Maar het lijkt erop dat Michael McCann gebruik heeft gemaakt van het deep web, en dat hij uit de trein is gestapt in een gehucht dat Mother's Rest heet. We moeten uitzoeken of het een tot het ander heeft geleid. Is hij uitgestapt vanwege internet, of was hij toch al van plan om daar uit te stappen?'

'Denk jij dat Mother's Rest mensen lokt in het deep web?'

'We hebben twee keer iemand zien aankomen met de trein. Die bleven een nacht in het motel en werden de volgende ochtend opgehaald met een witte Cadillac.'

Chang zei: 'Je hebt daar niet eens bereik voor je mobiele telefoon. Het kan onmogelijk een internetkrachtcentrale of zoiets zijn.'

Westwood aarzelde even en zei toen: 'We moeten een plek opzoeken waar we meer privacy hebben.'

Dertig kilometer ten zuiden van Mother's Rest liep de man met de gestreken spijkerbroek en het geföhnde haar te ijsberen. Hij wachtte tot zijn telefoon zou rinkelen. Hij probeerde geduld op te brengen. De laatste keer dat hij voor het afgesproken tijdstip gebeld had, was hij gekleineerd. *Laat ons maar doen waar we goed in zijn, oké?* Dat was ze echter niet gelukt. Nog niet.

Hij kon niet langer wachten.

Hij pakte de telefoon.

Hij koos het nummer.

Er werd niet opgenomen.

Westwood had in zijn onwetendheid het hotel gebeld om te reserveren en dus voor Chang en Reacher elk een kamer gereserveerd. Toen hij besefte dat hij een fout had gemaakt, voelde hij zich niet in verlegenheid gebracht en evenmin maakte hij zich zorgen over kostenoverschrijdingen. Hij koos domweg de kamer met het krachtigste wifisignaal en bombardeerde dat tot zijn kantoor. Hij haalde zijn metalen laptop uit zijn tas en installeerde hem op het bureautje. Reacher en Chang gingen op de rand van het bed zitten.

Westwood zei: 'Je hebt Mother's Rest al een keer eerder genoemd. In het begin. En je had gelijk. Een goede wetenschapsredacteur zou er meteen bovenop springen. Dus dat heb ik gedaan. Mother's Rest is een handelspost en een station voor graanoverslag.

Er staat een aantal technische details in de dossiers. Maar een goede journalist wil twee bronnen. Dus ik heb op Google Earth gekeken en je kunt het inderdaad vinden op de satellietbeelden. Precies op de plek waar het zou moeten zijn. En het ziet er precies uit als een handelspost en een station voor graanoverslag. Maar het ligt echt compleet in the middle of nowhere. Alsof L.A. County bestond uit één kruispunt en verder helemaal niets. Dat was fascinerend, dus heb ik een beetje zitten prutsen. Ik heb uitgezoomd om te kijken hoe ver het verwijderd was van de rest van de wereld, gewoon uit nieuwsgierigheid, en toen bleek dat er maar één ding in de buurt was, dertig kilometer verder naar het zuiden. Nog geïsoleerder. Dus natuurlijk heb ik daarop ingezoomd om eens te kijken.'

Hij draaide zijn laptop zodat ze vanaf het bed het scherm konden zien.

'En dit is wat ik zag.'

Wat er te zien was, was natuurlijk vastgelegd bij klaarlichte dag, ook al was het ondertussen buiten donker. Satellietfoto's op internet zijn niet live. En evenmin vanzelfsprekend up-to-date. Er kan van alles veranderen. Maar soms ook niet. Reacher vermoedde dat er in jaren niets was veranderd aan wat hij op het scherm zag. Het was een boerderij, omringd door een zee van graan. Een woonhuis en een paar bijgebouwen. Voor zover te zien was van recht boven, op een beeld met harde schaduwen, leek alles intact en functioneel. Het complex was min of meer zelfvoorzienend. Je zag varkens en kippen en moestuinen. Er stond iets wat eruitzag als een generatorhuisje, voor elektriciteit. Het huis zelf zag er solide uit. Aan de ene kant was een parkeerplaats voor auto's, aan de andere kant waren vier satellietschotels. En er was iets wat een put zou kunnen zijn. En een telefoonlijn.

'Later herinnerde ik me die satellietschotels. Waar zijn die voor?' vroeg Westwood.

'Tv,' zei Reacher.

'Twee ervan. De andere twee kijken naar heel andere vogeltjes.'

'Buitenlandse tv-zenders.'

'Of misschien wel internet, via de satelliet. Zoveel bandbreedte als waarvoor je maar wilt betalen. Razendsnel. De tweede schotel als back-up voor de eerste. Met eigen elektriciteit. Dat zou je rustig een internetkrachtcentrale kunnen noemen.'

'Kun je iets afleiden uit de manier waarop die schotels zijn opgesteld?'

'Daarvoor zou je moeten weten op welke dag en hoe laat Google die foto heeft genomen. Zodat je kunt rekenen met de hoek waaronder de schaduwen vallen.'

'Dan moeten we het van binnenuit benaderen. We hebben die zoekmachine nodig. Als ze hun spul van daaruit op internet zetten, moeten we uitzoeken wat ze zeggen.'

'Het enige wat ik kan doen, is het de man uit Palo Alto vragen.'

'Zeg maar dat Mersjenko dood is. Zeg maar dat je hem uit de weg hebt laten ruimen, als een dienst aan alle softwareontwikkelaars op de wereld. Zeg maar dat hij jou een wederdienst verschuldigd is.'

Westwood reageerde niet.

Reacher keek weer naar het scherm.

'Waar staat die boerderij precies?'

'Dertig kilometer ten zuiden van Mother's Rest.' Westwood boog zich om de laptop heen en scrolde en klikte, om de boerderij kleiner en de zee van graan groter te maken, ongetwijfeld van plan daarmee door te gaan tot Mother's Rest in beeld zou komen, om te laten zien welke relatie er geografisch tussen beide was. Maar voordat het zover was, verscheen er een kaarsrechte lijn in de rechterbenedenhoek van het scherm. Reacher vroeg: 'Wat is dat?'

'De spoorlijn,' zei Westwood.

'Laat eens zien.'

Westwood kwam achter de laptop vandaan en reorganiseerde het beeld op het scherm. De boerderij en de spoorlijn, midden op het scherm, in de juiste proporties. Misschien een kilometer van elkaar verwijderd. Een afstand waar de ogen van de meeste mensen geen moeite mee hadden.

'Ik herinner me die boerderij,' zei Reacher. 'Uit de trein, toen ik aankwam. Het was het eerste teken van menselijk leven in uren. Dertig kilometer voordat de trein in Mother's Rest arriveerde. Ze waren aan het werk met een machine met schijnwerpers. Een tractor of zo. Rond middernacht.'

'Is dat normaal?'

'Ik heb geen idee.'

'We hadden berekend dat die Cadillac dertig kilometer had gereden,' zei Chang. 'Weet je nog? Dertig kilometer heen en dertig kilometer terug. Nu weten we waar hij is geweest. In een straal van dertig kilometer om Mother's Rest is verder niets waar hij naartoe kan zijn geweest. Dus daar zijn die mensen naartoe gegaan die uit de trein zijn gestapt. De man en de vrouw, met hun tassen. Maar wat dan?'

Niemand gaf antwoord.

Westwood vroeg: 'Maken boeren gebruik van het deep web?'

'Iemand maakt er gebruik van,' zei Reacher. 'We hebben die zoekmachine nodig.'

'De man laat zich betalen voor zijn tijd.'

'Niemand werkt zomaar voor niets. Dat is iets wat ik pas heb geleerd.'

'Hij komt niet hiernaartoe. We zullen naar San Francisco moeten.'

'Alsof het nog steeds 1967 is.'

'Wat?'

'Niets,' zei Reacher.

Tien minuten later was hij alleen met Chang, in de kamer met het zwakkere wifisignaal.

44

Ze werden de volgende ochtend vroeg wakker, de gordijnen nog open en in beslag genomen door belangrijker zaken dan slapen, net als de dag ervoor in Chicago, vierentwintig uur geleden. Reacher werkte opnieuw aan een herziening van zijn theorie, gefascineerd door de opgaande lijn. Het was meer dan je mocht verwachten. Meer dan je kon bevatten, misschien wel. Chang dacht vooral na over hoe ze de stad uit moesten komen. Ze keek naar een ochtendprogramma op een lokaal tv-station, waar ze recepten en mode terzijde hadden geschoven om aandacht te besteden aan een misdrijf. Een verslaggever rapporteerde over een schietpartij met dodelijke afloop achter een stripclub in het centrum, waarbij een kopstuk van de plaatselijke georganiseerde misdaad was doodgeschoten. Dat leidde tot hijgerig gespeculeer tegen een achtergrond van nietszeggende beelden, vooral van een gesloten hek in een roze omheining, boven een lichtkrant met de tekst *Moskou komt naar Phoenix*. Dat zou de Oekraïners waar dan ook irriteren, dacht Reacher, omdat de scheiding tussen beide landen nu volledig was, en ze daar op zijn minst aan een van beide zijden heel erg trots op waren.

De tweede reporter deed verslag van het grotere verhaal. Niet langer *een inbraak die zich vanavond tot een drama heeft ontwikkeld*, want vanavond was nu gisteravond en tragisch was nu intrigerend. Kennelijk had een gerespecteerde arts, woonachtig op het adres in kwestie, met een wapen voor zelfverdediging drie insluipers gedood, waarmee hij zijn gezin een lot had bespaard dat erger was dan de dood. Evan Lair was te zien, in de verte, op de grens van een beverig ingezoomd beeld. Hij wuifde vragen weg. Zijn terughoudendheid om het verhaal te vertellen werd geïnterpreteerd als ouderwetse bescheidenheid. De man was hard op weg een levende legende te worden. Hij was hard op weg de dokter te worden met wie niet te spotten viel, een reputatie die werd ondersteund door gruizige beelden van nachtcamera's, waarop brancards het huis uit werden gereden, spookachtig verlicht door rode zwaailichten. Er waren met een telelens geschoten beelden te zien van Emily, nu niet meer in bikini en bloes, maar in spijkerbroek en een trui, en van Lydia, die naar de grond keek.

Toen kwam een derde verslaggever met het nieuws dat bronnen bij de politie haar hadden verteld dat er mogelijk een verband was tussen beide voorvallen, in die zin dat het geen geheim was dat de drie dode mannen bij het huis handlangers waren van de dode bij de striptent. Een vierde verslaggever meldde zich met het bericht dat er een voorlopige verklaring was van de officier van justitie dat de schietpartij bij het huis waarschijnlijk zou worden uitgelegd als zelfverdediging, en dat het wapen dat was gebruikt voor de moord bij de striptent was teruggevonden in een afvalcontainer vlakbij, maar dat er geen vingerafdrukken op waren aangetroffen en dat er dus vooralsnog geen verdachten waren, en dat het onderzoek zou worden voortgezet.

Zo meteen tien dingen die u met kip kunt doen.

'Alles goed?' vroeg Chang.

'Kan niet beter,' zei Reacher. 'Alleen heb ik nog steeds hoofdpijn.'

'Geen reactie?'

'Waarop?'

Ze wees naar het scherm. 'Dat allemaal.'

'Mijn oren suizen nog steeds een beetje.'

'Dat bedoel ik niet.'

'Ik laat mensen met rust als ze mij met rust laten. Dat is hun risico, niet het mijne.'

'Doet het je niets?'

'Jou wel?'

'Wat was dat voor machine die je 's nachts bij die boerderij zag?'

'Een stip in de verte. Er was een lichtbalk op gemonteerd. Net zoiets als een bullbar, maar dan boven op de cabine. Vier rechthoekige schijnwerpers, heel helder. Misschien was het een opgevoerde pick-up. Maar waarschijnlijk een tractor. Hij was hard aan het werk. Ik zag uitlaatgassen in het licht van de schijnwerpers.'

'Kan het een graafmachine zijn geweest?'

'Hoezo?'

'Dat was de dag dat Keever is verdwenen.'

'Het kan inderdaad een graafmachine zijn geweest,' zei Reacher.

'Daarom doet het me niets. Ik had het ook kunnen zijn, als het anders was gelopen. Stel dat Michael was verdwenen in Seattle. Dan had McCann mij gebeld en dan had ik later misschien Keever gebeld voor versterking. Dan zou jij misschien nu samen met hem naar mij zoeken.'

'Zo moet je niet denken.'

'Het had zo kunnen gebeuren.'

'Jij zou het beter hebben gedaan.'

'Keever was slim.'

'Was?'

'Ik denk dat het niet meer te ontkennen valt.'

'Slim, maar niet slim genoeg. Hij heeft een fout gemaakt. Die

had jij waarschijnlijk niet gemaakt.'
'Een fout?'
'Misschien wel dezelfde fout die ik op het punt sta te maken. Hij heeft ze onderschat. Als ze hem op het erf hebben begraven met een graafmachine, was Mersjenko daar niet bij betrokken. Tenminste niet in dat stadium. Dat hebben ze allemaal zelf opgeknapt. Daar hadden ze geen hulp bij nodig. Misschien zijn ze beter dan we denken.'
'Die indruk maakten ze niet.'
'Je moet er het beste van hopen, maar je voorbereiden op het ergste.'

Die ochtend kwamen acht mannen bijeen bij de toonbank van het warenhuis in Mother's Rest. Net als eerder was de winkelier er al, met zijn twee shirts over elkaar en zijn onverzorgde haar. Net als eerder was de eerste die binnenkwam de man van de reserveonderdelen, gevolgd door de chauffeur van de Cadillac uit de FedExshop, de eenogige man van het motel, de varkensboer, de man van de diner en de Moynahan die een schop tegen zijn ballen had gehad en zijn pistool onvrijwillig had moeten afstaan.
De achtste man, met zijn gestreken spijkerbroek en geföhnde haar, kwam vijf minuten later binnen. De eerste zeven zeiden niets en wachtten tot hij als eerste iets zou zeggen.
'Slecht nieuws,' zei hij. 'Ons vertrouwen was misplaatst. De lijst werkte niet zoals verwacht. Ze hebben de klus niet voor ons geklaard. Vanaf nu moeten we het zelf opknappen.'
Schuifelende voeten van de eerste zeven. Nog niet echt verontrust, meer verontwaardigd. In de zin van: *Het was allemaal zijn idee toen het er goed uitzag. Nu is het ineens 'we' en 'ons'?* De varkensboer zei: 'Is dat wat ik vanmorgen op CNN heb gezien? In Phoenix? Die Rus?'
'Hij kwam uit Oekraïne. En het gaat niet alleen om hem. Ook om die andere drie.'
'En die eerste? Heette die Hackett?'
'Die ligt in een ziekenhuis in Chicago. Met een politieagent voor de deur van zijn kamer.'
'Dus ze hebben geen van allen hun werk gedaan?'

'Dat zei ik net.'

'Anderen inschakelen was een grote stap.'

'Het heeft ons niets gekost. Behalve geld. Ze zijn er nog steeds, maar ze waren er altijd al. Ze zijn vertrokken en nu zullen ze weer terugkomen. We rekenen hier met ze af.'

'Ze nemen de politie mee.'

'Dat denk ik niet. Ze hebben Hackett het ziekenhuis in geslagen. Dat is iets wat ik zeker weet. Waarschijnlijk zijn ze ook verantwoordelijk voor wat er in Phoenix is gebeurd. En dat betekent dat ze de politie er niet bij kunnen halen. Elke politieman in het land zou ze meteen arresteren. Uit voorzorg. Totdat de rook is opgetrokken. Ze komen alleen.'

Meer geschuifel.

De chauffeur van de Cadillac vroeg: 'Wanneer komen ze?'

De man met de spijkerbroek en het haar zei: 'Vrij snel, denk ik. Maar we kennen allemaal het plan. En we weten dat het werkt. We zullen ze zien aankomen. We zullen er klaar voor zijn.'

Reacher en Chang voegden zich beneden bij Westwood voor het ontbijt. Westwood vertelde dat hij de man in Palo Alto had gebeld en een afspraak had gemaakt voor een happy hour in Menlo Park. Al verwachtte hij dat de man te laat zou verschijnen. Zo'n soort man was het. Vervolgens had hij een vlucht geboekt van Sky Harbor naar SFO. Drie stoelen business class, het enige wat hij nog kon krijgen. En een hotel. Niet meer dan twee kamers, dat scheelde. Er werd ieder jaar opnieuw bezuinigd op zijn afdeling. Reacher vond dat hij zich gedroeg als een gokker die zwaar heeft ingezet maar op het punt staat om een klapper te maken.

Toen het tijd was om te vertrekken, namen ze een taxi naar de luchthaven, waar hun tickets hun toegang boden tot een lounge, waar Reacher een tweede ontbijt naar binnen werkte, omdat het gratis was. Ze stapten als eersten in en kregen iets te drinken geserveerd nog voordat het vliegtuig opsteeg. Beter dan stoelen achterin, zelfs beter dan stoelen bij de nooduitgang.

De vlucht zelf duurde niet lang, was ook niet kort, maar iets daartussenin. Niet opstijgen en meteen weer de landing inzetten, maar ook geen vlucht over het grootste deel van het continent. Korter dan van New York naar Chicago. De taxirit verliep soepel, omdat ze in principe de stad uit reden, al was de Santa Clara Valley niet langer in diepe slaap gedompeld. Het was het middelpunt van de wereld, het hele eind langs Mountain View, en de mensen bestuurden hun auto's alsof ze zich daarvan bewust waren. Het happy hour was afgesproken in een bar in de buurt van een boekwinkel in Menlo Park, die ze vonden bij hun tweede poging. Ze waren er te vroeg, maar niet zo vroeg dat ze heen en terug naar het hotel konden, dus betaalden ze de taxichauffeur en stapten ze uit.

De bar zorgde voor enige psychische ontregeling, want elke vierkante centimeter van het interieur was rood geschilderd en de naam van de bar was *Red*. Reachers reptielenbrein doorliep een cyclus van bizarre fantasieën, waarin Westwood ofwel iemand van de politie was ofwel een schurk, die hem martelde met een geestverschijning van *Pink*, als iets uit een stuk van Shakespeare of een roman met Sherlock Holmes, maar toen kalmeerde hij en realiseerde hij zich dat de nerd natuurlijk deze plek had gekozen en dat het verband tussen *Pink* en *Red* daarom puur toeval moest zijn. Bovendien ging de vergelijking mank, want de bar straalde iets ironisch uit, bepaald niet iets vunzigs. Het verfwerk had de sombere tint van het midden van de vorige eeuw, die deed denken aan de verf die in het leger werd gebruikt. Er waren vuilwitte hamers en sikkels op gesjabloneerd, gehavend en geschuurd om ze oud te maken, en omkaderde koppen uit de *Pravda*, en helmen van het Rode Leger, gedeukt en bekrast. De naam boven de deur was gespeld met een omgekeerde R, zodat het er Russisch uit zou zien. Dat zorgde voor lichte paniek. Was het een verwijzing naar Mersjenko? Nee, natuurlijk niet, want Westwood wist het verschil tussen Rusland en Oekraïne. Maar waren er wel Oekraïense kroegen? Voor een betweterige beul? Of zou hij zich moeten behelpen met een Russische?

Nee, de plek was de keuze van de nerd.

'Alles goed?' vroeg Chang.

'Ik denk te veel,' zei Reacher. 'Een slechte gewoonte. Even erg als helemaal niet denken.'

'We kunnen wel in de boekhandel wachten.'

Reacher struikelde bij de stoeprand. Hij ging net niet onderuit.

Het was meer schampen dan struikelen. Alsof er een bobbel had gezeten, of een oneffenheid. Hij keek om. Misschien, maar misschien ook niet.

'Alles goed?' vroeg Chang.

'Prima,' zei hij.

Westwood zei dat hij eerder in die boekhandel was geweest. Voor een signeersessie, voor een bloemlezing waarin werk van hem stond. Wetenschapsjournalistiek. Een artikel waarvoor hij was bekroond. De winkel was een koele bedoening, in alle opzichten, van de vrieskou tot en met de klanten. Westwood zwierf de ene kant op, Chang de andere. Reacher bekeek de boeken op de tafels. Hij las als hij de kans kreeg, meestal in de uitgebreide bibliotheek van vergeten en verloren boeken. Gehavende paperbacks meestal, gekrulde bladzijden en versleten, in wachtkamers en bussen of op de veranda's van afgelegen motels, gelezen en verslonden en achtergelaten voor de volgende die er zich toe aangetrokken zou voelen. Hij hield meer van fictie dan van non-fictie, omdat non-fictie vaak geen non-fictie was. Net als de meeste mensen wist hij sommige dingen heel zeker, omdat hij ze van dichtbij had meegemaakt en gezien, en als hij ze dan in boeken tegenkwam, klopte er niets van. Dus las hij liever verzonnen verhalen, omdat iedereen vanaf het begin wist dat het verzonnen was. Hij had geen specifieke voorkeur voor genres. Je kreeg iets in handen of niet.

Chang kwam terug en daarna Westwood. Ze kuierden weer naar de bar en maakten zich op om te wachten. Omdat ze vroeg waren, hadden ze een ruime keuze uit tafeltjes. Ze kozen een tafeltje voor vier bij een raam. Reacher bestelde koffie, Westwood en Chang frisdrank.

'Ik ben bang dat we slecht nieuws krijgen,' zei Westwood. 'Zelfs als de man toehapt. Het deep web is al met al geen aantrekkelijke plek om te zijn. Zeggen ze. Ik ben er zelf nooit geweest. Maar misschien word je niet vrolijker van wat je te zien krijgt.'

'Het is een vrij land,' zei Reacher. 'En Michael was de zoon van McCann, niet mijn zoon. Het interesseert me niet waar hij zich mee bezighield.'

Een klok aan de wand tikte zich naar een cyrillische twaalf, het hele uur, en de prijs van de wodka daalde met vijftig procent. Happy hour. De eerste die na twaalven binnenkwam, was een vrouw van in de twintig, blozend, die onmiskenbaar iets voor het eerst deed, maar daar wel goed in was.

De tweede die door de deur kwam, was de man uit Palo Alto.

Precies op tijd. Helemaal niet te laat. Hij was klein, lijkbleek, mager als een lat, voortdurend in beweging, zelfs als hij niet bewoog. De negenentwintigjarige veteraan. Hij was helemaal in het zwart gekleed. Hij zag Westwood en kwam naar hen toe. Hij knikte in drie richtingen, ging zitten en zei: 'Ze houden wel van ironie in de Valley, maar je zult moeten toegeven dat een happy hour in een sovjettempel toch wel de ultieme tegenstrijdigheid is. En, nu ik het toch over de voormalige USSR heb, mijn *blog alerts* vertellen me dat een Oekraïner met de naam Mersjenko gisteren door de maffia van kant is gemaakt. Dat is een fortuinlijke ontwikkeling. Al zal er iemand zijn plaats innemen. De markt zal het gat opvullen. Dus hou ik me nog steeds op de achtergrond.'

Westwood zei: 'Wij ook. Pas achteraf, na een flinke tijd, maken we het openbaar in de krant. En tegen die tijd valt er zoveel te begraven dat jij niet eens in de buurt van boven aan de lijst zult komen. Ik geef je mijn woord. Jij blijft buiten schot. Het enige wat wij willen, is zoeken. In alle rust. Zoeken naar iemand die wordt vermist, en naar de plek waar hij misschien naartoe is gegaan.'

'Waar willen jullie zoeken?'

'Vooral in chatrooms. Misschien commerciële websites.'

'Ik wil niet te boek staan als bron.'

'Het is voor mij geen probleem om je niet te betalen.'

'Dan zou ik het als vriendendienst doen, wat alleen maar meer verplichtingen schept.'

Reacher vroeg: 'Zou je het kunnen? Als je het zou willen doen?'

De man zei: 'Ik deed het al in de tijd dat ze het nog *undernet* noemden. En "het onzichtbare web". Het is moeilijker geworden, maar ik ben er ook beter in geworden.'

'Het zou best wel eens moeilijk te kraken kunnen zijn.'

'Kraken is makkelijk. Zoeken is moeilijk.'

'Dus hoe krijgen we je zover dat je er voor ons een uur aan besteedt? Los van het geld?'

'Hebben jullie een reden, behalve geld? Heeft iemand ergens een reden voor, als het niet om geld gaat?'

'In feite krijg ik hier geen cent voor.'

'Waarom doe je het dan?'

'Omdat er iemand rondloopt die denkt dat hij verdomd slim is.'

'Maar jij bent slimmer? En dat moet je zo nodig bewijzen?'

'Ik hoef het niet te bewijzen. Ik wil het bewijzen. Zo nu en dan. Als een vorm van respect. Voor mensen die echt slim zijn. Normen moeten iets betekenen.'

'Je probeert mij naar dezelfde conclusie te sturen. Een strijd tussen ego's. Ik tegen hen, de ene programmeur tegen de andere. Leuk geprobeerd. Je hebt me aardig door, ook al kennen we elkaar nog maar net. Maar dat stadium ben ik voorbij. Ik ben gelukkig zoals het is. Ik ben beter dan zij. Dat weet ik. Dat is een wetenschap die me zekerheid verschaft. Ik voel niet langer de behoefte om het te laten zien. Ook niet zo nu en dan. Zelfs niet uit respect. Al wil dat niet zeggen dat ik jouw instelling niet respecteer. Mijn oude ik zou het met je eens zijn geweest.'

'Waarmee zou je nieuwe ik het eens zijn?'

'Vertel eens wat meer over die persoon die wordt vermist. Is die interessant?'

'Een man van vijfendertig, gehandicapt door wat de artsen anhedonie noemen, al zegt zijn tante dat zijn meter voor geluk blijft steken bij nul. Voor het overige een gewoon IQ. Hij functioneert een deel van de tijd.'

'Woonde hij zelfstandig?'

Reacher knikte. 'Huisvesting met sociale begeleiding.'

'Verdwenen?'

'Ja.'

'Plotseling een nieuwe vriend vlak voordat hij verdween?'

'Ja.'

'Tweeëndertig seconden,' zei de man.

'Waarvoor?'

'Om hem op te zoeken in het deep web. Ik weet waar ik moet zoeken.'

'Wanneer kun je dat doen?'

'Vertel eens iets meer over die tante.'

'Ze is getrouwd. Met een arts. Ze heeft een schitterende dochter, maar ze houdt nog steeds veel van haar neef. En ze lijkt hem te begrijpen.'

'Ik mag dat beeld van die geluksmeter wel.'

'We waren het erover eens dat mijn meter schommelt tussen de vier en de negen.'

'Daar ben ik voorbij. Ik zit tegen de tien aan. De hele tijd.'

'Dat komt door de molly's.'

'De wat?'

'Ik heb erover gelezen in de krant.'

'Ik heb in geen twee jaar MDMA geslikt.'

'Heb je iets anders tegenwoordig?'

'Van alles. Ik heb een beetje last van stress.'

'Niet vergeten: *speed kills*. Dat zeiden ze vroeger tegen ons.'

'Ik hou me op de achtergrond. Snap je wat dat betekent?'

Reacher knikte. 'Er komt geen rechtszaak.'

'Was jij dat van Mersjenko?'

'Nooit iets toegeven, zelfs niet op je sterfbed. Stel dat je plotseling geneest.'

'Eén avond,' zei de man. 'Geen tweede sessie, om dingen na te checken. Ik heb ruimte nodig.'

'Wanneer kun je het doen?'

'Nu, als je dat wilt.'

'Waar?'

'Bij mij thuis. Jullie zijn bij dezen allemaal uitgenodigd.'

45

De man uit Palo Alto had iets op zijn telefoon waarmee hij binnen een paar minuten een auto kon regelen. Met z'n vieren in één auto vond hij kennelijk onaantrekkelijk, dus drukte hij twee keer en kwamen er twee auto's voorrijden. Hij stapte met Westwood in de ene auto, om bij te praten, en Chang en Reacher hadden een Town Car helemaal voor zich alleen. Het huis van de man was een vierkante doos uit de jaren vijftig, dat in de jaren zeventig was gerenoveerd om de indruk te wekken dat het uit de jaren dertig dateerde. Het leek Reacher een driedubbele laag ironische authenticiteit, wat het huis in zijn ogen meer waard maakte dan hij in zijn hele leven had verdiend.

Het interieur was strak en een en al zilver en zwart. Reacher had een verwarde chaos van computerapparatuur verwacht, zoals in de kamer van McCann in Chicago, maar in de studeerkamer stond slechts een glazen tafel met een merkloze desktop. Een towerkast, een scherm, een toetsenbord en een trackball, die geen van alle bij elkaar pasten. Er waren slechts vijf kabels, allemaal keurig op lengte gemaakt, niets in de war, maar keurig geleid.

'Zelf gebouwd,' zei de man. 'Er zijn allerlei technische horden die genomen moeten worden en een paar serieuze data-incompatibiliteiten die je moet oplossen. Het is alsof je naar het buitenland gaat. Je moet hun taal leren. En hun gewoontes, dat is nog veel belangrijker. Ik heb zelf browsersoftware geschreven. Op basis van Tor. Dat is wat ze allemaal gebruiken. Wat trouwens ironisch genoeg door het United States Naval Research Laboratory is geschreven. Als veilige schuilplaats voor dissidenten en klokkenluiders van over de hele wereld. Een voorbeeld van de Wet van de Onbedoelde Consequenties. Tor staat voor *The Onion Router*. Want daar hebben we mee te maken. De ene laag boven op de andere laag, net als de rokken van een ui, in het deep web zelf en in alle afzonderlijke websites.'

Hij ging zitten en zette de computer aan. Er verschenen geen fraaie plaatjes op het scherm. Geen foto's van het heelal, geen pictogrammen. Alleen korte regels groene tekst op een zwarte achtergrond. Zakelijk, als de incheckbalie van een luchtvaartmaatschappij, of de balie van een autoverhuurbedrijf.

'Hoe heet de man die wordt vermist?' vroeg de man uit Palo Alto.

'Michael McCann,' zei Chang.

'Social security-nummer?'

'Onbekend.'

'Huisadres?'

'Onbekend.'

'Niet goed,' zei de man. 'Ik moet bepaalde stappen kunnen uitvoeren. Ik heb iets nodig wat ik maar zijn internetvingerafdruk noem. Daar heb ik een algoritme voor geschreven. Een beetje van dit, een beetje van dat. Het exacte minimum van wat je nodig hebt om het zeker te weten. Eigenlijk heel elegant. Je kunt beginnen met zoiets eenvoudigs als zijn rekening voor kabel-tv. Maar het kan ook anders. Kennen we de naaste bloedverwanten?'

'Dat moet zijn vader zijn, Peter McCann. Zijn moeder is al jaren dood.'

'Hebben we een adres van Peter McCann?'

Chang gaf hem het adres. Het onopvallende rijtjeshuis in de onopvallende straat. Lincoln Park, Chicago. Appartement 32. De man typte een opdracht en er verscheen iets op het scherm dat veel weghad van een portal voor de mainframe van Sociale Zaken. Het echte spul van de overheid. Reacher keek Chang aan. Zij knikte, alsof ze wilde zeggen: *Geen probleem, dat kan ik ook*. De man voerde de gegevens in van Peter McCann, en het systeem hoestte zonder dralen het social security-nummer op, dat onmiddellijk naar dat van Michael McCann leidde, omdat ze waren geregistreerd als elkaars erfgenamen. Naaste bloedverwanten. Het social security-nummer van Michael leidde naar zijn adres, ook in Lincoln Park, Chicago.

De man sloot de portal van Sociale Zaken af en opende een ander, gecompliceerd databasesysteem. Hij voerde het social security-nummer en het adres in van Michael McCann. Op het scherm verscheen een lange lijst met alfanumerieke codes. De internetvingerafdruk. Michael McCann, niemand anders.

De man typte weer een opdracht. Op het scherm werd een titelpagina weergegeven, ruwweg vormgegeven groene tekst op een zwarte achtergrond, maar wel gecentreerd en met alinea's en extra spaties, zodat het in de verte wel iets weg had van een commercieel product. Of een prototype. Dat was het waarschijnlijk ook, dacht Reacher. In zekere zin. In principe. Het zag er uitnodigend uit, als schitterende smaragden op fluweel. Het meest opvallende woord op de pagina was *Bathyscaaf*.

'Snap je het?' vroeg de man.

'Een onderzeeër,' zei Chang, 'die tot op de bodem van de oceaan kan afdalen.'

'Eerst noemde ik het Nemo. Naar kapitein Nemo uit *Twintig-*

duizend mijlen onder zee. Die bestuurde een onderzeeër die Nautilus heette. Dat vond ik leuk omdat "nemo" Latijn is voor "niemand". Dat leek me toepasselijk. Maar toen ze een film maakten over een vis was de lol eraf.'

Hij typte een nieuwe opdracht, waarmee hij een zoekvak op het scherm zette. Hij zei: 'Oké, druk je stopwatch maar in. De inzet is tweeëndertig seconden.'

Hij plakte van alles in het zoekvak. Niet de naam van Michael McCann, maar een paar van de alfanumerieke reeksen uit de andere database. De vingerafdruk. Blijkbaar beter dan een naam.

De man klikte op een knop om de procedure te starten. In Reachers hoofd begon een stopwatch te lopen.

Vijf seconden.

De man zei: 'Er komt een dag dat het veel sneller gaat. De eigenlijke zoekprocedure is goed, maar het zoeken op pagina's wordt omgeleid via een zoek-en-vervangprocedure uit een oude tekstverwerker.'

Twaalf seconden.

'Maar vergis je niet,' zei de man. 'In absolute termen gaat het snel genoeg, alleen is het deep web gigantisch. Dat is het probleem. En ik moet het doen zonder de voordelen van Google. Niemand probeert mijn aandacht te trekken. Integendeel. Maar ik ben daar beneden. Op dit moment. Ik zit tussen hen in. Ze kunnen mij niet zien, maar ik zie hen wel.'

Vijfentwintig seconden.

De man zei niets.

Toen stopte het zoeken.

Op het scherm verscheen een lijst met koppelingen.

'Gevonden,' zei de man. 'Zesentwintig seconden. Ruim onder de beloofde tweeëndertig.'

'Knap werk,' zei Reacher.

'Ik heb een gokje gewaagd. Ik heb in een beperkt gebied gezocht. Ik wist waar hij waarschijnlijk zou zitten.'

'Waar was dat?'

'Ik hoop dat meneer Westwood jullie over mij heeft verteld. Er zijn konijnenholen waar wij in kruipen omdat het pad voor ons is uitgestippeld. En niet altijd omdat daar zoveel fraais te beleven valt.'

'Het gaat om het oplossen,' zei Reacher. 'Niet om het probleem.'

'Zoeken in het deep web is technisch heel elegant, maar daar verblijven kan heel onplezierig zijn. Je vindt er van alles, maar in feite drijft alles op drie pijlers. Eenderde deel van het deep web is een grote criminele marktplaats waar alles te koop is, van je creditcardnummer tot moord. Er zijn veilingsites waar huurmoordenaars tegen elkaar opbieden voor klussen. De laagste bieder wint. Er zijn sites waar je kunt aangeven hoe je vrouw moet sterven en dan worden daar offertes op uitgebracht.'

'Waar heb je Michael McCann gevonden?' vroeg Chang.

'De tweede pijler van het deep web is pornografie van de meest walgelijke soort. Daar draait je maag van om, zelfs die van mij, terwijl ik toch niet bepaald een doorsneeburger ben.'

'Hield hij zich daarmee bezig?'

'Nee, ik heb hem in de derde sector gevonden.'

'En dat is?'

'Dat was niet zo moeilijk. Vanwege de anhedonie. Vanwege de geluksmeter die bij nul bleef steken. In dat laatste deel van het deep web houden ze zich bezig met zelfmoord.'

De man uit Palo Alto zei: 'Zo nu en dan kijk ik op die forums. Zoals een antropoloog dat zou doen, hoop ik, niet voyeuristisch. Geen aapjes kijken. Ik stel me voor dat Michael McCann in het laag-normale segment thuishoorde. Depressief geboren, en als zijn moeder al lang geleden is overleden, is ze overleden toen hij nog jong was. Dat is geen goede combinatie. Dan wilde hij waarschijnlijk maar één ding: dat het allemaal zou ophouden. Elke dag. We hebben er geen idee van hoe vastberaden die mensen zijn. Het gaat niet om schommelingen omhoog en omlaag. Die mensen haten hun leven, vanuit het diepst van hun ziel, en daar willen ze een einde aan maken. Ze zeggen dat ze de bus willen pakken. Ze drukken zich uit in beeldspraak. Ze willen met de bus mee, de stad uit. Maar dat is een grote stap. Sommige forums bieden ondersteuning. Daarom vroeg ik ook of hij plotseling een nieuwe vriend had. Ze zoeken steun bij elkaar. Zelfmoordpartners. Ze doen het samen. Ze houden bij wijze van spreken elkaars hand vast en dan springen ze. Ze vinden elkaar op de forums. Veel discussies gaan over het zoeken naar gelijkgestemden. Wordt zijn partner ook vermist?'

'Dat weten we niet,' zei Chang. 'We weten zelfs niet of dat een man of een vrouw is. Uit de buurt van Tulsa in Oklahoma, denken we.'

'Waarover gaan de discussies op andere forums?' vroeg Westwood.

'Over de manier waarop. Eindeloos. Dat is de grote kwestie. Er is zat informatie daar. Ze bespreken het in detail. Het beste is een jachtgeweer tegen het hoofd. Direct en voor negenennegentig procent effectief, voor zover we weten. Een pistool in de mond haalt zevenennegentig procent. Jachtgeweer tegen de borst zesennegentig en een pistool tegen de borst ongeveer negenentachtig. Dat is evenveel als jezelf verhangen. Jezelf in brand steken scoort ongeveer zesenzeventig. Je huis in brand steken drieënzeventig. Minder kans wil niemand. Ondertussen haalt voor een trein springen ook zesennegentig, van het dak springen drieënnegentig en tegen de pijler van een brug rijden ongeveer achtenzeventig procent. Maar dan moet je wel je gordel omdoen, anders word je misschien uit de auto geslingerd en blijf je ongedeerd. Bestuurders zonder gordel scoren ongeveer zeventig procent. Je moet achter het stuur zitten als de motor naar binnen komt door het dashboard. En tot slot, last but not least, altijd heel populair, helemaal boven aan de lijst, alleen maar minder effectief dan een jachtgeweer, cyaankali. Effectiviteit van meer dan zevenennegentig procent, in ongeveer twee minuten. Maar dat zijn wel twee minuten van afgrijselijke pijn. En dat is het probleem. De beste methoden zijn allemaal gewelddadig. Sommige mensen kunnen dat niet aan. Mannen en vrouwen. En soms ontbreken de omstandigheden. Als je in de stad woont, staat het geweer waarmee je oude oom op ongedierte jaagt niet achter in de hoek in het schuurtje. En als je niet op eigen kracht naar het toilet kunt, hoe kom je dan bij een spoorlijn?'

'Wat doen ze dan wel?'

'Ze praten eindeloos. Over de heilige graal. Snel en pijnloos. In slaap vallen en nooit meer wakker worden. Dat willen ze. Ooit kon dat. In de tijd van onze ouders. Een potje slaappillen en een glas whisky. Of een tuinslang naar binnen gestoken door het raam van de Buick. Je viel in slaap en werd nooit meer wakker. Gegarandeerd.

Maar tegenwoordig niet meer. De Buick heeft nu een katalysator. Weg koolmonoxide. Het grootste deel in ieder geval. Er blijft niet genoeg over. Je krijgt alleen maar hoofdpijn en huiduitslag. De whisky is niet anders dan anders, maar de slaappillen wel. Die zijn nu veilig. Sla ze allemaal in één keer naar binnen en je slaapt anderhalve dag, maar je gaat er niet dood aan. Het leven in Amerika is zo langzamerhand heel erg beschermd. Dat is een probleem voor die mensen. Dat is de reden waarom ze überhaupt in het deep web terechtkomen. Vanwege het stigma natuurlijk, maar vooral omdat de oplossingen voor hun problemen van die grijze gebieden zijn geworden. In de wereld aan de oppervlakte gaat allerlei juridische aansprakelijkheid een rol spelen, en maatschappelijke verantwoordelijkheid, en al die andere dingen waar advocaten zo van houden. Zoiets van: omdat het met die oude Buick niet meer kan, moet je nu voor je koolmonoxide kleine Hibachi-grills kopen bij de supermarkt. Een bak van aluminiumfolie met houtskool, een metalen rooster, alles in krimpfolie verpakt en klaar voor gebruik. Je zet er een stuk of zes, zeven in je slaapkamer, hoog op planken in de klerenkast. Je steekt ze allemaal aan en de koolmonoxide druipt eruit, als vloeistof, zwaarder dan lucht, dus het verzamelt zich op de vloer. Het niveau rijst langzaam en op een gegeven moment gaat bij jou het licht uit. Snel en pijnloos. Alsof je in slaap valt en nooit meer wakker wordt. De heilige graal. Maar één van die grills zet waarschijnlijk ook het behang in de fik. Het hele huis brandt af en degene die de methode ooit uit de doeken heeft gedaan op internet, wordt bedolven onder de civiele procedures.'

'Welke wetten overtreden ze nog meer?' vroeg Chang.

'Het komt er allemaal op neer wat ze aankunnen. Voor sommigen was zelfs de tuinslang door het raam te veel. Het is koud in de garage, het is oncomfortabel in de auto en het ziet er allemaal raar uit. Hoewel de koolmonoxide wel een heel presentabel lijk oplevert. Blozend. Ziet er gezond uit. Dat maakt het werk van de begrafenisondernemer gemakkelijk. Maar sommige mensen willen thuis sterven. In hun eigen huis. De heilige graal is in bed. Dus toen kwam er een ander soort gas. Plus een interessant medisch gegeven. Mag ik je een vraag stellen? Als je te lang je adem inhoudt, wat zorgt er dan voor dat je toch weer gaat ademen?'

'Zuurstofgebrek, denk ik.'

'Dat is het interessante gegeven. Het gaat niet om zuurstofgebrek. Het gaat om de aanwezige kooldioxide. Komt op hetzelfde neer, maar het is niet hetzelfde. Het punt is, je kunt allerlei gassen inademen en zolang dat maar geen kooldioxide is, vinden je hersenen het prima. Je kunt je longen volzuigen met stikstof, zodat er geen ruimte meer is voor zuurstof, zonder dat je longen protesteren. Ze zouden het signaal afgeven dat alles in orde was, geen koolmonoxide, dus geen enkele reden om weer met pompen te beginnen tot er weer zuurstof voorradig is. En dat gebeurt nooit meer, want je haalt nooit meer adem. Omdat het niet hoeft, omdat je geen kooldioxide in je longen hebt. Enzovoort. Daarom begonnen die mensen stikstof te snuiven. Maar daarvoor moet je naar een laswerkplaats en die flessen zijn zwaar, en dus stapten ze over op helium uit de feestwinkel waar ze ballonnen verkopen. Maar daar heb je weer maskers en slangen voor nodig, en dat ziet er allemaal nog steeds raar uit. En dus, als puntje bij paaltje komt, geven de meeste mensen nog steeds de voorkeur aan het ouderwetse potje met pillen en een glas whisky. Precies zoals het altijd is geweest. En dat kan dus niet meer. Die pillen waren meestal pentobarbital of secobarbital, en voor beide gelden tegenwoordig strenge restricties. Je krijgt ze niet meer. Behalve illegaal, ver onder de toonbank. Op plekken waar niemand je kan zien. Er zijn wel bronnen. De heilige graal. Het grootste deel van het aanbod komt van oplichters. Pentobarbital in poedervorm uit China, enzovoort. Oplossen in water of vruchtensap. Achthonderd, negenhonderd dollar voor een dodelijke dosis. Iemand die wanhopig is en aan het einde van zijn Latijn, maakt het geld over via MoneyGram en zit thuis te wachten, gespannen en gekweld, maar de pentobarbital in poedervorm uit China wordt nooit geleverd, omdat die er nooit is geweest. Het poeder dat hij op de foto online had gezien, was talkpoeder, en het potje met het recept erop was voor iets heel anders. Een nieuw dieptepunt van verloedering, lijkt me. Misbruik maken van de laatste hoop van mensen die suïcidaal zijn.'

'Maar het klinkt alsof je wilt zeggen dat er ook een eerlijk aanbod is,' zei Reacher. 'Het grootste deel, zei je, niet alles.'

'Secobarbital is helemaal van de markt. Pentobarbital is het enige wat resteert. Nu helemaal in zijn eentje de heilige graal. In de Verenigde Staten mag pentobarbital alleen legaal worden gebruikt bij euthanasie van grote dieren. Voor een deel wordt het gestolen, maar er zijn ook corrupte veeartsen. Wat houdt ze tegen? Een dodelijke dosis voor een mens kan in twee kleine potjes. Gemakkelijk te versturen. Daar is FedEx voor. Negenhonderd dollar voor wat je morst als je een muilezel doodt. Dat laat je niet lopen.'

Hij zag huizen waarin nog mensen woonden, en huizen die waren verbouwd tot kantoorruimte voor handelaars in zaden en kunstmest, en de praktijk van een veearts voor grote dieren.

'Laat eens zien waar Michael McCann actief was,' zei Reacher. 'We willen zien wat hij schreef.'

46

Ze schoven hun stoelen dichter naar de glazen tafel en gingen dicht bij elkaar zitten om op het scherm te kunnen kijken. Michael McCann had zich aangemeld bij twee zelfmoordforums. Op beide noemde hij zich Mike. Zijn teksten waren vlak, moeizaam onder woorden gebracht, alsof hij verdoofd was, alsof hij uitgeput was door de zware last die hij met zich meedroeg. Zijn spelling was goed, zijn zinsbouw formeel. Onnatuurlijk, dacht Reacher, alsof hem was verteld dat er een speciale stijl vereist was in het publieke domein. Net zoiets als bij het houden van een redevoering. Dan trok je een overhemd aan en knoopte je een stropdas om.

Op het eerste forum had Michael gezocht naar een gelijkgestemde. Een lotgenoot. Niet omdat hij hulp nodig had. Tenminste niet voortdurend. Maar meer omdat hij dacht dat hij hulp zou kunnen bieden. Tenminste zo nu en dan. Gedurende een aantal maanden had hij contact gehad met twee kandidaten, korte berichten uitgewisseld. Uiteindelijk had hij kennelijk gekozen voor een derde, die zich Exit liet noemen. Ze wisselden geregeld berichten uit.

Ondertussen was hij actief op een forum dat was gewijd aan de manier waarop, dat soms afdwaalde naar andere onderwerpen.

Michael leverde zo nu en dan een bijdrage, in afgemeten bewoordingen, nooit boos of haastig. Hij verdedigde zijn recht om de bus te nemen. Hij was aanwezig in een *thread* over het innemen van pentobarbital. Hij wilde er meer over weten. Men beweerde dat pentobarbital zoals het op de markt werd gebracht, bitter smaakte. Een smaak die het beste gemaskeerd kon worden met vruchtensap, of weggespoeld met whisky, wat sowieso het effect versterkte. Het was altijd verstandig om eerst een anti-emeticum te slikken, een pil tegen zeeziekte bijvoorbeeld. Om te voorkomen dat je zou braken en een minder dan dodelijke dosis zou overhouden in je lichaam. Om te voorkomen dat je twintig uur later wakker zou worden en weer helemaal opnieuw kon beginnen.

Michael postte ook in een thread over de betrouwbaarheid van leveranciers. Hij was meerdere keren opgelicht. De markt was een jungle. Het enige wat een oplichter nodig had, was een website. Niemand die precies kon achterhalen wie hij was. Kennelijk was er in Thailand een koosjere leverancier. En toen meldde iemand dat MR had geleverd, precies zoals beloofd, en dat het spul positief uit de test was gekomen. Een andere deelnemer aan de thread bevestigde het: MR was goed volk, zei hij. Het betere werk. Michael vroeg: *MR?* De eerste man reageerde met: *Mother's Rest.*

Een dag later stuurde Michael via het andere forum een bericht naar Exit dat hij had gekeken op de website van Mother's Rest en dat hij vond dat Exit daar ook eens moest kijken, want er was veel om over te praten, vooral op niveau vijf.

Verder geen details.

Reacher vroeg: 'Wat is niveau vijf?'

De man uit Palo Alto zei: 'Je moet het zien als een ui. Allemaal lagen, steeds dieper. Het web zelf en alle websites. De aanmeldingspagina is meestal niveau twee. De eerste pagina met koopwaar is meestal niveau vier. Dat betekent dat niveau vijf waarschijnlijk de specialiteiten zijn.'

Op het forum had Exit gereageerd met het bericht dat niveau vijf interessant was. Maar dat was laat in de uitwisseling, en daarna stokte de discussie. Die werd achterhaald door Michaels verhuizing naar Oklahoma. Naar de plek waar Exit woonde, in de buurt van Tulsa. Zijn zelfmoordpartner. Om zich voor te bereiden. Reacher nam aan dat ze de discussie in levenden lijve hadden voortgezet.

'Kunnen we op de website van Mother's Rest kijken?' vroeg hij.

'Die moeten we eerst zoeken.'

'Daarnet had je geen moeite met zoeken. Je had nog zes seconden over.'

'Omdat ik wist waar ik moest zoeken. Deze keer gaat het minuten duren. Als we geluk hebben.'

'Hoeveel minuten? Waar zet je op in?'

'Twintig,' zei de man.

Hij typte opdrachten in, stopte het zoekvak vol zoektermen en trefwoorden en klikte op de knop om de procedure te starten. De stopwatch in Reachers hoofd begon te lopen. Ze schoven hun stoelen achteruit, rekten zich uit, maakten het zich gemakkelijk en wachtten.

'Tweehonderd doden zou tweehonderd klanten voor pentobarbital kunnen betekenen,' zei Westwood. 'Ik weet niet wat ik daarvan moet denken. Vanuit het perspectief van een journalist, bedoel ik. Is dat een schandaal? Het is legaal in Washington en Oregon.'

'Dat is niet hetzelfde,' zei de man uit Palo Alto. 'Twee artsen moeten hun handtekening zetten. Je moet zo ongeveer honderd jaar zijn, en terminaal. Deze lui zouden nooit in aanmerking komen. En het maakt iedereen kwaad.'

'Dan wordt het een ethische discussie. Respecteren we de keuze die iemand maakt, zonder gedoe, of voelen we ons verplicht om zijn motieven te wegen?'

'Niet de motieven,' zei Chang. 'Dat maakt te veel inbreuk op iemands privacy. Maar ik denk wel dat je naar overtuiging moet kijken. Er is een groot verschil tussen een paniekaanval en een diep gevoelde behoefte op lange termijn. Misschien verleent de overtuiging kracht aan de motieven. Als je ondanks alle hindernissen volhoudt, moet dat betekenen dat het werkelijk belangrijk voor je is.'

'Dan is het huidige systeem misschien wel een goede zaak. In zekere zin. Onbedoeld. Er zijn genoeg hindernissen. Ze moeten er absoluut moeite voor doen.'

'Maar wat houdt Mother's Rest eraan over?' vroeg Reacher. 'Tweehonderd zendingen pentobarbital voor negenhonderd dollar per stuk is minder dan twee ton. Over de hele tijd dat het project heeft gelopen, mag je aannemen. Minus de inkoop en verzendkosten. Dat is een hobby. En je kunt mensen als Mersjenko niet betalen met het geld dat een hobby oplevert. Er is daar iets anders aan de hand. Dat moet wel. Want.'

Hij zweeg.

'Want wat?' vroeg Chang.

'Want we denken dat de man daar vermoord is.'

'Welke man?'

'In het begin. Met de graafmachine.'

'Keever?'

'Ja... Keever. Waarom zouden ze Keever vermoorden om een hobby? Er moet meer aan de hand zijn.'

'Niveau vijf kan om specialiteiten gaan. Misschien zijn die meer waard.'

Reacher keek naar het scherm. Er werd nog steeds gezocht. Er waren zeven minuten voorbij. Hij zei: 'Ik probeer te bedenken wat er zo speciaal kan zijn dat ze er Mersjenko van konden betalen.'

'Mijn sympathie hebben ze,' zei de man uit Palo Alto.

'Die van mij ook,' zei Reacher. 'Ik snap het probleem met het afbranden van huizen met Hibachi-grills, maar voor de rest vind ik dat ze moeten doen en laten wat ze zelf willen. Ze hebben er niet om gevraagd om geboren te worden. Het is net zoiets als met een trui teruggaan naar de winkel.'

'Behalve dan dat het niet te gemakkelijk en niet te moeilijk zou moeten zijn,' zei Chang. 'Wat ons met z'n allen op de een of andere manier verplicht om de lat hoog te leggen. Is dat eerlijk ten opzichte van ons?'

'Dit is nou precies waar ik bang voor was,' zei Westwood. 'Een ethische discussie. Dat stuk had ik op de redactie kunnen schrijven. Als reserve voor de komkommertijd. Dit rechtvaardigt al het reisgeld niet. Hier krijg ik voor op mijn donder.'

Er waren twaalf minuten voorbij.

Ze namen iets te drinken. Dat werd weliswaar niet geserveerd, zodat ze er zelf voor naar de keuken moesten. Die een perfect retro-interieur had. Hij deed Reacher vaag denken aan sommige van de woningen waarin hij als kind had gewoond. Huisvesting voor militairen op een tiental bases verspreid over de hele wereld: buiten het raam steeds een ander klimaat, maar binnen dezelfde keukenkastjes. Sommige moeders maakten er een show van om ze meteen de eerste ochtend na aankomst te schrobben met desinfecterende middelen, maar Reachers moeder was een Française die vertrouwde op het immuunsysteem dat je als kind opbouwde. Dat had over het algemeen ook heel goed gewerkt, al was zijn broer ooit wel een keer ziek geweest. Maar dat was waarschijnlijk het gevolg van een bezoek aan een restaurant. Hij ging toen net uit met meisjes.

'Alles goed?' vroeg Chang.

'Prima,' zei hij.

Er waren achttien minuten verstreken.

Ze keerden terug naar de studeerkamer. De klok tikte door. Negentien minuten. De man uit Palo Alto zei: 'We hebben de inzet niet bepaald. Voor de weddenschap.'

'Wat hebben we de eerste keer ingezet?' vroeg Reacher.

'Niets.'

Twintig minuten voorbij.

'We willen geen misbruik maken van je gastvrijheid.'

'Het programma komt er wel,' zei de man. 'Ik ben een betere nerd dan zij.'

'Hoelang heeft je langste zoekopdracht ooit geduurd?'

'Negentien uur.'

'Wat heb je toen gevonden?'

'Het rooster van de president op een site voor huurmoordenaars.'

'De president van de Verenigde Staten?'

'Die, ja. En het rooster was up-to-date toen ik begon te zoeken.'

'Heb je het aangegeven?'

'Dat was een dilemma. Ik hou me op de achtergrond. En in feite viel er verder geen enkele informatie te halen. Een site die ik pas na negentien uur kon vinden, zat achter zoveel *mirrors* verborgen dat de servers net zo goed op Mars of Venus hadden kunnen staan. Maar de geheime dienst zou dat nooit zomaar van mij aannemen. Ze zouden mijn spul volledig onttakeld hebben zodat ze er zelf naar konden kijken. Ze zouden me een jaar lang vleugellam hebben gemaakt met hun gepraat en overleg. Dus, nee, ik heb het niet aangegeven.'

'En er is niets gebeurd.'

'Gelukkig niet.'
Zevenentwintig minuten.
Het programma zocht nog steeds.
Toen stopte het zoeken.
Op het scherm verscheen een lijst met koppelingen.

47

In de lijst met koppelingen stond één directe URL naar de website van Mother's Rest, en vier naar subpagina's. Bovendien een externe verwijzing. Die wilde de man uit Palo Alto eerst bekijken, omdat volgens hem zo'n verwijzing ongebruikelijk was. Hij haalde een enkele opmerking uit een chatroom boven water, gemaakt door iemand die zich Blood liet noemen. De opmerking was: *Ik heb gehoord dat Mother's Rest goed spul heeft.* Hij stond op een beveiligd forum dat de man uit Palo Alto niet herkende. Het was geen zelfmoordforum. Het was een forum van een andere community. Mensen die enthousiast ergens mee bezig waren, die indruk wekte het.

Verder geen gegevens.

Een doodlopend spoor.

De man uit Palo Alto zei: 'We gaan rechtstreeks naar het moederschip.'

Hij gebruikte de trackball niet. Het was allemaal niet van die software. Het was een en al getypte opdrachten. Kennelijk gaf de man daar de voorkeur aan. Hij was van de oude stempel, een veteraan. En hij was snel. Zijn krijtwitte vingers dansten over de toetsen. Je kon ze bijna niet volgen, zo snel.

Op het scherm werd een volledig operationele website in kleur weergegeven.

Er was een foto te zien.

Een foto van een weg die kaarsrecht door een zee van tarwe liep, eindeloos, tot waar hij verdween in de goudkleurige nevel aan de horizon, op die plek zo smal als een naald. Het was het oude wagenspoor. De weg naar het westen vanuit Mother's Rest.

Het was allegorisch bedoeld, dat was duidelijk. Boven aan de pagina stond de tekst: *Maak de reis samen met ons.* Onder aan de pagina stond: *Mother's Rest. Eindelijk.*

Op de eerste subpagina stond een stuk *Over ons.* Ze waren een organisatie die zich toelegde op het bieden van keuzes voor levensbeëindiging. Ze beloofden plechtig de beste goederen, diensten en zorg. Vertrouwelijkheid werd gegarandeerd. Discretie vanzelfsprekend.

Op de tweede subpagina konden leden van de community zich aanmelden. Met gebruikersnaam en wachtwoord. Waarschijnlijk moeilijk te hacken. Dat was ook niet nodig, want de derde koppeling omzeilde de aanmelding en leidde rechtstreeks naar niveau vier.

De eerste pagina met koopwaar.

Ze boden drie artikelen aan. Het eerste was een niet-steriele pentobarbital-oplossing in een flesje van 50 ml die oraal moest worden ingenomen, voor de prijs van $ 200. Het tweede was een pentobarbital-oplossing die geïnjecteerd kon worden, in een flesje van 100 ml, voor de prijs van $ 387. Het derde was een steriele pentobarbital-oplossing voor oraal gebruik in een flesje van 100 ml voor $ 450. Voor een dodelijke dosis stond 30 ml bij injectie, 200 ml bij orale inname. Er zou binnen een minuut een diepe slaap intreden, terwijl de dood binnen twintig minuten zou volgen. De injecteerbare oplossing leek Reacher een moeilijk te verkopen product. Als iemand iets had met injectienaalden, kon hij zich voor een tiende van de prijs een overdosis heroïne aanschaffen. Hij schatte in dat de steriele oplossing het best zou worden verkocht. Negenhonderd dollar voor een vredig einde. Steriel klonk op de een of andere manier schoon. De heilige graal. Maar bij de niet-steriele oplossing kreeg je meer waar voor je geld. Dan kostte het maar achthonderd, al liep je het risico op buikgriep de dag na je dood.

Verzending kostte dertig dollar, inclusief een nummer om het pakket op zijn route te volgen. Track & Trace. Betaling van het totaalbedrag diende vooraf te geschieden via Western Union of MoneyGram. Cheques en postwissels werden niet geaccepteerd. De pentobarbital werd geleverd in een verpakking zonder opdruk. Het hoefde niet in de koelkast, maar diende wel afgesloten te worden bewaard op een koele, droge plaats.

Onder het aanbod stond een knop met de tekst: *Klik hier om te bestellen.*

'Reacher heeft gelijk,' zei Chang. 'Met deze pagina kun je Mersjenko niet betalen.'

'Misschien moeten we op niveau vijf gaan kijken,' zei Westwood.

Het kostte enige tijd om daar te komen. Als bij een ouderwetse inbelverbinding. Al was Reacher ervan overtuigd dat er achter de schermen razendsnel van alles gebeurde. De programmacode van de man in gevecht met de verdedigende krachten van de site, één strijder tegen een hele horde, miljoenen schijnbewegingen en plaagstoten per seconde, een langzaam boren, dwars door de lagen heen.

De pagina verscheen op het scherm.

Exit, de vriend van Michael McCann, had de pagina interessant genoemd. Dat was het, dacht Reacher. Afhankelijk van waarnaar iemand op zoek was. Ze boden een uitgebreid pakket diensten aan. De leden van de community werden uitgenodigd met de trein naar Mother's Rest te komen, vanuit Chicago of Oklahoma City. Ze zouden op het station worden opgevangen door een medewerker en de nacht doorbrengen in een luxemotel. De volgende ochtend zouden ze met een riante personenwagen naar de hoofdvestiging van Mother's Rest worden vervoerd. Daar stond een speciaal voor de gast gereserveerd bijgebouw klaar, waarin een suite was ingericht als van een luxehotel, met een rustgevende slaapkamerambiance. Daar konden ze zich ontspannen. Op een door hen zelf gekozen moment zou een medewerker een pentobarbital-oplossing toedienen en zich terugtrekken. Diegenen die terugschrokken voor het drinken van een bittere vloeistof, konden ook een reguliere slaappil krijgen en op een knop drukken waarmee buiten het kleine type motorblok van een Chevy v8 uit de jaren zeventig zou worden gestart, op afstand en onhoorbaar, maar waarvan de zoete, rijke uitlaatgassen de kamer in zouden worden geleid om hun tedere werk te doen.

De leden werden uitgenodigd te informeren naar de kosten voor de dienstverlening.

Die zouden niet gering zijn, dacht Reacher. Hij zag de man voor zich die uit de trein was gestapt, in zijn pak en zijn overhemd met een boord, met zijn fijne leren tas, en de vrouw in haar witte jurk, gekleed voor een tuinfeest in Monte Carlo. Beiden misschien rijk. Beiden op weg naar een waardig einde. Hij zag ze voor zich, twee verschillende mensen, twee verschillende dagen, maar hetzelfde gebaar, achter het stoffige raam van kamer 203. Met de armen wijd gespreid, de handen nog aan de gordijnen, staarden ze naar buiten alsof ze zich verbaasden.

Hun laatste ochtend.

'Is dit wat Michael en zijn vriend hebben gedaan?' vroeg Chang.

'Dit is mijn verhaal,' zei Westwood. 'Dat daar, op het scherm. Ik zal de vraag stellen of dat onze toekomst is. Het zou kunnen, over honderd jaar. Chaos, overbevolking, geen water. Op iedere straathoek misschien wel zo'n zaak, net als Starbucks. Maar ik moet het zelf hebben gezien. Om de reiskosten te kunnen verantwoorden.'

'Misschien,' zei Reacher. 'Nadat wij het hebben bekeken.'

'Wat wil je bekijken? We weten toch wat er te zien is? Ze versturen veterinair pentobarbital met de post, en de klanten in het duurdere segment komen met de trein. En wie kan daar echt iets op tegen hebben? Ik zou de vraag kunnen stellen of het deep web op de een of andere manier een nieuw tijdperk aankondigt. Misschien moet dat ook wel. Daar verlangt de mens naar. Meer niet. Ongefilterd en niet gereguleerd. Op de een of andere manier puur natuur. Dat zijn rechten voor een boek in de sector filosofie. Want zo gaan die dingen. Het is al zo vaak gebeurd. Over honderd jaar is dit misschien wel allemaal heel normaal.'

'Keever vond het nog niet zo heel normaal. Hij had zijn schouders kunnen ophalen. Hij had zijn naam kunnen veranderen in Wittgenstein en een stap opzij kunnen doen om de voortuitgang niet voor de voeten te lopen. Maar kennelijk zag hij iets wat niet door de beugel kon.'

'Jij ook?'

'Ik weet het niet zo zeker. Maar Keever was wel zeker van zijn zaak.'

'Wat kan er fout zijn?'

'Ik kan me niet voorstellen dat Michael en zijn vriend zich die dienstverlening konden permitteren. Zelfs niet als ze hun hele leven hadden gespaard. Dus waar zijn ze?'

'Zijn we klaar?' vroeg de man uit Palo Alto.

'Ja,' zei Chang. 'Hartelijk dank.'

'Je bent geweldig,' zei Reacher. 'Jij zit daar beneden tussen hen in en kunt het allemaal zien, maar ze zien jou niet.'

'Stuur me de rekening maar,' zei Westwood.

'Ik zal een auto voor jullie regelen.' De man drukte op een knop op zijn telefoon.

Iedereen stond op. Reacher deed een stap in de richting van de deur, en nog een stap, en toen kwam de vloer links van hem ineens omhoog onder een vreemde hoek, een helling van vijfenveertig graden, een oerkracht, van het ene moment op het andere. Hij dacht *aardbeving*, toen smeet het hem omver, tegen de deurpost, met zijn borst en hals, alsof iemand hem te grazen nam met een balk. Hij viel op de vloer, wierp wanhopige blikken om zich heen, naar waar Chang was, en wat er nog meer zou gebeuren.

Geen aardbeving.

Hij ging zitten.

De anderen zaten gehurkt om hem heen.

'Ik ben oké,' zei hij.

'Je ging onderuit,' zei Chang.

'Misschien een losse plank.'

'Aan de vloer mankeert niets.'

'Misschien is er een plank kromgetrokken.'

'Heb je hoofdpijn?'

'Ja.'

'Je moet naar de spoedpoli.'

'Bekijk het maar.'

'Je was vergeten hoe Keever heette. Je zei: de man die was vermoord met de graafmachine. Dat is een klassiek geval van afasie. Je was een woord vergeten en omzeilde het probleem. Dat is niet goed. Bij de boekhandel struikelde je. En je bent steeds afwezig. Alsof je loopt te dagdromen, of in jezelf loopt te praten.'

'Is dat zo?'

'Alsof je hallucineert.'

'Hoe doe ik normaal dan?'

'We brengen je naar de spoedpoli.'

'Bekijk het maar. Nergens voor nodig.'

'Doe het voor mij, Reacher.'

'Tijdverspilling. We moeten meteen terug naar het hotel.'

'Je hebt vast gelijk, maar doe het voor mij.'

'Ik ben nog nooit in een spoedpoli geweest.'

'Voor alles is er een eerste keer. Niet alleen hiervoor, hoop ik.'

Reacher zei niets.

'Doe het voor mij, Reacher.'

'Ga naar die spoedpoli, man,' zei de man uit Palo Alto.

Reacher keek Westwood aan. 'Help mij hier eens uit.'

'Spoedpoli,' zei Westwood.

De man uit Palo Alto zei: 'Zeg maar dat je programmeur bent. Dan hoef je niet te wachten. Sommige van die bedrijven geven enorme donaties.'

Ze deden wat de man had aangeraden en claimden een status voor Reacher die hij nooit had bezeten. En de kans dat hij die status ooit zou bereiken was even groot als de kans dat hij zich ooit met patchwork of plakboeken bezig zou houden, of als tenor in een koor zou zingen. Maar hij werd wel binnen anderhalve minuut geholpen, en nog eens anderhalve minuut later was hij onderweg naar een CT-scan van zijn hoofd. Wat volgens hem flauwekul was, overbodig, nergens voor nodig, maar Chang hield vol. Ze startten het apparaat, een weinig opzienbarende gebeurtenis, alleen een soort elektrisch zoemen, net als bij röntgenstralen, en wachtten daarna tot een arts tijd had om naar de uitslag te kijken. Wat volgens Reacher opnieuw flauwekul was, verspilde tijd, de hele litanie opnieuw, en Chang die ook nu volhield. Uiteindelijk verscheen er een man met een map in zijn hand en een bepaalde blik in de ogen. Chang en Westwood bleven in het vertrek.

'De CT van CT-scan staat voor *computerized tomography*,' zei Reacher.

'Dat weet ik,' zei de man met de map.

'Ik weet welke dag van de week het is en ik weet hoe de president heet. Ik weet wat ik bij het ontbijt heb gegeten. Beide keren. Dat bewijst dat mij niets mankeert.'

'U hebt hoofdletsel.'

'Onmogelijk.'

'U hebt een hoofd. Dat kan letsel oplopen. U hebt een hersenkneuzing, in het Latijn heet dat *contusio cerebri*. In feite hebt u er twee, zowel coup als contracoup, overduidelijk veroorzaakt door een klap met een stomp voorwerp tegen de rechterkant van het hoofd.'

'Is dat het goede nieuws of het slechte nieuws?' vroeg Reacher.

'Als u die klap had opgevangen met uw arm,' zei de man, 'had u nu een geweldige bloeduitstorting. En dat is ook precies wat u hebt. Niet aan de buitenkant. Te weinig spiermassa. De bloeduitstorting zit aan de binnenkant. Op uw hersenen. Met een tweelingbroertje aan de andere kant, omdat uw hersenen in uw schedel heen en weer zijn gesmeten als een goudvis in een reageerbuis. Dat noemen we coup en contracoup.'

'Symptomen?' vroeg Reacher.

'Dat hangt af van de ernst van het trauma en verschilt van persoon tot persoon, maar mogelijk in meerdere of mindere mate hoofdpijn, verwardheid, slaperigheid, duizeligheid, bewusteloosheid, benauwdheid, braken, attaques en problemen met coördinatie, motoriek, geheugen, zien, horen, het beheersen van emoties en denken.'

'Dat zijn veel symptomen.'

'We hebben het over de hersenen.'

'En in mijn geval? Welke symptomen krijg ik?'

'Daar kan ik niets over zeggen.'

'U hebt alle papieren daar voor u. Een echt plaatje zelfs.'

'Een exacte interpretatie is niet mogelijk.'

'Zaak gesloten. Punt uit. U gokt maar een beetje. Ik heb wel eerder een klap tegen mijn hoofd gehad. Dit is niet anders. Niets aan de hand.'

'Het is hoofdletsel.'

'Wat is het volgende deel van uw redevoering?'

'Ik denk dat de scan het rechtvaardigt om u een nacht op te nemen ter observatie.'

'Geen sprake van.'

'Het zou wel goed zijn.'

'Als die man me een klap op mijn arm had gegeven, zou u zeggen dat ik over een paar dagen wel weer oké zou zijn. Dat de bloeduitstorting over een paar dagen wel weer zou wegtrekken. Dan zou u me naar huis sturen. Dat kan ook met mijn hoofd. Het is gisteren gebeurd, dus morgen is het over een paar dagen. Het komt wel goed. Als het tenminste is wat u zegt dat het is. Misschien hebt u daar wel de map van iemand anders voor u liggen.'

'De hersenen zijn iets anders dan een arm.'

'Dat ben ik met u eens. Een arm wordt niet beschermd door een dikke laag bot.'

'U bent volwassen,' zei de man. 'Dit is geen psychiatrische inrichting. Ik kan u hier niet tegen uw wil houden. Als u bij de balie uw handtekening zet, kunt u gaan.'

Toen draaide hij zich om en liep het vertrek uit, op weg naar de volgende patiënt. Misschien ook een programmeur, misschien ook niet. De deur zwaaide achter hem dicht.

'Het is een bloeduitstorting,' zei Reacher. 'Die gaat vanzelf over.'

'Dank je wel dat je het hebt laten nakijken,' zei Chang. 'Kom op, we zoeken het hotel.'

'Dat hadden we meteen moeten doen.'

'Reacher, je kukelde ondersteboven.'

Hij liep heel voorzichtig het hele eind naar de taxistandplaats.

48

Ze zeiden dat San Francisco er op een kaart uitzag als een duim die van zuid naar noord werd opgestoken en de baai beschermde tegen de invloeden van de oceaan, maar Reacher vond dat het meer leek op een opgestoken middelvinger. Al had hij geen idee waarom de stad kwaad zou moeten zijn op de oceaan. Misschien vanwege de mist. Hoe dan ook, het hotel dat Westwood had gekozen, lag op de punt, waar de duim- of de vingernagel zich zou bevinden. Meteen aan het water. Het was donker, dus het uitzicht was niet meer dan een donker gat, waartegen de uitbundig verlichte Golden

Gate Bridge afstak, met verder weg naar rechts het getwinkel van Sausalito en Tiburon.

Ze checkten in, fristen zich op en kwamen in het restaurant weer bij elkaar voor het avondeten. Het was een aangename ruimte met veel gestreken wit linnen. Er zaten stellen van twee en vier aan tafels. Zij waren het enige gezelschap dat uit drie mensen bestond. Overal rondom hen mensen die afspraakjes hadden gemaakt of zaken deden. Westwood zocht op zijn telefoon op internet en zei: 'Veertigduizend zelfmoorden per jaar in Amerika. Elke dertien minuten een. Statistisch gezien is de kans groter dat we onszelf vermoorden dan elkaar. Wie had dat gedacht?'

'Als vijf daarvan elke negen dagen gebruikmaken van de dienstverlening van Mother's Rest, is dat een paar honderd per jaar,' zei Chang. 'Als op het briefje van Keever. We hebben de eerste twee al gezien.'

'Hoeveel zou jij daarvoor betalen?' vroeg Reacher.

'Niets, hoop ik.'

'Wat zou een redelijk bedrag zijn, als het negenhonderd dollar kost om jezelf in je eigen bed van kant te maken? Vijf keer zoveel? Zeg vijfduizend?'

'Misschien. Voor al het gepamper. Zoiets als naar een schoonheidsspecialiste gaan in plaats van je nagels thuis zelf bij te vijlen.'

'Dat zou dan een miljoen dollar per jaar zijn. Dat is beter dan niks.'

'Maar?'

'Alleen deze week al stonden er zeven mensen op hun dodenlijst: Keever, McCann, jij, ik, en pa en ma en dochter Lair. Kennelijk is dat geen probleem, want ze huurden een zware jongen uit Oekraïne in om het zware werk te doen. Dat is wel een heel heftige reactie voor een omzet van een miljoen.'

'Er worden mensen vermoord om een dollar.'

'Op straat, in paniek. Niet na een strategische overweging. Ik denk dat er veel meer omgaat dan een miljoen. Alleen zie ik niet hoe. Niemand zou tien- of twintigduizend betalen. Of nog meer. Toch? Zouden ze net zo goed zelf een Chevy uit 1970 kunnen kopen. En een tuinhuisje waar ze een gat in kunnen boren.'

'Het is niet per se een rationeel besluit. En zeker niet in combinatie met het kopen van een eigen Chevy. Daar gaat het juist om. Volledige service.'

'Wat zou men daarvoor dan willen betalen?'

'Dat weet ik niet. Ik vind het moeilijk om het me voor te stellen. Stel dat je rijk bent en er een einde aan wilt maken. Je gunt jezelf een laatste luxe. Discrete mensen op de achtergrond die ervoor zorgen dat alles foutloos verloopt. Zorg en mensen die handen vast kunnen houden. Het is immers een zeer belangrijke gebeurtenis in je leven. Misschien ben je wel bereid er evenveel voor te betalen als voor je auto. Dat is waarschijnlijk een Mercedes of een BMW. Dus vijftigduizend? Misschien wel tachtig? Of nog meer. Ik bedoel, waarom niet? Je kunt het toch niet meenemen.'

'Wanneer gaan we ernaartoe?' vroeg Westwood.

'Als we een plan hebben gemaakt,' zei Reacher. 'Het is een boeiende tactische uitdaging. Alsof je op weg bent naar een klein eilandje op open zee. Het is daar zo vlak als een biljartlaken. Die graansilo's zijn de hoogste dingen in de wijde omgeving. Ik wil wedden dat daar allemaal ladders en loopbruggen zitten voor onderhoud. Daar zullen ze wachtposten neerzetten. Ze zien ons al tien minuten van tevoren aankomen. En als we met de trein gaan, staan ze ons op een rijtje naast elkaar op het perron op te wachten.'

'We zouden er 's nachts naartoe kunnen rijden.'

'Dan zien ze de koplampen al van honderd kilometer ver.'

'Die kunnen we uitzetten.'

'Dan zien we zelf niets. Het is daar 's nachts pikkedonker. Het is het platteland.'

'De wegen zijn recht.'

'Bovendien zijn we op het moment niet gewapend.'

Westwood hield zijn mond.

Na het eten ging Westwood naar zijn kamer, terwijl Chang en Reacher een wandeling maakten naar de Embarcadero. Aan het water. Het was een koele avond. Maar half zo warm als in Phoenix. Chang had alleen een T-shirt aan. Ze liep tegen hem aangedrukt om te profiteren van zijn lichaamswarmte. Daardoor liepen ze nogal stuntelig, als een beest met drie poten.

'Hou je me overeind?' vroeg Reacher.

‘Hoe voel je je nu?’ vroeg Chang.

‘Ik heb nog steeds hoofdpijn.’

‘Ik wil pas weer naar Mother’s Rest als jij je beter voelt.’

‘Ik voel me prima. Maak je geen zorgen.’

‘Ik zou er helemaal niet meer naar teruggaan, als het niet om Keever ging. Wie ben ik om een oordeel te vellen. Ze voorzien in een behoefte. Misschien heeft Westwood wel gelijk. Misschien doet iedereen dit over honderd jaar.’

Reacher zei niets.

Ze vroeg: ‘Wat is er?’

‘Ik wilde zeggen dat ik mijn geld in mijn zak zou houden en mijn jachtgeweer zou pakken. Maar dat zou akelig zijn voor degene die me zou vinden. Een heleboel troep. Dat geldt ook voor een handwapen, of als je je zelf verhangt of van een dak springt. Voor de trein springen is niet erg aardig voor de machinist en zelfs de toverdrank drinken in een motelkamer is niet erg aardig voor de schoonmaakster. Misschien maken mensen daarom wel gebruik van die dienstverlening. Gemakkelijker voor de mensen die achterblijven. Dat is wel iets extra’s waard, denk ik. Toch geloof ik nog steeds niet dat het genoeg geld oplevert om mensen als Mersjenko in te huren.’

‘Ik vraag me af hoe we daar weer terug moeten komen. Alsof ze een prikkeldraadversperring hebben van dertig kilometer hoog, die ze plat hebben neergelegd.’

‘We moeten beginnen vanuit Oklahoma City.’

‘Wil je met de trein?’

‘Ik wil alle opties openhouden. De details vullen we later wel in. Zeg maar tegen Westwood dat hij de vlucht moet boeken.’

Reacher werd de volgende ochtend vroeg wakker, eerder dan Chang. Hij glipte uit bed en liep naar de badkamer. Hij had een streep gezet door zijn oude theorie. Voorgoed. Ze hadden aangetoond dat die volstrekt uit de lucht was gegrepen. Meerdere keren. Er was geen plafond. Er was geen bovengrens. Er was geen enkele reden om te vermoeden dat het ooit zou ophouden.

Dat was een plezierige gedachte.

Hij stond voor de spiegel en draaide en kronkelde zich in allerlei bochten om zichzelf te inspecteren. De valpartij had hem geen nieuwe bloeduitstortingen bezorgd. De oude bloeduitstorting op zijn rug, waar Hackett hem had geraakt, was felgeel en zo groot als een etensbord. Maar hij plaste geen bloed en de pijn nam af en hij voelde zich minder stijf. De zijkant van zijn hoofd was nog steeds gevoelig en een beetje zacht, maar niet echt gezwollen. Te weinig spiermassa, had de arts gezegd. Hij had lichte hoofdpijn. Hij was niet slaperig. Hij was niet duizelig. Hij ging op één been staan en sloot zijn ogen, maar hij begon niet heen en weer te zwaaien. Hij was bij bewustzijn. Voelde zich niet benauwd. Hij had niet gebraakt. Geen attaques gehad. Hij liep over de voeg tussen twee rijen tegels, van het bad naar de toiletpot en terug, met zijn ogen gesloten, zonder van de lijn te wijken. Hij raakte de punt van zijn neus aan met het topje van zijn wijsvinger. Hij wreef met zijn hand over zijn buik, terwijl hij op zijn hoofd klopte. Coördinatie en motoriek in orde, afgezien van zijn aangeboren en lichte, onvermijdelijke onhandigheid. Hij was geen balletdanser. Vaardig, behendig en elegant waren woorden die op hem nooit van toepassing waren geweest.

Achter hem ging de deur open. Chang kwam binnen. Hij zag haar in de spiegel. Ze zag er zacht en slaperig uit. Ze geeuwde en zei: ‘Goedemorgen.’

‘Jij ook goedemorgen,’ zei hij.

‘Wat doe je?’

‘Ik ga de symptomen na. Die arts maakte er een joekel van een lijst van.’

‘Hoever ben je?’

‘Ik moet geheugen, zicht, gehoor, beheersen van emoties en nadenken nog doen.’

‘Je bent al geslaagd voor het beheersen van je emoties. Ik ben onder de indruk. En dat voor een man. Die in het leger heeft gezeten. Oké, noem eens drie bekende mannen afkomstig uit Oklahoma, want daar gaan we per slot van rekening heen.’

‘Mickey Mantle natuurlijk. Johnny Bench. Jim Thorpe. En ik wil bonuspunten voor Woody Guthrie en Ralph Ellison.’

‘Met je geheugen is niks mis.’ Ze liep achteruit naar het bad en hield twee vingers omhoog. ‘Hoeveel?’

'Twee.'

'Aan je ogen mankeert niets.'

'Dat was geen strenge test.'

'Oké, blijf waar je bent en vertel maar eens wie die badkuip heeft gemaakt.'

Hij keek. Bij de overloop stonden kleine lettertjes.

'American Standard,' zei hij, omdat hij dat al wist.

'Aan je ogen mankeert niets,' zei ze voor de tweede keer.

Ze fluisterde iets heel zacht.

'In het vliegtuig?' vroeg hij. 'Daar ben ik helemaal voor.'

'Aan je oren mankeert niets. Dat is zeker. Wat is het langste woord in de speech van Lincoln in Gettysburg?'

'Welk symptoom is dat?'

'Nadenken.'

Hij dacht na. 'Dat zijn er drie. Alle drie met elf letters. *Proposition*, *battlefield* en *consecrated*.'

'Oké, citeer nu de openingszin. Als een acteur op het podium.'

'Lincoln had op dat moment pokken onder de leden, wist je dat?'

'Dat is niet de openingszin.'

'Dat weet ik. Dat zei ik om een bonus voor geheugen te krijgen.'

'Geheugen hadden we al gedaan, weet je nog? We doen nu het spraakvermogen. De openingszin.'

'De man die Getty Oil heeft opgericht, was een nazaat van de man waar Gettysburg naar is genoemd.'

'Dat is ook niet de openingszin.'

'Dat was algemene ontwikkeling.'

'En dat is niet eens een symptoom.'

'Het heeft wel met geheugen te maken.'

'Het geheugen hebben we eeuwen geleden gedaan.'

Hij citeerde met luide stem, als een toneelspeler: 'Zevenentachtig jaar geleden stichtten onze vaderen op dit continent een nieuwe natie, geboren in vrijheid en gewijd aan de gedachte dat alle mensen in gelijkheid geschapen zijn.'

Het klonk goed in de badkamer. Het marmer zorgde voor echo en weergalm.

Hij citeerde, luider: 'Nu zijn we verwikkeld in een grote burgeroorlog, die beproeft of deze natie, of enige natie die zo tot stand gekomen is, lang stand kan houden.'

'Heb je nog hoofdpijn?' vroeg ze.

'Min of meer.'

'Dan is het dus nog niet weg.'

'Bijna. Zo erg was het niet.'

'Volgens de dokter wel.'

'Medici zijn tegenwoordig nogal schijterig. Heel voorzichtig. Ze hebben geen gevoel voor avontuur. Ik heb de nacht overleefd. Observatie was volkomen overbodig.'

'Ik ben blij dat hij zo voorzichtig was,' zei Chang.

Reacher zei niets.

Toen belde Westwood via de huistelefoon om te vertellen dat de reisagent van de krant stoelen had geboekt bij United, de enige rechtstreekse vlucht van de dag. Maar ze hoefden zich niet te haasten, want het vliegtuig vertrok pas halverwege de ochtend. Dus belden ze roomservice voor koffie, direct, en een ontbijt, over precies een uur.

Vroeg in de ochtend in San Francisco betekende dat de dag al een paar uur oud was in Mother's Rest. Niet vanwege het verschil tussen het stadsleven en dat op het platteland, maar vanwege de tijdzones. Mother's Rest lag een paar uur voor. Het warenhuis was open. In de diner zaten een paar laatkomers. De schoonmaakster was hard aan het werk in het motel. De eenogige man zat op het toilet. De chauffeur van de Cadillac was in zijn winkel en Western Union en MoneyGram en FedEx waren druk in de weer.

Maar de winkel voor reserveonderdelen was gesloten. De reserveonderdelen voor irrigatiesystemen. En achter de toonbank van de diner stond niemand. Beide mannen stonden op een stalen loopbrug boven op wat ze Silo Drie noemden, de oude betonnen reus, de grootste die ze hadden. Met verrekijkers. En een eenvoudig systeem. Er waren twee toegangswegen, een uit het oosten en een uit het westen. Dat was het wagenspoor, dwars op de spoorlijn, bijna recht onder hen. Van noord naar zuid was geen weg, alleen de spoorlijn. Die lay-out betekende dat ze vooral de wegen in de gaten hielden. Ze zaten tegenover elkaar, de een keek naar het westen, de ander naar het oosten, en zo om de vijf minuten draaiden ze zich half om en speurden ze de spoorlijn af naar het noorden en het zuiden, lieten ze hun blik even van veraf tot dichtbij over de rails gaan, voor het geval iemand te voet langs de spoorlijn zou komen, of met een of andere zichzelf voortstuwende constructie, als in een oude western. Het werd een soort ritueel. Een mogelijkheid even de benen te strekken.

Behalve als de trein zou komen. Dan werd het ingewikkelder. Ze keken vrijwel loodrecht omlaag op de trein, zodat ze ook de andere kant zouden kunnen zien. Bijna. In ieder geval zouden ze het zien als daar iemand een deur zou openmaken en naar buiten zou springen, zoals dat in oude spionagefilms gebruikelijk was. Maar tegelijkertijd zouden ze aandacht moeten besteden aan de wegen. Voortdurend. Want een invasie over de weg lag veel meer voor de hand.

Dat betekende dat ze, afgezien van een klein deel van de ochtend en een klein deel van de avond, hun verrekijkers op de horizon richtten, door het stof in de lucht, fijn en goudkleurig dichtbij, meer een nevel in de verte, om tijdig gewaarschuwd te zijn.

Het zicht was een kilometer of vijfentwintig.

We kennen allemaal het plan.

We weten allemaal dat het werkt.

Ze checkten uit, een portier hield een taxi aan en ze persten zich met z'n drieën op de achterbank, met iets van spijt vanwege het afscheid van het hotel, behalve voor Westwood, die een beetje ontdaan was. Hij zei: 'Dat was een vreemd hotel. Zoiets kan alleen in San Francisco, denk ik. Toen ik stond te douchen, hoorde ik door de luchtkoker van de badkamer dat er ergens anders iemand de speech van Lincoln bij Gettysburg stond te citeren.'

49

De vlucht verliep vlot en het Oklahoma City Hotel, waar de *L.A. Times* kamers had gereserveerd, was een voorname oude taart met drie torentjes, honderd jaar oud, maar gered door een renovatie een tiental jaren geleden. Het voldeed in alle opzichten, maar het bood vooral nog het soort service waar Reacher behoefte aan had. Hij zei tegen Chang: 'Ga eens een praatje maken met de receptionist en vertel hem dat je een stad het liefste te voet verkent. Maar dat je je natuurlijk wel een beetje zorgen maakt over je veiligheid. Vraag maar welke delen van de stad je vooral moet mijden.'

Tien minuten later kwam ze terug met een papieren plattegrond voor toeristen, in een oplage van duizenden gedrukt voor deelnemers aan conferenties, en door de receptionist met een balpen voorzien van extra informatie. Rond bepaalde buurten in het centrum was een dikke blauwe lijn getrokken. Daar moest je niet naartoe. Het leek wel een geschetste plattegrond van Oost-Berlijn in de dagen van weleer. Om één wijk was niet alleen een blauwe lijn getrokken, er stond bovendien een groot kruis door, dat met zoveel kracht was aangebracht dat de pen door het papier was gegaan.

'Daar moest ik dag en nacht wegblijven,' zei Chang.

'Dat is wat ik zoek,' zei Reacher.

'Ik ga mee.'

'Daar had ik al op gerekend.'

Ze aten vroeg, een maaltijd die wel wat weg had van een brunch laat in de middag. Eenvoudige ingrediënten, fraai opgediend. De koffie was goed. Daarna wachtten ze een uur tot de zon was ondergegaan. Het einde van een lange dag op de prairie. De straatlantaarns gingen aan. De namiddagse stilte in de bar maakte plaats voor avondlijk geroezemoes.

'Kom op, we gaan,' zei Reacher.

Het was een flinke wandeling, want de bestuurders van de stad wisten wel wat geld in het laatje bracht. De conferentiebusiness moest in bescherming genomen worden, dus waren de ruigere wijken een flink eind weg. Onderweg veranderde het leven op straat, van een enkele harde werker op weg naar huis, naar een straatcultuur waarin veel mensen rondhingen op de stoep, bij de deur, met niets omhanden. Bij sommige winkels waren de luiken omlaag aan het einde van de dag, andere wekten de indruk dat ze inmiddels al jaren waren dichtgetimmerd. Nog weer andere winkels waren nog open en deden goede zaken. Eten, frisdrank, losse sigaretten.

'Alles goed?' vroeg Chang.

'Prima,' zei Reacher.

Hij zocht zijn weg op gevoel en keek uit naar het soort plek waar mensen elkaar konden ontmoeten, waar auto's even dubbel geparkeerd konden staan. Er stonden auto's langs de trottoirs, sommige reden. Hij zag gepimpte Japanse sportwagentjes, auto's die met het chassis bijna het plaveisel raakten en enorme oude sleeën van Buick, Plymouth en Pontiac, bijna vliegdekschepen. Sommige waren door de eigenaar verbouwd en hadden brede magnesium velgen en verchroomde uitlaatpijpen en blauw licht onder het chassis. Eén auto kwam niet hoger dan zijn heupen. De motor stak door de motorkap heen omhoog, als een soort miniatuurboorplatform, met bovenop een enorme vierdubbele carburateur en een gigantisch chromen luchtfilter ter hoogte van het dak van de auto.

Reacher bleef stilstaan en keek ernaar.

'Ik moet die satellietfoto's nog een keer zien,' zei hij.

'Waarom?' vroeg Chang.

'Er klopt iets niet.'

'Wat dan?'

'Ik weet het niet. Er zeurt iets in mijn achterhoofd. Het komt niet door mijn geheugen of zo. Ik voel me goed.'

'Weet je het zeker?'

'Stel me eens een vraag.'

'De vicepresident van Teddy Roosevelt.'

'Charles Fairbanks.'

'Ik dacht dat dat een filmacteur was.'

'Volgens mij was dat Douglas.'

Ze liepen verder, langs vervallen huizen die dicht tegen elkaar aan stonden, langs voortuinen vol onkruid achter hekken. Sommige tuinen waren leeg, in andere slingerden felgekleurde fietsen en driewielertjes en lag ander kinderspeelgoed verspreid. Ze kwamen bij een schuin lopende zijstraat, die de hoek afsneed tussen twee bredere straten. Breed genoeg voor drie rijbanen, maar elk plekje langs het trottoir was bezet door een geparkeerde auto. De straat was lang genoeg om gas terug te nemen, te stoppen en weer op te trekken.

'Dit lijkt me wel geschikt,' zei Reacher.

Er gebeurde wel het een en ander op het trottoir, maar vooral halverwege het straatje. Jongens van een jaar of twaalf stonden bij elkaar in groepjes en hielden links en rechts het verkeer in de gaten.

'Oké,' zei Reacher. 'Dit is het moment waarop we ons plotseling realiseren waar we terecht zijn gekomen en er haastig vandoor gaan.'

Ze draaiden zich om en haastten zich terug naar de bredere straat achter hen. Ze sloegen de korte bocht om en vervolgden hun oorspronkelijke weg, voorbij de schuine zijstraat. Ze bleven staan toen ze zich naar schatting ter hoogte van het groepje, nu onzichtbare, jongens bevonden, een flink stuk verder rechts van hen. Plus de diepte van hun achtertuin, plus de diepte van hun eigen huis, plus de eigen voortuin en de breedte van het trottoir. Zo'n honderdtwintig meter duisternis, vermoedde Reacher.

'Laten we maar eens gaan kijken wat ze ons te bieden hebben,' zei hij.

50

Ze kozen een dichtgetimmerd huis uit met een kapot hangslot op het hek. Ze liepen de tuin in, snel en resoluut, alsof ze er thuishoorden. Ze glipten langs de zijkant van het huis, door de donkere achtertuin, naar het hek achterin, dat de tuin schuin afscheidde van de achtertuin van een huis in de zijstraat. Waarschijnlijk niet het huis dat ze zochten, maar wel vlakbij. Reacher trok een deel van het gaas uit het buisframe en ze glipten door het gat de andere tuin in, onzichtbaar, afgezien van de bleke vlek van hun gezichten in het gelige duister van de avond.

Ze liepen door de tweede tuin en keken tussen het huis en het huis dat ernaast stond naar de straat. Ze moesten nog een pand verderop zijn. Alle handel speelde zich een perceel verder naar links af. Tussen beide tuinen was een hek met harmonicagaas. Makkelijk om overheen te klimmen, al veroorzaakte dat wel wat metaalgerinkel en zingende geluiden. Chang was atletisch. Ze klom gemakkelijker dan Reacher. Hij was meer gebouwd als een bulldozer, niet als een turner.

De tuin waarin ze terechtkwamen, was slecht onderhouden. Eigenlijk helemaal niet onderhouden, om precies te zijn. Er groeide gras en onkruid dat tot aan zijn dijen reikte. In de achtergevel van het huis was één verlicht raam.

'Hou je rechterhand in je broekzak, als dat kan,' zei Reacher. 'Laat ze maar denken dat je een wapen hebt.'

'Werkt dat?'

'Soms.'

'Zijn dit drugsdealers?' vroeg ze.

Hij knikte. 'Net zoiets als een drive-in hamburgertent. Ze laten kleine jongetjes heen en weer rennen naar de auto's met het spul en de poen. Zo jong dat ze nog niet gearresteerd mogen worden. Al is dat misschien tegenwoordig anders. Misschien is dat niet meer dan een mythe. Vooral in Oklahoma. Ik kan me voorstellen dat ze ze hier als volwassenen berechten.'

Het raam zat aan de rechterkant in de gevel. Waarschijnlijk een of andere woonkamer. Links waren een raam en een deur, beide donker. Een keuken waarschijnlijk. Ze waadden door de ruisende miniprairie. Reacher voelde aan de deurkruk. Op slot. Hij deed een stap opzij en keek door het raam. Een donkere ruimte waar het afval en de vuile borden hoog opgestapeld stonden. Pizzakorsten, lege blikjes. Red Bull en bier.

Reacher deed nog een stap opzij en drukte zich ruggelings tegen de gevel. Hij keek door het verlichte raam naar binnen, uit een ooghoek. Hij zag twee mannen. Ze zaten onderuitgezakt, elk op een eigen bank, naar hun telefoons te staren. Hun duimen waren in beweging. Ze zaten te gamen of te sms'en. Op een laag tafeltje tussen hen in lagen twee tassen. Zwart nylon, nieuw, maar van slechte kwaliteit. Het soort spul dat je voor vijf dollar koopt in een winkel waar ze camera's verkopen voor tien dollar en telescopen voor twintig. Boven op de ene tas lag een pak elastiekjes uit een winkel voor kantoorartikelen.

Boven op de andere tas lag een pistoolmitrailleur, een uzi.

Reacher sloop terug en voegde zich bij Chang bij de keukendeur.
'We hebben een steen nodig,' fluisterde hij.
'Voor het raam?'
Hij knikte.
'Is dat goed genoeg?'
Hij keek waar ze naar wees. Een armzalig betonnen terrasje van een meter diep. Er middenop stond een vierkant ding met afgeronde hoeken. Een beetje bol. In het midden een gat. Een of ander sterk materiaal. Plastic of pvc of iets dergelijks. De voet van een parasol.
'Kun jij die gooien?' fluisterde hij.
'Zeker,' zei ze.
Hij glimlachte. Geen slank kindvrouwtje. Hij zei: 'Een seconde nadat ik de deur intrap.'
Ze pakte het ding op.
Hij zette zich in positie en fluisterde: 'Oké?'
Ze knikte.
Eén stap, twee, drie. Hij ramde zijn hak door het slot. De deur vloog open en terwijl hij naar binnen tuimelde, hoorde hij het glas van het raam van de woonkamer breken en de voet van de parasol met een bons op de vloer terechtkomen. Hij danste door de keuken naar de woonkamer en zag de man links nog steeds met de telefoon in zijn handen, terwijl de hand van de man rechts razendsnel in de richting van de uzi ging, een beweging waarin hij halverwege verstijfde, omdat hij onwillekeurig ineens zijn hoofd tussen de schouders trok, een reflex in reactie op het lawaai van het exploderende raam achter hem en de regen van glasscherven op zijn hoofd en in zijn nek, en de vanuit een ooghoek waargenomen onduidelijke vorm die door zijn gezichtsveld vloog.
Reachers rechtervoet vloog ook door zijn gezichtsveld, raakte hem tegen de zijkant van zijn hoofd en deed hem als een slappe oude regenjas op een glanzende vloer belanden. Game over, want alles wat Reacher verder nog hoefde te doen, was de uzi pakken, de keuzeknop in de stand *Auto* zetten, zijn hand om de greepveiligheid klemmen en de loop richten op het hart van de man links.
Hij zei: 'Beweeg je niet.' De man volgde zijn bevel op.
Geen enkel geluid vanuit de gang. Zomer, een warme avond, iedereen buiten op straat.

'Wat is de bedoeling?' vroeg de man.

'De bedoeling is dat we je geld en je wapens meenemen.'

De man keek naar de tas met de elastiekjes erbovenop. Een reflex. Onwillekeurig. Chang kwam binnen en ging achter hem staan. Een gebalde vuist in haar broekzak.

'Fouilleer ze allebei,' zei Reacher.

Ze fouilleerde ze. Snel en grondig. Getraind in Quantico. Op een autosleutel en twee handwapens na leverde het niets interessants op. De autosleutel was van een Audi en de pistolen waren een Glock 17 en een Beretta 92. Beide negen millimeter wapens. Net als de uzi. Wat munitie betrof hadden ze de zaak goed geregeld, al was de rest dan ook een puinhoop.

'Kijk eens in de tassen,' zei Reacher.

Chang keek in de tassen. De tas waarop de uzi had gelegen, zat vol met in cellofaan verpakte pakketjes met een vuilbruin poeder. Heroïne, mocht je aannemen, versneden en nog eens versneden en nog eens versneden, en nu verpakt en klaar voor de straathandel.

In de tas waarop de elastiekjes lagen, zat geld.

Heel veel geld. Groezelige, vettige bankbiljetten, briefjes van vijf en tien en twintig, los en in pakjes en rolletjes, sommige gescheurd, sommige gekreukeld, allemaal stijf op elkaar geperst. Vandaar de elastiekjes. Hij had ooit eens een boek gelezen over de boekhouder van een kartel, die alleen al vijf mille per maand uitgaf aan elastiekjes, om bankbiljetten bij elkaar te houden.

'Waar staat de Audi?' vroeg Reacher.

'Voor de deur,' zei de man. 'Veel plezier ermee.'

'Jij gaat met ons mee. Je mag de tassen dragen.'

'Vergeet het maar.'

'Stel je niet aan. Soms zit het mee, soms zit het tegen. Wij zijn de politie niet. Je zaken gaan gewoon door. Dit verdien je in een paar weken terug. En nu opschieten.'

De man pakte in elke hand een tas. Reacher duwde hem voor zich uit de gang in, in zijn ene hand de kraag van de man, in de andere hand de uzi die hij de man in de rug drukte. Chang had de Glock in haar rechterhand, de Beretta in de linkerhand. De gang was lang en goor. Reacher hoorde geluiden van de straat. Praten, lachen, schuifelende voeten, rijdende auto's, allemaal een beetje dof en gedempt door de warmte, de afstand en de dichte voordeur.

'Nog tien seconden,' zei Reacher. 'Als je slim bent, overleef je het.'

Hij trok de man opzij, zodat Chang erlangs kon om de voordeur open te doen. Toen duwde Reacher de man naar buiten en kwam er een abrupt einde aan al het praten en lachen. Er waren elf mensen buiten, sommige in de voortuin, sommige op het trottoir en sommige op straat. Een was een peuter van een jaar of twee. Drie waren vrouwen van nog geen twintig, er waren twee geharde mannen van een jaar of dertig en de rest waren magere jongetjes van een jaar of twaalf, de koeriers die heen en weer renden. Er reed een auto langs, langzaam, met veel vertoon, het plaatwerk trilde mee met de keiharde bassen. Toen hij voorbij was, duwde Reacher de man de tuin in. De mannen deden een stap vooruit, de vuisten gebald om te vechten, maar de man zei: 'Niet doen.'

Chang drukte op de afstandsbediening van de Audi en de lichten van een zwarte wagen knipperden. Kleiner dan een Town Car, maar geen middenklasser. Chang deed het achterportier open en Reacher liet de man de tassen op de achterbank zetten. Toen draaide hij de man om en gaf hem een duw in de richting van het huis. Hij hield de uzi in de aanslag. Chang ging achter het stuur zitten. Reacher liet zich achterwaarts op de passagiersstoel zakken. Chang reed plankgas weg. Reacher trok de tas met de heroïne van de achterbank en schudde hem leeg uit het raam terwijl ze wegreden. Kleine pakketjes in cellofaan vlogen her en der, glanzend en bruin, als een plaag dode sprinkhanen in een wervelend kielzog. Mensen renden de straat op, graaiden naar de pakketjes, renden achter de auto aan, probeerden elkaar te vlug af te zijn, probeerden te pakken te krijgen wat ze maar konden, terwijl de beide mannen uit het huis ertussendoor renden en probeerden de orde te herstellen, probeerden weer in handen te krijgen wat van hen was. Dat was het laatste wat Reacher ervan zag, want aan het einde van de straat maakte Chang een snelle, krappe bocht en daarna was iedereen uit het zicht verdwenen.

51

Ze dumpten de Audi op een parkeerterrein van een conferentiecentrum een paar straten van het hotel, niet afgesloten, de sleutel in het contact. Ze stopten de wapens in de tas met geld en namen die mee naar de kamer van Westwood. Waar ze er een beetje een show van maakten, met spannende onthullingen, als goochelaars. Het ene na het andere konijn uit de hoge hoed. Eerst de Beretta, toen de Glock, daarna de uzi, stuk voor stuk begroet met enthousiasme. Tot slot lieten ze de tas openvallen, een lawine van geld op de beddensprei.

Westwood zei: 'Ik denk dat het toch geen boek wordt in de filosofiehoek.'

Chang en hij begonnen het geld te tellen, terwijl Reacher de wapens inspecteerde. Ze waren allemaal vol geladen, met bovendien een kogel in de kamer. Zevenenzestig kogels in totaal, allemaal uitwisselbaar. De uzi was in prima conditie. Net als de meeste uzi's. Eenvoudige dingen, ontworpen voor het echte vuurgevecht, niet voor wat een vuurgevecht zou moeten zijn volgens de boekjes. Net zoals kalasjnikovs, volgens sommigen. Dat lag anders voor de handwapens. Vooral de Beretta zouden sommigen een precisie-instrument noemen. Schitterend ontwerp en spijkerhard, maar toch niets waard zonder elementair onderhoud. Iets wat ze van de gemiddelde drugsdealer niet zouden krijgen, wist Reacher uit ervaring. Ze gaven hun geld uit net als iedereen, maar soms ketsten hun wapens. Zo was het nu eenmaal. Slecht onderhoud. Of helemaal geen onderhoud. Zowel de Glock als de Beretta voelde droog en zanderig aan. Pistolen die lang mee konden en hoogstwaarschijnlijk oké waren, maar hoogstwaarschijnlijk was niet goed genoeg. Niet voor het soort dingen waarvoor je sowieso een pistool nodig hebt. Het was een soort zen-vraag. Is een wapen dat je als wapen niet kunt vertrouwen, wel een wapen?

'Reacher, kijk eens,' zei Chang.

Hij keek. Niet alles was wat het leek, blijkbaar. De losse vettige briefjes van vijf en de slordige pakketjes van tien en de losse rollen waren allemaal echt. Maar ze waren maar een deel van het verhaal.

Een klein deel zelfs. Een achteloze toegift. Ze waren in de tas gegooid in een dun laagje om de ware lading te bedekken. Dat waren pakketjes bankbiljetten van honderd dollar met een officiële banderol van een bank. Splinternieuw en geurig en ritselend. Dik. Honderd bankbiljetten in elk pakketje.

Honderd briefjes van honderd maakte tienduizend dollar.

Per pakketje.

Er waren heel veel pakketjes.

'Hoeveel?' vroeg hij.

'Meer dan tweehonderddertigduizend dollar.'

Hij zweeg lange tijd.

Toen zei hij: 'Mag ik de satellietfoto's van die boerderij nog eens zien?'

De computer van Westwood was al lang en breed ingeschakeld en opgestart, de foto's zaten nog in de internetgeschiedenis, dus ondanks de volgens Westwood trage wifiverbinding stond het beeld in luttele seconden op het scherm.

Reacher keek.

Net als eerder zag hij een boerderij, omgeven door een zee van graan. Hekken, platgetreden grond, varkens, kippen en moestuinen. Een woonhuis met zes bijgebouwen. Geparkeerde auto's en satellietschotels. Een generatorhuisje. Vage sporen van elektriciteitskabels tussen een aantal van de gebouwen, en palen met een bovengrondse telefoonlijn. De put, en de schaduw van de put. Beter dan een situatieschets van een architect, omdat het de werkelijkheid zelf was, niet het ontwerp.

Reacher deed na wat hij anderen had zien doen en schoof met twee vingers naast elkaar over de touchpad om het beeld te verplaatsen over het scherm en schoof de vingers uit elkaar om in te zoomen. Hij begon op de plek waar de auto's geparkeerd stonden en stelde zich voor dat een ervan begon te rijden. Hij volgde de auto het erf af, de onverharde weg op, naar het oosten, naar het spoor en daarna naar het noorden bij de hoek van een akker. De akker strekte zich meer dan vijftien kilometer ver uit. Aan het einde ervan maakte de onverharde weg een bocht naar het westen, verderop weer naar het noorden, en dan volgde het hele eind naar Mother's Rest zelf, waar de weg smal en onbeduidend aansloot op hetzelfde brede plein dat naar de silo's voerde. In wezen was het een privéoprit van dertig kilometer. Hij voerde nergens anders heen.

Hij reed de hele virtuele weg terug, dertig kilometer naar de boerderij, en parkeerde waar hij was begonnen. Hij zoomde met zijn vingers uit tot hij het hele erf van de boerderij in beeld had. Aan de kant van de spoorlijn was de varkensschuur. De schuur was groot, waarschijnlijk van hout, en er was een met hekwerk afgezette varkensloop, ongeveer zes keer zo groot als de schuur, omgewoelde grond, pokdalig door de varkenspoten. Een en al modder en slijk. Er was nog een schuur, die iets groter was dan de varkensschuur. Die beide gebouwen hadden geen stroom. Je kon het generatorhuisje gemakkelijk herkennen. Uit een van de gevels stak een ventilatiepijp voor de toevoer van lucht, en door het dak stak een afvoerpijp met een kap. Diesel, voor een dergelijk grote onderneming. Een of andere kolossale installatie. Duimdikke kabels hingen als een spinnenweb over het erf, doorzakkend tussen de dakranden van de verschillende gebouwen, van het generatorhuisje naar het woonhuis en de andere drie bijgebouwen.

'Laten we aannemen dat het grootste gebouw het woonhuis is,' zei Reacher. 'Dat met die auto's en satellietschotels. In welk gebouw zit dan die zelfmoordsuite?'

Westwood en Chang bogen zich naast hem naar het scherm, schouder aan schouder, de een links, de ander rechts.

'Waarschijnlijk is de zelfmoordsuite het op een na grootste gebouw,' zei Westwood. 'Slaapkamer, woonruimte, badkamer, enzovoort.'

'Met stroom, voor verwarming en airconditioning en sfeerverlichting. Misschien wel zachte muziek. Alle comfort van thuis.' Reacher wees iets aan op het scherm. 'Dat gebouw?'

'Dat moet welhaast.'

'Maar waar staat dan het motorblok van de Chevy v8?'

'In een van die andere bijgebouwen. Afgezonderd en met geluidsisolatie.'

Reacher knikte. 'Ik ben ooit eens in West-Texas geweest, waar ze ze gebruikten als aandrijving voor irrigatiepompen. Dat was in een tijd toen benzine nog goedkoper was dan water. Standaardautomotoren die ze uit wrakken hadden gesloopt, neem ik aan. Ze stortten een plaat beton en schroefden het ding daarop vast, alsof hij nog steeds ergens onder een motorkap zat. Ze verfden ze knalgeel zodat er geen tractoren en ploegen tegenaan zouden rijden. Maar ze maakten een hoop herrie, zo in de openlucht. En dus trokken ze muren op rond de plaat beton en legden ze er een dak op. Ze propten een of ander materiaal in de muren en tegen het dak. Een of ander geluidabsorberend materiaal.'

'En je hebt stroom nodig,' zei Westwood. 'Dat ding draait niet de hele tijd. Alleen als het nodig is. Het zou pijnlijk worden als hij niet zou starten. Dus moet de accu permanent aan een acculader staan, een druppellader. Gewoon voor het geval dat.'

'Dus welk gebouw?'

Westwood wees. 'Dat of dat.'

'Waar zit de uitlaatpijp?'

Het bleef even stil.

'Misschien kunnen we die niet zien,' zei Westwood.

'We kunnen de elektriciteitskabels zien. We kunnen de telefoonkabel zien, zo ongeveer. Die elektriciteitskabels zijn misschien tweeënhalve centimeter dik. Misschien iets minder. Een uitlaat van een auto heeft een doorsnee van minstens vijf centimeter. Misschien wel zeven of acht. Ga maar eens onder een auto kijken. Hij is van staal vanwege de hitte, en daarom in delen in elkaar gelast. Maar waar is hij? Ik zie geen pijp naar de zelfmoordsuite. Vanuit geen enkele van de andere gebouwen.'

'Misschien zit hij ondergronds.'

'Dan zou hij door het vocht in een paar weken wegroesten. Hij zou lekken. Ze zouden niets anders doen dan heen en weer rennen naar de uitlaatshop voor reserveonderdelen. Als ze die pijp aan het zicht zouden willen onttrekken, zouden ze hem op kniehoogte aanleggen door een perk en er klimplanten overheen laten groeien. Rozen of zo. Dan zouden we nog beter kunnen zien waar hij zat. Maar hij is er gewoon niet. Hij bestaat helemaal niet. Die website is een leugen.'

Westwood boog zich voorover en zoomde in, en nog verder tot het beeld gevuld was met grove, onherkenbare vormen en pixels, zo groot als maar mogelijk was. Hij schoof het beeld heen en weer, behoedzaam, langzaam, langs alle gevels van alle zeven gebouwen.

Geen uitlaatpijp. Geen van de gebouwen was met een ander gebouw verbonden door iets substantiëlers dan een elektriciteitskabel.

'We kunnen tweehonderddertigduizend dollar uitgeven,' zei Reacher. 'Het is net of ik weer voor het Pentagon werk. We kunnen een nieuw plan maken.'

Gedurende de rest van de avond, een deel van de nacht en de hele volgende ochtend waren ze bezig met het nieuwe plan, in alle rust, weloverwogen, tot in details. Met ondersteuning van de computers. Het plan omvatte vijf bewegende elementen, die heel precies gesynchroniseerd moesten worden. Er zaten haken en ogen aan al die elementen. Ze waren allemaal cruciaal. Maar dankzij de technologische vooruitgang konden ze in een paar uur doen wat vroeger dagen zou hebben gekost. Westwood en Chang hadden allebei een laptop en zelfs Reacher deed mee, met de telefoon van Chang. Hij had een wifiverbinding. Hij klikte en scrolde als een expert. En toen de tijd kwam dat er mensen gebeld moesten worden, en Chang en Westwood in de weer gingen met hun mobiele telefoons, belde hij met de vaste lijn op het nachtkastje. Met z'n drieën slaagden ze erin om alles tien keer zo snel te regelen als vroeger mogelijk was geweest.

Daarna restte er een boodschappenlijst. Boven aan de lijst stond een wettige inwoner van de staat Oklahoma. Niet iets wat ze als zodanig wilden kopen, meer iets wat ze wilden inhuren. Of omkopen, als je het heel precies wilde omschrijven, om de rest van de spullen op de lijst in te slaan. Het meeste van wat er op de lijst stond, kon je niet krijgen zonder een geldig, in Oklahoma afgegeven rijbewijs. Uiteindelijk bood de receptionist van het hotel zich aan als vrijwilliger. Hij zag zichzelf als een regelaar, als een man van de wereld. Ongetwijfeld werd hij aangetrokken door de beloning. Hij had geen gewetensbezwaren. Het geld was echt. Hij deed niets verbodens. Hij voelde zich veilig beschermd door het Tweede Amendement op de grondwet, dat Amerikaanse staatsburgers het recht verleent vuurwapens in bezit te hebben.

Aan het eind van de middag leverde hij de bestelling af. Tegen die tijd was ook al het andere geregeld. Ze hadden geoefend, gebrainstormd en de hele actie gerepeteerd. Ze hadden naar zwakke plekken gezocht, vragen gesteld en waren soms helemaal opnieuw begonnen. Ze hadden het bekeken vanuit het standpunt van de schurken en hun mogelijkheden overwogen. Ze hadden nagedacht over onvoorziene omstandigheden. Als het nu eens ging regenen? Als er nu eens plotseling een tornado opstak? Het enige wat Reacher nog hoefde te doen, was de aankopen goedkeuren.

Die bestonden vooral uit drie artikelen. Meer eigenlijk niet. De verleiding was groot geweest om helemaal los te gaan, als kinderen in een snoepwinkel. Maar het gezonde verstand had de overhand gekregen, met als resultaat een situatie waaraan Reacher de voorkeur gaf: ze hadden alles wat ze nodig hadden en niets wat ze niet nodig hadden. Alle drie de artikelen waren producten van Heckler & Koch. Een P7-pistool voor Westwood. Net zo een als Hackett had gehad, in een holster op zijn rug. Richten en schieten. Negen millimeter. Kleiner dan het gemiddelde handwapen. Om in zijn bergschoen te stoppen, in een meegeleverd enkelholster.

De beide andere artikelen vormden een paar. Twee identieke MP5K-pistoolmitrailleurs. Een voor Reacher en een voor Chang. Groter dan het gemiddelde handwapen, maar niet zo heel veel. Er waren revolvers die langer waren. Pistoolgrepen en bijbehorende voorgrepen, dik en bol. Een futuristisch ontwerp, erg geliefd bij SWAT-teams en teams voor terrorismebestrijding over de hele wereld. Enkel schot of volautomatisch, en bij volautomatisch waren salvo's mogelijk van negenhonderd kogels per minuut. Vijftien kogels per seconde.

Het was dan ook logisch dat de rest van de bestelling uit munitie bestond. Allemaal negen millimeter Parabellum, uitwisselbaar tussen alle drie de wapens, maar op dat moment geladen in vier P7-magazijnen en vierentwintig MP5-magazijnen. Het zou lastig zijn geworden om nog meer mee te slepen.

En een kleine tas uit een gereedschapswinkel.

Reacher demonteerde de pistolen, zette ze weer in elkaar en testte het vuurmechanisme, zo nu en dan met zijn pink, die volgens hem gevoeliger was voor de subtiele technische nuances.

Alle drie de wapens werkten.

'Alles goed?' vroeg Chang.

'Het ziet er goed uit,' zei hij.
'Met jou ook alles goed?'
'Ik voel me prima,' zei hij.
'Tevreden met het plan?'
'Het is een fantastisch plan,' zei hij.
'Maar?'
'Iets wat we tegen elkaar zeiden bij de MP. Iedereen heeft een plan tot hij een klap voor zijn smoel krijgt.'

Westwood keek op zijn horloge. Een gecompliceerd stalen instrument met allerlei wijzerplaten. Het was vijf uur 's middags. Hij zei: 'We hebben nog zeven uur. We zouden nu moeten gaan eten. Het restaurant is vast al open.'

'Ga maar,' zei Reacher. 'Wij nemen roomservice. We kloppen op je deur als het tijd is.'

52

Vanaf de stalen loopbrug boven op de oude betonnen reus was te zien hoe de dageraad oneindig traag zijn spoor langs het uitspansel trok. De horizon in het oosten was inktzwart en bleef inktzwart, totdat uiteindelijk iemand die zijn ogen opensperde een hint van grijs zou kunnen opvangen, als van het donkerste houtskool, een gloed die er minuten voor nodig had om zich te verspreiden, naar links en naar rechts en zo dun als een wafel op de horizon, en omhoog, als tastende vingers in een buitenste laag van de atmosfeer, onmogelijk ver weg, de stratosfeer misschien wel, alsof de snelheid van het licht daar hoger lag, alsof het licht daar eerder arriveerde.

De rand van de wereld werd zichtbaar, althans voor opengesperde ogen, een grijze rand tegen een grijze achtergrond, heel gedempt, oneindig subtiel, deels verbeelding, deels hoop. En toen tastten bleekgouden vingers het grijs af, in beweging, vluchtig, besluiteloos. Daarna verspreidden ze zich, ontstaken een vuur in een ijle laag lucht ver weg, één molecuul tegelijk, één lumen, langzaam, gaven het glans en transparantie, het glas van een kom, niet wit en koud, maar een warmere tint.

Het licht bleef bleek, maar reikte verder, van minuut tot minuut, tot de hele lucht een bleekgouden kleur had, niet genoeg licht om bij te zien, te weinig licht om ook maar een zwakke schaduw te werpen. Maar warmere stralen ontsproten aan de horizon en verlichtten die, tot uiteindelijk de zon opkwam, onstuitbaar, één seconde lang even rood en vlammend als de zonsondergang, maar dan een hete gele gloed, een halve bol op de horizon die onmiddellijk schaduwen wierp, aanvankelijk kaarsrecht en vlak over de grond, daarna slechts kilometerslang. De lucht veranderde van bleekgoud in bleekblauw, omlaag door alle lagen, zodat het firmament een nieuwe diepte kreeg en oneindig hoog en oneindig weids werd. De dauw had in de nacht het stof gevangen, en tot de dauw opgedroogd zou zijn, was de lucht kristalhelder. Het zicht was puur en helder in alle richtingen.

De chauffeur van de Cadillac was op de loopbrug, samen met de Moynahan die een klap tegen zijn hoofd had gekregen en zijn pistool onvrijwillig had moeten afstaan. Die voelde zich nog steeds beroerd, maar er was een rooster waaraan hij zich had te houden. Hij droeg een ouderwetse football-helm van leer om zijn jukbeen op zijn plaats te houden. De chauffeur van de Cadillac keek naar het westen en had de net opgekomen zon in de rug. Moynahan tuurde naar de weg in het oosten, met samengeknepen ogen tegen de gloed van de zon in. Hij had 's nachts geen verkeer gezien. Geen koplampen. Alleen tarwe, tot waar de kromming van de aarde de tarwe aan het zicht onttrok.

Hetzelfde in het westen. De weg, de tarwe, de horizon ver weg. Geen nachtelijk verkeer. Geen koplampen. Geen opwinding. De derde ochtend. Pal onder hen waren vroege vogels op weg naar de diner voor het ontbijt. Klein als mieren. Speelgoedpick-ups parkeerden. Deuren werden dichtgeslagen. Mensen riepen elkaar een goedemorgen toe. Allemaal vertrouwde geluiden, maar gedempt en onduidelijk, vanwege de afstand in verticale zin.

Na twintig minuten had de zon de horizon losgelaten en begon zij aan haar baan in zuidoostelijke richting. De dageraad was dag geworden. De lucht was inmiddels helderder, blauwer en strakker.

Geen wolk te bekennen. Nieuwe warmte bracht de lucht in beweging, de tarwe wiegde en kolkte, zacht ruisend, alsof het graan bezig was wakker te worden. Van het dak van Silo Drie naar de horizon was vijfentwintig kilometer. Een kwestie van hoogte en meetkunde en het platte karakter van het land. Het betekende dat de mannen zich op het middelpunt bevonden van een cirkel met een straal van vijftig kilometer, erboven zweefden, de hele zichtbare wereld uitgespreid aan hun voeten. Een goudkleurige schijf onder een hoge blauwe lucht, in twee gelijke delen gesneden door de spoorweg, en dwars daarop nog eens in tweeën door de weg. Vanaf de loopbrug leken spoor en weg smal, ingeklemd tussen de tarwe. De rails als dunne potloodlijnen, onder het blote oog, kaarsrecht getrokken langs een liniaal. Potloodlijnen die de weg direct onder hen kruisten. Het middelpunt van de schijf. Het middelpunt van de wereld.

De chauffeur van de Cadillac zat met opgetrokken knieën, om de verrekijker te ondersteunen. Hij keek naar het punt waar de weg in het westen de horizon kruiste. Als daar iets vandaan zou komen, wilde hij het zo snel mogelijk weten. Moynahan hield met zijn linkerhand de verrekijker een beetje trillerig vast en schermde hem met zijn rechterhand af tegen de zon. Het was lastig met die helm. Zijn techniek bestond eruit dat hij zijn ogen op en neer langs de weg liet gaan, van ver naar dichtbij, steeds maar weer. Hij wilde zeker weten dat hij niets over het hoofd zag.

Hun walkietalkie ruiste. Moynahan legde de verrekijker neer en pakte de walkietalkie. Hij zei: ‘Zeg het maar.’

De man met de spijkerbroek en het haar zei: ‘Jullie moeten boven blijven tot de ochtendtrein. Jullie aflossing komt later.’

Moynahan keek de chauffeur van de Cadillac aan. Die haalde zijn schouders op. De derde ochtend. Paniek had weer plaatsgemaakt voor routine.

‘Oké,’ zei Moynahan.

Hij legde de walkietalkie neer.

Hij keek op zijn horloge. ‘Twintig minuten.’

Hij pakte zijn verrekijker en hief zijn rechterhand, om hem af te schermen tegen de zon.

‘Ik heb hier iets,’ zei hij.

De chauffeur van de Cadillac wierp nog een laatste blik op het lege westen en keerde zich om. Hij hief zijn rechterhand tegen de zon. De verrekijker trilde een beetje. De horizon in het oosten tekende scherp af tegen de lucht, maar de zon stond nog zo laag dat de lucht trilde. Een effect dat nog werd versterkt door de optiek van de verrekijker. Op de weg was een kleine vierkante vorm te zien, die op de een of andere manier heen en weer wiebelde, maar niet van zijn plaats kwam. Geen zichtbare, voorwaartse beweging. Dat was een optische illusie die werd veroorzaakt door de verrekijker. Het was een pick-up die misschien zeventig kilometer per uur reed. Hij was voornamelijk wit. Hij kwam recht op hen af.

'Hou hem in je vizier en kijk of er niets achteraan komt,' zei de chauffeur van de Cadillac.

Hij keerde zich weer naar het westen en trok zijn knieën op.

Hij hield zijn verrekijker stil.

'Shit, ik heb ook iets,' zei hij.

'Wat?' vroeg Moynahan.

Moeilijk te zien, misschien een rode auto. Niet meer dan een stip, klein in de verte. Het licht van de laagstaande zon weerspiegelde knipperend in de voorruit. Bijna vijfentwintig kilometer ver weg. Net als in het oosten, heen en weer wiebelend, maar niet van zijn plaats komend, geen voorwaartse beweging. Een illusie.

Hij zei: 'Hoe gaat het met die van jou?'

'Hij komt er nog steeds aan.'

'En zit er iets achter?'

'Niet te zien. Nog niet. Kan wel een heel konvooi zijn.'

'Bij mij ook.'

Ze keken. Auto's in de verte op een kaarsrechte weg, frontaal, het beeld weliswaar vergroot, maar ook platgedrukt door de lenzen in de verrekijkers. Trillende lucht, heen en weer wiebelen, geen voorwaartse beweging, stofwolken.

Moynahan pakte de walkietalkie. Hij drukte op de knop en toen er werd gereageerd, zei hij: 'We hebben inkomend verkeer vanuit het oosten en het westen. Matige snelheid. Ik schat dat ze hier op hetzelfde moment als de ochtendtrein aankomen.'

De man met de spijkerbroek en het haar zei: 'Dit is het. Daar hoef je niet eens over na te denken. Ze willen dat we ons over drie dingen tegelijk zorgen maken.'

De chauffeur van de Cadillac draaide zich om en inspecteerde de weg naar het oosten, omdat Moynahan met de walkietalkie bezig was. De pick-up was nog steeds onderweg. Nog steeds vierkant, nog steeds heen en weer wiebelend. Zonder zichtbare, voorwaartse beweging. Voornamelijk wit. Maar dan wel inderdaad voornamelijk. Er waren ook flitsen van andere kleuren.

Bekende kleuren, paars en oranje.

Hij zei: 'Wacht.'

Moynahan zei: 'Eén moment, baas.'

De chauffeur van de Cadillac zei: 'Het is FedEx. Voor mij.'

'De oostkant is veilig, baas,' zei Moynahan. 'Het is FedEx. Het is nog niet duidelijk wat er uit het westen komt.'

De man met de spijkerbroek en het haar zei: 'Hou het in de gaten.'

'Doe ik.'

Moynahan legde de walkietalkie neer. Hij keek nog een keer kort naar de bestelwagen van FedEx en draaide zich toen om, om naar het westen te kijken. Twee zagen misschien meer dan één. De auto was nog steeds in aantocht. Nog steeds ver weg. Niet meer dan gereflecteerd zonlicht en schitterend chroom, en iets roods. Zwak trillende lucht voor het voertuig en stofwolken erachter. Het kon van alles zijn.

De chauffeur van de Cadillac richtte zijn verrekijker op de spoorlijn. Niets in het noorden. Geen voetgangers. Geen zichzelf voortstuwende constructies. Maar in het zuiden een zilverkleurige knipoog. De ochtendtrein, nog vijfentwintig kilometer verwijderd. Onderweg vanuit Oklahoma City. Een verstoring van de lucht ter grootte van een speldenprik.

Hij keek naar het oosten. Daar reed nog steeds de bestelwagen van FedEx, heen en weer wiebelend zonder van zijn plaats te komen.

'Ik realiseer me ineens dat ik er niet ben als hij komt,' zei hij. 'Ik zit vast hierboven.'

'Dat wordt een eind rijden om morgen terug te komen,' zei Moynahan. Hij maakte een gebaar met zijn kin naar het westen. 'Zelden zo'n trage auto gezien.'

'Hij is niet traag. Ze timen het zo dat ze hier op hetzelfde moment aankomen als de trein. Zodat we op twee dingen tegelijkertijd moeten letten. Daarom komen ze ook uit het westen. Dan hoeven ze de spoorlijn niet te kruisen.'

'Hoever weg is de trein nu?'

'De auto is dichterbij.'

'Maar de trein is sneller.'

De chauffeur van de Cadillac reageerde niet. Het was zo'n kutsom die je op school kreeg. *Als een auto een afstand van negentien kilometer moet afleggen met een snelheid van zesenzeventig kilometer per uur, terwijl een trein een afstand van vijfentwintig kilometer moet afleggen met een snelheid van honderd kilometer per uur, welke van de twee bereikt dan als eerste het eindpunt?*

Geen van beide. Ze kwamen tegelijkertijd aan. Daar hoefde je niet over na te denken.

De auto was nog steeds in aantocht. De trein was in aantocht. Twee elkaar kruisende vectoren. Ramkoers. Ver onder hen waren mensen op weg naar hun post, ze krioelden door elkaar als drukke mieren. Er kwamen mannen uit de diner. Ze stapten in pick-ups. Slimme zet. Er werd een patrouille op pad gestuurd. Voor een wegversperring, anderhalve kilometer buiten de stad of zo. Je kon een probleem altijd beter ergens anders oplossen. Tenzij de auto een afleidingsmanoeuvre was. Misschien zaten ze in de trein. Als in een oude western. De zijpanelen van de wagons vallen open en een hele troep sheriffs te paard stormt naar buiten. Ze zouden vier man op het perron posteren om hen op te vangen. En voor de zekerheid zou er ook iemand aan de andere kant van de spoorlijn staan. Dat zou voldoende moeten zijn. *We kennen allemaal het plan. We weten allemaal dat het werkt.*

De trein was nu zo groot dat je hem kon zien. De ene kant in het zonlicht, de andere kant in de schaduw. Net als de bestelwagen en de auto leek hij heen en weer te schudden zonder ergens naartoe op weg te zijn. De lucht eromheen kolkte, als een lichtgevend kielzog.

De auto was nog steeds in aantocht. Er stonden twee pick-ups om hem op te vangen. Ongeveer anderhalve kilometer buiten de stad naast elkaar geparkeerd, op elke rijbaan één. Precies naast elkaar. Trots. Bijna ceremonieel. Als twee stenen leeuwen bij de toegangspoort van een landgoed.

Toen hoorden ze het geluid van helikopterwieken.

53

Moynahan en de chauffeur van de Cadillac voerden een krankzinnige rondedans uit, deze kant op, die kant op, keken omhoog en zochten de lucht af naar een helikopter. Ze zagen er twee.

Ze kwamen met de neus omlaag gericht aanstormen, laag en snel, een uit het noordoosten, dat was half naar rechts, en een uit het noordwesten, dat was half naar links. Helikopterwieken die de lucht ranselden. Beide leken zwart gespoten. Bolle glazen cabines, maar van getint glas. Onder de helikopters zwiepte de tarwe in een lange rechte lijn wild heen en weer, de twee poten van een letter V, waarvan de punt waar de poten bij elkaar kwamen, precies op de plek leek te liggen waar zij zich bevonden. Het dak van Silo Drie.

De auto was nog steeds in aantocht. De trein was nog steeds in aantocht. Hun walkietalkie ruiste. De man met de spijkerbroek en het haar zei: ‘Verlies ze geen moment uit het oog. Ik moet weten wat eruit komt, en waar.’

Daarna radiostilte. Ze zagen hem ver beneden zich, klein en ingekort door het perspectief van boven. Hij ijsbeerde, de walkietalkie bij zijn mond.

Helikopterwieken ranselden de lucht.

De auto was nog steeds in aantocht. De trein was nog steeds in aantocht. Beide kwamen dichterbij. Ze hadden geen verrekijker meer nodig. Het lawaai van de wieken werd luider, twee paar wieken die tegen elkaar in door de lucht sloegen. Daardoorheen werd het krijsen van de turbines hoorbaar.

Alles kwam dichterbij.

Een minuut misschien nog.

Er gebeurde een heleboel tegelijkertijd. Moynahan en de chauffeur van de Cadillac dansten hun krankzinnige dans en probeerden het allemaal in de gaten te houden. Eerst stortte de helikopter van rechts zich in een wijde bocht naar het oosten, achter de bebouwing langs, en zette koers naar het zuiden op volle snelheid, en dat was verdomd snel.

Naar de boerderij.

De auto stuitte op de wegversperring en stopte. Het was een rode personenwagen. Een middenklasser. Goedkoop maar superschoon. Dus een huurauto. Twee van de mannen uit de diner stonden voorovergebogen door de raampjes te praten.

De linker helikopter boog af naar het westen, bleef even hangen alsof hij ergens op wachtte, en keerde weer terug. Tot precies boven het plein. Daar bleef hij laag hangen. Heel laag. Lager dan de oude betonnen reus. Ze keken erop neer. Het lawaai en de omhoogwervelende lucht trokken aan hun kleren en deden hen wankelen. Omlaag wervelende lucht blies stof en vuil alle kanten op. Een stofstorm midden in de stad.

De bestelwagen van FedEx stak het spoor over, nog geen dertig meter voor de trein. Dertig meter voor duizenden tonnen staal die hem tot gehakt zouden hebben vermorzeld. De chauffeur gaf niet eens extra gas. Het was zijn vaste route. Hij wist wat hij deed.

De rechter helikopter verdween in het zuiden achter de horizon. Op weg naar de boerderij, dachten ze, want verder was er immers niets.

Pal onder hun voeten kwam de trein aan, luidruchtig en lang, heet en bruut, sissend en rammelend en zoemend en knarsend, maar voor één keer in zijn bestaan onhoorbaar vanwege het dreunende geluid van de wieken en het krijsen van de turbines.

De mannen uit de diner stonden nog steeds voorovergebogen door de raampjes te praten.

De deuren van de trein gingen open.

Helikopterwieken ranselden de lucht.

Niemand stapte uit.

Niemand aan de andere kant van het spoor.

Helikopterwieken ranselden de lucht.

De deuren van de trein gingen weer dicht.

De trein begon te rijden, gleed onder hun voeten vandaan, langzaam, langzaam, de ene wagon na de andere.

De mannen uit de diner stonden nog steeds voorovergebogen te praten.

De laatste wagon reed weg en werd kleiner, heen en weer schuddend op vermoeide rails, die een centimeter meegaven.

Het lawaai van de turbines van de helikopter nam toe en de helikopter rees tot grote hoogte.

De bestelwagen van FedEx kruiste de spoorlijn opnieuw en zette koers naar huis. Kalm gangetje. De man zou wel zien wanneer hij weer thuis was.

De helikopter wentelde weg en helde over, zodat de omlaag wervelende lucht nu zijdelings werd weggeblazen en hen van de loopbrug leek te willen duwen, hen bombardeerde met stof en oorverdovend lawaai. In het zuiden verscheen de tweede helikopter weer boven de horizon. Hij voerde dezelfde manoeuvre uit. Omhoog, over hen heen en toen weg. De neus omlaag gericht, snel en laag. Hij werd steeds kleiner. Ze vlogen een koers langs de poten van een nieuwe V waarvan de punt ver weg achter de horizon lag.

Het werd plotseling stil. Niets te horen dan het graan. Het sussende geluid van het graan.

Hun walkietalkie ruiste.

Moynahan pakte de walkietalkie en zei:‘ Er is niemand uit de helikopter gestapt. Hij is niet eens geland. En ook niemand uit de trein. Ook niet aan de andere kant.’

Op de weg stuurden de mannen uit de diner hun pick-ups naar de kant van de weg. De rode personenauto reed er voorzichtig tussendoor. Op weg naar de stad.

Moynahan vroeg: ‘Hoe zit het met die auto?’

De man met de spijkerbroek en het haar zei: ‘Hij beweert dat hij een klant is. Hij heeft een boel geld bij zich. We zullen eens kijken.’

Ze brachten de man naar de diner, maar voordat ze hem naar binnen lieten komen, overlegden ze over de helikopters. Iedereen was aanwezig, behalve de broer van Moynahan. De Moynahan die een schop tegen zijn ballen had gehad en zijn pistool onvrijwillig had moeten afstaan. Het overleg duurde kort en ze bereikten geen overeenstemming. De gedachten gingen twee kanten op. Een aantal van hen dacht dat het een verkenningsoperatie was geweest die zou leiden tot verdere actie, waarbij gebruik was gemaakt van camera's en infraroodcamera's en bodemradar, anderen dachten dat ze op zoek waren geweest naar Keever, waarbij ze ook gebruik zouden maken van het luchtruim, daar waren ze het al heel lang over eens geweest, en daar zou in grote lijnen dezelfde technologie aan te pas komen, al zouden ze niets ontdekken, vanwege de varkens.

Kort.

Geen overeenstemming.

Ze kwamen terug of ze kwamen niet terug.

Er werd niet gestemd.

De man die ze binnenlieten, zag er gezond uit. Als iemand die voor National Geographic werkte, voor de tv-zender. Warrig grijs haar, warrige grijze baard. Een jaar of vijfenveertig. Rare kleren met een heleboel ritsen. Veters in zijn schoenen zo bont als klimtouwen.

Hij zei dat hij Torrance heette.

Hij zei dat hij zijn identiteitspapieren had weggegooid. Niet alleen vanwege de verzekering. Al stonden er wel bepaalde clausules in zijn polis. Maar hij wilde iedereen vooral in onzekerheid laten. Dat was de bedoeling. Spoorloos verdwijnen. Zijn papieren spoor was duizend kilometer geleden opgehouden. Een klein brandje in de wastafel van een motel in Nevada. Alles weg. Hij had daarna alleen 's nachts gereden, om het risico van herkenning te beperken. Hij wilde iedereen in onzekerheid laten. En zonder middelen. Zeven jaar lang, tot er een rechterlijke uitspraak zou komen.

De man met de spijkerbroek en het haar zei: 'U zult het ons niet kwalijk nemen dat we voorzichtig zijn, meneer Torrance.'

Toen keek hij de Moynahan aan die een klap tegen zijn hoofd had gekregen, en zei: 'Waar is die broer van jou?'

'Geen idee,' zei Moynahan.

'Ik heb hem nodig.'

Gewoonlijk stuurden ze degene die als laatste bij een overleg arriveerde er als eerste opuit als er boodschappen moesten worden gedaan. Moynahan was als laatste aanwezig geweest. Het had hem tijd gekost om naar beneden te klimmen van de oude betonnen reus. Vanwege zijn hoofd. Vanwege problemen met zijn evenwicht.

'Oké,' zei hij. 'Ik zal hem zoeken.'

Hij liep naar buiten.

De man met de spijkerbroek en het haar keek weer naar Westwood en zei: 'Meneer Torrance, ik denk dat we u eerst moeten vragen of u een microfoon draagt.'

'Nee,' zei Westwood.

'Dan heeft u er vast geen bezwaar tegen om uw shirt los te knopen.'

Westwood maakte de knopen los. Een stevige, vlezige borstkas, krullend grijs haar. Geen microfoon.

De man met de spijkerbroek en het haar zei: 'Onze tweede vraag is hoe u ons hebt gevonden.'

'Online,' zei Westwood. 'Op een forum. Iemand die ik ken, Exit, heeft me erop gewezen.'

'We kenden haar.'

Haar. Kenden.

'Ze zei dat ze hier naartoe zou gaan met haar vriend Michael,' zei Westwood. 'Dat is ook een vriend van mij. Hij liet zich online Mike noemen.'

'Ze is hier inderdaad naartoe gekomen. We hebben Mike ook gekend.'

'Wat goed genoeg was voor hen, zou ook goed genoeg voor mij zijn, dacht ik.'

'Onze derde vraag is wat u van plan bent te doen met die huurauto. Dat is een prachtig papieren spoor.'

'Ik vroeg me af of een van u daarvoor zou kunnen zorgen tegen extra betaling. U zou hem kunnen dumpen in Wichita of Amarillo. Hij zou binnen de kortste keren worden gestolen.'

'We kunnen iets dergelijks regelen. En als hij ooit ergens wordt teruggevonden, ergens in de een of andere *barrio* of zo, zou dat het mysterie alleen maar groter maken. Of misschien zou men aan moord gaan denken.'

'Zoiets had ik ook gedacht.'

'Zoals u weet, bieden wij keuze in levensbeëindiging. En met keuze bedoelen we ook inderdaad keuze. Wij oordelen niet. We vragen mensen niet om hun keuze te rechtvaardigen. We bieden geen geestelijke ondersteuning en we proberen niet u op andere gedachten te brengen. Maar u bent hier op een ongebruikelijke manier gekomen. Daarom moeten we naar uw redenen vragen. Het is uitzonderlijk.'

'Ik heb er genoeg van,' zei Westwood. 'Ik heb er niet om gevraagd te worden geboren. Om eerlijk te zijn, heb ik niet erg van mijn leven genoten.'

'Iets specifieker?'

'Ik heb grote schulden. Die kan ik niet betalen. Ik kan de toekomst niet onder ogen zien.'

'Gokschulden?'

'Erger.'

'De overheid?'

'Ik heb een paar fouten gemaakt.'

De man met de spijkerbroek en het haar keek de kring rond. Ze waren er allemaal, op de broers Moynahan na. Vijf man. Ze schuifelden met hun voeten, fronsten nadenkend en knikten vaag hun goedkeuring.

De man met de spijkerbroek en het haar keek Westwood weer aan. 'Ik denk dat we u wel kunnen helpen, meneer Torrance. Ik ben alleen bang dat het u al het geld kost dat u hebt meegebracht.'

'Ik kies voor de automotor,' zei Westwood. 'Ik wil het op die manier.'

'Daar kiezen veel mensen voor.'

'Is het gelode benzine?'

'Hij draait nu op loodvrije benzine. Speciale cilinderkoppen. De koolmonoxide is net zo als het altijd is geweest. Die wordt eruit gehaald door een katalysator. Dat komt niet door de ongelode benzine. De geur is bovendien beter. De benzeen maakt het zoeter. Het is een goede manier om het leven te beëindigen.'

'Wat kiezen andere mensen?'

'De meesten kiezen voor beide. Zekerheid is van het grootste belang. Daarom zijn ze ook zo druk in de weer met statistieken.'

'Moet ik ook voor beide kiezen?'

'Dat is niet nodig. De benzinemotor heeft een effectiviteit van honderd procent. U kunt erop vertrouwen.'

De man keek naar de deur.

'Waar zijn de Moynahans gebleven?' vroeg hij.

'Ik ga ze zoeken,' zei de man van de reserveonderdelen.
Hij liep naar buiten.

De man met de spijkerbroek en het haar keek Westwood weer aan. 'Het is misschien een vreemde vraag, meneer Torrance, maar wilt u met ons ontbijten?'

Westwood dacht erover na en zei toen ja. De man van de diner liet zijn hoedanigheid als lid van de gemeenschap even voor wat het was en ging aan het werk. Hij stapte achter de toonbank en zette verse koffie. De chauffeur van de Cadillac zei dat hij beter eerst even kon gaan kijken wat FedEx had gebracht en dat hij met vijf minuten weer terug zou zijn. De andere drie, de man van het warenhuis en de varkensboer en de eenogige man van het motel, namen plaats. De serveerster kwam langs en nam de bestelling op. Er werd koffie ingeschonken en ontbijt geserveerd. Toen stond de man van het warenhuis op en zei dat hij even naar huis moest om iets op te halen. Iets tegen brandend maagzuur, dachten de anderen. Hij zei dat hij met vijf minuten terug zou zijn.

Maar hij was niet na vijf minuten terug.

Evenmin als de chauffeur van de Cadillac.

En de Moynahans, en de man die hen ging zoeken.

De man met de spijkerbroek en het haar staarde naar de deur. Hij zei: 'Wat is er verdomme aan de hand? Iedereen loopt zomaar weg en niemand komt terug.'

Hij stond op en liep naar het raam. Buiten was niets te zien. Maar dan ook helemaal niets. Diepe rust. Geen verkeer, geen voetgangers. Niets in beweging. Heet zonlicht op verlaten straten.

'Er is een probleem,' zei de man. 'De achterdeur uit. Nu meteen. Meneer Torrance, neem ons niet kwalijk. We komen u later ophalen.'

Toen rende hij weg, de keuken door, gevolgd door de varkensboer en de man achter de toonbank en de eenogige man, naar het straatje achter de diner, waar de pick-up met dubbele cabine van de man van de diner geparkeerd stond. Ze stapten in en vertrokken, terug naar het plein, naar de zuidkant, naar het begin van de smalle onverharde weg. Een soort privéoprit van dertig kilometer.

Westwood stond in zijn eentje in de stille diner. Tot de deur openging en Chang binnenkwam, gevolgd door Reacher.

54

Het grootste deel van het geld was opgegaan aan de helikopters. Vliegende limousines die vanuit Kansas City probeerden klanten te lokken bij bedrijven. Een soort vliegende Town Cars. Geen sprake van dat ze gingen landen. Niet op plaatsen die daar geen faciliteiten voor hadden. Geen sprake van dat ze een van hen zouden toestaan langs een touw af te dalen. Verzekeringskwestie. Maar ze wilden met alle plezier een keer zonder passagiers heen en weer terug vliegen. Ze wilden best voor een beetje extra ophef zorgen. Voor filmopnamen, kregen ze te horen. Ze haalden de gps-coördinaten rechtstreeks van Google. De timing was het lastigste. Om de camera's te laten draaien. Maar ze hadden boordcomputers in hun cockpit. Het moest lukken.

Daarna ging een groot deel van het resterende geld met Westwood mee in de auto. Genoeg om indruk te maken. De snelheidsmeter van een gehuurde Ford en zijn polshorloge vormden zijn boordcomputer. Het soort sommen dat je op school kreeg, geen postacademisch wiskundig probleem. *Hoe hard moet een auto rijden als hij vijfentwintig kilometer moet afleggen in een kwartier?* Allemaal gekoppeld aan de komst van de trein natuurlijk. Hij vond een middengolfzender op de radio die verkeers- en weersinformatie uitzond. Volgens die zender lag de trein op schema. Kon niet beter.

Ondertussen zaten Reacher en Chang in de bestelwagen van FedEx. Ze hadden het depot in Oklahoma City gebeld en gezegd dat ze een uiterst urgent pakket hadden dat de volgende ochtend in een plaatsje moest zijn dat Mother's Rest heette. Ze kregen te horen hoe laat ze het uiterlijk moesten aanleveren. Ze kwamen vijf minuten voor dat tijdstip en troffen de chauffeur aan in het steegje achter het depot, waar hij een sigaret stond te roken. Hij zei dat Mother's Rest op zijn vaste route lag. Hij was het met hen eens dat pakketjes bankbiljetten van honderd dollar met een officiële banderol van een bank eromheen er mooi uitzagen. Vooral toen er een beetje psychologie tegenaan werd gegooid. *Pak maar zoveel als je wilt. Zoveel als waar je volgens jou recht op hebt. Het enige wat we willen, is achterin meerijden.* En op exact hetzelfde moment aankomen als de trein. Dat kon, zei de man. Geen probleem. Het was zijn vaste route. Die kon hij rijden met zijn ogen dicht. Ze mochten ook wel voorin komen zitten en dan naar achteren wippen als ze in de buurt waren.

En er weer uit wippen, hopelijk ongezien, achter de winkel van de chauffeur van de Cadillac, te midden van alle chaos die de helikopters veroorzaakten, en de paniek rondom de trein en de verwarring die Westwood teweeg zou brengen. Als de timing klopte. En kennelijk klopte die. Er was genoeg chaos geweest. Dat was een ding dat zeker was. En er was niemand in de winkel. Dat was gunstig voor de korte termijn. Maar ongunstig op lange termijn. Het betekende één extra klus voor later.

Ze begonnen met de Moynahan die Reacher een trap tegen zijn ballen had gegeven. Ze zagen hem door een zijstraat hinken in de richting van het warenhuis of de diner. Of misschien wel het motel. Het kostte weinig moeite om hem te overmeesteren en te boeien met vijf kabelbinders uit de gereedschapswinkel en te knevelen met een van de poetsdoeken uit dezelfde winkel, en hem op te bergen in het verlaten accountantskantoor naast FedEx. Niemand had ooit de moeite genomen het pand fatsoenlijk af te sluiten.

Even later verscheen de broer van de man, of de neef of wat dan ook, die een belachelijke leren kap op zijn hoofd had en naar iets of iemand op zoek was. Ze overmeesterden hem net zo gemakkelijk. Vijf kabelbinders, één poetsdoek en een mooi plekje naast zijn bloedverwant op de vloer van het accountantskantoor. Daarna kwam de man van de reserveonderdelen. Van de winkel voor irrigatiesystemen. Op zoek naar de eerste twee. Dit keer geen gesprek over college-football, maar een paar kabelbinders, een poetsdoek en de vloer.

Gewone burgers lieten zich niet zien. Ze bleven binnen. Instinctief waarschijnlijk. Misschien vanwege de pistoolmitrailleurs. Die zagen er buitenaards uit. Als dingen uit een film. Je kon niet veel meer dan je gedeisd houden. 911 bellen had net zoveel effect als bellen met een defecte telefoon. De politie was ver weg. Bovendien was het warm buiten. Binnen was het veel lekkerder, met de airconditioning.

De chauffeur van de Cadillac kwam gewoon binnen. Hij dacht dat de winkel nog steeds van hem was. Kabelbinders, poetsdoek en de vloer. Ze moesten eropuit om de eigenaar van het warenhuis te zoeken. Die vonden ze toen hij door de achterdeur van zijn winkel naar buiten kwam met een potje maagzuurremmers in zijn hand. Kabelbinders, poetsdoek en de vloer.

De stroom droogde op toen de pick-up met dubbele cabine met gierende banden vertrok uit het straatje achter de diner.

Zodat Westwood helemaal alleen achter was gebleven.

'Ze vinden de benzinemotor een goed idee,' zei hij.

Reacher knikte. 'Ze zullen de schijn zo lang mogelijk ophouden. Van wat ze dan ook aan het doen zijn.'

'Ik neem aan dat ze naar de boerderij zijn gegaan,' zei Westwood.

'Waar zouden ze anders naartoe moeten?'

'Zijn we er klaar voor?'

'We hebben alles gedaan wat we konden.'

'Ik zorg ervoor dat we daar komen,' zei Westwood.

'Dat weet ik.'

'En dan dumpen jullie me, toch?'

'We dumpen je niet,' zei Chang. 'Tenzij je dat zelf wilt.'

'Dat wil ik niet.'

'Ik zou willen dat ik je vooruit kon sturen,' zei Reacher. 'In mijn plaats. Je bent een volwassen kerel. Het kan mij niets schelen wat er met jou gebeurt. Ga maar mee. Blijf maar kijken. Maar zorg wel dat je aan mijn linkerkant blijft.'

'Waarom dat?'

'Ik ben rechts. Ik hou van genoeg bewegingsvrijheid.'

'Begrepen. Laten we gaan.'

Onder normale omstandigheden zou je het een proefrit hebben genoemd. Een voertuig waarmee de potentiële koper niet vertrouwd was en waar hij een kort, experimenteel ritje mee wilde maken. Zij het dat Reacher geen potentiële koper was. Hij kocht zelden iets, en zeker geen dingen die je niet kon consumeren, laat staan landbouwvoertuigen. De verkoper wist het. Bovendien zou Reacher niet met het ding rijden, want hij kon niet rijden. Hij zou niet weten hoe het moest. Het eerste probleem loste hij op met de pistoolmitrailleur, het tweede met Westwood, die ooit had geleerd hoe je op zo'n ding moest rijden, omdat een wetenschapsredacteur soms werd verleid zitting te nemen in een jury voor een wetenschappelijk project, wat soms leidde tot heel praktische betrokkenheid bij liefdadigheidsflauwekul van een buurtgemeenschap, wat op zijn beurt vaak betekende dat er daadwerkelijk grond verzet moest worden, iets wat je nu eenmaal het beste mechanisch kon doen.

Het was een graafmachine van New Holland, uit het assortiment van de dealer in landbouwmachines aan de noordkant van het wagenspoor. Westwood stuurde het ronkende gevaarte over het plein en langs het motel. Als je het dan geen testrit mocht noemen, was het in ieder geval een kwestie van welwillend uitlenen. Zonder het welwillende deel. Maar het was lenen. Reacher was niet van plan het ding te houden. Aan de achterkant had het ding een grijperarm met een graafbak, heel smal, met twee gemene tanden om sleuven te graven. Aan de voorkant zat een brede bak, maar vrij vlak. Meer de bak van een shovel. Het was duidelijk een heel veelzijdige machine. Er konden allerlei hulpmiddelen aan worden gekoppeld. Hij was splinternieuw, in heldere kleuren gespoten en brandschoon. Hij rook naar nieuwe graafmachines. De cabine was net breed genoeg voor hen drieën, maar er was maar één zitplaats. Daar zat Westwood. De motor brulde. Het ding was ontworpen om zwaar werk te doen en maar korte afstanden af te leggen, van het gat naar de bult en terug, maar er waren ook versnellingen waarmee je de weg op kon. Westwood had de snelheid opgevoerd tot zo'n vijftig kilometer per uur toen ze het plein af reden.

Niet de onverharde privéoprit op.

Het graan in.

Westwood had de bak aan de voorkant op een hoogte van een paar centimeter boven de grond gezet, met de onderrand naar voren. Als een stalen kin. De machine sneed door het graan als een botte zeis. Dikke, goudkleurige wolken stof en kaf vulden de lucht, als een aanhoudende reeks van door de graafmachine veroorzaakte explosies. Onder de graafmachine werden graanstengels verpletterd en langs de randen van de voor die ze trokken zwiepte het graan heen en weer en schuurde het langs de ramen. In geografische zin was het land vlak, maar waar de banden de grond raakten, was het oneffen en hobbelig. De graafmachine stampte als een boot op de golven en bokte op de zachte banden, die bij elke hobbel werden samengeperst en verwrongen. Westwood bonkte woest op en neer op zijn stoel. Reacher en Chang probeerden zich aan weerszijden overeind te houden als passagiers van een op hol geslagen metro.

De stalen kin denderde voort.

Stof en kaf wolkte om hen heen.

Vijftig kilometer per uur.

Nog dertig kilometer te gaan.

Basisschoolsommen.

Bijna veertig minuten.

Maar beter dan de privéoprit. Daar zouden mijnen kunnen liggen. Of kraaienpoten. Bovendien moest je dan een kaarsrecht stuk over vijftien kilometer tot een haakse bocht naar rechts, een plek waar iedereen die zich wilde verdedigen en een klein beetje sjoege had, een kaliber 50 machinegeweer neer zou zetten. Er met een auto op afgaan over de onverharde weg zou net zoiets zijn als met twee man tegelijk de ijzeren trap bij het motel op komen. *We hadden jullie stuk voor stuk de trap af kunnen schieten.* Je kon maar beter een beetje bewegingsvrijheid hebben. Vandaar een voertuig dat ook op ruw terrein inzetbaar was. Een stormram. Vandaar de bak aan de voorkant. Die bovendien kogelwerend was en daarbij zo groot als een tweepersoonsmatras. Zwaar staal om puntige rotsblokken uit de weg te ruimen. Over de bak heen hadden ze een smalle strook zicht. Net genoeg voor in het graan in ieder geval. Tot zover niets aan de hand. Het plan werkte. Op een klein onbedoeld detail na. Vooral vanwege het heen en weer slingeren.

Reachers hoofdpijn kwam weer opzetten.

Het grootste deel van de rit was de boerderij niet te zien vanwege het graan, dus navigeerden ze op de zon, zo goed en zo kwaad als het ging. Toen ze nog ongeveer een halve kilometer te gaan hadden, dook de boerderij voor hen op, exact op het juiste moment. Een huis met zes bijgebouwen. Hekken en platgetrapte grond. Palen met een telefoonlijn. De afvoerpijp met een kap van de dieselgenerator.

En de stank van varkens.

Als een chemisch wapen.

Westwood maakte een bocht en reed recht op de boerderij af. Op een afstand van zo'n tweehonderd meter stopte hij. Het lawaai van de motor nam af tot een neutraal ronken. Het laatste graanstof dwarrelde terug naar de aarde.

Stilte.

Helemaal alleen.

Reacher voelde zich als een roofdier bij een drinkplaats.

Toen werd er vanaf de drinkplaats geschoten.

Drie wapens. Geweren. Drie stuks van hetzelfde soort. Herkenbaar. Een vlak, compact blaffen en het krakende geluid van snelle kogels door de lucht. NAVO-kogels, afgevuurd met een M16, zou Reacher hebben gegokt als hij van gokken had gehouden. Geen enkel schot was raak, tot zover. Begrijpelijk. Het doelwit werd vertekend. Tweehonderd meter op absoluut vlak terrein, zo op het oog. Maar het was niet vlak, het was terrein met een kromming omdat het deel uitmaakte van een ronde planeet. Vandaar de misrekening.

'Moeten we ons terugtrekken?' vroeg Westwood.

'Nee,' zei Reacher. Hij telde in gedachten. Hij zei: 'Vijftig meter vooruit. Nu. Zet ze maar onder druk. Zo meteen moeten ze het magazijn verwisselen.'

'Vijftig meter vooruit?'

'Nu.'

Westwood reed vooruit.

Een aarzelende onderbreking in het geweervuur. Ze waren traag. Geen infanterietraining, dat was een ding dat zeker was. Toen begon het schieten in het wilde weg opnieuw. Zonder iets te raken.

Totdat er een schot doel trof.

Midden op de bak voor de graafmachine. Een minieme trilling door de stalen constructie. De kogel die platsloeg. Daarna het geluid, een galmende klap tegen het staal.

'Ik ben zwaar onder de indruk,' zei Reacher.

'Waarvan?' vroeg Chang.

'Van het feit dat ze eindelijk iets hebben geraakt dat kleiner is dan een schuurdeur. En nog eens hebben aangetoond dat die bak daarvoor inderdaad van kogelwerend staal is. Dus kunnen we nu verder.'

'Nu?' vroeg Westwood.

'Een beter moment komt er niet.'

'Voorzichtig, Reacher,' zei Chang.

'Jij ook, Chang.'

Ze openden de deuren en sprongen omlaag, de een aan de linkerkant, de ander aan de rechterkant.

55

Westwood had verteld over zijn recente onderzoek. Dat ouderwetse tarwe ongeveer een meter twintig hoog werd, maar dat het was veredeld tot een veel kleinere plant met meer zaden, niet hoger dan zo'n zestig centimeter. Als dat zo was, waren hier nog ouderwetse boeren actief, want het graan stond minstens een meter twintig hoog. Al had Reacher het niet nodig voor dekking. Je had maar heel weinig dekking nodig tegen mannen die geen doelwit konden raken dat kleiner was dan een schuurdeur. Maar het verrassingseffect was altijd belangrijk, dus kroop hij. Een kleine zichtbare verstoring van het gewas, maar vrij rustig en moeilijk precies te lokaliseren vanaf tweehonderd meter. De dauw van de afgelopen nacht was nog niet door de zon weggebrand. Zijn knieën en ellebogen kwamen onder de modder te zitten. Het werd nieuwe kleren kopen. Dat was wel duidelijk. Zelfs zonder de modder. De varkens stonken vreselijk. De geur hing dik in de lucht. Die ging natuurlijk ook in de stof van zijn kleren zitten. Dus morgen nieuwe kleren. Dat leek hem sowieso een goed idee, met Chang in de buurt.

Toen dacht hij: vandaag houdt het op.

Chang is morgen niet meer in de buurt.

Nadat hij honderd meter rechtdoor was gekropen, maakte hij een bocht naar de boerderij, om dichter in de buurt te komen. Zo dichtbij als maar mogelijk was. Het liefst minder dan dertig meter. Hij was een groot bewonderaar van de MP5K. Het wapen was iets groter dan een handwapen, maar werkte als een sterk verkleind geweer. Als je het op enkel schot zette, was het mogelijk van dertig meter je doelwit te raken. Maar ook vanaf vijfentwintig, of tweeëntwintig meter. Dat zou een meevaller zijn.

Toen hij vijf minuten onderweg was, stak hij even zijn hoofd boven het graan uit om zich te oriënteren. Hij bevond zich op een uitstekende plek. Hij was tegen de wijzers van de klok in gekropen, van tien uur naar acht uur. En hij was inmiddels veel dichterbij. En zoals hij had verwacht, had de verdediging van de tegenpartij, onzeker in het vuurgevecht, zich gegroepeerd op een punt in de buurt van de grootste bedreiging, maar wel zo dat ze genoeg dekking hadden. Die grootste bedreiging was dus de graafmachine en de dichtstbijzijnde dekking werd geboden door een bijgebouw vlak bij het hek, zo ongeveer zo groot als een garage voor één auto. Er schuilden drie mannen achter. En Reacher kon ze vanaf zijn positie precies van opzij zien. Alsof er een schijnwerper op stond. Een klassieke omtrekkende beweging. Op West Point zouden ze trots op hem zijn geweest.

Hij zag de man van de diner. En de eenogige man van het motel. En de varkensboer die de deputatie had geleid, de ijzeren trap op bij het motel. Grote handen, brede schouders, de kleren onder het vuil.

Alle drie met een M16.

Reacher wachtte. Zijn hoofd deed pijn, aan beide zijden.

Chang kroop de andere kant op en was eerder dicht bij het erf, omdat ze geen omtrekkende beweging hoefde te maken. Zij moest wachten tot de graafmachine in beweging zou komen, en dan zou ze een tweede front openen met een aangehouden salvo. Zodat hun tegenstanders dekking zouden zoeken en Reacher hen in de rug kon schieten.

Dat was zijn plan. Zij had zo haar twijfels, maar tot dusverre had zijn plan gewerkt. Hij had voorspeld dat ze in het beginstadium vier kerels zouden overmeesteren, het waren er vijf geworden. Hij had voorspeld dat ze bij de boerderij zouden gaan schieten, maar niets zouden raken, en daarin had hij ook gelijk gekregen. Toch had ze nog een keer gevraagd of dit deel van het plan ook zou werken. Nee, had hij gezegd. Die kerels zouden zich terugtrekken in de richting van het huis. Een beheerste aftocht. Ze hadden waarschijnlijk al een verdedigende stelling voorbereid. Versterkt. Zoiets als een schuilkelder.

Waarom doen we het dan op die manier, had ze gevraagd.

Omdat we misschien geluk kunnen hebben, had hij geantwoord.

Ze kroop verder. Ze wilde dichterbij komen. Ze kende de berekening. Een magazijn met dertig patronen was in twee seconden leeg. Die twee seconden moesten allebei belangrijk zijn. Ze wilde geluk hebben. Als zij er één zou raken, en hij ook, waren dat er twee minder voor later. En dat zou mooi zijn.

Dat waren gedachten die nog nooit bij haar waren opgekomen voordat ze Reacher had leren kennen.

Ze kroop dichterbij. De varkens stonken vreselijk. In gedachten plaatste ze zich in het satellietbeeld van het erf. Ze bevond zich op elf uur. De varkensloop op drie uur. Het stonk. Daar trok ze twee conclusies uit. Dit was geen beschaafde kliniek voor levensbeëindiging. Onmogelijk. Sommige mensen zouden hier niet in de buurt kunnen komen zonder te kokhalzen.

En ze hadden hier Keever begraven. Ze wist het gewoon. In de varkensloop. Ze konden niet in de akkers graven. Zelfs een versie van het ding waarop Westwood zat, die alleen maar met lage snelheden kon opereren, zou vanuit de lucht zichtbaar zijn in het graan. En ze zouden zich zorgen maken om het luchtruim. Ze hadden de portemonnee van Keever. Ze hadden zijn kaartjes van de FBI gezien. Verlopen, net als die van haar, maar dat wisten zij niet.

Ze voelde dat hij dichtbij was.

Ze tilde haar hoofd op. Ze zag een hek en een bijgebouw ongeveer zo groot als een garage voor één auto. De graafmachine stond eenzaam, met een rustig in zijn vrij ronkende motor, kniediep in de tarwe, ver weg naar rechts. Het bijgebouw was het enige wat de lui dekking bood tegen de graafmachine. Minstens een van hen zou om de hoek kijken en op de graafmachine schieten. Pal voor haar.

Ze legde twee magazijnen op de grond. Naast elkaar en voor het grijpen.

Ze wilde geluk hebben.

Ze zette de keuzeknop op Auto.
Ze stelde het vizier in.
Ze wachtte.

Westwood trapte op het gaspedaal om de machine weer wakker te schudden, trok aan hendels, duwde tegen andere hendels, zette de bak aan de voorkant recht en tilde hem zo ver op dat hij door de voorruit van de cabine niets anders kon zien dan de lak op de achterkant van de bak. Veiligheid was belangrijker dan zicht. Zijn deel van het plan bestond vanaf dit punt uit een ononderbroken handeling. Reacher had hem verteld dat hij zijn stuur recht moest houden en langzaam vooruit moest rijden. Blindelings. Gewoon doorrijden. Zo nodig dwars door het hek. Maak je geen zorgen. Niet stoppen. Tenzij er iets tussenkomt.

Ononderbroken.

De toekomst van de journalistiek. Internet had alles anders gemaakt. Het nieuws was nu persoonlijk. De verslaggever moest in het verhaal staan. Een verhaal uit de eerste hand. De verslaggever moest zélf het verhaal zijn.

Blogs, ooggetuigenverslagen, platforms, de rechten voor het boek.

Hij trapte op de koppeling en duwde de pook in de versnelling.

Hij begon te rijden.

Reacher hoorde dat de graafmachine begon te rijden. Hij was duizelig. Hij zat op zijn knieën, maar hij zwaaide heen en weer. Hij tilde zijn hoofd op. Twee hekken. Twee bijgebouwen. Zes man. Hij zag dubbel. Hij sloeg met de muis van zijn hand tegen zijn voorhoofd en probeerde het opnieuw.

Beter.

Een heel eind naar links rolde de graafmachine vooruit. De grote, veerkrachtige banden deukten in en dijden uit. De drie mannen stonden met hun rug tegen de achterkant van het bijgebouw gedrukt. De geweren rustend in de kromming van de elleboog. Toen rolde de man van de diner zich langs de muur om de hoek, schuifelde plat tegen de muur gedrukt naar de volgende hoek en keek voorzichtig. Hij bracht zijn geweer in de aanslag.

Reacher richtte. De H & K was in principe niet meer dan een buis van dertig centimeter met aan beide uiteinden een pistoolgreep. Heel nauwkeurig. Een stalen vizier.

De man van de diner richtte op de graafmachine. En wachtte. Achter hem glipte de eenogige man naar de andere hoek van het bijgebouw.

De graafmachine rolde voort. Het rubber van de banden protesteerde. De tarwe veegde langs de bodemplaat en veerde weer overeind als de graafmachine voorbij was.

Reachers hoofd deed pijn. Beide zijden. *Hersenkneuzing. In feite dubbel, zowel coup als contracoup*. Vonken en vuurbogen die heen en weer schieten, als elektriciteit.

Toen vuurde Chang.

Volautomatisch. Negenhonderd kogels per minuut. Onwaarschijnlijk snel. Een kort, zacht ratelend geluid, als van een manische naaimachine. Twee seconden. Een heel magazijn. Een spoor van stof stoof op en een stuk hout werd van het gebouw afgerukt.

De eenogige man dook terug.

De man van de diner boog zich verder om zijn hoek en zocht de nieuwe bron van gevaar. Reacher volgde zijn bewegingen met de pistoolmitrailleur. Achterste deel van het vizier, voorste deel van het vizier. Doelwit.

Reacher vuurde. Enkel schot. Afstand vijfentwintig meter. Negen millimeter Parabellum, 124 grain, full metal jacket. Snelheid waarmee de kogel de loop verlaat: dertienhonderd kilometer per uur. Tijd tot doelwit minder dan eentwintigste deel van een seconde. Vrijwel onmiddellijk.

De kogel trof de man hoog in de rug, midden tussen de schouderbladen, op de plek waar de nek begint. Een schot door de ruggengraat. Gelukstreffer. Reacher had lager gericht, midden op de rug. Het grootste oppervlak van het doelwit. Altijd de beste keuze. Met een ingebouwd voordeel. Midden op de rug betekende midden op de rug. Daar zat nog van alles omheen, links en rechts, en vooral hoger en lager. De benen, het hoofd. Een mislukt schot moest toch ergens naartoe. De man zakte in elkaar. Een trage voorwaartse val tegen de hoek van het gebouw voordat hij op de grond viel.

De varkensboer liet zich vallen. Uit het zicht. Achter het graan. Slimme kerel. Maar de eenogige man deed een stap vooruit en legde aan. Vuurde. De kogel vloog krakend door de lucht en sloeg een meter of tien rechts van Reacher door het graan.

Chang vuurde opnieuw. Goed. Beslist en zeker. Hetzelfde manische geratel. Stof stoof op en stukken hout vlogen in het rond.

Daarna stilte.

De eenogige man glipte weer naar de hoek, keek eromheen en richtte op waar het geluid vandaan was gekomen.

De graafmachine kwam dichterbij.

Iets in Reacher weerhield hem ervan de eenogige man neer te schieten. *Het is een arme, oude, gehandicapte man.* Het leek niet eerlijk. Zij het dat hij op dat moment een arme, oude gehandicapte man was die een dodelijk wapen op Chang richtte. Dus richtte Reacher zijn wapen. Een meter of dertig. Hij hield zijn blik strak op het voorste deel van het vizier gericht. Een dunne naald die omhoogstak in een overkapte ring. Hij staarde naar de lak. Naar alle moleculaire oneffenheden en details. Haarscherp. Het achterste deel van het vizier was niet meer dan iets wazigs. Het doelwit was niet meer dan iets wazigs. Voor maximale nauwkeurigheid. Daar was hij op getraind. Het voorste deel van het vizier was alles. Uiteindelijk zou alles samenvallen. Waas, naald, waas. De drie elementen vielen samen. In één lijn. Onwrikbaar.

Hij vuurde.

Zelfde resultaat. Een hellend traject. Dit keer dertig meter, niet vijfentwintig. Twintig procent langer door de lucht. Twintig procent meer tijd voor een stijgende lijn. De kogel trof de eenogige man in zijn schedelbasis. De *medulla oblongata.* De eerste voorzichtige poging tot intelligentie. Een kleine zwelling van honderd miljoen jaar geleden. Het reptielenbrein. Zo'n twee centimeter dik. Opgeblazen door de hydrostatische druk. De kogel ging er in een duizendste van een seconde doorheen. Full metal jacket. De man was dood voordat het geluid van het schot was weggestorven. Hij ging onderuit als een dichtgeslagen deur.

De graafmachine kwam dichterbij.

De varkensboer begon te rennen.

Reacher zette de keuzeknop op Auto, ging rechtop staan en vuurde, maaide de loop dwars door de man heen, alsof hij verf wegsmeet met een kwast. De rest van het magazijn, achtentwintig kogels, zijn eigen naaimachine. Maar hij miste volledig. Allemaal te laag. Hij stond niet stevig op zijn benen. Uit zijn evenwicht. Duizelig. Even. Hij schudde zijn hoofd en hervond zijn evenwicht.

Chang vuurde opnieuw. Een derde magazijn. Volautomatisch. Maar veel te hoog. Shingles vlogen van het dak van het bijgebouw. De man rende weg, zo hard hij kon.

De graafmachine kwam dichterbij.

Reacher begon ook te rennen, stampend door het graan, stengels brekend, grote stappen, wadend, struikelend, in de richting van de graafmachine. Westwood zag hem door het zijraam aankomen en stopte. Chang kwam van de andere kant aanrennen. Ze rende om de graafmachine heen en klemde zich aan Reacher vast.

'Alles goed?' vroeg ze.

'Ik doe mijn best,' zei hij.

'Je hebt er twee geraakt.'

'Nog twee te gaan. Ze zaten met z'n vieren in de pick-up.'

'Hoe pakken we dat aan?'

'We gaan ze eerst zoeken.'

'Je had het over een schuilkelder.'

Ze klommen in de cabine en zochten een plek links en rechts naast Westwood, scheef staand. Geen zicht door de voorruit. 'Waar zouden ze een schuilkelder hebben gebouwd?' vroeg Westwood.

'Die hebben ze niet gebouwd,' zei Reacher. 'Die hadden ze al. Ik wil wedden dat elke boerderij in de staat er een heeft. Versterkt om enorme klappen op te vangen.'

'Een schuilplaats voor tornado's,' zei Chang.

'Precies. Onder het huis. Met een tweede uitgang op een andere plek. Voor het geval het huis instort boven op het toegangsluik. Dat moeten al die kelders hebben. Ik ben ervan overtuigd dat zij er een hebben. Ze hebben speelruimte nodig. Waarschijnlijk is er een tunnel naar een andere plek. Met een geheim luik. Dat moeten we eerst vinden. Dan kunnen we er een pick-up op zetten.'

Westwood trapte opnieuw op het gaspedaal om de machine wakker te schudden en trok de hendels de andere kant op om de bak achterover te kantelen en te laten zakken, net zo ver dat ze precies over de rand konden kijken. Een smalle sleuf. Niet langer volledig veilig, maar een redelijk compromis.

Hij wachtte.

'Een beter moment komt er niet,' zei Reacher.

De graafmachine kwam met een schok in beweging en begon te rijden. Bokkend op de logge banden. Honderdvijftig meter van het erf. Honderd. Op weg naar het hek. Dichterbij. En nog dichterbij. Hij walste over het hek, planken vlogen naar links en naar rechts, stukken hout vlogen door de lucht. En verder, om het eerste bijgebouw heen, links erlangs, langs de dode eenogige man, het platgetrapte erf op. Daar minderde Westwood vaart en bleef hij stilstaan. Ze wachtten. Niet langer als roofdieren bij een drinkplaats, maar strijders in een arena.

Niemand schoot op hen.

Geen reactie.

In werkelijkheid zag het er bijna net zo uit als op de beelden van Google. Maar dan horizontaal gezien, niet van boven. Pal voor hen stond het huis, dichterbij rechts de zelfmoordsuite. Links stond het generatorhuisje en een klein bijgebouw, ongeveer net zo groot als de schuur waarachter de drie mannen dekking hadden gezocht. Een eind achter het huis stonden het varkensverblijf en de schuur. Een beetje afgezonderd. Het begin van de oprit lag voor hen. De plek waar de palen met de telefoonlijn het erf bereikten.

Geen uitlaatpijp.

Geen enkele beweging.

Westwood haalde zijn pistool uit de enkelholster.

'Wat nu komt is voor jullie eigen verantwoordelijkheid,' zei Reacher.

'Dat weet ik.'

'Blijf bij elkaar. We beginnen met het huis.'

Ze klommen uit de cabine.

Niemand schoot op hen.

Geen enkele reactie.

Niets dan de stank van de varkens.

Ze liepen over de aangestampte grond naar het huis, met z'n drieën naast elkaar, Chang links, Westwood in het midden, Reacher rechts. Zijn hoofd deed pijn alsof er iemand met een priem in zijn oor stak.

56

Reacher hield de wacht op de veranda, terwijl Chang en Westwood naar binnen gingen om het huis te doorzoeken. Hij was alert. De tweede uitgang kon overal zijn. Ze konden vanaf alle kanten verrast worden. Maar dat gebeurde niet. Er gebeurde niets. Na twee minuten kwam Chang weer naar buiten. Ze zei: 'We hebben de ingang gevonden. Westwood houdt hem onder schot. Het is een warboel binnen.'

Ze nam Reachers plaats in op de veranda en hij ging naar binnen. Hij trof Westwood aan in een gang naar een slaapkamer. Hij hield iets onder schot wat misschien ooit een linnenkast was geweest. Nu was er aan de binnenkant alleen ruimte voor een schuinstaand luik tussen de achterwand en de vloer. Onder een hoek van vijfenveertig graden omdat er een trap mee werd afgedekt, mocht je aannemen. Ongetwijfeld naar een kelder. Het luik was dicht, maar net als alle stormluiken ging het naar buiten toe open, zodat de wind het niet naar binnen kon slaan.

Reacher schatte de afstand in, de breedte van de gang en de diepte van de linnenkast tot het midden van het luik. Toen liep hij naar de woonkamer en hij zag wat Chang als een warboel had omschreven. Het was net zoiets als bij Peter McCann in Chicago, maar dan tien keer zo uitgebreid. Overal stonden beeldschermen, er waren er minstens twintig, en tientallen toetsenborden, en computers, towers, hoge rekken met zoemende apparaten, stapels harde schijven, ventilatoren, connectors, stekkerdozen en knipperende lampjes, maar vooral snoeren en kabels, kilometers, sommige gebundeld, andere een slordige hoop.

Maar hier was Reacher niet naar op zoek.

Hij liep verder en kwam in een tweede woonruimte. Er stond een ruime driezitsbank, een groot oud geval met overdreven ronde armleuningen. Lang genoeg. Hij sleepte het ding naar de gang en zette de bank rechtop, wiebelde hem verder en liet hem op zijn zij vallen, klem tussen het luik en de muur ertegenover.

Eén gat afgesloten.

Hij ging weer terug naar de veranda en probeerde samen met Chang vast te stellen waar de tweede uitgang zich zou kunnen bevinden. Het huis was langwerpig, net als de meeste huizen, en dus zou de stormkelder ook langwerpig zijn, in dezelfde richting als het huis. Een bouwkundige vanzelfsprekendheid. En logischerwijs zou de hoofdingang aan de ene kant zitten en het vluchtluik aan de andere kant. Dus zou de tunnel de as van het huis volgen, dwars op de gevel, onder het erf door in de richting van het generatorhuisje, of anders het kleine bijgebouw ernaast.

Het generatorhuisje lag meer voor de hand. Een betonvloer zou met de juiste bekisting bij het storten gemakkelijk aan te sluiten zijn geweest op een tunnel. Bovengronds een werkruimte die regelmatig werd geïnspecteerd. Schoon, efficiënt en veilig. Geen rommel die er zich ophoopte. Een perfecte plek voor een vluchtluik. Alles pleitte ervoor.

Maar desondanks zouden ze voor het kleinere bijgebouw hebben gekozen. De natuur was niet het enige waarvoor men op de vlucht sloeg. Dat deed men ook voor sommige mensen, als de nood aan de man kwam. Dan had het geen zin om op de meest logische plek weer boven de grond te komen.

Het gebouwtje had dubbele deuren. Als bij een ouderwetse garage. Het slot was verroest in niet-vergrendelde stand. Dat maakte het aannemelijker dat het vluchtluik zich daar zou bevinden, dacht Reacher. Helemaal geen slot zou nog beter zijn geweest. Sleutels konden zoekraken. Als je op het nippertje aan gevaar was ontsnapt was het niet erg aanlokkelijk als je vervolgens de nacht moest doorbrengen in een afgesloten schuurtje.

Ze trokken de deuren open en zagen allerlei rommel. Vooral oud ijzer en een paar oude blikken verf. Op de vloer lag een laken vol verfvlekken. Geen werkruimte. Niet schoon, efficiënt en veilig. Absoluut geen voor de hand liggende plek.

Maar toch.

De rommel lag er op de een of andere manier een beetje kunstmatig bij. Op een plek waar je dat niet zou verwachten lag geen rommel. En er waren meer van die plekken, min of meer verbonden met elkaar, alsof je haastig langs al die plekken manoeuvrerend naar buiten zou kunnen komen.

Op de grootste lege plek lag het laken over een kleine bobbel. Reacher trok het laken weg en er kwam net zo'n luik tevoorschijn als ze binnen hadden aangetroffen. Niet schuin geplaatst dit keer, maar vlak in de vloer, aan alle kanten aangesmeerd in het beton.

Het luik was dicht.

'Geweldig,' zei Reacher.

Chang ging op zoek naar een pick-up met sleutels in het contact, terwijl Reacher en Westwood het oud ijzer opzijschoven, zodat Chang de pick-up naar binnen zou kunnen rijden. Ze kwam terug met de pick-up met dubbele cabine die ze in volle vaart hadden zien vertrekken bij de diner. Ze reed hem naar binnen en parkeerde hem met een van de voorwielen midden op het luik.

Het tweede gat afgesloten.

Chang stapte uit de auto, keek naar het oud ijzer en vroeg: 'Wat is dit voor spul?'

Een goede vraag.

Het was niet echt oud ijzer, maar staal, stukken vierkante buis, stukken massieve pijp, stukken plaatstaal, in vreemde gebogen vormen geslagen. Het was allemaal roestig en overal zaten er zwarte vlekken op van verf of een andere substantie. Vrijwel alle stukken vierkante buis en massieve pijp waren aan elkaar gelast tot constructies die deden denken aan onderdelen van hekken die met bouten aan elkaar gezet konden worden. Stukken van een meter twintig bij zestig centimeter, delen van een meter twintig in het vierkant, en stukken van een meter tachtig bij negentig centimeter. Allemaal lukraak op een hoop gegooid.

En het was allemaal volstrekt onverklaarbaar. Het hek waar ze met de graafmachine overheen gewalst waren, was van hout, palen en planken waarop prikkeldraad was vastgezet met krammen. Op het hele erf was geen hek van ijzer of staal te zien. Voor zover Reacher had gezien in de hele county niet. Misschien wel niet in de hele staat. Bovendien pasten de delen niet op elkaar. Ze waren niet allemaal even groot. Er was geen duidelijke manier om ze aan elkaar te bevestigen. Wat moest je met een hek waarvan het ene deel negentig centimeter hoog was, het volgende deel een meter tachtig en het deel daarna een meter twintig? Bovendien liepen de boorgaten voor de bouten verkeerd, soms in de hoogte, bij andere delen in de lengte. De ene keer verticaal uitgelijnd, een andere keer horizontaal.

Aan sommige stukken zaten scharnieren.

Geen hekwerk.

'Godallemachtig,' zei Chang. 'Het zijn kooien.'

Het plaatstaal was in stroken gesneden en daarna in vormen gewalst en geslagen. Roestig en met zwarte vegen, net als de rest. Er zaten scharnierende ringen aan met een doorsnee van een centimeter of acht waarop U-vormige ogen waren gelast.

Boeien.

Er waren scharnierende ringen met een doorsnee van vijftien centimeter waarop lange scherpe pinnen waren gelast.

Slavenkragen.

Er waren primitieve ijzeren maskers, tangen en spijkers.

'Die zwarte vlekken,' zei Chang. 'Dat is bloed, denk ik.'

Ze liepen de schuur uit en bleven in het zonlicht staan. Het voelde koud aan. Ze keerden zich om en keken naar het huis. En de zelfmoordsuite ernaast.

'Wat nu komt is voor jullie eigen verantwoordelijkheid,' zei Reacher.

Hij begon te lopen. Chang liep met hem mee. Westwood aarzelde even en voegde zich toen haastig bij hen.

De zelfmoordsuite was een bijgebouw dat ongeveer half zo groot was als het huis. Het had een betonnen trasraam, ongeveer kniehoog, met oranjekleurige vlekken van modder die bij regenbuien was opgespat uit plassen. Daarboven waren de wanden van zwaar geteerde planken. Op het dak lagen shingles. Een conventionele bouwwijze, robuust en stevig, bedoeld om de seizoenen te trotseren. Een elektriciteitskabel zo dik als Reachers pols ging onder de dakrand naar binnen.

Geen ramen.

De deur was op slot.

'Klaar?' vroeg Reacher.

'Niet echt,' zei Chang met een klein, timide stemmetje. Hij dacht terug aan het moment dat ze zich naar hem toeboog, in de winkel van de chauffeur van de Cadillac, toen ze zochten in het telefoonboek. Bij de M van Maloney. Hij dacht terug aan de dozen die rechtstreeks waren verstuurd door fabrieken in het buitenland. Medische apparatuur van steriel roestvrij staal uit Duitsland in de ene doos, een HD-videocamera uit Japan in de andere. Hij dacht terug aan de man uit Palo Alto, die zich het hoofd brak over een bericht uit een chatroom van iemand die zich Blood liet noemen: *Ik heb gehoord dat Mother's Rest goed spul heeft.* Op een forum dat de man uit Palo Alto niet herkende. Een forum van een andere community. Mensen die de indruk wekten ergens enthousiast mee bezig te zijn. Heel diep in het deep web.

Reacher deed een stap achteruit, deed een paar grote stappen vooruit en ramde zijn hak door het slot. De deur sloeg naar binnen tegen de muur en veerde terug. Hij hield hem tegen met gespreide vingers en liep naar binnen.

Een hal. Stank. Erger dan van de varkens. Pal voor zich zag hij een keukentje met bekers en flessen water. En snoeren en kabels en stekkers en connectors, één grote verwarde hoop, afgedankt en vergeten. Een werkruimte. Links was een tweede, kleine hal met een deur aan de rechterkant en een deur in de achterwand. Achter de deur naar rechts was een badkamer. Niet schoon en niet vuil. Een efficiënte ruimte. Voor gemeenschappelijk gebruik. Op de achterwand van de badkamer waren kleerhaken aangebracht. Een rij van vier haken. Ze hingen vol met iets, maar dat waren geen kleren.

Rubberschorten.

Er zaten bruine en zwarte vegen op.

Reacher voelde aan de deurkruk van de deur in de achterwand van de hal.

Niet op slot.

Zijn hoofd deed pijn.

'Klaar?' vroeg hij.

'Niet echt,' zei Chang een tweede keer.

Een klein, timide stemmetje.

Hij deed de deur open. Binnen was het pikdonker. Het stonk er.

Het was er koud. Het holle geluid van een grote ruimte. Harde oppervlakken. Een paar obstakels. Hij klopte op de muur, op zoek naar een lichtschakelaar.

Hij vond een schakelaar.

Hij deed het licht aan.

Hij zag de vrouw in de witte jurk.

Niet op weg naar een tuinfeest in Monte Carlo. Niet op weg naar het gemeentehuis om voor de vijfde keer te trouwen. Niet op weg naar een suite met een rustgevende ambiance waar ze kon ontspannen en pentobarbital kon innemen, of op bed kon gaan liggen om de oude v-8 zijn tedere werk te laten doen.

Niets van dat alles.

Ze was met haar polsen aan een witte betegelde muur geketend.

Ze hing in elkaar gezakt omlaag.

Bloedspatten rondom.

Ze was morsdood.

Reacher was bepaald geen bedreven patholoog, maar het leek hem dat ze was doodgeslagen met een honkbalknuppel. Er lag er een op de vloer met korsten geronnen bloed, dat bezig was zwart te kleuren, net als de vlekken op het staal. Ze had blauwgrijze bloeduitstortingen en gebroken botten. Haar schedel was misvormd. Haar haar hing in klitten. Haar witte jurk was besmeurd met bloed en braaksel.

Tegenover haar stond de complete uitrusting van een studio. Drie tv-camera's op stevige statieven, filmlampen op standaards en met knijpers opgehangen doorschijnende lakens om het licht te verstrooien. De witte tegels vormden een soort podium. Ze bedekten het achterste derde deel van de zijwanden, het geheel van de achterwand en het laatste derde deel van de vloer. Een arena. Ze zouden het licht mooi reflecteren. Voor een scherp beeld. Voor een overvloed aan details.

Witte tegels, roze besmeurd.

Boven het podium hingen microfoons.

Twee.

Stereo.

Aan een van de camerastatieven was een vel papier opgehangen. Een afdruk van een e-mail. Er stond op: *Ik wil graag zien dat een bazige bitch met een knuppel wordt geslagen. Een CEO-achtig type. Hou het zo lang mogelijk aan de gang. Eerst de benen. Ze moet Sorry, Roger zeggen. Sorry Roger, sorry Roger, steeds maar weer. Ik ben bereid er honderdduizend voor te betalen.*

Een andere community. Mensen die enthousiast ergens mee bezig zijn.

De website voor de enthousiastelingen heette Mother's Rest, net als de dekmantel. Westwood en Chang slaagden erin de computers aan de praat te krijgen. In de woonkamer in het huis. Het ging allemaal om videostreaming. *Pay per view*. Veel geld. Voor de goedkoopste video kon je een auto kopen. De duurste was *Uithongering*. Waarschijnlijk omdat het zoveel tijd kostte. Veel arbeidsuren. Daarna kwam *Zwanger aan de bajonet geregen. Schot in de buik* was ook duur. Er waren lijsten met favorieten. En lijsten met Onlangs bekeken. In allerlei verschillende categorieën. Mannelijk slachtoffer, vrouwelijk slachtoffer, paren, jong, oud, zwart, blank, snijden, steken, slaan, stroomstoten, verdrinking en schieten.

Er kon ook op bestelling worden geleverd. Niveau vijf. De leden van de community werden uitgenodigd hun verzoek schriftelijk in te dienen. Zo gedetailleerd als ze maar wensten. Hele scenario's, als ze dat wensten. Al het mogelijke zou worden gedaan om hun verzoek in te willigen. Het was allemaal afhankelijk van de komst van de juiste acteur op het juiste moment. Betaling werd niet eerder verlangd dan wanneer overeenstemming was bereikt over het gezicht en de prijs.

Chang bladerde naar het einde van de pagina met de catalogus en zei: 'Kijk eens.'

Reacher keek. De nieuwste aanwinst in het videoaanbod van Mother's Rest was roodgloeiend, splinternieuw en nu beschikbaar voor directe streaming. Hij was getiteld *Magere man alle ribben eerst gebroken*.

Het was de man die uit de trein was gestapt. In het pak en het overhemd met boord. Met de fijne leren tas.

De man was mager.

Reachers hoofd deed pijn.

Chang bladerde terug, van splinternieuw naar recent, en hield op met bladeren bij *Treurig paar met iets om over te treuren*.

'Dat moeten Michael McCann en Exit zijn, toch?' zei ze.

Reacher zei niets.

'Kijk hier eens naar,' zei Westwood. Hij had een soort hoofdmap op het scherm staan. Hij wees naar regels met cijfers. 'Laten we ze maar films noemen. Want dat zijn het. Snuff-films. Sommige zijn heel lang. De kortste duurt twee uur. De oudste is van vijf jaar geleden, de nieuwste is gisteren online gegaan.'

Toen liet hij zijn vinger over het scherm glijden. Bijna bij het einde stopte hij. 'Raad eens hoeveel films ze hebben gemaakt voordat McCann me voor het eerst belde,' zei hij.

'Tweehonderd,' zei Reacher.

'Het zijn er nu tweehonderdnegen.'

Reacher zei niets.

'Wil je *Dood door tweehonderd sneden* zien?' vroeg Westwood.

'Nee.'

'Ik vraag me af hoe ze mijn film genoemd zouden hebben.'

'*Puntige aanval*, of zo. *Doodgestoken met pennen*.'

'Hoelang houden ze de schijn op? Wanneer komen mensen erachter? Pas wanneer ze deze ruimte in stappen?'

'Ik denk dat ze het doorhebben als de chauffeur van de Cadillac het portier voor ze opendoet en ze de varkens ruiken. Op dat moment komen de pistolen tevoorschijn, denk ik.'

'We kunnen het vragen,' zei Reacher. 'We weten waar de oplichters zitten.'

Ze liepen naar de gang bij de slaapkamer. Naar wat ooit een linnenkast was geweest. Naar de bank, op zijn zij ingeklemd tussen het luik en de wand ertegenover.

'Het is gemakkelijker om die pick-up weg te zetten,' zei Reacher.

'Alles goed?' vroeg Chang.

Hij knikte. 'Naar omstandigheden.'

Ze liepen de voordeur uit en volgden het vermoedelijke traject van de tunnel naar het kleine bijgebouw met de dubbele deuren. Chang stapte in de pick-up met de dubbele cabine en reed hem van het luik. Ze liet de motor draaien en stapte uit. Ze keek naar het luik en vroeg: 'Hoe wil je dit doen?'

'Ik betwijfel of ze meteen onder dat luik op ons zitten te wachten,' zei Reacher. 'Maar je moet je op het ergste voorbereiden. Westwood trekt het luik open en stapt achteruit. Wij richten recht omlaag in het gat. Oké?'

Ze knikte. Westwood knikte. Reacher nam zijn plaats in, rechts van het midden, zijn H & K in de aanslag. Een nieuw magazijn, volautomatisch. Chang deed hetzelfde, links van het luik.

Westwood bukte zich en greep de ring van het luik.

Hij rukte het luik omhoog en sprong achteruit.

Er was geen gat.

57

De constructie van het luik was in een winkel gekocht en ter plekke vastgemetseld op een vlakke betonnen vloer. Geen gat, geen trap of ladder. Niets dwars door de betonnen vloer. Een ononderbroken plaat beton. Hetzelfde kiezelige oppervlak links van het luik, rechts van het luik en onder het luik.

Als een blind oog.

Nep.

Een afleidingsmanoeuvre.

'Mijn schuld,' zei Reacher. 'Ik heb niet goed nagedacht.'

'Het geeft niet,' zei Westwood. 'De vraag is nu waar het echte vluchtluik is.'

'Nee,' zei Chang. 'De vraag is nu of ze er al gebruik van hebben gemaakt.'

Het antwoord op die vraag kwam meteen in de vorm van een supersonisch kraken van de lucht, het nijdige sissen van een NAVO-kogel en het geluid waarmee de kogel zich door een houten wand boorde, een meter van hun hoofden vandaan. Onmiddellijk gevolgd door het geluid van het schot zelf. Geluidsgolven zijn trager dan kogels. Maar in dit geval niet zo heel veel trager. Dat betekende dat het geweer niet veraf was. Tien meter, dacht Reacher. Dat was veel te dichtbij. Het was met de ogen dicht raak schieten, zelfs voor deze kerels.

Ze haastten zich verder naar binnen. Een tweede kogel boorde zich door het hout en liet een rond gat achter waardoorheen de zon naar binnen scheen. En een derde kogel, tweeënhalve meter van hen verwijderd. Een tactiek van op goed geluk door de wand heen schieten. Zonder het doelwit te zien. Volstrekt willekeurig. Wat een helden, dacht Reacher. Deze kerels konden nog net de zijwand van een schuur raken, meer hadden ze niet in huis. Hij liep om hopen staal heen naar de hoek achterin. Onzichtbaar van buiten. En redelijk onkwetsbaar. Niet veilig achter een of andere fysieke bescherming, maar veilig dankzij die loterij die blindelings door een wand schieten nu eenmaal was. De wanden waren niets waard als bescherming, maar de kansen wel.

Vlak boven de vloer trapte hij planken uit de achterwand, een gat van een halve meter hoog, een meter breed, en toen anderhalve meter nadat hij er nog een paar planken uit had getrapt. Groot genoeg om door naar buiten te kruipen. Westwood eerst, toen Chang. Een volgende kogel boorde zich door het hout. Reacher ging als laatste. Ze trokken zich terug in het graan en zorgden ervoor dat ze het gebouw voor zich hielden. Achter hen was niets dan graan. Rechts achter hen was het bijgebouw naast het vernielde hek waar de dode mannen lagen. De graafmachine stond meteen rechts van hen geparkeerd op een afstand van zo'n twintig meter. Rechts voor hen lagen de filmstudio en het huis. Links voor hen stond het generatorhuisje.

Dekking genoeg, maar allemaal aan de verkeerde kant van het open schootsveld. Minstens twintig meter open terrein. Twintig passen. Een heel eind, maar niet onmogelijk. Het hing van die anderen af. Hoe goed die richtten. Hoe goed ze waren getraind. Als ze überhaupt getraind waren. Iemand die had geleerd zich te concentreren op het voorste deel van het vizier, kon zich zo sterk concentreren dat het perifere zicht helemaal verloren ging. Even. Dan kon iemand ongezien weglopen. Zelfs iemand in een apenpak kon dan ongezien weglopen. Het was afhankelijk van de mate van concentratie. Het was te doen.

Maar niet met drie man.

'Blijf hier,' fluisterde Reacher. 'Niet bewegen, ik kom weer naar buiten om jullie te halen.'

'Naar buiten?' vroeg Chang.
'Ik ga weer terug die schuur in.'
'Dat is krankzinnig.'
'Niet echt. Het zijn waardeloze schutters. Het is een kwestie van rekenen. Kansberekening. Waar zij op richten ben ik niet minder veilig.'
'Je bent gek.'
'Het is een heel grote wand. De kans is groter dat ik onderweg daarnaartoe een zeldzame vorm van hartfalen oploop dan dat ze me raken.'
'Ik ga met je mee.'
'Oké. Maar Westwood blijft hier. Oorlogscorrespondenten trekken op met de tweede aanvalsgolf.'
'Is dat mijn positie?' vroeg Westwood.
'Nee, ik probeer je een goed gevoel te geven. Jij denkt aan de rechten voor het boek.'
'Niet helemaal.'
'Hoe dan ook, jij blijft hier.'

Reacher en Chang liepen terug naar de schuur en kropen weer naar binnen. De gaten met zonlicht lagen als een groot sterrenstelsel op de houten wand. Voornamelijk hoog. Reachers langere broer zou misschien in de problemen zijn gekomen. Maar Reacher zelf hoefde zich geen zorgen te maken en Chang zou ongedeerd blijven. Een volgende kogel sloeg door het hout, een fel *pang*, een jankend geluid en nog een gat waardoor het zonlicht naar binnen stroomde, hoog en helemaal links. Weer een lot zonder prijs.

'Als het echt willekeurig zou zijn,' zei Reacher, 'zou de kans overal even groot moeten zijn. Zelfs op plekken die al eerder zijn geraakt.'

Hij legde zijn oog tegen een van de gaten waardoor zonlicht naar binnen viel en tuurde met samengeknepen oog naar buiten. 'Ik wil het vuur uit hun lopen zien. Dan kunnen we ze wegjagen. Ik wil ze zien rennen.'

Een volgende kogel sloeg door het hout, een fel *pang*, een jankend geluid en zonlicht. De juiste hoogte, maar drie meter te ver naar rechts.

'Ik zie er een,' zei Reacher.

Stof in de lucht. Hij knipperde met zijn ogen.

Ze wachtten.

Een volgende kogel, *pang*, janken, zonlicht. Te hoog, te ver naar links.

Reacher maakte zich los van de wand. Hij zei: 'Ik heb ze allebei. Ze zitten samen op één plek. De hoek van de studio linksachter. Iets meer dan dertig meter. Ze doen het om de beurt. Ze rollen de hoek om en leggen aan. Net als in een film over mariniers. De een is de varkensboer en de ander heeft een kapsel als een nieuwslezer op tv.'

'Kunnen we ze van hier raken?'

'We kunnen een magazijn leegschieten, dan houden ze zich een tijdje koest. Dan kunnen wij naar de voorkant van de studio rennen.'

'En dan? Langs de zijkant naar de achterkant sluipen? Dat is een heel eind. Het is een langwerpig gebouw. Dat zijn de meeste gebouwen.'

'Mariniers zouden binnendoor gaan en door de achtergevel weer naar buiten komen. Daar is antitankgeschut voor.'

'En wij?'

'Wij wachten op onze kans. We wachten tot het magazijn leeg is.'

'Dat is niet goed genoeg,' zei Chang.

'Jij zou niet gelukkig zijn met het plan dat wel goed genoeg is.'

'Zeg je dat om je te verontschuldigen?'

'Zeker weten.'

'Wat is het plan dat goed genoeg is?'

Zijn hoofd deed pijn.

'Dat is een pact met de duivel,' zei hij. 'Eén gaat eraan, gegarandeerd, maar niet meer dan één, de ander slaat op de vlucht. Bovendien wordt het onaangenaam.'

Reacher vuurde eerst omdat Chang harder kon lopen. Hij stapte op de drempel tussen beide open deuren en richtte op de hoek van de studio linksachter, op twee derde van de hoogte van de wand. Hij zag een paar splinters in het rond vliegen, maar niet zoveel dat je kon concluderen dat het hele magazijn ter waarde van twee seconden doel had getroffen. Niettemin hielden ze zich aan de andere kant koest. Chang nam het van hem over, een heel magazijn met dertig patronen, volautomatisch, twee volle seconden. Reacher rende naar de voorgevel van de studio. Daar laadde hij een nieuw magazijn en vuurde langs het gebouw, van de ene hoek naar de andere, terwijl Chang rende en zich bij hem voegde, zich achter tegen hem aan drukte. Buiten adem.

'Klaar?' vroeg hij.

Ze gaf geen antwoord.

Ze glipten de studio in. De hal. De stank. Het keukentje met de bekers en de flessen water.

Ze wachtten.

Ze hoorden een geluid. Een van de twee die over de grond rolde om de hoek. Als in een film over mariniers.

Ze wachtten.

Ze hoorden het schot. Gericht op de schuur die nu leeg was, verder weg. Misschien raak, misschien niet. Wat het resultaat dan ook mocht zijn geweest, Reacher boog zich naar buiten en vuurde de helft van de kogels in het magazijn af. Zonder er iets van te verwachten. Ze hadden geen tijd voor finesses. Wel om een boodschap af te geven.

Je tegenstanders zitten nu hier in het gebouw.

In je bloedeigen werkruimte.

Reacher en Chang liepen achterwaarts naar binnen, achteruit langs de badkamer, achteruit langs de rubberschorten, achteruit door de deur in de achterwand. Het licht brandde nog steeds. De vrouw in de witte jurk was er nog steeds. Ze had zich niet bewogen. Ze stonden van haar afgekeerd, als cameralui die even antwoord gaven op een vraag.

Ze wachtten.

Nu werden de jagers opgejaagd. Hun prooi lokte hen in een val. Ze moesten zich vertonen, achter elkaar in een smalle gang waar het licht brandde. Alsof je met twee man tegelijk een ijzeren trap bij een motel oploopt. Het verstandigste zou zijn om niet naar binnen te gaan. Absoluut niet. Maar dat zouden ze wel doen. Ze moesten wel. Het was hun domein. En nog altijd hun toekomst. Alle criminelen die Reacher ooit was tegengekomen – fraudeurs, dieven, moordenaars en verraders – hadden er altijd tot op het allerlaatst in geloofd dat er een kans bestond dat ze ermee weg konden komen, en dat ze dus een poging moesten doen om iets te redden. Niemand wil met lege handen opnieuw beginnen. Deze lui konden misschien het grootste deel van de inventaris redden. En de apparatuur. HD-camera's waren waarschijnlijk duur.

Dus zou er één naar binnen komen. Maar niet meer dan één. Het verrassende einde werkte maar één keer.

Ze wachtten.

De menselijke natuur.

De varkensboer vertoonde zich. Grote handen, brede schouders, de kleren onder het vuil. Hij gluurde om de hoek, heel voorzichtig, gaf zich niet meer bloot dan nodig was om snel een blik naar binnen te kunnen werpen. Hij perste zich tegen de muur. Niets te zien. Een schouder misschien. Of een neus. Hij gluurde nog een keer om de hoek, boog iets verder naar voren, gaf zich een centimeter meer bloot.

Reacher schoot hem in zijn voorhoofd. Een klein beetje druk op de trekker, een fractie spanning en weer los, een snorrende reeks van tien kogels. Game over. Natuurlijk had de laatste van het stel dit gehoord en het op een lopen gezet. Hij was nu helemaal alleen. Werd plotseling overvallen door primitieve angsten en mocht zich laten gaan. Geen getuigen meer.

In militaire kringen bestaat veel bewondering voor woeste achtervolgingen, en aangezien elk excuus moest worden aangegrepen om dit afgrijselijke vertrek te kunnen verlaten, begon Reacher ook te rennen, met Chang direct achter zich aan.

58

Ze sprongen over de varkensboer naar buiten en renden een beetje naar links, om de hoek van het huis in de richting van de oprit. Omdat de man die kant op rende. Dat moest wel. De menselijke natuur. Vluchten. Langs de enige weg die er was. De rest was allemaal graan.

Hij rende twintig meter voor hen uit, keek over zijn schouder, zijn M16 in zijn ene hand, de andere hand leeg. Hij had een gedrongen postuur, een blozend gezicht en haar dat in golven over zijn schedel was gedrapeerd. De spijkerbroek die hij aanhad, had zo te zien in een emmer met stijfsel gelegen. Toen hij bij het begin van de oprit was, wierp hij opnieuw een blik achterom. Chang en Reacher maakten zich kleiner dicht bij het huis. De man stond helemaal alleen op het erf. Achter hem de varkensloop, en daarachter niets dan tarwe tot aan Missouri. Rechts van hem de oprit. Dertig kilometer naar Mother's Rest.

De man bleef staan.

'Kun je hem vanaf hier raken?' vroeg Chang.

Reacher gaf geen antwoord.

'Alles goed?' vroeg ze.

'Negentig procent,' zei hij.

Zo zag hij het ook. Er mankeerde hem niets. Niets specifieks. Geen botbreuken, geen bloedende verwondingen. Alleen functioneerde het allemaal niet helemaal zoals het moest. *De hersenen zijn iets anders dan een arm.*

'Hoe pakken we dit aan?' vroeg Chang.

Reacher telde in gedachten terug. Hoeveel kogels waren er op de schuur afgevuurd? *Pang*, janken. Hoeveel?

Geheugen.

Hij deed een stap de vrije ruimte in.

De man met de spijkerbroek en het haar legde aan.

Een M16 vanaf twintig meter. Een theoretisch probleem. Iemand die kon schieten, kon van twintig meter raak schieten met een geweer. Minder dan veertig keer de lengte van de loop, voor een M16. Praktisch onder handbereik. Maar de man kon niet schieten. Dat was al bewezen bij de schuur. En bovendien had hij net gerend. Hij stond te hijgen. Zijn borst zwoegde. Zijn hart bonsde.

Reacher bleef roerloos staan.

De man vuurde.

Mis. Een halve meter te hoog en een halve meter naast. Reacher hoorde de kogel door de lucht suizen en ergens achter hem met een doffe klap inslaan. Het kleine gebouwtje bij het vernielde hek waarschijnlijk. De plek waar die dode kerels lagen.

Hij deed weer een stap terug in de dekking.

'Vroeg of laat is zijn munitie op,' zei hij.

'Dan zal hij herladen.'

'Maar niet snel.'

'Is dat jouw plan?'

'Ik heb jou in de buurt nodig. Voor het geval dat.'

'Voor het geval dat wat?'

'Twee hoofden zijn beter dan één. Zeker met het mijne op dit moment.'

'Alles goed?'

'Niet echt. Maar volgens mij worden er nu ook niet zulke hoge eisen aan me gesteld.'

'Laat mij het maar doen.'

'Dat wil ik niet.'

'Geen vrouwenwerk?'

Reacher glimlachte. Hij dacht aan de vrouwen die hij had gekend.

'Gewoon iets persoonlijks,' zei hij. 'Vooral gewoonte.'

'Hoe gaan we het doen?'

'Ik bied me aan als schietschijf. Hij schiet toch iedere keer mis. Dat garandeer ik je. Zodra zijn wapen ketst, maai ik hem neer. Ondertussen ren jij zijn kant op zodat je niet kunt missen als ik onverhoopt misschiet.'

'Nee,' zei Chang. 'We gaan er allebei staan als schietschijf. We doen het samen.'

'Dat is niet efficiënt.'

'Interesseert me niet. Zo gaan we het doen.'

Ze deden allebei een stap naar voren het terrein op. De man stond er nog steeds. Helemaal alleen tegen een oneindig uitgestrekte achtergrond van graan. Spijkerbroek, haar, M16. Twintig meter. Chang richtte haar wapen, één oog dichtgeknepen. Reacher stond roerloos, zijn armen wijd gespreid, en keek omhoog naar de lucht, zijn pistoolmitrailleur hing ondersteboven aan zijn wijsvinger. *Schiet maar.* De man schoot. Hij legde aan, richtte en schoot.

En schoot mis.

Raakte hen geen van beiden.

Chang schoot terug. Enkel schot. De lege patroon spatte door de lucht. Ze miste. Maar de man deinsde wel achteruit. Vijf onhandige stappen. Toen tien.

Chang vuurde opnieuw. Nog een patroon vloog blinkend door de lucht. Ook mis. De tarwe bewoog in golven, zwaar, traag en stil.

De man legde aan.

Maar schoot niet.

'Heeft hij geen kogels meer?' vroeg Chang.

Reachers hoofd deed pijn.

'Dat weet hij niet,' zei Reacher. 'Hij is de tel kwijt. Ik ook.'

Toen glimlachte hij.

'Wat denk je, hebben we geluk?'

Hij legde aan. Twee grepen, gemakkelijk in de hand, ergens tussen stevig en soepel. Het voorste deel van het vizier, de waas erachter. Hij knipperde met zijn ogen. Hij zag scherp, maar niet moleculair. Bovendien voelde hij een microscopisch kleine trilling in zijn armen. In zijn hele lichaam. *Problemen met coördinatie, motoriek, geheugen, zien, horen, spraak, het beheersen van emoties en denken.*

Hij liet de pistoolmitrailleur zakken.

'We moeten dichter bij hem zijn,' zei hij.

Ze liepen net zo ver vooruit als de man achteruit was gedeinsd. Rustig en op hun gemak. Lage hartslag en normale ademhaling. De man deed nog eens tien stappen achteruit. De spijkerbroek en het haar, achteruit, in de richting van de varkensloop.

Reacher en Chang kwamen dichterbij.

Het stonk.

Maar niet zo erg als in de studio.

De man deed nog tien stappen achteruit.

En botste met zijn rug tegen het hek van de varkensloop.

Reacher en Chang bleven staan.

De man legde aan.

En liet zijn geweer weer zakken. Hij stond met zijn rug tegen het hek, helemaal alleen, de planken in zijn rug, klein en absurd in de grote lege ruimte. De zon stond hoog aan de hemel. Ver achter de man kwamen de varkens de schuur uit. Vet en glad, glinsterend van het slijm. Stuk voor stuk zo groot als een Volkswagen.

Reacher liep in de richting van de man. Chang naast hem.

De man liet zijn geweer vallen en stak zijn handen in de lucht.

Reacher liep verder in de richting van de man. Chang naast hem.

Vijftien meter. Twaalf. Tien.

Zes.

De man hield zijn handen omhoog.

In de sterke verhalen bij kampvuren was altijd ruimte voor een kort gesprek in oneliners. Omdat de schurk moest worden duidelijk gemaakt waarom hij moest sterven.

Reacher zei niets.

Verhalen zijn maar verhalen. De werkelijkheid is anders.

De man begon te praten.

Hij zei: 'Ze hadden afstand gedaan van het leven. Dat moet je begrijpen. Ze hadden hun leven weggegeven. Het besluit was genomen. Ze waren er al niet meer. Ik kon ze net zo goed gebruiken. Bovendien kregen ze waarnaar ze op zoek waren. Uiteindelijk.'

'Ik vind niet dat ze kregen waarnaar ze op zoek waren. Dat was niet de heilige graal.'

'Een uurtje of twee. Op het laatst. Voorbij het einde wat hen betrof. Zij hadden al een besluit genomen.'

'Hoelang deed die man erover die je hebt uitgehongerd? Of was het een vrouw?'

De man gaf geen antwoord.

'Ik heb een praktische vraag,' zei Reacher.

De man keek op.

'Waar zijn de lichamen?'

De man zei niets. Maar hij keek achterom. Een reflex. Onwillekeurig.

Naar de varkens.

'Waarom heb je Keever dan begraven?' vroeg Reacher.

'Omdat de varkens die dag al hadden gegeten,' zei de man.

Reacher zei niets.

De man zei: 'Het was een bestelling uit Japan. We hadden precies wat ze nodig hadden. Ik voorzie alleen in een behoefte. Je kunt mij de schuld niet geven voor de smaak van anderen.'

Reacher zei niets.

De handen van de man zakten twee centimeter. Hij moest zijn schouders, zijn nek en zijn hoofd kunnen bewegen, voor lichaamstaal, voor gebaren, om te overtuigen, om uit te leggen. Om te onderhandelen en om iets aan te kunnen bieden. Net als alle criminelen die Reacher ooit was tegengekomen. Tot op het allerlaatst geloofden ze dat ze ermee weg konden komen.

Chang legde aan. Reacher keek naar haar. Zwart haar dat los op haar schouders hing. Donkere, levendige ogen. Eén oog dichtgeknepen, één oog op het voorste deel van het vizier. De naald onder de overkapte ring.

'Dit is voor Keever,' zei ze.

Het moest de schurk worden verteld.

'Ik had het kunnen zijn,' zei ze.

Ze haalde de trekker over. Zes meter. Onmiddellijk. Ze raakte hem in zijn hals. Full metal jacket, dwars erdoorheen. De kogel zou ergens ver weg in het graan op de grond ploffen, waar hij nooit meer teruggevonden zou worden. Hij zou worden ondergeploegd, verloren en vergeten, en uiteenvallen in de elementen waaruit hij was samengesteld, lood en koper, natuurlijke elementen van de planeet, hun oorsprong.

De man maakte een gorgelend geluid, een enkele tuberculeuze kuch, heel hard. Bloed spoot schuimend uit de wond. Een seconde lang bleef hij rechtop staan, gewoon een kerel die tegen het hek leunde, toen vloeide ineens alle kracht uit hem weg en zakte hij in elkaar als een kolom vloeistof, een slappe hoop armen en benen, spijkerbroek en haar.

'Waar richtte je op?' vroeg Reacher.

'Midden op de borstkas,' zei Chang.

Reacher glimlachte.

'Midden op de borstkas,' zei hij.

Hij liep zes meter en greep de man bij de kraag en zijn riem, tilde hem op en kieperde hem over het hek.

De varkens kwamen aanrennen.

59

Ze wilden niet met de pick-up met dubbele cabine terug naar Mother's Rest, omdat ze niet wilden zitten waar die kerels hadden gezeten, dus gingen ze terug met de graafmachine, net zoals ze waren gekomen. Westwood aan het stuur, Reacher en Chang boven hem uittorenend, dit keer over de onverharde weg. Dat duurde langer, maar was comfortabeler. Ze parkeerden de graafmachine op het terrein van de dealer. Hij kwam naar buiten en inspecteerde de machine. Die was een beetje vuil geworden van geplet graan en aan de zijkanten een beetje gekrast. Er zat een beetje aangekoekt vuil op. En in de bak aan de voorkant zat een deuk waar hij was geraakt door die ene kogel. Hij was niet langer splinternieuw. Reacher gaf de man vijfduizend dollar van wat ze overhadden. Zo gewonnen, zo geronnen.

Daarna liepen ze naar het zuiden over het plein. De zon was warm. Een jochie gooide een tennisbal tegen een muur en sloeg de terugkaatsende bal weg met een stok. Hetzelfde jochie dat ze eerder hadden gezien. Ze stopten bij het motel, waar Westwood een hele reeks kamers huurde. Voor zichzelf en zijn fotografen, en allerlei assistenten en stagiaires. Er stond nu een meisje achter de balie, een tiener. Van de leeftijd om naar college te gaan. Ze werkte snel en efficiënt. Ze was opgewekt en vrolijk.

'Waarom heet het hier Mother's Rest?' vroeg Reacher haar.

'Dat mag ik u niet vertellen,' zei ze.

'Waarom niet?'

'Dat vinden de boeren niet leuk. Ze hebben hun best gedaan om het verhaal te verdringen.'

'Ik zal niet verklappen dat jij het me hebt verteld.'

'Het is een verbastering van een oude naam van de Arapaho's. Eén woord, maar het klinkt als twee woorden. Het betekent "plaats waar kwaad groeit".'

Westwood gaf Chang de sleutels van zijn huurauto en nam afscheid. Reacher liep met Chang naar de diner, waar de rode Ford geparkeerd stond.

'Je was op weg naar Chicago,' zei ze.

'Inderdaad,' zei hij.
'Daar wilde je naartoe voordat het te koud zou worden.'
'Altijd een goed idee, als het om Chicago gaat.'
'Je zou de trein van zeven uur kunnen nemen. Lunch in de diner. De hele middag slapen in de zon. In een tuinstoel. Ik heb je zien zitten, die eerste dag.'
'Heb je me gezien?'
'Ik liep erlangs.'
'Ik heb het je verteld. Ik heb in het leger gezeten. Ik kan overal slapen.'
'Ik rijd naar Oklahoma City. Ik lever de auto in bij de luchthaven. Ik neem aan dat de stagiaires van Westwood hem wel een andere zullen brengen. Vandaar kan ik naar huis vliegen.'
Hij zei niets.
'Alles goed?' vroeg ze.
'We zijn net in Chicago geweest. Misschien moet ik ergens anders naartoe gaan.'
Ze glimlachte. 'Ga maar naar Milwaukee, voor een rondje om de zesendertig huizenblokken.'
Hij zweeg even.
'Alles goed?' vroeg ze.
'Ga jij mee?'
'Naar Milwaukee?'
'Een paar dagen. Een korte vakantie. Die hebben we wel verdiend. We zouden kunnen doen wat normale mensen doen.'
Ze zweeg een hele poos, vijf, zes seconden, zo lang dat het bijna ongemakkelijk werd. Toen zei ze: 'Die vraag wil ik hier niet beantwoorden. Niet hier in Mother's Rest. Stap in de auto.'
Hij stapte in en zij stapte in. Ze startte de motor. Ze schakelde en draaide aan het stuur en reed weg van de diner, en de winkel die je met een beetje fantasie een warenhuis zou kunnen noemen, naar het oude wagenspoor. Daar sloeg ze links af, naar het westen, de weg kaarsrecht voor haar, eindeloos, tot waar hij verdween in de goudkleurige nevel aan de horizon, op die plek zo smal als een naald.

De Jack Reacher thrillers van Lee Child zijn:

1 *Jachtveld*
In een stadje in Georgia stapt Jack Reacher uit de bus. En wordt in de gevangenis gegooid voor een moord die hij niet gepleegd heeft.

2 *Lokaas*
Jack Reacher zit in een vrachtwagen opgesloten met een vrouw die beweert dat ze van de FBI is. Hij komt in een heel ander deel van Amerika terecht.

3 *Tegendraads*
Terwijl Jack Reacher een zwembad graaft in Key West, komt een detective allemaal vragen stellen. Later wordt die dood gevonden.

4 *De bezoeker*
Twee naakte vrouwen liggen levenloos in een bad. Het daderprofiel van de FBI wijst richting Jack Reacher.

5 *Brandpunt*
Midden in Texas ontmoet Jack Reacher een jonge vrouw. Zodra haar echtgenoot uit de gevangenis komt, zal hij haar doden.

6 *Buitenwacht*
Een vrouw in Washington roept Jack Reachers hulp in. Haar baan? Ze beschermt de vicepresident van Amerika.

7 *Spervuur*
Een ontvoering in Boston. Een politieagent sterft. Heeft Jack Reacher zijn gevoel voor goed en kwaad verloren?

8 *De vijand*
Er was een tijd dat Jack Reacher in het leger zat. Eens, toen hij wachtliep, werd er een generaal dood aangetroffen.

9 *Voltreffer*
Vijf mensen worden doodgeschoten. De man die beschuldigd wordt van moord, wijst naar Jack Reacher.

10 *Bloedgeld*
Het drinken van koffie op een drukke straat in New York leidt tot een schietpartij vijfduizend kilometer verderop.

11 *De rekening*
In de woestijn van Californië wordt een van Jack Reachers oude maten dood aangetroffen. De legereenheid van toen moet weer bij elkaar gebracht worden.

12 *Niets te verliezen*
Jack Reacher gaat de onzichtbare grens tussen twee steden over: Hope en Despair, hoop en wanhoop.

13 *De sluipschutter*
In de metro van New York telt Jack Reacher af. Er zijn twaalf aanwijzingen voor een zelfmoordterrorist.

14 *61 uur*
In de vrieskou staat Jack Reacher te liften. Hij stapt uiteindelijk op een bus die regelrecht op de problemen af rijdt.

15 *Tegenspel*
Een onopgeloste zaak in Nebraska. Jack Reacher kan de vermissing van een kind niet van zich afzetten.

16 *De affaire*
Een halfjaar voor de gebeurtenissen in *Jachtveld* is Jack Reacher nog in dienst van het leger. Hij gaat undercover in Mississippi om een moord te onderzoeken.

17 *Achtervolging*
Na anderhalf uur wachten in de kou van Nebraska krijgt Jack Reacher eindelijk een lift, en komt in heel fout gezelschap terecht.

18 *Ga nooit terug*
Jack Reacher gaat terug naar zijn oude hoofdkwartier in Virginia. Hij wil de nieuwe commandant wel eens ontmoeten – maar ze is spoorloos.

19 *Persoonlijk*
Iemand heeft op de Franse president geschoten. Er is maar één man die dat gedaan kan hebben – en Jack Reacher is de enige die hem kan vinden.

20 *Daag me uit*
Jack Reacher belandt in het vreemde plaatsje Mother's Rest en treft een vrouw aan die wacht op een vermiste privédetective. Weglopen zou tegen Jack Reachers principes zijn.